ANJA
HIRSCH

WAS
VON
DORA
BLIEB

ANJA
HIRSCH

WAS
VON
DORA
BLIEB

ROMAN

C. Bertelsmann

Penguin Random House Verlagsgruppe FSC® N001967

1. Auflage
© 2021 C. Bertelsmann Verlag, München,
in der Penguin Random House Verlagsgruppe GmbH,
Neumarkter Straße 28, 81673 München
Umschlaggestaltung: www.buerosued.de, München
Satz: Leingärtner, Nabburg
Druck und Bindung: GGP Media GmbH, Pößneck
Printed in Germany
ISBN: 978-3-570-10396-8

www.cbertelsmann.de

PROLOG

Als meine Großmutter starb, war ich drei Jahre alt. Es hieß, das Telefon habe am späten Abend geklingelt, und mein Vater nahm ab. Der Polizist begann ohne einführende Worte den Unfallbericht vorzulesen – so, als wäre der Tod eine bürokratische Angelegenheit und man könne seiner Wucht durch ein paar handfeste Formulierungen entkommen; Worte, wie sie Beamte benutzen, wenn sie ungeschützt zum Ort des Geschehens gerufen werden und beschreiben müssen, was sie sehen. Mein Vater unterbrach den Polizisten nicht. Er wartete, bis er zu Ende gelesen hatte, und fragte nach, worum es gehe. Er hörte Zahlen und die Gemarkung einer Autobahn bei Kilometer 594,5 und verstand immer noch nicht. In dem Unfallbericht kamen Autos vor. Ein Mercedes, das machte ihn schlagartig wach, er hätte selbst gern ein solches Auto gehabt. Aber das war nun offensichtlich kaputt. Mein Vater legte den Hörer auf und war verwirrt.

Es war sehr still in unserem Haus. Nur die vielen Uhren tickten alt und wie aus der Zeit gefallen. An jeder Wand befand sich eine Uhr. Die größte war die Standuhr. Sie stand auf einem geschnitzten Sockel aus dunkelbraun gemasertem Holz. Man konnte ihren Bauch mit einem kleinen Schlüssel öffnen wie einen Miniaturschrank, nur dass dahinter kein Stauraum war, sondern das große Pendel, das langsam hin- und herschwang. Jeden Abend schritt mein Vater die Uhren ab und zog an den Ketten, wodurch die Gewichte stoßweise in die Höhe fuhren. Bei manchen Uhren nahm er zusätzlich einen Aufziehschlüssel, den er vorsichtig und langsam wie ein chirurgisches Instrument auf die bleiumfasste Vierkantlochung setzte. Dann drehte er mit Anstrengungsfalten im Gesicht den Schlüssel um und um. »Mit Gefühl«, betonte er. »Das muss man mit Gefühl machen.«

Zwischendurch legte er Pausen ein und schnaufte, bevor er zur nächsten Uhr ging. Das Uhrenaufziehen füllte seine Zeit vorm Zubettgehen. Niemand durfte die Uhren anrühren außer ihm. Wollte ich schlafen, bat ich, dass wenigstens die gewaltig schlagende Schwarzwalduhr direkt vor meinem Zimmer für die Nacht angehalten werde. Ich ertappte mich dabei, wie ich die Zeit zwischen dem hellen Tick und dem dunkleren Tack und allen folgenden Ticktacks mit einer kleinen Melodie ausfüllte, die ich von Abend zu Abend zwanghaft erweiterte. Die Viertelnoten wurden zu Achteln und Sechzehnteln, die mir, wenn ich Glück hatte, in den Schlaf voraustanzten. Ich bewegte dazu meinen Kehlkopf, ohne Laut. Der Schlaf war ein fernes Land, in das ich umständlich reisen musste.

In meiner Vorstellung starb meine Großmutter an einem Abend, als alle Uhren der Reihe nach verstummten, weil mein Vater unter dem Schock der Nachricht, die langsam in ihm aufdämmerte, vergessen haben muss, die Uhren vor dem Schlafengehen noch einmal aufzuziehen.

Nach dem Autounfall klebte ihr Blut jahrzehntelang an den Ringen, die sie getragen hatte. Sie waren in eine alltägliche Frühstückstüte gesteckt worden und lagen im obersten Fach eines schmalen, weiß lackierten Wandschranks verschlossen. Niemand machte sich daran, die zerbeulten Ringe aus der Plastiktüte zu nehmen und zu reinigen. Das Rot war längst angetrocknet, ein Rest Dora, der von allein nicht abbröckelte.

Eines Abends, mein Vater war nicht zu Hause, nahmen wir die Tüte heraus. Wir kippten die dicken Ringe und Ketten und eine kleine Armbanduhr auf den Esstisch. Es war alles Modeschmuck. Wir hielten den Atem an, denn es stimmte, was meine Mutter uns die Jahre über immer wieder geschildert hatte: Das schwere Parfüm hatte überdauert. Es war nicht von der Zeit verdrängt worden, sondern an den Gegenständen haften geblieben. Ja, es hatte sich regelrecht eingeätzt.

TEIL EINS

ISA 2014

Paul war nicht mit hinausgekommen wie sonst, um mich zu verabschieden. Ich verstellte den Sitz, bis ich das Lenkrad zu fassen bekam. Den Schlüssel umdrehen und los. Im Rückspiegel entfernte sich die Rotbuche, erst langsam, dann immer schneller, bis sie nach dem Abbiegen in die Spielstraße ganz verschwand. Den Blinker setzen. Die Pedale. Aus dem Wohngebiet auf die Autobahn. Ich wischte mir die Augen, um sehen zu können, wo ich hinfuhr.

Erst zwei Stunden später bei meiner Mutter fiel alles von mir ab. Sie machte mir das Bett in meinem alten Kinderzimmer. Betäubt fiel ich hinein und war sofort eingeschlafen.

Ich betrat eine Brücke. Es war tiefe Nacht. Unterhalb floss ein breiter Fluss, der ordentlich Hochstand hatte. Diese Brücke musste schnell überquert werden, wusste ich und begann zu rennen. Da hörte ich hinter mir jemanden laufen. Ich versuchte mich umzudrehen, aber mein Genick war starr wie Stahl. Also rannte ich und rannte, den Blick geradeaus, in Erwartung, dass ich gleich von hinten gepackt würde. Der schwarze Strom unter mir hatte eine gallertartige Konsistenz. Die Masse stieg und quoll. Noch Kilometer, bis ich das Ende der Brücke erreichen würde. Ich wurde immer langsamer und sah plötzlich Gitterstäbe mit Händen, die daran rüttelten. Als ich näher kam, war da ein Mann. Kannte ich ihn? Er schrie mir etwas zu, doch es kam kein Laut. Ich beugte mich zu ihm hinunter und war auf einmal selbst die Gefangene. Mit Händen, die behaart waren wie seine, rüttelte ich an den Gitterstäben.

Im Schein der Nachtlampe, deren Schalter ich endlich fand, setzte ich mich auf. Alles tat weh. Der Schreck war mir buchstäblich in die Glieder gefahren. Ich drückte die Arme wie zur Wiederbelebung und ahnte die Umrisse der Möbel. Nichts war verändert worden in diesem Zimmer in diesem Haus, in dem mein Vater vor sieben Jahren gestorben war, im Raum gleich neben meinem.

Als ich aufstand, um zu sehen, ob meine Mutter schon wach war, musste ich an Dora vorbei, an ihrem Porträt in Öl, das seit ihrem Tod unser Treppenhaus bewachte. Unter der Macht des Albtraums kam sie mir noch unheimlicher vor als sonst, eine sitzende Melancholikerin in kaltblauem Kostüm, die Hände auf den Knien übereinandergeschlagen. Ihre Augen waren überall. Plötzlich wusste ich, dass sie es war, die mich auf der langen Brücke verfolgt hatte.

Dora hatte in der Familie keinen guten Ruf. Sie galt als streng, launisch, despotisch. Sie konnte Menschen manipulieren. Sie manipulierte sogar Kinder. Meine Schwester erzählte mir folgende Geschichte:

Sie ist noch ganz klein und hat Geburtstag. Dora sitzt mit ihr bei Kaffee und Kuchen im Garten. »Komm zu mir«, sagt Großmutter Dora zu ihr.

Meine Schwester, sechs Jahre alt, geht zu ihr.

»Ich will dir ein Geheimnis verraten.«

Meine Schwester tritt näher heran. Dora zieht sie sich zwischen die Knie und flüstert ihr ins Ohr: »Du hast heute gar nicht Geburtstag.«

»Doch«, sagt meine Schwester kleinlaut, »natürlich hab ich heute Geburtstag.«

»Nein. Ich weiß es genau. Deshalb schenke ich dir auch nichts. Und ich gratuliere dir auch nicht.«

»Aber ...«

»Nein«, beharrt Dora, »du hast heute nicht Geburtstag.«

Sie wiederholt das immer und immer wieder. Meiner Schwester entzieht diese Behauptung den Boden unter den Füßen. Sie ist bald völlig aufgelöst und weint und hält immer wieder tapfer dagegen: »Aber natürlich habe ich heute Geburtstag!«

Dora: »Nein!«

Dieser Art waren Doras kleine Gemeinheiten.

»War Dora wirklich so böse?«, fragte ich meine Mutter beim Frühstück.

»Niemand ist nur böse«, sagte meine Mutter.

Vor meiner Weiterfahrt gen Süden tat ich etwas Ungehöriges. Ich nahm Dora von der Wand, musste sie jedoch schnell abstellen, weil der Rahmen schwerer war als erwartet. Meine Mutter kam gerade die Treppe herauf. Jetzt standen wir beide mit unseren Gesichtern zur Wand und sahen auf die angelehnte Dora herab.

»Ich könnte sie aus dem Rahmen nehmen«, überlegte ich.

Mit der Zustimmung meiner Mutter legte ich Hand an. Der Rahmen ließ sich einfach lösen. Neugierig besahen wir unser Werk.

»Lass sie uns auf die Terrasse bringen«, schlug ich vor.

Wieder willigte meine Mutter ein. Dora trug sich federleicht die Treppe hinab. Im Sonnenlicht bekam sie Farbe. Das Kostüm leuchtete. Dora konnte atmen, so schien es.

Und auch meine Mutter schien befreit, als sie sagte: »Ich wollte dir schon lange etwas mitgeben.« Sie sah mich prüfend an. Vom Bruch mit Paul hatte ich ihr nichts erzählt. Langsam, wie es ihre Art war, ging sie ins Haus, und ich folgte ihr zur Kammer der Nachlässe aller Art.

»Diese«, sagte sie und zeigte auf eine große Umzugskiste, die ich herausziehen sollte. »Da ist alles drin. Briefe und Fotoalben von Dora.«

Ich konnte die Kiste kaum aus der Kammer ziehen, so schwer war sie.

»Warum ich?«, fragte ich, als sie mich anwies, die Kiste an den Bodensee mitzunehmen.

»Anne bekommt die Kiste mit den Sachen von Oma«, erwiderte sie statt einer Antwort. Oma – das war ihre eigene Mutter.

»Und Friederike?« Es sollte gerecht zugehen.

»Bekommt alle anderen Familiendokumente, wenn ich mal sterbe«, sagte sie ohne Zögern. Es klang wie gut durchdacht.

»Du bist doch quicklebendig!«, sagte ich erschrocken. Aber sie winkte bestimmt ab, sodass ich nicht weiterfragte, sondern die Umzugskiste mit Doras Dokumenten in meinen Kofferraum hievte.

»Vergiss nicht, Dora wieder reinzustellen, falls es regnet!«, rief ich ihr beim Abfahren noch zu. »Die Farbe!«

Aber das konnte meine Mutter sicher schon nicht mehr hören. Ich sah sie im Rückspiegel tapfer winken, bis ich um die Kurve war.

Schon hinter Kronau, wo Dora gestorben war, erschienen erste Tropfen auf der Windschutzscheibe. Der Autobahnrandwald auf der Gegenseite wirkte noch trostloser als ohnehin. Wir nannten Dora nie »Großmutter« oder »Oma«, sondern immer nur »Om«, fiel mir ein. So, als würde etwas an ihr fehlen.

Als ich das nächste Mal hinübersah, war der Wald verschwunden. Stattdessen Acker, Bürotürme, Acker. Eine vollkommen rätselfreie, gut organisierte Landschaft.

DORA 1914

Die Wolken reisten mit, an diesem zweiten langen Reisetag zurück nach Hause. Sie hingen in weiten Schleifen vom Himmel und berührten das Dach der Eisenbahn. Einige hatten Gesichter, andere waren weiß wie der Schlagrahm, den Dora mit ihrer Tante zubereitet hatte. Die Tante hatte ihnen sogar ein Wurstpaket mitgegeben, das auf dem roten Sitzpolster neben der Mutter lag. Die Wurst roch gut und erinnerte Dora an das Abendbrot mit den Cousins. Der Aufenthalt auf dem Landgut in Lehrte bei den Haflingerstuten von Tante und Onkel war viel zu schnell zu Ende gegangen. Die Mutter nahm keinerlei Notiz von ihr, selbst dann nicht, als

Dora mit einem Finger auf der Scheibe herummalte, ein Haus und noch eins, bald war es eine ganze Siedlung. Sie malte einen dicken Pfeil, der auf eines der Häuser zeigte, so, wie es der Vater gemacht hatte vor der Abreise, um ihr zu versichern, dass er hier zu Hause in Essen auf sie wartete. Der Vater mit seinem tiefen Brummen in der Stimme. Doras Herz machte auf einmal einen Sprung. Nur noch einige Stunden. Dann war sie wieder bei ihm. Sie schloss die Augen und versuchte zu schlafen.

Klack, klack machte es, wenn die Wagen über die Schienen rumpelten.

Die Stunden mühten sich mit gleicher Anstrengung ab wie die Eisenbahn. Dora sah sie wie kleine Zwerge in den Ecken des Abteils sitzen; Stundenzwerge, viele, viele Stundenzwerge in unterschiedlichen Größen. Manchmal trabte die Zeit erstaunlich schnell, und Dora rieb sich verwundert die Augen, als sie ihre Mutter fragte, wie lange die Fahrt noch dauern würde, und sich plötzlich wieder einer der Stundenzwerge geräuschlos zurückgezogen hatte. Tunnel, Hecken, Felder strichen vorbei, dazwischen schwarze Wälder, die sich gegen die korngelben Flächen wehrten, bis es so dunkel war, dass alles zu einem großen Nachtschwarz zusammenwuchs.

Es musste während einer dieser Waldstrecken gewesen sein, als die Eisenbahn zum Stehen gekommen war und Dora kurz vor dem Einschlafen, die Nase an der Scheibe, dort draußen einen großen Schatten ausmachte. Ein Tier, fast schon wieder verschwunden, kaum dass Dora seiner Gestalt gewahr wurde. Aber sie war ganz sicher, dass es ein Wolf gewesen war, so, wie sie ihn aus der Schulfibel kannte. Seine Ohren waren wachsam aufgestellt. Seine Stirn schimmerte gräulich. Die Partie über den schräg gestellten, algengrünen Augen setzte sich hell davon ab. Es sah fast aus, als hätte er Augenbrauen und schwarz umrandete Augen, wie mit einem Schminkstift gemalt. Sein Maul war leicht geöffnet, man konnte unter seiner Zunge die Zähne nur erahnen. Die Lefzen hatte er nach hinten gezogen. Er schien etwas entdeckt zu haben, im Polster hinter Doras Kopf.

Kurz vor der Einfahrt in den Essener Bahnhof wurde Dora wach. Lichtpunkte tanzten vor ihren Augen und verschmolzen zu Laternen, die einzelne Gebäude fahl erleuchteten, als der Zug in Schrittgeschwindigkeit in die große Halle einfuhr und mit lautem Ächzen zum Stehen kam. Die Mutter drückte ihr die kleine Reisetasche in die Hand und stieg mit der großen vor ihr aus. Dora musste auf den steilen Metallstiegen husten. Fast hätte sie das Gleichgewicht verloren, aber ein Schaffner fasste sie eben noch rechtzeitig unter den Armen und hob sie mit einem Schwung auf den Bahnsteig. »Hoppla, kleines Fräulein, kostbare Fracht!«, rief er, als wäre sie eine Vase, die jederzeit zerbrechen könnte.

Der Zug stieß letzte Stöße von Dampf aus; ein lang gestrecktes, eisernes Ungeheuer, das bald nichts mehr auszuatmen hatte und nur noch hier und da genüsslich knackte. Überall bahnten sich Menschen ihren Weg, Damen mit breitkrempigen Hüten und Herren mit Zylinder. Oftmals überließen sie ihre schweren Kabinenkoffer herbeieilenden Trägern. Woher sie wohl anreisten? Dora versuchte, mit der Mutter Schritt zu halten. Da fiel ihr der Wolf wieder ein, und sie zuckte kurz zusammen bei der Erinnerung an das Bild, das jetzt plötzlich vor ihr auftauchte. Der Wolf war nach einer ewigen Weile aus seiner Starre erwacht und vorgesprungen, geradewegs an Dora vorbei, hin zu dem Unsichtbaren hinter ihr, das er die ganze Zeit fixiert hatte.

Dora verlor die Mutter fast im Gewühl und lief schneller. Wo war sie denn jetzt, sie sah sich ja kaum nach ihr um, war nur noch ein grauer Punkt. Gab es überhaupt Wölfe in Deutschland? Der Vater würde es wissen, gleich wäre Dora bei ihm. Sie flog jetzt über den Bahnsteig, und die Menschen traten beiseite, als wüssten sie, wie eilig sie es hatte.

Endlich erreichten sie den Bahnhofsvorplatz. Sie suchten einen freien Platz, stellten die schweren Taschen ab und blickten sich suchend um. Aber der große schlanke Mann mit seinem streng zu beiden Seiten hochgezwirbelten Backenbart war nirgends zu sehen.

ISA 2014

Die gelbstichige Farbfotografie, die ich als eine der ersten aus der Umzugskiste fischte, war in unserem Obstgarten entstanden, am Tag meiner Taufe, drei Jahre vor Doras Tod. Eine Kaffeerunde mit Sekt und Aschenbechern auf weißen Tischdecken. Dazu Stühle, die mit gelben Gummistriemen bespannt sind und nachgeben, wenn man sich daraufsetzt. Wir behielten sie so lange, bis sie vor lauter Rost unter uns fast zusammenbrachen. Deshalb wusste ich ganz genau, wie es sich anfühlte, wenn ein Finger zwischen den Striemen stecken blieb. Meine Schwestern sind zu sehen in Kleidchen, Sandalen und weißen Strümpfen bis ans Knie, von dieser und jener Verwandten geherzt und im Arm gehalten. Mich hat man vielleicht zum Schlafen in den Schatten gestellt.

Dora hingegen ist ganz präsent. Sie sitzt an der Kaffeetafel und schaut durch ihre strenge, weiß geränderte Brille in die Kamera, sonnengebräunt, das Haar sicher gefärbt, kein einziges graues mit dreiundsechzig Jahren.

Auf einem anderen Foto steht sie gestikulierend unter einem Baum, ins Gespräch vertieft mit meiner Mutter und meiner Patentante. Alle tragen die fast gleichen Modelle eines kurzen weißen Kleides und dazu kleine weiße Handtaschen, die am angewinkelten Unterarm hängen. Dora spricht mit erhobener Hand. Ihr Kopf ist dringlich nach vorne geschoben. Die anderen beiden hören ihr zu. Dieses eine Foto macht bereits deutlich: Dora ist nur schwer zu widersprechen.

Am meisten jedoch berührten mich die Fotografien, die ich von meinem Vater fand. Viele zeigen ihn zusammen mit seinem zwei Jahre jüngeren Bruder in den Dreißiger- und Vierzigerjahren. Der Junge, der nie lächelt und so wirkt, als hasste er es, fotografiert zu werden, ist mein Vater.

Und wieder war da der Traum, der mich in meinem alten Kinderzimmer aufgeschreckt hatte. Die Brücke und meine Gewissheit, dass es Dora war, die mir folgte. Eisig wurde mir, als mir wieder einfiel, dass ich mit dem eingesperrten Mann den Platz getauscht hatte. Bald wurden aus den Traumsequenzen die realen Bilder meines Vaters. In meiner Erinnerung, die ich sieben Jahre lang hatte ruhen lassen, wurde mein Vater immer monströser. Seine Vorwürfe waren wie aus heiterem Himmel täglich auf uns niedergeprasselt. Hielt er unsere Lebendigkeit nicht aus? Dringlicher als früher fragte ich mich, welchen Anteil Dora daran hatte.

»Das ist eure Aufgabe«, hatte meine Mutter in der Kammer mit den Nachlässen schon vor langer Zeit einmal zu mir gesagt und sich damit selbst aus allem herausgezogen. Ich war der Aufgabe ausgewichen, verunsichert durch den Geschichtsunterricht, der mir den Zusammenhang zwischen Biografie und Zeitumständen nicht nahegebracht hatte, nur harte Fakten. Meist erreichten sie mich nicht, was auch an der monotonen Stimme der Geschichtslehrerin lag, die keine Unterschiede zwischen den Lehrinhalten machte. Als wollte sie explizit jede Zuweisung von Schuld vermeiden, hielt sie auch beim Thema Zweiter Weltkrieg alle Emotionen aus ihrer Schilderung der nationalsozialistischen Gräueltaten. War das mangelndes Temperament oder bewusste Strategie? Sollten wir selbst entscheiden können, wie sehr wir uns darauf einließen? In meinem Fall müssen viele Details, die sie mit Sicherheit geliefert hatte, ungehört geblieben sein. Mein Kopf sank regelmäßig während des Geschichtsunterrichts einige Minuten auf die splissige Platte der Schulbank, meine Hände schoben sich zur Unterstützung in die darunter liegenden Schubfächer und fanden dort manchmal einen alten Kaugummi, den sie selbstvergessen kneteten. Ich schützte mich durch Taubheit und tat so, als beträfe das Thema mich nicht.

Angebahnt worden war diese innere Abwehr aber auch in den vielen gescheiterten Gesprächen am familiären Mittagstisch.

»Was weißt du denn schon«, sagte mein Vater oft. »Du hast ja noch gar nichts erlebt.«

Vor allem hatte ich nicht den Krieg erlebt. Ich würde also nie etwas wissen können, falls nicht ein Krieg geschähe und mich darin verwickelte. Sein Vorwurf führte in mir ein Eigenleben und wuchs. Wenn es irgendwo um Krieg ging, verstummte ich, fast so, als hätte mir mein Vater Sprechverbot erteilt.

Als ich mich schließlich auf die Reise machte, war es deshalb wie das Lernen einer neuen Sprache, einer mit vielen neuen Wörtern, die ich oft erst über mehrere Brückenwörter entschlüsseln konnte. Es war eine Reise, die in Wirklichkeit schon viel früher begonnen hatte, deren Anfang in all dem Nichtverstandenen lag, das ich nicht zuordnen konnte; eine Reise also, die eine Bewegung war, die von mir wegführte, aber auch immer wieder zu mir hin. Bald wunderte ich mich nicht mehr darüber, dass ich mit meiner Freundin früher »Hinrichten« gespielt hatte – ein raffiniertes Zwei-Personen-Freiluftspiel mit vielen Varianten, wobei mir fast egal war, wie ich starb – Hauptsache schmerzfrei. Die Erlebnisse meiner Eltern und Großeltern, vor allem aber deren Kriege schienen nicht nur in ihnen selbst, sondern auch in uns Nachgeborenen ihre Spuren hinterlassen zu haben.

Der Schmerz, der sich seit der Abfahrt von Paul in mir ausbreitete, war ein Schmerz, den ich noch nicht kannte. Er fuhr mit bis an den See. Er wurde brennend, wenn ich auf fünfundzwanzig gemeinsame Jahre zurückschaute. All das Selbstverständliche, die Verständigung ohne Worte, fehlte mir wie die Luft zum Atmen. Eine Woche würde reichen, um mich zu sortieren. Dann wollte ich nach Hause zurück und um Paul und mich kämpfen – so mein Plan. Aber als ich Anstalten machte, den Koffer zu packen, wurden meine Bewegungen langsamer und langsamer, fast so langsam wie die Bewegungen meiner Mutter. Ich packte die Kleider wieder aus und wunderte mich, dass auch ein Winterpulli unter meinen rasch hineingeworfenen Kleidungsstücken war. Lieber setzte ich mich an den großen Tisch zu Doras Dingen, die mich anzogen. In der Dachwohnung einer Freundin, die ich schon manchmal zum ungestörten Arbeiten angemietet hatte, gab es einen Balkon, eine Küche zur Seeseite und ein Schlafzimmer zur Straßenseite. Ich zog die schwere Matratze aus dem Schlafzimmer direkt neben den Küchentisch und benutzte nur noch diesen Raum. Saß ich am Tisch, brauchte ich nur meinen Kopf zu heben, um den See zu sehen. Lag ich auf der Matratze, sah ich durchs Dachfenster direkt über mir Himmel – und blieb.

DORA 1914–1918

»Was machen die Fliegen?«

»Die Fliegen fliegen!«

Ernst Leydecker und seine Tochter pflegten Rituale. Es bedurfte nur einiger Reizwörter, um Doras Tag aufzuhellen, am Abend, wenn der Vater nach der Arbeit bei der Hauptpost die Wohnung betrat. Manchmal waren es die unsinnigen Fliegen oder des Vaters Lieblingswort »Kabelsalat«, das er mit tiefer Stimme genüsslich jede Silbe betonend artikulierte. Doras Mutter schimpfte jedes Mal. »Kinderkram!«, rief sie und stampfte aus dem Wohnzimmer. Dann freuten sie sich und machten weiter mit ihrem Spiel. Es gab viele klingende Wörter, die sich, kaum waren sie ausgesprochen, leichtfüßig niederließen; manchmal direkt neben Dora auf dem Boden, wo die Mutter ihre eigenwillige Tochter gar nicht gern sitzen sah. Die Wörter waren Doras geheime »Fröhlichwörter«. Aber jetzt blieb es still in der großen Wohnung, und Dora starrte an die Zimmerdecke, wo der Stuck immer neue Formen annahm.

Der Vater war nicht gekommen. Er war nicht am Bahnhof gewesen und hatte auch nicht unter dem gemauerten Vordach des Leydecker'schen Hauses gewartet, nachdem Dora und die Mutter nach der langen Fahrt durch die Nacht auf dem Essener Bahnhofsvorplatz endlich eine Droschke gefunden hatten, die sie ins

Bernewäldchen brachte. Der Vater ging morgens nicht mehr zur Arbeit in die kaiserliche Hauptpost. Und er kam abends auch nicht zurück, kurz vor der blauen Stunde, die Dora mit Elsa und dem großen Märchenbuch verbrachte, während das Licht im Haus gegenüber Kammer für Kammer erlosch und die Kastanie vor Doras halb geöffnetem Fenster je nach Wind leise raschelte.

»Nicht die blaue Stunde verpassen«, sagte der Vater gemeinhin und zwinkerte ihr dabei zu, um sodann an die große Vitrine im Rauchzimmer zu treten und den goldenen Saft in ein bauchiges Glas zu gießen. »Der Flaschengeist putzt die Seele«, pflegte er zu sagen und von seinem Getränk zu nippen.

Wenn Dora dann immer noch im Türrahmen stand, schon im Nachtgewand, dann drehte sich Ernst Leydecker in all seiner stattlichen Größe zu ihr um, setzte sein Monokel auf und machte den finstersten Gesichtsausdruck, den Dora je gesehen hatte. Wie ein Wiesel war sie dann im Bett.

Der Vater, hieß es, war zum Kriegsdienst eingezogen worden. Dora hatte eine genaue Vorstellung davon. Ausrufer waren gekommen und hatten ihn aus dem Haus gezogen. Er hatte sein Monokel abgenommen, es in seiner Westentasche verstaut und sich still zur Wehr gesetzt. Aber die Abgesandten des Kaisers präsentierten sehr bestimmt ein Schreiben mit Stempel, und als der Vater den Stempel sah, packte er ein paar Dinge in den Leinenbeutel, nahm die Tintenfeder und schrieb das Kärtchen, das er auf den großen Esszimmertisch legte, wo Dora und die Mutter es nach ihrer Heimkehr vorfanden.

Elsa, das Mädchen, war schon vor ihnen dort eingetroffen. Sie war gerade beim Lebensmittelladen gewesen. Sie hatte in der langen Schlange vor dem Geschäft warten müssen und mit Stricken angefangen – einen blauen, grobmaschigen Sommerschal für die Kleine. Der Landurlaub hatte Dora sicherlich gutgetan. Sie würde Farbe bekommen haben. Vielleicht waren auch ihre vielen Ticks und Nachtgespenster verschwunden.

Elsa wurde beim Stricken traurig. Niemand würde mehr in der Stube Constantin-Cigaretten rauchen. Aber alle sagten, der Feind würde schnell besiegt sein. Deshalb stellte sie vorausschauend eine kleine Zigarettendose der Marke Kaiserpreis gut gefüllt mit duftendem Rauchwerk neben das Abschiedskärtchen auf die Stickdecke. Die Ereignisse hatten sich in den letzten vier Wochen überschlagen. Dass es jetzt so kam und ausgerechnet heute, einen bedeutsamen Tag zu früh, das musste der blaue Schal wieder ausgleichen, der unter Elsas schwieligen Händen wuchs und bald schon das Aussehen einer sich windenden Schlange hatte.

Elsa strickte nicht sonderlich ordentlich. Aber jede Masche, die hinzukam, galt Dora mit den dunkelgrünen Augen, die so streng schauen konnten, dass Elsa manchmal darüber lachen musste.

Im zweiten Jahr nach Kriegsanfang, als Doras kleiner Spielfreund Frantek immer öfter an der Tür stand und fragte, ob Dora mit ihm Reifen drehen wolle, atmete Elsa endlich auf. Sie registrierte, wie die Strenge um Doras grüne Augen herum schwand, sobald die Klingel läutete. Dora rannte mit Frantek nach unten in den Hof. Elsa bereitete oben das Abendbrot zu. Oft sah sie beim Schnippeln durchs Fenster hinunter zu den Kindern, die den schwarzen, dünnen Holzreifen meist schnell wieder beiseitelegten. Viel lieber hockten sie in der schattigsten Ecke und kramten in ihrer großen Kiste. Sie enthielt ein paar bunte, abgetragene Kleidungsstücke, die Dora Frantek überzog und umgekehrt, bis beide lachend und mit Stoff beschwert auf dem Rücken lagen und zu Elsa hochschauten und ihr manchmal zuwinkten, wenn sie sie oben am Küchenfenster entdeckten.

Frantek aus der Werkskolonie, dessen Vater von Böhmen her und Steiger im Kohlebau war, hatte seine stolze Freundin sehr gern. Der Junge mit den strubbeligen Haaren und dem harten Akzent, der »Grubenlampe« mit einem rollenden »R« aussprach, besuchte mit Dora die dritte Klasse. Er saß rechts, bei den Jungen, und Dora links am Fenster, bei den Mädchen. Vermutlich wäre er Dora nicht weiter aufgefallen – gäbe es nicht jene Zeichnung, die Frantek mit seinem gut gehüteten Faberbleistift 6B während einiger Schulstunden angefertigt und Dora eines Tages heimlich zugeschoben hatte, als die Lehrerin wieder einmal damit beschäftigt war, die Schüler in Arbeitsgruppen einzuteilen: Sie sollten Liebesgaben basteln für die Soldaten an der Front. Seit diesem Tag bewahrte Dora Franteks Zeichnung, auf der ihr Gesicht bis zum Hals und sogar noch etwas Brustkorb zu sehen waren, in ihrer kleinen Holzschachtel auf, gebettet auf grünem Filz, weich und geheimnisvoll. Die Zeichnung war mit einem dicken, schwarz schraffierten Rahmen versehen. Sie sah aus wie eine Todesanzeige. Oft holte Dora Franteks Zeichnung heraus und fuhr mit dem Finger den schwarzen Rand entlang. Sie versuchte genauso verträumt zu schauen wie auf der Zeichnung. Frantek musste sich ganz schön bemüht haben, sie zwischen all den anderen Mädchen zu sehen. Oder hatte er sie gar frei aus dem Gedächtnis porträtiert?

Der Nachmittag legte sich mit wohliger Schwere über den Innenhof. Hinter den oberen Fenstern klapperte Geschirr, und der Hausmeister ging zwischen den Beeten über den schmalen, gepflasterten Fußweg, der zu den einzelnen Haustüren der Wohneinheit abzweigte. Sonst war er mit Unkrautjäten beschäftigt. Jetzt aber gab es Wichtigeres zu tun. Kohlen mussten besorgt werden. Und die neue Elektrik war schon wieder kaputt. Deshalb bemerkte er die beiden Kinder nicht, die kleine Striche auf einen der Wurstbegleitbriefe malten, die Doras Lehrter Tante vom Land in die Stadt geschickt hatte, zusammen mit leckerer Wurst.

»Weiter«, beharrte Frantek mit seiner leicht heiseren Stimme und bohrte ungeduldig seine Schuhe in die Steinchen jenseits der Beete. Einzelne Buchstaben standen schon auf den Strichen des Blattes, ein U, ein B und zwei zitronengelbe I, ergaben aber immer noch kein Wort. Jedes Mal, wenn Dora falsch riet, ergänzte Frantek seinen gezeichneten Galgen zur Strafe um eine weitere Gliedmaße;

einen Arm, ein Bein und ganz am Ende den Kopf im Seil. Dora war keine gute Verliererin. Sie ärgerte sich, dass das Spiel »Vögel, Tiere und Fische« so schnell zu Ende war. Jetzt würde sie es Frantek heimzahlen, mit einem ganz besonders schwierigen Ratewort, auf das er nie und niemals kommen würde: »Strumpfband«.

Frantek tat genau das, was sie sich erhofft hatte. Ungeduldig zerknüllte er Tante Tonis Brief mit dem nun seinerseits verlorenen Ratespiel. »Gibt es nicht«, behauptete er, »und wenn doch, dann beweis es mir.«

Ein Windstoß fuhr durch das große Eingangstor in den Innenhof. Die kleine Papierkugel machte einen Satz und landete neben der Mauer, die ihr schattiges Plätzchen von der Kellertreppe abtrennte. Sie waren in einer Pattsituation, und alles hätte gut werden können, wenn Frantek nicht darauf bestanden hätte, ein solches »Strumpfband« einmal in seinen Händen halten zu wollen. Er stellte sich vor, es um sein Bein zu legen, vielleicht sogar um Doras Bein, wie Dora es ihm jetzt leise flüsternd beschrieb. Denn so hatte sie es einmal heimlich bei der Mutter gesehen: Die saß auf dem Rand ihres Bettes vor dem Ankleidezimmer und legte einen silbergrauen Streifen Stoff mit routiniertem Schwung um ihr Bein. Einen Moment lang wirkte sie auf Dora wie eine große Schauspielerin. Danach verlor sie das Bein der Mutter leider aus dem Blick, und sie konnte Frantek nicht recht erklären, wie der Abschluss gemacht wurde.

Sei's drum – das Strumpfband war nun mal ein Ding für Frauenhände, und Frantek hatte eigentlich gar keinen Gedanken daran zu verschwenden. Dora ärgerte sich nun doch, das Wort, das zwischen Elsa und ihrer Mutter gefallen war, für ein gewöhnliches Ratespiel preisgegeben zu haben.

Im letzten Winkel des Blumenbeetes begann Dora deshalb auf einmal energisch Erde anzuhäufen. Ihre Hände arbeiteten flink. Die Erde setzte sich schwarz unter die Fingernägel. Das kleine Mädchen mit dem runden Gesicht, das Frantek nur für sich selbst »Mondgesicht« nannte, hörte gar nicht mehr mit Erdeschaufeln auf, und so gab Frantek das Strumpfband endlich auf und fragte, was sie da mache. Sie schaufelte und schaufelte, bis sich an der Hauswand ein kleiner Hügel gebildet hatte. Sie suchte etwas, fand schließlich eine kleine Astgabel, die geeignet schien. Die steckte sie oben auf, griff nach Franteks Hand und zog ihn mit sich. Sie kniete sich vor den Hügel und faltete die Hände wie zum Gebet und bedeutete ihm, es ihr nachzutun. Frantek ahnte, dass er jetzt nicht widersprechen durfte, und ließ sich neben ihr auf die Knie fallen. Noch ein prüfender Blick zu ihr hinüber. Dann senkte er schweigend den Kopf.

»Sie werden siegen«, sagte Dora streng, und er beeilte sich zu nicken.

»Sie werden siegen«, wiederholte Dora, »genau so, wie Elsa das sagt.« Wieder nickte Frantek und starrte auf den kleinen Hügel mit dem Gipfelkreuz.

»Sie sollen aber auf keinen Fall Helden werden«, sagte sie.

Frantek stutzte. »Warum nicht?«

»Weil mein Vater dann nie mehr von der blauen Stunde spricht. Und weil wir dann keine Fröhlichwörter mehr tauschen.«

»Fröhlichwörter?« Frantek ließ verdutzt die Hände sinken.

Dora wies ihn stumm zurecht. Gehorsam brachte er sie wieder in Gebetshaltung.

»Fröhlichwörter. Genau.« Dora nickte eifrig. »Dann wird das Wetter schön.«

»Aber es ist doch schön.« Frantek sah in den wolkenlosen Himmel. Ein Engel mit schwarzen Locken.

Doch Dora war schon aufgestanden und bedeutete ihm zu gehen.

Später, als Frantek in seinen eigenen Hof in der Werksiedlung ein paar Kilometer entfernt getrottet war, unerlöst, weil das Strumpfband wie eine zarte Hand nach ihm griff, er aber nicht hätte sagen können, welcher Art der innere Tumult war, da ging Dora oben in der Wohnung rasch an Elsa vorbei in ihr Zimmer und verschwand in ihr Lieblingsversteck unter dem Tisch. Die

Gaslampe schimmerte bläulich durch den Vorhang in ihre Höhle. Und nicht einmal Elsa konnte sehen, wie Dora jetzt leise vor sich hin summend das flache Holzschächtelchen hervorholte.

Mit einem kleinen Stab öffnete sie vorsichtig den Deckel. Franteks Zeichnung, die zuoberst lag, wanderte auf einen Extraplatz daneben. Sichtbar wurde der grüne Filzboden mit den leicht moderig riechenden Sägespänen aus dem Lehrter Stall von Tante und Onkel. Dora war froh, sie bei ihrer letzten Reise stibitzt zu haben. Der Stab, der die Schachtel öffnete, hielt jetzt den Deckel, und so konnte sie so lange hineinschauen, wie sie wollte.

Die Holzspäne bildeten eine Art Schlachtfeld, an dessen Rändern Mensch-ärgere-Dich-nicht-Figuren aufgereiht nebeneinanderstanden: das Blauvolk gegenüber dem Gelbvolk und das Rotvolk gegenüber dem Grünvolk. Hätte jemand gehört, was Dora murmelte, während sie mit Fingerspitzengefühl einzelne Figürchen in Bahnen durch die Sägespäne zog, wäre das Wort »Krieg« gut zu hören gewesen, immer wieder aber auch die drei Worte »vertragt euch doch«. Erst leise, dann drängend und immer drängender.

Je mehr Rochaden gezogen wurden, desto bunter leuchtete das kleine Feld. Rot fasste Grün an der Hand, Gelb tanzte mit Blau. Das feierliche Finale war eingeläutet, wenn Franteks Dora-Porträt mitsamt der Figürchen in der Schachtel verschwunden waren.

Erst wenn Elsa rief, schlug Dora den Vorhang ihres Verstecks zurück, erschöpft und glücklich, als hätte sie eine verantwortungsvolle Aufgabe erneut gut gelöst.

»Mobil« war in diesen Jahren für Dora ein Wort mit Belag, eines ihrer Sammelwörter, die sie sich auf dem Papier notierte, das sie gleich unterhalb der kleinen Holzkiste mit den Mensch-ärgere-Dich-nicht-Figuren aufbewahrte. Im gesamten Land und weit darüber hinaus wurde mobilgemacht. Brot und Butter und Zucker waren rationiert und auch mobil. Sie schienen Beine zu bekommen und davonzulaufen. Es gab Tage, da war die Schule wegen Kohlemangels geschlossen. Und andere, an denen minutenlang Fliegeralarm tönte. Die Trambahnen blieben stehen. Die Beleuchtung wurde abgeschaltet. Eltern griffen ihr Kind bei der Hand und liefen panisch los.

An solchen Tagen fühlte sich Dora dem Vater am nächsten. Sie war ja in Gefahr wie er selbst. Einmal ging der Alarm mitten auf der Straße los. Sie war allein und rannte und rannte und dachte an den Vater. Das Herz hüpfte wie ein wilder kleiner Ball, als wollte es aus ihrer Brust herausspringen. Sie rannte und suchte ihre Kastanie vor dem Fenster und das Eingangstor zum Hof und die Mutter oder Elsa, den Hausmeister wenigstens, diesen müden Mann, der immer die Beete aufwarf und goss. Niemand war da. Nicht einmal das Haus fand sie unter den vielen anderen Gebäuden der Straße.

Da stolperte sie und lag mitten auf dem kantigen Schotter, die Luft um sie herum sirrte und tönte wie tausend große, unsichtbare Insekten, und der Vater war da und nahm sie an der Hand. Ruhig, meine Kleine, sagte er. Gut sah er aus im Uniformrock, von der Fotografie über dem Esstisch direkt herausgetreten zu ihr auf die Straße. Er hatte keine Angst. Und mit einem Mal war auch bei Dora alle Angst verflogen. Ihre Haut fühlte sich an wie Metall, ganz kühl und glatt und fest. Nichts konnte ihr etwas anhaben. Sie war jetzt ganz stark und rappelte sich wieder auf, rannte los, aber nicht mehr konfus, sie sah sich um, registrierte die Gebäude, fand die Kastanie, das Törchen, die Mutter im Hof, die schon nach ihr gesucht hatte. Sie kämpfte, wie der Vater sicher kämpfte, sie wusste nicht, womit. Ein Gewehr hatte er sicher, und sie hielt jetzt auch ein solches Gewehr in der Hand, es fühlte sich gut an, angenehmer Holzgriff, so stellte sie es sich vor. Sie ließ es nicht mehr los, bis der Alarm endlich vorüber war.

Doch das Starksein kostete Kraft, und anschließend reagierte sie lange nicht, wenn jemand sie ansprach.

Einmal kam vom Vater auch für Dora ganz allein eine Feldpostkarte, die ihr Elsa abends am Bett vorlas, zusammen mit dem Bilderbuch *Vater ist im Krieg*, das Dora liebte und hasste zugleich, hin- und hergerissen war sie, ob sie den Vater einfach so hergeben wollte für das, was doch sicherlich richtig war, was nun einmal sein musste: sich zu wehren gegen den Feind. So sagte es auch Elsa. Und sogar Frantek sprach vom Feind als etwas, das zerstört werden musste.

Elsa steckte das Bilderbuch in einer Nacht unter Doras Kopfkissen. Am nächsten Morgen lag es am Boden, und Dora, gerade aufgewacht, zögerte lange, ob sie es aufheben sollte oder einfach liegen lassen. Dann nahm sie es doch in die Hand, blätterte darin und betrachtete lange die Bilder von den Soldaten, zu denen der Vater nun gehörte.

In der geräumigen Wohnung ging es sonst ruhig zu. Dem Vater hatte Dora jeden Abend, obwohl er sie schon ins Bett geschickt hatte, doch noch eine gute Nacht gewünscht. Ganz heimlich war sie in sein Zimmer geschlichen, wo er saß und las. Sie umarmte kurz seine Beine. Das traute sich nicht einmal Frantek bei seinem Vater, hatte er einmal gesagt. Doras Vater tätschelte ihren Kopf wie der Pastor in der Kirche. Mit seinem Segen konnte sie endlich einschlafen. Aber seit der Vater weg war, sagte ihr nur Elsa Gute Nacht. Die Mutter blieb abweisend, und Dora nannte sie im Stillen oft »Schneekönigin«.

Doras Zimmer lag direkt neben dem der Mutter – aber sie kam nie, um Dora Gute Nacht zu sagen. Dora nahm schließlich allen Mut zusammen und marschierte nach einigen Abenden, an denen sie hoffnungsvoll gewartet hatte, schnurstracks selbst hinüber. Sie klopfte, wartete auf eine Antwort, setzte sich auf den Stuhl zur Mutter, die meist schon im Bett lag, in weichen Wolken, das gelöste Haar wirr auf dem Kissen um ihren Kopf gelagert. Dora saß bei ihr wie bei einer Kranken. Doch die Mutter war nicht krank. Sie redete unentwegt. Sie sagte Dinge, die Dora überhaupt nicht verstand, weshalb Dora bald die Beine unter das Nachthemd zog und ganz fest wünschte, dass die Mutter sie einmal etwas fragte. Erfolglos. Es blieb zäh und zunehmend erschöpfend, und so unterließ Dora diese Abendbesuche bald ganz.

Nur mit Elsa verband sie eine große Wärme, die sie noch umgab, wenn Elsa zur Nacht die Zimmertür hinter ihr schloss. Elsas blauer, luftiger Sommerschal lag unter der Bettdecke bereit. Dora wickelte ihre kalten Füße darin ein. So konnte sie besser einschlafen.

Die Mutter sah sie bald nur noch bei den Mahlzeiten im Esszimmer, wo sie stets zu dritt aßen, zusammen mit Elsa, die neben dem leeren Platz des Vaters ihre Suppe löffelte und Dora dazu anhielt, ordentlich und gut zu essen, damit sie Speck auf die Rippen bekomme, den brauche sie, es seien schließlich harte Zeiten. Meist war die Mutter beim Essen erstaunlich stumm, ganz anders als abends in ihrem Schlafzimmer. Sie verschwand fast in den dunklen Tapeten, auf die Dora angestrengt ihren Blick heftete.

Wenn es die Mutter aber überkam, konnte es geschehen, dass sie sich Doras erinnerte und sie überfallartig an sich drückte. Dora rutschte dabei fast vom Stuhl. Es sei gut, dass der Krieg sie ihr noch gelassen habe, ihre Tochter, ihre einzige Tochter, sagte Louise Leydecker. Dann schob sie Dora wieder von sich, als könnte man sich an ihr verbrennen, hielt sie auf Abstand und studierte sie. Jede Hautveränderung fiel ihr auf. Das dauerte, und Dora wusste dann gar nicht mehr, wo sie noch hinschauen sollte, bis sie erneut in den Busen der Mutter eintauchen musste, um von ihr gedrückt und geherzt zu werden. Dora machte sich jedes Mal steif wie eine Holzpuppe. Wenn es vorbei war, atmete sie auf und kaute ihr Brot ganz weich.

Was ihr aber zusetzte wie sonst nichts, das war das Fehlen einer wichtigen Antwort. Sie hatte den Vater doch fragen wollen, ob es Wölfe gebe in Deutschland. Er hatte ihr nicht einmal in der einen seltsamen Nacht geantwortet, in der sie geträumt hatte, dass er selbst in einen Wolf verwandelt war. Er lebte gut aufgehoben in einem großen Rudel und trug sogar ein Monokel. Es ging das Gerücht, dass Sehhilfen dieser Art an der Front verboten waren. Ein Soldat mit Monokel war sicherlich genauso erstaunlich wie ein Wolf mit Monokel.

Am nächsten Tag erzählte sie Frantek davon und beschrieb ihm den Wolf, der ein Monokel trug. Frantek lachte so laut, dass sie ihm die Hand auf den Mund hielt. Kein weiteres Wort kam über ihre Lippen von dem komischen Traum. Rasch zählte sie einige ihrer Lieblingsspiele auf, Murmeln, Reifen, Hinkepott, bis sie selbst den Traum und bald sogar fast den Vater vergaß.

ISA 2014

An einem der nächsten Tage rief meine Tochter Clara an. Sie fragte: »Was machst du eigentlich am See?«

Ich antwortete wahrheitsgemäß: »Ich beschäftige mich mit Dora, meiner Großmutter«, und betonte, »deiner Urgroßmutter«, so belehrend wie früher mein Vater uns gegenüber. »Dora hatte einen schlimmen Unfall«, ergänzte ich, um die Sache spannender zu machen.

»Echt?«, fragte Clara, und ich erzählte, was geschehen war. Ich holte weit aus und sprach von den Kriegen, die Dora erlebt hatte; und dass sie immer Zigaretten geraucht hatte mit Spitze. Ich erzählte, dass sie vieles aufgeschrieben hatte, und bot Clara sogar an, daraus vorzulesen. Ich drückte den Kunststoffknochen des Festnetztelefons fest an mein Ohr, während ich in den Unterlagen vor mir auf dem Tisch wühlte, um eine passende Stelle zu finden, die ihr Dora nahebringen würde.

»Schau, hier«, sagte ich und merkte gar nicht, dass Clara, das Luftwesen, schon wieder verweht war und mit anderen Dingen beschäftigt. Wenn ich ihr gegenübersaß, konnte ich immer gut sehen, wann sie ausscherte. Sie griff dann nach ihrem Handy, tippte etwas hinein, fixierte selbstvergessen in der Luft einen Punkt. Sie sagte sehr höflich »Ja«, wenn ich sie fragte, ob sie auch einen Espresso wolle. Stand das Tässchen vor ihr, schaute sie es verwundert an und fragte freundlich: »Für mich?«

Heute beendete Clara ebenso freundlich unser Gespräch, indem sie mitten in meine kleine, feierliche Dora-Rede hinein sagte, sie müsse leider auflegen, denn es habe an der Tür geklingelt. Was war nur über mich gekommen, so furchtbar missionarisch zu erzählen, als müsste Clara auf der Stelle alles stehen und liegen lassen und sich postwendend ihren Ahnen zuwenden! Als gäbe es für eine Vierundzwanzigjährige nichts Wichtigeres zu tun. Hatte ich überhaupt nach ihrer neuen Arbeitsstelle gefragt? Wie die Kollegen waren? Ob sie noch aufgeregt sei bei den Konferenzen?

Ich konnte mich ohrfeigen für die vertane Chance, wollte alles wiedergutmachen, noch einmal bei Clara anrufen. Doch sie kam mir zuvor. Das Telefon in meiner Hand klingelte erneut.

»Clara?«, fragte ich.

»Papa«, sagte Clara, ich hörte ihre Schlüssel und Geschirr klimpern. – »Papa?«, fragte ich und: »Gut, dass du noch mal anrufst, ich wollte doch wissen, wie es dir geht.« Aber Clara sagte noch einmal, und jetzt klang es trocken, in ihren Aufbruch hinein, ich konnte fast sehen, wie sie ihre Tasche füllte, in die Schuhe schlüpfte, ich konnte sogar hören, wie sie jetzt auf der Toilette saß und dann spülte und sagte: »Papa. Der ist seltsam. Er ruft ständig hier an.« Das Wasser, als sie sich die Hände wusch. Den Hörer hatte sie jetzt untergeklemmt. Die nächsten Sätze klangen wie unter Wasser. »Alles in Ordnung bei euch?«

Dann musste sie aber wirklich schnell gehen und verabschiedete sich, noch bevor ich etwas erwidern konnte.

Nach dem Gespräch mit Clara war es still, stiller als still. Draußen flog erst ein großer Fischreiher vorbei. Danach zwei kleine Vögel im kunstvollen Synchronflug. Zeitgleich gelang ihnen eine Reihe gemeinsamer Flügelschläge. Sie wirkten auf einmal wie bestellt, so, als sollten sie mich unterhalten. Aber weder war ich der Mittelpunkt für zwei kleine Vögel noch für Clara. Genau genommen war ich derzeit niemandes Mittelpunkt. Ich stand nicht einmal bei jemandem »unter«. Früher war ich im Windschatten meiner großen Schwestern zur Schule geradelt, so nah, dass mein Vorderreifen fast ihre Hinterreifen berührte. Danach glitt ich von Beziehung zu Beziehung. Aber schon meine Kurzzeitfreunde, in der Zeit lange bevor ich Paul kennenlernte, boten längst nicht so guten Windschatten wie meine Schwestern. Auch Paul, erkannte ich nach Claras Bemerkung, suchte, anstatt die Konflikte mit mir auszutragen, offenbar woanders Windschatten, und ausgerechnet bei Clara, die gerade genug Eigenes zu stemmen hatte. War es so nicht immer schon gewesen? Hatte er sich nicht immer schon mit Clara und Lennard solidarisch zu machen versucht, um seine Positionen durchzusetzen? Ich hatte mich nur schon so daran gewöhnt, dass es mir gar nicht mehr richtig aufgefallen war – erst jetzt, wo ein Teil von mir Pauls Zuwendung dringend verlangte; der andere Teil zugleich dichtmachte. Ich konnte dabei zusehen, wie ich mich von Paul allmählich entfernte. Es tat mir leid, aber es gelang mir nicht, etwas dagegen zu tun.

Aufgewühlt verließ ich die Wohnung und marschierte durchs Dorf und die Steintreppen hinauf zur Kirche auf der Anhöhe. Von hier aus konnte man über den ganzen See blicken. Die Weite des Wassers, das sich zur nahen Insel hinüberspannte, wirkte großzügig. Könnte ich großzügig denken, würde ich uns eine neue Runde gönnen. Aber der Schock saß tief. Der Abend zu Hause, der meiner Abreise vorangegangen war. Paul hatte einen Auftritt und war wie so oft abends außer Haus. Ich saß an einem längeren Text mit Abgabedruck, hatte aber wenig Energie und wechselte bald in Pauls Sessel. Hier hörte er viel Musik und bereitete sich als Kontrabassist des städtischen Orchesters auf neue Stücke vor. Hatte er sie im Ohr, belohnte er sich mit Jazz, einer Musik, mit der ich nie so ganz warm wurde.

Trotzdem zog ich eine seiner Jazzplatten heraus, um es Paul zuliebe noch einmal damit zu versuchen. Vielleicht hatte ich da bereits eine Ahnung, dass etwas nicht stimmte, vielleicht suchte ich da schon nach kleinen Unstimmigkeiten, wer weiß. Auf dem Zettel jedenfalls, der mit dem Vinyl aus der Hülle herausfiel, stand etwas in Pauls Handschrift. Diese Tatsache allein beunruhigte mich noch nicht. Er versteckte gerne überall Zettel. Botschaften mit wilden Hörassoziationen oder auch eine ausgeschnittene Plattenrezension. Manchmal auch Geldscheine zwischen Büchern, die mir entgegenfielen, wenn ich sie herausnahm und aufschlug. Einen Zwanzig-Mark-Schein fand ich erst zwanzig Jahre später in einem Roman, den ich einmal sehr gemocht hatte. Pauls Zettel und Scheine waren kleine Belohnungen für den Finder vergessener Bücher und Platten. Dass *ich* es sein würde, die eines Tages eine seiner Jazzplatten herausziehen würde, hatte Paul wohl nie für möglich gehalten.

Meine Hand mit dem Zettel auf dem abgewetzten Sitzpolster. Die Dauer, bis der Groschen fiel.

Tausend Dank für den Tag gestern im Park. Wann sehen wir uns wieder? Ich küsse Dich, küsse Dich, küsse Dich. Dein Paul.

Ich suchte im Plattengewirr vor mir nach einer Ordnung. Bestaunte auf einmal das technische Wunder, das Töne aus diesen Rillen zauberte. Begriff mit der Langsamkeit des Weges, den die Information brauchte, bis sie mich erreichte: Paul hatte diese Liebesworte an eine andere adressiert.

Wieder und wieder dieser Moment in Pauls Sessel. Seit meiner Ankunft kreiste er in meinem Kopf. Auch jetzt begleitete die Erinnerung mich die Stufen wieder hinunter ins Dorf und bildete quälende Wiederholungsschleifen, bis ich längst wieder in meiner Straße war.

Zurück an der Haustür, ging am Nachbareingang auch jemand hinein. Offenbar gab es nebenan Mieter. Der Mann war in meinem Alter und winkte freundlich. Ich winkte zurück. Als ich wenig später auf den Balkon trat, stand er auf dem Balkon direkt neben meinem. Ohne sich vorzustellen, verwickelte er mich über das kniehohe Trenngitter hinweg unmittelbar in ein Gespräch über Perspektiven, wobei er immer wieder temperamentvoll auf den See und die Voralpen deutete, die sich heute besonders scharf gegen den Himmel abzeichneten, was auch ich außergewöhnlich fand.

Lange vor den ersten Kinos habe es Panoramatheater gegeben, erzählte er. Stereoskopien. Doppelbilder mit 3-D-Effekt. Das habe sich auch der medienbewusste Kaiser Wilhelm nicht nehmen lassen. Man habe für diese phänomenale Aussicht nicht einmal vor die Tür gehen müssen. Ob ich das wisse?

Ich ließ es mir erklären, und tatsächlich war sein Vortrag anschaulich. Seine Stimme war angenehm; nicht zu laut und sehr dunkel, sodass ich mich dabei ertappte, mich dem uns trennenden Balkongitter immer mehr genähert zu haben. Es war eine seltsame Art der Kontaktaufnahme, da er mich selbst überhaupt nichts fragte. Er wollte nicht wissen, woher ich kam. Er wollte nicht wissen, wie lange ich blieb. Und auch ich hatte ihm diese Standardfragen nicht gestellt. Wir waren mit einem kurzen, selbstverständlichen Gruß von unseren Balkonen verschwunden.

Paul hatte mich ein paarmal versucht anzurufen. Aber ich war zu sprachlos, um ans Telefon zu gehen. Stattdessen suchte ich nach einer Möglichkeit, Dora auch auf den Spaziergängen bei mir zu haben – in Form eines Bildes. Um sie abzufotografieren, aktivierte ich die Kamera meines Handys – und stutzte: Statt ihrer war ich selbst im Display zu sehen, mit vorgeschobenem Kopf wie Dora, so, als wollte ich ins Gerät kriechen. Erschrocken legte ich das Smartphone beiseite und beging meinen zweiten Frevel an der Vergangenheit: Ich blätterte in dem Album und fand ein Foto, auf dem Dora allein zu sehen war, mit stoisch-undeutbarem Blick. Kurzerhand riss ich es heraus. Die Stille zerbarst. In der einen Hand hielt ich das Foto von Dora in die Höhe wie eine Trophäe. Meine andere Hand hielt noch die Albumseite, auf der jetzt ein kleines Loch klaffte. Ich blinzelte hindurch und sah das mir Bekannte: Die Küche, die Balkontür, den Griff der Balkontür. In wie vielen solcher Räume war ich schon gewesen? Als Tochter, Schwester, Berufstätige, Ehefrau, Mutter?

Statt Doras Foto abzufotografieren, fotografierte ich mich zur Versicherung meiner Anwesenheit selbst. »Red doch nicht so dumm daher«, hatte mein Vater oft gesagt. Ich drehte seine Worte in meinem Mund wie reife Pflaumen aus unserem alten Obstgarten. Ich kaute und schluckte und pulte den Stein aus meinem Mund und war wieder so klein wie damals, als die Pflaumenbäume noch standen und prächtig trugen.

DORA 1918–1920

Lange vier Kriegsjahre gingen ins Land. Dora wuchs um einige merkbare Zentimeter und musste sich bald krümmen, um in ihr Versteck unter dem Tisch zu passen. Als Dora merkte, dass sie genauso groß wie Frantek war, erfand sie den Gleiche-Größen-Tag, den sie gebührend feierten. Dem folgte bald der Tag kurz nach Doras zwölftem Geburtstag, als nach der Schule, anders als sonst, nicht Elsa, sondern die Mutter auf Dora wartete. Doras Herz klopfte, als sie die ungewohnte Abholerin sah. Es war jedoch eine gute Nachricht, die ihr der seltene Auftritt der Mutter am Schultor bescherte: Doras Vater, Soldat bei der Infanterie, Regiment 6, der in diesen vier Jahren nur einmal auf Fronturlaub in Essen gewesen war, wurde für die nächsten Tage erwartet. Er war doch kein Held geworden. Dora atmete erleichtert auf.

Wie der Vater aussah, das wusste sie fast nur noch von der gerahmten und von der Mutter täglich mit einem Gebet bedachten Fotografie an der Wand. An seinen Bart konnte sie sich am besten erinnern. Er raschelte, wenn der Vater sich daran kratzte. Jetzt stand da ein Mann, dessen kratziger Backenbart das ganze Kinn bewaldete.

Am Abend wollte Dora wie immer ihre Holzkiste öffnen, hatte aber gar keine rechte Lust. Sie tat es trotzdem, mehr aus Gewohnheit.

Die Spielfiguren langweilten sie. Sie kämpften nicht und tanzten nicht. Es waren einfach nur Holzpöppel. Nicht mal mehr anfassen wollte Dora sie jetzt.

Nur die Zeichnung von Frantek studierte sie wie eh und je und sogar noch genauer als sonst. Wie gut er mit seinem Stift ihre Grübchen erfasst hatte! Sie trat vor Mutters Spiegel und suchte sie in ihrem Gesicht. Sie waren noch da. Aber drum herum sah es jetzt ganz anders aus. Sie war schmaler geworden. Von Pausbacken keine Spur.

Heute nahm sie zum ersten Mal selbst wieder ihr Skizzenbuch zur Hand. Viele Wölfe und allerlei Pferde waren darin verewigt. Diesmal genügten ein paar Striche mit dem Kohlestift für ihr erstes Porträt eines Menschen. Es war der Vater mit seinem Bartwald am Kinn. Sie notierte das Wort auf ihrer Wörterliste: »Bartwald«. Das klang nach einem guten Versteck.

Dass der Vater wieder im Haus war, bemerkte Dora nur an den vielen Zigarettenstummeln. Sie lagen im Innenhof, vor dem Haus und auf der Straße. Sie sammelten sich im Rauchzimmer und manchmal sogar in der Waschküche im Keller vor dem Eingang zum Kohlenverschlag. Man erkannte sie daran, dass sie angekaut waren, als hätte der Vater sie mit dem Naschwerk verwechselt, das er Dora früher in der Bahnhofsgaststätte Kaiserhof spendierte. Die blaue Stunde war aus seinem Gedächtnis gelöscht, und es galt allgemein als großes Herrengeheimnis, wie er es schaffte, von allen Bewohnern im Haus unbemerkt die verschiedenen Orte aufzusuchen. Keiner hatte ihn je beim Rauchen gesehen. Selbst sein Mantel, der mit den Raglanärmeln, den der Vater vor dem Krieg immer nur seinen »Braunen« genannt hatte, wie ein Pferd, schien den Rauch seiner vielen Zigaretten nicht halten zu können.

Man sah Ernst Leydecker dafür des Öfteren mit seinem Kompass im Essener Stadtgarten sitzen; dort, wo die Jungen eine kleine Fläche zugeteilt bekommen hatten, auf der sie Fußball spielten. Er kam, wenn der erste Schuh den Ball berührte, und er ging, wenn sich das letzte Kind nach Hause getrollt hatte. Über die ganze Zeit, also etwa zwei Runden des Stundenzeigers, nahm er von den Kindern keinerlei Notiz, sondern war ganz in seinen Bézard vertieft. Mit Andacht holte er ihn aus dem hellbraunen Lederetui, das von vielem Gebrauch und Nässe hart geworden war. Die Tragschnur legte er sich um den Hals. Erst klappte er das Gehäuse, danach den dünnen Metallspiegel auf. Sein Finger glitt über den drehbaren Glasring, unter dem die Magnetnadel zitterte. Der Blick verweilte auf der Windrose und deren Markierungen, während Erinnerungen in ihm aufstiegen, an Nächte mit Nebel und jenem anderen, einem Kameraden, dessen Name sich in ihm eingebrannt hatte. Es kam vor, dass er den Kompass an den Mund führte und auf das runde Spiegelmetall hauchte. Der Kompass hatte ihm gute Dienste geleistet. Und auch jetzt zeigte die Magnetnadel zuverlässig nach Norden.

Zu Hause nahm er sein Bézardchen, wie er den Kompass zärtlich nannte, umgehend aus der Rocktasche und gab ihn Elsa, die ihn in ihrer weißen Kittelschürze verstaute. Sie hatte nun die ehrenvolle Aufgabe, ihn zu putzen, was schnell getan war, da er handlich war, nur ein Taschenkompass in unempfindlichem Olivgrün. Schmutz haftete längst nicht mehr daran. Elsa gab sich trotzdem redlich Mühe, unter den wachsamen Augen Ernst Leydeckers keinen Quadratmillimeter auszulassen.

Bei diesem fast täglichen Ritual war Dora oft zugegen. Die Mutter war in der Küche beschäftigt oder hatte sich an ihre Spiegelkommode zurückgezogen. So saßen sie wiederum nur zu dritt am Esstisch, meist nachmittags zu einer Tasse Tee unter dem großen Gemälde und der Uhr, die das Ritual mit ihrem notorischen Ticktack begleitete. Dora zeigte Interesse für den Kompass und fragte, wohin man käme, folgte man der Nadel nach Norden. Aber der Vater hatte nur Augen für den Reinigungsvorgang und verfolgte genau, wie Elsa der Gründlichkeit wegen einen stählernen Zahnstocher zur Hilfe nahm, mit auf der Spitze aufgesetztem

Stoffmützchen, um auch in die schmale Enge zwischen Gehäuse-deckel und Kompass gelangen zu können.

War Elsa gegangen, saß Dora immer noch da, wie hypnotisiert von der Feierlichkeit der Handlung. Zu unterbrechen wagte sie nie, so fern war ihr dieser Mann, den sie manches Mal diese Worte vor sich hin murmeln hörte: »In Gottes Namen fang ich an, was mir zu tun gebühret. – In Gottes Namen fang ich an, was mir zu tun ge-bühret.«

Ernst Leydecker wiederholte die Worte wie eine Beschwörungs-formel. Dann stand er auf, marschierte zielstrebig hinüber ins Rauchzimmer und trat an die große Vitrine, in der die Flasche mit dem goldenen Saft immer gut gefüllt bereitstand. Dora folgte ihm bis zum Türrahmen und verhielt sich mucksmäuschenstill. Irritiert lauschte sie seinem Selbstgespräch.

»Was man in Gottes Namen tut, mit glaubensvollem Sinn und Mut«, er goss sich noch etwas nach, »das muss uns wohlgedeihen.« Er hob das Glas und hielt es gegen das letzte Tageslicht. »Jawohl. Das muss uns wohl gedeihen. Na dann man Prost, Kameraden!«

Und dann hob er sein Glas – das war der gespenstischste Mo-ment – einer Fotografie entgegen, auf der er selbst zu sehen war, ein stolzer Soldat in Uniformrock.

Machte Dora doch aus Versehen ein Geräusch, drehte er sich langsam um und sah sie lange an, als suchte er in seinem Gedächt-nis, woher er sie kannte. Dann winkte er sie mit seinem dünnen Arm heran, und sie freute sich schon, weil er sie endlich bemerkt hatte. Seine bebende Hand deutete aber nur auf das Glas.

»Vitamine«, betonte er. »Vitamine sind wichtig, mein Kind.«

Dora trat einen Schritt zurück. Dann noch einen und noch einen, bis sie schließlich wieder an der Tür angekommen war. Der Vater schien wie ausgetauscht. Und doch war er ihr vertraut. Er machte ihr Eindruck mit seiner großen Erscheinung und den lässi-gen Armbewegungen. Aber es war etwas hinzugekommen, das sie nicht verstand.

Abgesehen von solchen Vorkommnissen ging der Hausherr seiner Arbeit bei der Hauptpost bald wieder zuverlässig nach. Er trug jetzt eine silberne Nickelbrille und statt eines Zylinders den bequemeren Herrenhut. Den Bart hatte er sich der Mode wegen vorübergehend ganz abrasieren lassen. Und auch das Zittern war nach einigen Monaten, in denen Dora ihm möglichst aus dem Weg gegangen war, fast gänzlich verschwunden. In der großen Leydecker'schen Beamtenwohnung nahm alles wieder seinen gewohnten Lauf. Gesprochen wurde nur über Bangloses, und das inzwischen sehr gerne auch bei Tisch. Sogar die Mutter lebte sichtlich auf und wandte sich ihrer kleinen Familie mit besonderem Augenmerk auf Äußerlichkeiten zu. Gebürstete Kleidung war ihr wichtiger als Tagesaktuelles. Die wirren Verhältnisse dieser noch jungen Republik entschied man, so weit möglich, zu ignorieren. Der Kaiser hatte abgedankt und war ins Exil nach Holland geflohen, wovon in der Familie Leydecker allgemein Notiz genommen wurde, viel mehr aber auch nicht.

Worüber man nicht hinwegsehen konnte, war die Lebensmittelknappheit, die in die tägliche Magenfrage mündete. Elsa und gelegentlich auch die Mutter mit Dora mussten sich in eine der vielen Warteschlangen einreihen, falls es Aussicht auf Butter oder Mehl oder anderes gab. Die Lehrter Verwandten schickten hin und wieder Pakete und manchmal sogar den Geldbriefträger, der sein Lieferrad vor dem Haus abstellte, die Treppen im Laufschritt nahm und an der Wohnungstür der Leydeckers ein Kuvert mit Zuweisung überreichte.

Deshalb gab es nicht immer nur Graupensuppe und Gerstenkaffee, sondern zum ersten Mal wieder echten Bohnenkaffee.

»Schmeckt wie Kohle«, vermeldete Frantek mit seiner immer noch heiseren Stimme, die er wohl behalten würde. Zum Premierenkaffee war er eingeladen, weil er gerade da war und Louise Leydecker es aufgegeben hatte, die beiden Kinderseelen auseinanderzubringen. Je mehr sie gegen diesen Frantek vorbrachte, dass er langsam war, einfältig, zu nachlässig in Kleidungsfragen, desto eiserner verteidigte ihn Dora, zu Louises Ärger neuerdings gar unterstützt von Louises eigenem Ehegatten. Ernst ließ sich von Frantek Feuer geben und sprach mit ihm von Mann zu Mann im Rauchzimmer, wenn Dora ihr im Haushalt mehr linkisch als geschickt zur Hand ging. Ernst sah offenbar mehr in dem Jungen als sie selbst. Sie hörte die beiden über lauter dramatisierte Dinge sprechen, über Aktuelles, über Putschisten und Kommunisten, jeden Tag etwas anderes, Louise verstand gar nichts mehr. Als sie Frantek einmal so bei Ernst stehen sah, etwas versonnen, als wäre er mit seinen Gedanken ganz woanders, da fiel ihr auf, dass der Bub Ähnlichkeiten mit Ernst hatte, wie er früher ausgesehen hatte.

Nun – da war offenbar wenig zu machen. Louise ließ also alles so laufen, wie es war. Wobei ihr Doras kleiner böhmischer Träumer in letzter Zeit doch arg nervös erschien. Kaffee kannte er überhaupt nicht. Das Getränk war ihm ein böhmisches Dorf. Sie seufzte kurz bei diesem Gedanken und nahm einen weiteren köstlichen Schluck. Wie lange hatte es keinen Kaffee mehr zu kaufen gegeben!

Dora musste Frantek heute ständig anschauen. Da saß er: breitschultrig und überhaupt nicht mehr so leicht zu bevormunden wie früher. Er gab neuerdings Widerworte, so wie jetzt, als die Mutter kurz aus dem Zimmer gegangen war. Rasch kramte er in seiner Umhängetasche und drückte Dora sein neuestes Skizzenbuch in die Hand. Viel zu lange rührte er in seiner Kaffeetasse. Längst waren die wertvollen Zuckerkrümel, für die Dora lange hatte anstehen müssen, in der schwarzen Brühe aufgelöst. Gespannt wartete er auf ihre Reaktion und nahm sich vor, dass ihm der nächste Schluck Kaffee schmecken sollte.

Tat er aber nicht. Fast musste er würgen. Während Dora blätterte, ließ er unauffällig den Kaffee von seiner Tasse in Frau Leydeckers leere Tasse fließen.

Hochöfen, Feuer, Fördertürme und Schächte. Es waren alles Motive aus ihrer Region, die Frantek naturgetreu aufs Papier gebannt hatte.

Mit einem prüfenden Blick auf die Tür – Frau Leydecker könnte jederzeit hereinkommen – kramte er nochmals in seinem Beutel. »Schau«, er hielt Dora ein Blatt hin, und sie versuchte zu lesen, was darauf stand.

»Woher hast du das?«

»Ist geheim«, sagte er und nahm es ihr wieder weg. Nur »Streik« las sie noch und freute sich, dass er sie in etwas eingeweiht hatte, dass er ihr so vertraute und sie Geheimnisse teilten. Es war einfach so gekommen, dass sie neuerdings aufgeregt war, wenn er sie besuchen kam; wenn sie Zeit miteinander verbrachten, längst nicht mehr so oft zwar wie früher und neuerdings fast immer unter Aufsicht der Mutter, manchmal des Vaters. Aber manchmal durften sie sich in Doras Zimmer zurückziehen.

Frau Leydecker erschien mit Servietten, noch ehe Frantek Dora erklären konnte, dass das ein Flugblatt war und er ins Gefängnis käme, wenn herauskäme, dass er es verteilte. Auf dem gerahmten Wandgemälde hinter Frantek schlängelte sich ein Pfad durch dunkelgrünen Wald. So schauten sie aneinander vorbei und schwiegen vor sich hin, eine unendlich lange Zeit, bis die Mutter in ihrer leer geglaubten Tasse doch noch einen Rest Kaffee entdeckte, freudig trank und Frantek nach seinem Vater fragte. Ob der immer noch im Bergbau arbeite?

»Ja«, sagte er, »ist gerade erst befördert worden, zum Abteilungssteiger. Das ganze Flöz muss machen, was er sagt.«

Frau Leydecker schwieg. Sie schwieg ein paar Minuten zu lang. Dora schämte sich sehr für die Mutter und gab ihr mit Blicken Zeichen – ohne Erfolg.

Frantek bekam davon gar nichts mit. Er dachte daran, wie sein Vater ihm auf die Schulter geklopft hatte. Er dachte an Ostern, als er mit dem Vater ausgegangen war. Und er dachte an die vielen Menschen auf dem Burgplatz, die demonstrierten, die Arbeiter mit ihren Streikparolen, und dann kam auch noch die Schutzpolizei, und sie waren schnell wieder nach Hause gegangen. Es soll Tote gegeben haben in der Nacht, hatte der Vater nachher berichtet und war wütend geworden, so sehr, dass Frantek ihm lieber nicht die Skizzen zeigte, die er von diesem Tag heimlich in seinem Zimmer angefertigt hatte; Menschen mit aufgerissenen Mündern und Megafonen und die Masse mit angedeuteten Köpfen. Es war ihm gut gelungen, die aufgeladene Stimmung einzufangen.

Frau Leydeckers Stimme holte ihn zurück. »Und dein Bruder?«

Nur Dora bemerkte an Frantek die plötzliche Veränderung. Die weißen Fingerknöchel am Henkel der leeren Tasse, die er krampfhaft festhielt.

Die Mutter musste nachfragen, so leise antwortete er: »Mein Bruder ist noch nicht zurück. Wir wissen nichts von ihm.«

Dora überlegte blitzschnell. Frantek hatte ihr den Bruder verschwiegen. Sie hatte ihn allerdings auch nie nach Geschwistern gefragt. Und jetzt zauberte er also diesen Bruder aus dem Hut; diesen Bruder, den sie immer selbst hatte haben wollen. Einen vom gleichen Schlag, aus demselben Stall. Einen wie sie, mit dem sie gemeinsame Eltern hatte.

Dora warf Frantek einen neidischen Blick zu. Dann wurde ihr schlagartig klar, dass Frantek zwar einen Bruder hatte. Aber er hatte ihn ja nicht mehr. Der Bruder war ein Phantom. Einer auf dem Feld. Sie sah ihn vor sich, ein paar Jahre älter als Frantek, ihm sicher ähnlich, die gleiche Statur, den gleichen durchdringenden Blick, aber mit kräftigerem Handschlag. Er trug Uniform. Da ging auf einmal eine große Wärme durch sie hindurch. Sie wollte Frantek trösten. Sie trank einen kräftigen Schluck Bohnenkaffee und wollte ihm wie der Bruder sein, den er vermisste.

»Zu Hause« war weit weggerückt seit dem heutigen Gespräch mit Paul. Zum ersten Mal hatte er mir die genaueren Umstände erzählt. Wie er sie kennengelernt hatte, vor zwei Jahren, als sie nach Deutschland gekommen war, um in seinem Orchester mitzuspielen. »Welches Instrument?«, fragte ich und bereute es schon im nächsten Augenblick. Die Querflöte kam aus Schweden und wohnte im orchestereigenen Fachwerkhaus im Altstadtviertel, zusammen mit anderen internationalen Musikern. Oft hatte ich früher dort nach Konzerten mitgefeiert, ich passte gut dazwischen mit meinen eher dunklen Farben, als hätte ich selbst gerade ein Konzert gegeben. In Wirklichkeit beherrschte ich aber nur die Theorie, analysierte Stücke, hatte Musikwissenschaften wenigstens im Nebenfach studiert, mein eigenes Klavierspiel aber vergessen, weil ich auf Klavieren bald nur noch schwierige Akkorde für die Harmonielehreprüfung zurechtfingerte. So lange kannte ich schon Paul: seit meinem Abschied vom Klavier.

»Du kennst sie«, sagte Paul. »Du hast sie einmal gesehen, vielleicht erinnerst du dich?«

Lange schon war ich nach Pauls Konzerten nicht mehr in dem Fachwerkhaus gewesen, es gab immer eine Ausrede, es war immer etwas wichtiger. »Wo?«, fragte ich, um mir die Frau auch wirklich ins Gedächtnis einzubrennen.

»Im Wald«, sagte Paul, »der Drei-Eich-Weg, der lange.«

Die Querflöte war uns also entgegengekommen und hatte gegrüßt. Er hatte sich mit ihr über Organisatorisches unterhalten, sie warteten beide gerade auf ihre Stimmen zu Joachim Raffs neunter Sinfonie, der Sommersinfonie. Paul der Bass, sie das helle Instrument in C. Was für ein Klischee. Sie war zierlich und hieß Svea. Ich erinnerte mich tatsächlich an diese Frau und ihren Händedruck. Kalte, kräftige Finger, die entschlossen zupackten. Es hatte kurz zuvor geregnet. Wir alle nutzten die Pause, unsere Regenjacken auszuziehen. Paul lud die schwedische Kollegin ein, die Runde mit uns zusammen zurückzugehen. Aber sie lehnte ab, etwas übereilt, wie ich mir jetzt in der Rückschau mit meinem neuen Wissen einbildete.

»Ich muss auflegen«, sagte ich ohne eine weitere Begründung.

Nach dem anstrengenden Telefonat stürzte ich mich ins frühlingsgestimmte Dorf, als müsste ich es erobern. Die Radfahrer fielen in Horden in das Seecafé ein und bestellten sicher alle das Radlermenü: ein großes Weizen, dazu Currywurst mit Pommes frites und Salat. Mit ihren Helmen und hautengen Rennanzügen ähnelten sie Außerirdischen. Wie sie ihre Räder abstellten! Wie Heiligtümer, die sie beflissen mit eisernen Ketten belegten. An einem der Tische des Cafés entdeckte ich den Nachbarn. Er blickte aufs Wasser. Als ich schon fast vorbeigegangen war, schien er mich zu erkennen und rief mir ein lautes »Entschuldigung« hinterher. Er winkte mich an seinen Tisch und bestellte mir auf Nachfrage einen Espresso. Sein Interesse schien nicht direkt mir zu gelten, sondern vielmehr der Möglichkeit eines guten Gesprächs. »Sie müssen mir sagen, was Sie auf dem See ganz hinten sehen, bitte. Ich habe meine Fernsichtbrille vergessen«, begann er die Konversation.

Es gab nichts Besonderes zu sehen. Ein paar Segelboote, Schwäne, das Übliche. Ich erfand einen Langstreckenschwimmer hinzu, der die kurze Spanne von unserem Ort zur Insel überbrückte.

»Ich sehe von ihm nur manchmal die Arme und bin nicht ganz sicher«, gab ich zu bedenken.

»Was wissen Sie noch von ihm?«

Ich dachte kurz nach. »Er trainiert jeden Morgen und jeden Abend«, sagte ich, »ich kann ihn von meinem Balkon aus sehen. Lassen Sie mich überlegen – er trägt keine der üblichen Badeshorts, sondern eine enge, rote Badehose. Eierkneifer sagt man dazu, oder nicht?«

Er musste schmunzeln.

»Er hat mit neun Jahren Kinderlähmung gehabt«, ergänzte ich. »Sie ist geheilt, aber er kennt das Gefühl, sich nicht mehr bewegen zu können.«

»Woher wissen Sie das?«, fragte er und sah mich überrascht an.

Hier musste ich passen und ließ meine Geschichte über den Langstreckenschwimmer fallen. Wir aßen dann noch zusammen, bis es Abend wurde. Die Sonne tauchte feudal in den See. Der Himmel war mit den feinen Linien der vielen Flugzeugschweife bedeckt und erinnerte an eine Kinderzeichnung in verschiedenen Orangetönen, eine Wachsstiftearbeit, in die jemand mit einem scharfen Plastikmesserchen Fernrouten eingeritzt hatte. Gustav, wie ich ihn seit diesem Abend nannte, war ein Nomade der Wissenschaften, der genau zum richtigen Zeitpunkt in mein Leben trat. Er kannte sich mit vielem aus und fragte an den richtigen Stellen nach, was sich für die Erforschung meiner Familiengeschichte als dienlich erweisen sollte.

Es ist nie zu spät, von Dingen zu sprechen, über die wir alle schweigen, über die vor allem ihr viel zu lange geschwiegen habt, schrieb ich meiner Mutter besserwisserisch noch am Abend desselben Tages. Der See wechselte seine Farbe zwischen Blau, Schwarz und Algengrün wie der ebenso wechselhafte Himmel. Ich hatte in der Umzugskiste Fotografien gefunden, mit denen ich zwar hätte rechnen können, die mich aber doch aufrührten, weil auf ihnen der Hagelsturm der Geschichte Spuren hinterlassen hatte, die ich mir naiverweise gerne weggedacht hätte. Aber noch war es ja nicht so weit und Dora gerade erst auf den Geschmack von Kaffee gekommen. Ich las den angefangenen Brief an meine Mutter noch einmal durch und legte ihn des pathetischen Tons wegen zum Gebrauchtpapier. Was erlaubte ich mir zu urteilen?

Die ganze Zeit, während ich schrieb und danach den Brief wieder verwarf, hörte ich Gustav in der Nachbarwohnung etwas tippen. Die Schläge der Metallarme, an deren Enden die Buchstaben auf die Schreibbögen droschen, drangen durch die Wand bis zu mir. Gustav benutzte offenbar eine alte Schreibmaschine und keinen Computer. Altmodischer Typ.

Am nächsten Morgen traf ich ihn beim Bäcker. Er übersprang die Begrüßung und sagte sofort, dass ihm meine erfundene Geschichte vom Langstreckenschwimmer vor allem wegen eines ganz bestimmten Details gefallen hatte: der Erwähnung einer überstandenen Kinderlähmung, die den Langstreckenschwimmer täglich neu ins Wasser zwinge.

»Bei der Wissenschaft«, sagte er, »ist es nicht anders. Sie stellt nur Fragen, wenn sie auch das Gefühl des Stillstands kennt. Denn sie weiß, dass Stillstand schmerzt.«

Ich war mit Bestellen dran, was mich davon entband, darauf etwas entgegnen zu müssen. Draußen notierte ich mir seinen druckreifen Satz auf der Brottüte, weil er mir gefiel. Ich überlegte zu warten, ging dann aber doch los, froh über die Freiheit, die mich in rauschhafte Zustände versetzte, immer dann, wenn ich sie mir in all ihren Facetten vor Augen führte. Aufstehen, wann ich wollte. Kommen und gehen nach Lust und Hunger. Schweigen und reden, wie mir zumute war. Neben meiner Brotarbeit, die mir hier so leicht von der Hand ging wie zu Hause nie, hatte ich viel Zeit für Dora und zum Nachdenken über mich selbst.

An einem der nächsten Abende beschloss ich, über den Balkon nach Gustav zu rufen. Wir hatten uns in den letzten Tagen immer mal wieder getroffen; am See, beim Bäcker und im Café. Jedes Mal war unser Wortwechsel schön gewesen, aber kurz, weil einer gerade ging, der andere kam. Nun sah ich, dass bei ihm noch Licht brannte. Die Bodenplatten schimmerten fahl, durch das offene Fenster war leise Musik zu hören, und tatsächlich ging nach einiger Zeit seine Balkontür auf. Gustav erschien im erdfarbenen Pyjama. Ich entschuldigte mich für mein Rufen, worauf er sagte, alles habe eine Bewandtnis, und offensichtlich hätte ich ihn heute Abend sprechen wollen. Warum?

»Ich wollte dir von meinem Vater erzählen«, sagte ich und war über mich selbst überrascht.

»Dann warte. Ich hole mir rasch ein Glas Wein.« Er kam mit einer Flasche und zwei Gläsern wieder, reichte mir ein gefülltes Glas und saß die ganze Zeit über auf seiner Balkonseite, als ich ihm erzählte, mein Vater habe ursprünglich Schriftsteller werden wollen, dann aber die juristische Laufbahn eingeschlagen. So habe er die Familie immer gut ernähren können.

»Er hat gerne getrunken und Kette geraucht, konnte die Natur genießen und hat alle seine Erlebnisse derart ausgeschmückt, dass wir ihm nie glaubten. Er hat ständig Sinfonien gehört, Bruckner und Mahler beim Mittagessen. Meine Schwester hasst deshalb klassische Musik. Ich finde sie schön. Eigentlich seltsam.«

Mir fielen seine vielen Ticks wieder ein. Eine Zeit lang kniff er immer die Augen zusammen. Danach zog er ständig die Nase hoch und erzeugte tief drinnen zwischen den Schleimhäuten ein Geräusch, bevor er die Luft wieder ausstieß, mehrmals hintereinander, man konnte es kaum ertragen. Er sei zwangsneurotisch gewesen und außerdem, erzählte ich Gustav, verachtend gegenüber seinen Kindern – um sie zu noch mehr Leistung anzustacheln. Denn in seinen Augen bekam man im Leben »nichts geschenkt«.

»Vertrauen ist gut. Kontrolle ist besser.« Das war sein Lieblingssatz gewesen. Der Beruf hatte auf ihn abgefärbt. Schuldig gesprochen wurden wir jedenfalls regelmäßig auf die eine oder andere Weise.

Wieder benutzte ich die Worte, die ich immer benutzte, wenn ich über meinen Vater sprach. Tyrann. Choleriker. Ein Rechthaber, der es sich mit jedem verdarb.

Aber das stimmte nicht ganz. Als ich längst ausgezogen war, gab es Frauen und Männer in meinem Alter, die begeistert von ihm waren. Es musste etwas an ihm gegeben haben, das ich übersehen hatte oder das er vor mir verbarg.

»Wenn du deiner besten Freundin von deinem Vater erzählt hast, glaubte sie dir nicht?«, unterbrach Gustav meine Beschreibungsversuche.

»Genau.«

»Verteidigte sie deinen Vater?«

»Ja.«

»Und du warst empört, dass niemand deinen Vater so erlebt hat wie du?«

»Ja.«

»Ich würde gerne mehr darüber erfahren. Morgen vielleicht. Oder übermorgen, wenn du etwas Zeit hast?«

Ich nickte und stand sofort auf, um mich zu verabschieden, ich hatte ja selbst kaum Zeit. Als ich Gustav das leere Weinglas hinüberreichte, berührte er beiläufig meinen Arm und wünschte auch mir eine gute Nacht. Er hatte »Isa« gesagt und nicht nur »Gute Nacht«. Es war lange her, dass jemand auf diese Weise meinen Namen ausgesprochen hatte. Ich hörte ihn seine Balkontür zuziehen und stand noch eine Weile allein auf meinem Austritt, die Stuhllehne umfasst, der gleiche Griff, mit dem ich früher Lennard an der Schulter zurückhielt, wenn er auf einer Burg bis zur Festungsmauer rennen wollte, um in den Abgrund zu schauen. Ich hatte das schale Gefühl, an meinem Vater Verrat begangen zu haben, weil ich so schlecht über ihn gesprochen hatte. Aber nein: Ich hatte nur meine Eindrücke geschildert.

Nach dem Gespräch mit Gustav lag ich noch lange wach unter dem Dachfenster. Ich wollte, wie ich es früher oft mit Paul gemacht hatte, den Moment abpassen, in welchem das Tageslicht in das Nachtlicht überging. Ich nahm mir die Betrachtung des Tischbeins direkt neben mir vor und starrte erwartungsvoll drauf. Ich wollte bemerken, wann genau die Kanten verschwanden.

Aber es kam wie immer, wie schon damals mit Paul: Die Kanten verschwanden nicht langsam, sondern auf einen Schlag. Durch die Dunkelheit griff ich nach dem Tischbein. Wenn es mit Beziehungen ähnlich war wie mit dem Hereinbrechen der Nacht, waren auch bei Paul und mir höchstens die Vorzeichen des Scheiterns erkennbar. Der Moment des Auseinanderbrechens selbst wäre es nicht. Wie sollte ich also wissen, ob es zwischen uns noch Tag war oder bereits tiefste Nacht?

DORA 1922–1924

Dora, die mit großer Leidenschaft wie die Erwachsenen Kaffee trank, nahm außer sich selbst nun Dinge wahr, die viele Gleichaltrige übersahen. Die Bruchkanten an den großen Steinbrocken, die in Haufen herumlagen und darauf warteten, verarbeitet zu werden; oder die Wollknoten, die sich auf ihrer Strickjacke bildeten. Sie wunderte sich, dass es so viele verschiedene Materialien gab, um Menschen zu kleiden. Leder und Baumwolle und Seide und Samt.

Am Bahnhof stieg sie aus. Die staubige Luft wimmerte von den Erschütterungen der nahen Baustelle. Klinker lagen herum und Haufen mit Naturstein, schon gab es etwas zu erkennen, ein Großprojekt. Hier entstand angrenzend an den Bahnhofsvorplatz gerade das neue Börsenhaus. Der Vater interessierte sich sehr dafür; der ganze Bau, sagte er, nachdem er die Pläne gesehen hatte, entwickele sich logisch und selbstverständlich, dem Platz eingepasst. Vor allem der Kopfbau gefiel ihm gut. Kubisch. Vertikal. – Dora hatte nachgefragt, weil sie das Wort »kubisch« nicht kannte. Der Vater war so gut gelaunt, dass er es ihr sogar erklärte: Kubisch, das heiße »würfelförmig«. Er trug ihr sogar auf, für ihn die Tageszeitung zu besorgen. Eine Auszeichnung, denn er hatte sie nie zuvor darum gebeten.

Das gusseiserne Journale, ein reich verzierter Tageskiosk, stach mit seinen großformatigen Plakaten alle anderen Verkaufsauslagen des belebten Viertels aus. Es war zu einem Treffpunkt für verschiedenste Stadtbewohner geworden. Morgens holten Essener

Aristokraten auf dem Weg ins Amt hier ihr Tagesblatt, um über die neuesten Entwicklungen auf der großen politischen Bühne informiert zu werden. Mittags tummelten sich an dem Journale die Volksschulkinder und tauschten Bilder, so lange, bis die Älteren sie ablösten, um an den runden Außentischen unter der Hand die neuesten Schwarzmarktprodukte zu versilbern. Mit der Dämmerung schließlich kamen abgearbeitete Bergarbeiter und tranken wortkarg ein Feierabendbier.

Dora gehörte zu der Mittagsschicht, als sie die Münzen schüchtern auf die kleine Durchreiche klimpern ließ, hinter welcher ein feistgesichtiger Händler stand. Er ließ sie warten. Hantierte hier noch mit einem Stapel neu eingetroffener Magazine, sprach dort mit ein paar wichtigeren Stammkunden, die seinen Verkaufsstand ganztägig belagerten, weil sie sonst nicht wussten, wo sie bleiben sollten. Einem glatzköpfigen Alten neben Dora lief der Speichel aus dem Mund geradewegs ins Glas, das er minutenlang hielt, bevor er schwerfällig den Kopf hob, um Nachschub zu bestellen. Auch ihm wurde Vorrang gegeben.

»Musst dich schon bemerkbar machen«, sagte da eine Stimme hinter ihr. Dora drehte sich um. Ein Junge hockte lesend unter einer grünen Regenplane, die heute nicht gebraucht wurde. Aber halt – das war gar kein Junge, der mit blitzenden Augen zu ihr herübersah, mit einer Frechheit, die nicht aufdringlich, aber auf jeden Fall hochmütig wirkte. Niemand sollte wagen zu widersprechen, hieß dieser markante Blick.

Nicht ihm, sondern ihr: Denn hier saß, Dora erkannte es jetzt, ein Mädchen, etwa so alt wie sie selbst. Es wandte sich jetzt mit aller Ruhe wieder der Lektüre zu, und Dora fiel sofort ihr Profil auf: Ein willensstarkes, hervorstehendes Kinn; das Haar so kurz wie sonst nur bei Jungen. – Würde sich gut malen lassen, dachte Dora und tastete nach ihrem Skizzenblock, den sie neuerdings immer mit sich führte, das hatte sie Frantek abgeschaut. Da fiel ihr plötzlich ein, wo sie das Mädchen schon einmal gesehen hatte, am Tag zuvor, in der Nähe der Schule, fasziniert wie eben jetzt, weil dieses Mädchen es gewagt hatte, mit einem ziemlich gut aussehenden Jungen zu sprechen, einfach so.

»Was liest du?«, fragte Dora leise, doch das Mädchen antwortete nicht. Es tat einfach so, als hörte es sie nicht.

»Warum sitzt du auf dem Boden?«, versuchte es Dora ein zweites Mal und wischte ihr Geld von der Ablage. Sie trat ein paar vorsichtige Schritte näher heran. Doch die Angesprochene blieb ganz in die Zeitung vertieft; bis sie genervt durch die Zähne zischte: »Lauter sprechen.«

Der alte Mann hinter Dora mischte sich ein. »Mädchen, wenn de den Mund nich aufreißt, kommt nix.« Er klirrte mit dem Schlüssel ans Glas. »So hörste dich an. Wie 'n Glas. Bist doch nicht aus Glas, oder?« Er drehte seinen Glatzkopf wieder zum Ausschank, so langsam wie eine Schildkröte.

Dora dachte an die Uhr, die ihr Vater in der Westentasche trug und die sie jetzt gerne aus lauter Verlegenheit herausgeholt hätte. Sie hatte keine Uhr. Das Geld in ihrer Hand brauchte nicht genauer studiert zu werden. Also gab sie sich einen Ruck, streckte die Hand aus und sagte so deutlich, wie es ihr eben möglich war: »Ich heiße Dora. Ich habe dich schon mal gesehen.«

Endlich schaute das Mädchen auf und betrachtete Dora genauer. Das dauerte sicher eine gute Minute. Über den Zeitungsrand hinweg inspizierte sie Dora von Kopf bis Fuß, als müsste sie entscheiden, ob dieses Mädchen mit dem runden Gesicht und den dunkelgrünen Augen und der ihr hingestreckten Hand es überhaupt wert sei, dass sie einschlug. Dann ließ sie mit einem Mal die Zeitung sinken, und ein Reigen an Mimik drehte erkennbar Karussell auf ihrem Gesicht. Ihre Miene hellte sich auf, und sofort sah sie trotz der kurzen Haare wie ein Mädchen aus; wie ein Mädchen, das sich freute.

»Ich kenne dich zwar nicht. Ich habe dich ganz sicher noch nie gesehen«, sie stand jetzt auf, »aber mir gefällt, dass du mich einfach so ansprichst, obwohl du ja genau siehst, dass ich beschäftigt bin.«

Die Zeitung war in den Staub gefallen, was sofort den Verkäufer erregte. Sie solle man woanders lesen gehen, schimpfte er. Eine Zeitung koste Geld. Das Papier sei knapp. Und Bildungselemente wie sie könne er ohnehin nicht ausstehen. Worauf das Mädchen freundlich die Zeitung aufhob, zusammenfaltete und zu den anderen zurücklegte. »Ich heiße Maritz.« Sie gab Dora die Hand und sah sie sehr ernst an, als würde sie einen Vertrag besiegeln. Sie schaute nach links. Sie schaute nach rechts. Sie schien nachzudenken. Dann rief sie dem Händler zu: »Bis morgen«, und zog Dora mit sich fort.

Der Nachmittag hatte sich durch die Begegnung mit Maritz geweitet und gestreckt. Sie erzählten sich von ihren Vätern, die beide im Krieg gewesen waren, und dass Maritz' Vater schon wieder abgereist sei. »Unterwegs in diplomatischen Dingen«, sagte Maritz nebulös. Sie spazierten durch ihre Stadt und sahen sie nicht, weil sie voneinander wissen wollten, welche Schule sie besuchten und ob sie Geschwister hatten (Maritz hatte drei Brüder). Mehr als einmal musste ein Straßenbahnfahrer auf das Signalhorn treten und ein Lastkarrenauto abbremsen, weil die beiden jungen Damen sich bequemten, eine Straße zu überqueren, ohne nach rechts und links zu schauen.

Als sie das Bernewäldchen erreichten, waren sie nicht wenig erstaunt, dass sie den gleichen Fußweg hatten. Die Arroganz, die Maritz noch unter der Regenplane ausgestrahlt hatte, war wie weggewischt, blitzte aber kurz auf, als Maritz ihrer neuen Bekannten anvertraute, dass sie regelmäßig zum Journale gehe, um dort den Fortsetzungsroman zu lesen: *Die Traumbude* von einem gewissen Erich Remark. Dora erfuhr, dass *Die Traumbude* die Dachwohnung eines Dichters und Malers war, der dort junge Künstler empfing.

»Warte – ich habe es sogar auswendig gelernt«, sagte Maritz und kniete sich vor Dora auf den harten Boden. In vollendeter Pose, den Blick in die Ferne gerichtet, begann sie mit ihrer Rezitation:

»Kinder, ich muss nun wohl von Euch gehen; es wird mir schwer. Habt Halt in Euch. Hört mein Wort. Sucht das Glück nicht in der Welt. Das Glück ist in euch. Seid Euch treu – und geht vom gefundenen Ich den seligen Weg zum Du – und dann zum All – die blaue Verschwisterung –, alle sind Eure Brüder und Schwestern. Bäume, Wüste, Meer, die Wolke im Abendrot, der Wind im Wald. Nichts ist Trennung und Zwiespalt, alles Einheit und Harmonie, ewige Schönheit.«

Dora wollte schon klatschen, da bedeutete ihr Maritz mit hoheitsvoller Geste zu schweigen. Ein paar Töne höher fuhr sie fort: *»Stimmt Eure Seelen nach der großen Harfe Natur, wenn sie einmal zerrissen klingen. Alles fließt.«*

Sie steigerte sich, eine wahre Mimin mit Sinn für Dramaturgie. Die letzten Worte schossen heraus wie ein Befehl, im Pluralis Majestatis an Dora gerichtet: *»Verknöchert nicht!«*

Maritz war so überzeugend, dass Dora der Satz ins Mark traf. Sie fühlte sich gemeint. – Aber da war die Schauspielerin schon fertig mit ihrer Deklamationskunst und verbeugte sich vor ihrem imaginären Publikum. Ein Mann, der zugeschaut hatte, schüttelte missmutig den Kopf und ging weiter. Ein Junge wollte mit Dora klatschen, aber die Mutter trieb ihn zur Eile an.

Dora aber stand jetzt ganz still und war erstaunt. So einen Auftritt hatte sie noch nie erlebt. Noch als sie sich von Maritz verabschiedete, war sie ganz benommen. Sie hatten sich gleich für den nächsten Tag verabredet, am selben Platz, wo Maritz Remark rezitiert hatte. Zum Abschied gaben sie sich die Hand, so, wie Maritz es ihr beigebracht hatte. So wollten sie es fortan immer machen, hatte Maritz gesagt und Dora feierlich dazu genickt.

So einen schönen Nachmittag hatte sie lange nicht mehr erlebt. Die Bäume in ihrer Straße leuchteten im späten Licht, sie hatte ganz die Zeit vergessen, aber es war auch ganz gleich, denn sie hatte Maritz kennengelernt – und musste jetzt an den Vater denken, den Vater vor dem Krieg, da war er wieder, wie ein Gefühl eigentlich, mehr nicht. Etwas, wonach sie sich sehnte. Wie hatte er sie genannt? »Meine Dora.« Nie einfach nur »Dora«, so wie jetzt, falls er ihren Namen überhaupt sagte.

Nur manchmal, wenn er oft genug aus der Flasche im Schrank trank, war er wieder ein bisschen wie früher und machte Späße. Aber schnell überkam sie der Ekel, wenn er dann etwas zu ihr sagte und sie seinen stechenden Atem roch.

Da fiel ihr plötzlich die Tageszeitung ein. Die hatte sie ganz vergessen. Und jetzt war es zur Umkehr zu spät, sie hatte sich doch beeilen sollen. Maritz wäre Doras Vater furchtlos unter die Augen getreten. Maritz hätte ihm freiheraus ins Gesicht gelacht, eine überzeugende Geschichte zur Entschuldigung erzählt, und der Vater hätte es ihr nicht einmal übel genommen. Dora wollte das auch so können. Vielleicht konnte sie es von Maritz lernen.

Nicht mehr ganz so ängstlich lief sie die Treppe hinauf, die Dielen knarzten unter ihren Schuhen wie Musik und trugen sie nach oben, vorbei an Elsa, die ihr den Mantel abnahm, hinein zum Vater – aber wer saß da?

Frantek, der sich erschrocken zu ihr umdrehte, als sie hereinplatzte. Sie hatte vergessen anzuklopfen.

Der Vater würdigte sie keines Blickes. Er studierte etwas, das Dora nicht gleich erkannte, das aber an Franteks Nacken hing, an einer Schnur um seinen Hals, und jetzt sah sie auch, was es war: der alte Kompass, des Vaters Bézardchen, den hatte er schon lange nicht mehr hervorgeholt – und jetzt Frantek umgehängt.

Der Vater war konzentriert über sein Studierobjekt gebeugt und erklärte Frantek gerade alle Funktionen. Mit der anderen Hand winkte er ab. Dora, hieß das, solle sich gefälligst ruhig verhalten und abwarten, er habe gerade Wichtigeres zu tun. Die silberne Nickelbrille saß im kurzen Haar, sein Gesicht berührte fast die Windrose im Kompassglas, das er zwischen Daumen und Zeigefinger hielt und langsam drehte.

Dora störte. Am liebsten hätte sie sich in Luft aufgelöst, das Zimmer wieder rückwärts verlassen, ohne zu ahnen, was sie eigentlich falsch gemacht hatte. Dass sie eben noch von innen her leuchtete, das war auf einmal Vergangenheit.

Betrübt ließ sie sich auf einen der beiden Sessel fallen und wartete ab. Die Zeitung war ganz offensichtlich vergessen. Der Vater hatte sie genauso vergessen wie Dora und den Auftrag, den er ihr gegeben hatte. Ein Loch tat sich in ihr auf, es fraß sich Raum. Unwillkürlich hielt sie sich den Bauch. Aber der Gefühlstumult wurde nur noch turbulenter. Nichts sehnlicher wünschte sie sich, als auch einmal von ihrem Vater so belehrt zu werden wie Frantek. Nichts war ihr wichtiger, als dass der Vater genauso zu ihr sprechen würde wie jetzt zu ihm.

Aber da war auch Frantek, der Arme, der sichtbar litt, der Aufmerksamkeit bekam, ohne dass er danach gefragt hatte. Dora konnte wohl sehen, wie ihm zumute war, wie es ihm unangenehm war. Er hörte zwar geduldig zu, sah aber immer wieder Hilfe suchend zu ihr, als sollte sie ihn endlich von den Belehrungen des Vaters erlösen.

»Die Marschrichtung«, hörte sie, »so bestimmst du die Marschrichtung.« Der Vater zog zweimal fest an der Schnur, Frantek beugte den Kopf. Wie einen gesegneten Talar schwenkte der Vater die Kompassschnur über Franteks Kopf. Dann glitt das gute Stück aus des Vaters Händen auf den Beistelltisch. Dort ließ das Gerät sich genauer ausrichten. Wieder einer dieser Hilfe suchenden Blicke von Frantek, der ja eigentlich wegen Dora gekommen war. Wegen des Vaters doch sicherlich nicht.

Das schmerzende Loch in Dora verschwand, als ihr das klar wurde. Sie atmete leichter, entspannte sich, ließ sich in den Sessel sinken und wartete geduldig auf das Ende dieses Anstandsbesuchs beim Vater.

Endlich saßen Frantek und sie dann allein in Doras Zimmer. Sie erzählten sich, was sie schon für die Schule getan hatten. Ihre neue Bekanntschaft aber behielt Dora zunächst noch für sich. Dieses wunderbare und sonderbar anziehende Mädchen mit dem Namen Maritz wollte sie erst einmal selbst besser kennenlernen. Sie würde sie früh genug mit Frantek teilen. Aber sie machte ein paar Andeutungen und hatte Frantek an der Angel.

»*Was* hast du? Theater gespielt? Theater mit wem?«

»Morgen vielleicht«, sagte sie vage. »Oder übermorgen.« Sie lächelte möglichst geheimnisvoll, zog die Augenbrauen hoch und schloss wissend die Augen.

»Frantek«, sagte sie, als er gehen musste.

»Ja?« Er blieb an der Tür stehen.

»Mir gefallen deine neuen Zeichnungen.« Sie zögerte, wollte es so ausdrücken, dass er ihr glaubte. »Als wärst du dabei gewesen.«

»Wirklich?«

»Alle«, ergänzte sie. »Mir gefallen sie alle. Auch die von den Fördertürmen und so. Die Arbeiter. Die Demonstranten.«

Aus dem Flur waren die Stimmen der Eltern zu hören. Ernst Leydecker skandierte ausnehmend laut eine Schimpfkanonade. Louise Leydecker hielt kernig dagegen. Unfreiwillig wurden Dora und Frantek Zeugen, als der Vater sagte: »Du gehörst in eine Anstalt. Du bist krank, Louise. Krank in der Seele, wie es im Buche steht.« Die Stimme der Mutter klang gepresst: »Neumodischer Kram, was du liest und was deine intellektuellen Freunde dir einreden wollen. Alles Lüge!«

»Wart noch ein Weilchen«, sagte Dora zu Frantek. Sie standen schweigend beieinander, bis sie eine Tür zufallen hörten und Dora ihn schnell in die Diele schob. Den Mantel schon in der Hand, drehte Frantek sich noch einmal zu ihr um. »Ich mag auch, was du zeichnest«, sagte er. »Ich mag vor allem, wie du zeichnest.« Auch er suchte nach Worten. »So wie in Träumen. Als wäre alles geträumt. Diese Wesen. Die Tiere.«

Er hatte recht. Dora malte in letzter Zeit seltsame Wesen, halb Tier, halb Mensch, Fantasiewesen aus ihrem Kopf. Sie nickte und zeigte auf die Tür, hinter der ihre Eltern zu hören waren. Leise schlüpfte Frantek aus der Wohnung.

Der Wolf war Doras ständiger Begleiter, seit sie ihn das erste Mal als kleines Mädchen hinter den Zugfensterscheiben auf der Fahrt von Lehrte nach Essen ausgemacht hatte: Unbeweglich, starr, mit leicht zurückgezogenen Lefzen stand er da, als sei er in großer Anspannung. An manchen Tagen sah sie ihn schnüffelnd, als müsste er sich seines Reviers versichern. Er hinterließ an ausgewählten Stellen Markierungen und schnürte danach weiter durch den Wald. Die Hinterpfoten setzte er in die Abdrücke seiner Vorderpfoten. Es gelang ihm mit Leichtigkeit, während Dora nun immer öfter darüber nachdachte, wie sie ging und wie sie wohl dabei aussah.

Die Stadt veränderte täglich ihr Gesicht. Es fuhren immer mehr Kleinkraftwagen über das Pflaster. Die Toten hinter der Friedhofsmauer mussten die neuen Erschütterungen doch spüren! Es war heute eisig. Fröstelnd zog sich Dora den dünnen Mantel enger und versuchte, mit der Mutter Schritt zu halten. Seit sie Franteks Skizzen kannte, sah auch sie überall die Arbeiter; die Erschöpfung und die Falten in ihren ausgemergelten Gesichtern; die Fördertürme und Stahlgiganten, die zwischen zwei Häusern durchschauten und schon einen Schritt weiter hinter den Fassaden verschwanden. Wenn Dora mit der Mutter die immer gleichen Wege entlangging, vorbei am Krupp'schen Friedhof, die unheimliche, steinerne Mauer entlang, vertrieb sie sich das Gerede der Mutter mit Gedanken an Frantek und ihre neue Freundin Maritz. Sie waren im letzten Jahr zu einem Dreigestirn zusammengewachsen. Die beiden hatten sich auf Anhieb gemocht. Nichts und niemand konnte zwischen sie treten.

»Hast du das gesehen?« Mutter Louises Stimme war laut. Der Frost hatte die Pfützen mit einer dünnen Eisschicht überzogen. Dora umlief sie, so weit es ging, und zog den blauen Schal, den ihr Elsa einst gestrickt hatte, enger um den Hals. Winterwolle wäre jetzt schön. Sie konnte da und dort knotige Stellen fühlen, wo der Schal gekittet worden war. Sie sah Elsa vor sich, klein und immer bei ihr. Aber Elsa war fortgegangen. Vielleicht hatte sie ihre Familie wiedergefunden. Niemand wusste etwas von ihr. Seit Elsa nicht mehr da war, musste Dora mehr helfen als früher. Heute folgten sie Gerüchten, dass es Kartoffeln gebe.

»Was denn?«, fragte Dora.

»Da hinten.« Die Mutter zeigte auf eine Gruppe Kinder, die ihre Jacken zu Kängurutaschen umfunktioniert hatten und schwere Last davontrugen. Stahlabfälle, schätzte Dora, das war gut zu versilbern. Die wilden Flächen waren voll davon. Dora nannte sie für sich selbst die »wilden Flächen«, weil sie jeden Tag anders aussahen. Mal standen große Wagen herum, und Männer luden Steine auf. Dann wieder lag alles unberührt. Von den Häusern, die dort einmal gestanden hatten, war nur mehr Schotter übrig, zusammengeschoben und teilweise abgetragen. Dora stellte sich manchmal vor, wie etwas Neues darauf keimte und wuchs, eine Pflanze aus Beton, mit einer prachtvollen Blüte, die zur Dachterrasse wurde, zu der man über eine Wendelblättertreppe hochsteigen konnte, um über das ganze Ruhrgebiet zu schauen, von Förderturm zu Förderturm.

Einmal, es war schon länger her, kurz nach dem Krieg, da hatte Dora den Vater begleiten dürfen. Als Funktechniker der Post sollte er auf einer der umliegenden Zechen Grubentelefone und Signalkabel installieren. Die riesigen, langen Gebäude und vor allem der Förderturm hatten ihr mächtigen Eindruck gemacht. Winzig klein fühlte sie sich damals. Beim Laufen übers weitläufige Gelände hatte sie unwillkürlich den Kopf eingezogen, als müsste sie ihn besonders schützen.

Die Soldaten, an denen Dora jetzt mit der Mutter vorbeimusste, hatten von dem Stahlklau offenbar nichts bemerkt. Sie rieben sich die Hände gegen die Kälte der Dezembertage. Atemwölkchen standen vor ihren Mündern. Der Glatzköpfige lächelte Dora zu. Und auch der andere sah sie an. Beide verbeugten sich leicht. Der Kahle hatte schöne Augen und eine kleine, halbrunde Narbe am Mund. Dora wusste nicht, wo hinschauen, und richtete den Blick schnell wieder auf den Weg.

»Mein Gott, stehen da viele an«, sagte die Mutter, als sie ihr Ziel erreicht hatten. »Die Tante muss uns in Lehrte aufnehmen, wenn das so weitergeht. Sie hat doch Kartoffeln, nicht wahr?«

Dora dachte an Maritz, mit der sie nach Weihnachten verabredet war.

»Mehl werden wir uns schicken lassen«, sagte die Mutter. »Sie sind alle gleich. Alle böse und arrogant.«

»Wer?« Dora war mit ihren Gedanken weit weg.

»Die Franzosen sind böse und arrogant. Ganz recht, wie's dem Mädchen erging. Stand doch in der Zeitung. Die war genauso alt wie du. Einfach ausgegangen ist sie mit den Franzmännern, ins Filmtheater.«

»Und?«, fragte Dora.

»Zur Strafe haben sie ihr die Zöpfe abgeschnitten. Recht hatten sie«, sagte die Mutter mit Nachdruck, »mit Franzosen geht man nicht aus.«

Sie stellten sich in die Schlange. Schritt für Schritt ging es vorwärts. Doras Füße waren schon ganz eisig. Jeder hatte bündelweise Papiermark dabei und bangte, dass die Preise nicht in der nächsten Stunde weiter in die Höhe schnellten. Es gab jemanden, der hinter der gläsernen Ladentür die Scheine in Empfang nahm und sie in große Wäschekörbe warf. Es würde auch jemanden geben, der die Scheine abends häufelte und zählte.

Dora fasste die Mutter am Unterarm und schob sie vorwärts. Ihr Mantelstoff fühlte sich kratzig an. Die Kälte kroch durch die Kleidung und in alle Poren. Auf dem Gehweg waren Stolperfallen und kleine Krater. Sie blieb fast hängen mit ihren Absätzen. Die Mutter roch süß. Sie hatte am Morgen versucht, sich ein Parfüm selbst zu mischen. »Dieses Mädchen mit den kurzen Haaren, diese Maritz, die du jetzt immer triffst«, sagte sie, »die gefällt mir nicht, Dora. Die gefällt mir ganz und gar nicht.«

Noch zehn vor ihnen, dann waren sie dran. Dora und Maritz planten einen Besuch im Stadttheater. Dora überlegte, ob sie Maritz erzählen sollte, dass sie von Frantek ein Buch geliehen hatte.

Das Buch war nicht erwähnenswert. Aber was Frantek darin angestrichen hatte, vielleicht absichtlich, weil er wusste, dass sie es sehen würde. Maritz wäre neugierig zu erfahren, was Frantek in dem Roman alles wichtig fand.

Sie traten in den Laden. Die Besitzerin war gerade dabei, das in den letzten zwei Stunden eingetroffene Geld, zwei volle Körbe, in den Hinterraum zu tragen. Ihr breites Gesäß schaute zwischen den Regalen hervor. Die Butter war aus. Die Kartoffeln sollten heute 333 Mark das Kilo kosten. Die Mutter kramte in der Tasche nach Scheinen und fand sie in ihrem Magazin. Die *Hausfrau* raschelte, Geldnoten kamen zum Vorschein.

Dora dachte an Frantek und wie sie früher mit ihm draußen im Hof Kartoffeln verschoben hatte. Sie nannten das Spiel »Fünfzehn gegen Toffel«. Frantek hatte neuerdings diesen selbstbewussten Blick, den er nur ablegte, wenn sie mit ihm allein war.

Die ältere Frau hinter ihnen, die jedes kleine Vorwärtskommen mit einem Kommentar gewürdigt hatte, gefiel Dora wegen des großen, dunkelrot geschminkten Mundes. Sie wollte gerne ihren Pelzmantel anfassen, das Fell. Jetzt die Hand ausstrecken und darüberfahren. Wie viel weicher würde sich dieser Mantel anfühlen als der kratzige Wollmantel ihrer Mutter, die inzwischen bezahlt hatte und mit der Ladeninhaberin plauderte.

»Schlimme Zeiten«, mischte sich die Frau im Fellmantel ein.

»Aber nicht so schlimm wie noch vor einigen Jahren, wir wollen nicht klagen«, sagte die Ladeninhaberin. Sie hatte einen leichten Flaum über der Oberlippe und wusste immer ein aufmunterndes Wort.

»Mein Karl ist auf dem Feld geblieben. Gott hab ihn selig.« Die Fellfrau bekreuzigte sich. »Aber zum Glück kann ich bei meiner Schwester wohnen. Gott hab sie selig.« Sie nickte vor sich hin.

Draußen war es dunkel geworden. Die Lichter der vorbeifahrenden Wagen warfen zitterige Linien durch die gläserne Ladentür. Eine Elektrische bremste so laut, dass alle drei Frauen beim

Hinaustreten aus dem Laden einander kurz an den Armen fassten vor Schreck. Die Warteschlange war kaum kürzer geworden. Die Frau im Fell entfernte sich rasch. Dora sah ihr nach. Sie versuchte ihre Hände in den Manteltaschen zu wärmen und hatte die Idee, dort kleine Fellreste einzuarbeiten. Kleine, weiche Höhlen für die Hände.

Wie schnell die Motordroschken an ihnen vorbeifuhren, als sie neben der Mutter nach Hause lief. Wie langsam dagegen die Zeit verging. In einigen Monaten würde sie die Schule beenden. Manchmal, in den Stunden, wenn es allzu langweilig war, füllte sie die Zeile des Aufgabenblattes mit geometrischen Figuren und verwandelte sie in Buchstaben, die sie durchstrich, damit ihre Kritzeleien nicht weiter auffielen. Das Malen und Zeichnen vertrieb die Unruhe, die sie neuerdings oft wie aus heiterem Himmel überfiel; wenn sie Frantek anschaute und er genau in dem Moment sich auch zu ihr umdrehte; oder wenn sie beim Vater im Zimmer saß und dieser kaum Notiz von ihr nahm. War sie aber mit dem Bleistift beschäftigt, machte ihr das nichts mehr aus. Dann konnte sie alles gleichzeitig: kritzeln, Frantek anlächeln und sogar noch wahrnehmen, welche Übungen die Lehrerin aufgab.

Nie aber malten Frantek und sie gemeinsam. Immer nur allein, jeder für sich. Als hätten sie eine geheime Absprache getroffen.

In der Schule, von der er ständig sprach, arbeitete man dagegen in Gruppen. Erst konnte sie sich gar nicht vorstellen, mit anderen gleichzeitig etwas abzumalen, noch dazu sogar einen nackten Menschen. Dort lernte man nämlich auch anatomisches Zeichnen, und Frantek hatte erzählt, es gebe Leute, die Geld dafür bekämen, sich unbekleidet abzeichnen zu lassen. Für Dora unvorstellbar! – Aber er hatte auch von den anderen Klassen erzählt, die man besuchen musste oder durfte. Metallverarbeitung. Handarbeiten. Möbelzeichnen. Schmieden. Emaillieren. Schrift- und Buchkunst. Holzschnitt und vieles mehr, auch Praktisches wie Anstreichen und Gipsformen. – Und am Ende war man – was? Künstlerin? Dekorateurin? Lehrerin? Jedenfalls durfte man zeichnen.

An diesem Tag, als der Wolf an jeder fernen Straßenecke auftauchte und ihr Mut zuzuflüstern schien, dachte Dora zum ersten Mal daran, wie es wohl wäre, wenn auch sie selbst auf diese Schule ginge, diese Handwerker- und Kunstgewerbeschule, von der Frantek immerzu sprach. Zusammen mit ihm. Sie zeichnete ja mindestens genauso gut wie er und würde ihre Scheu vor den vielen männlichen Tätigkeiten sicher überwinden, falls Frauen dort überhaupt zugelassen waren.

Dora trat einen Schritt beiseite, sodass der Abstand zwischen ihr und der Mutter größer wurde. Bis zu Hause schwieg sie und lauschte den dumpfen Wintergeräuschen der Straßen.

Nach Weihnachten trafen sich Dora und Maritz am Theater. Es war ein kalter Januartag im angebrochenen 24er-Jahr. Die Straßen lagen unter einer dünnen Schneedecke, und der Mann mit dem Bauchladen, der noch im Sommer die Trambahnfahrer mit Blumen umworben hatte, zog nun stattdessen weiche Schals hervor, die er um seinen Arm gewickelt an den Haltestellen den Fahrgästen entgegenhielt, die Hand blass von den Minusgraden.

Wie immer kam Maritz zu spät. Dora ermahnte sich zu Geduld. Mit einem Fuß schob sie den Schnee zusammen und bohrte mit dem anderen eine Höhlung hinein. Dann noch mal und noch mal, damit die Zeit schneller verging.

Frantek war in ihrem Leben der verlässliche Orientierungspunkt, immer zur Stelle. Seit sie aber mit Maritz befreundet war, hatten ihre Tage eine Farbe. Maritz hatte Ideen und die Gabe zuzuhören. Sie war ein starker Wind, der Dora in fremde Gegenden trug. Verreisen war dafür nicht nötig. Reisen war ohnehin schwierig geworden, obwohl viele davon träumten, Ostland zu bereisen, vielleicht einmal die Türkei, die ein gewisser Kemal Atatürk gerade als Republik ausgerufen hatte.

Maritz und Dora reisten fast schwerelos. Sie blätterten die Kunstillustrierten durch und begegneten jetzt nicht mehr getrennt, sondern gemeinsam den blauen Pferden von Franz Marc, den

Dora verehrte. Sie wollten nach blauer Baumwolle suchen, um ein Kleid zu nähen, so schwarzblau wie die Pferde dieses Malers – wilde Pferde, die sich aus dem Papier bäumten, die Nacken im Halbrund gebogen. Es hieß, der Maler sei tot, gefallen in Frankreich. Sie hätten den Maler und seine Traumpferde aus den Sümpfen gerne kennengelernt. Das schwarzblaue Kleid sollte schimmern wie die Nacht.

Meist trafen sie sich bei Maritz und oft auch ohne Frantek, nur zu zweit. Sie verbrachten dann Stunden in dem kleinen Zimmer, das sich Maritz mit zwei Brüdern teilte, die jedes Mal zum Spielen hinausgeschickt wurden, sobald Dora kam – und erstaunlicherweise gehorchten! Hätte es bei den Leydeckers nachgerade als unhöflich gegolten, ohne die Eltern so viele Stunden hinter verschlossenen Türen zu verbringen, blieben sie in Maritz' Refugium weitestgehend ungestört. Sie atmeten den Duft der Märchen aus *Tausendundeiner Nacht*. Die Literatur und die Malerei waren ein Palais, in das man hineingehen konnte, aber kaum mehr herausfand. Immer gab es eine neue Tür, die durchschritten werden wollte. Dora und Maritz schmiegten sich mit Émile Zolas leichter Dame *Nana* auf vorgestellte Chaiselongues und bewunderten, wie Nana mit der agilen Eleganz einer Tigerin und dem groben Fuß einer Elefantin ihre zahlreichen Verehrer so kunstvoll dirigierte, dass diese einander nie begegneten. Sie bewunderten Nanas Hingabe und ihre Genusskunst und begeisterten sich neuerdings für Modezeitschriften, *Neue Frauenkleidung und Frauenkultur* oder *Mode für Alle*. Dora liebte das Knistern des Magazinpapiers, wenn Maritz blätterte. Und was es nicht alles gab! – Eng geschnürt, machte das »Johanna« genannte Leibchen sicherlich eine gute Form. Oder rundgestrickte Florstrümpfe aus glasiertem, merzerisiertem Baumwollgarn? Dora hatte betrübt auf ihre Beine geguckt. Die steckten meistens nur in schlichten, beigen Wollstrümpfen und festen Tagesschuhen. Daran musste sich unbedingt etwas ändern.

Am liebsten aber sprachen sie Dramen in verteilten Rollen. Mit Moritz und Melchior aus Wedekinds *Frühlings Erwachen* waren sie regelrecht verschwistert. Wenn sie morgens zusammen aus dem Bernewäldchen zur Schule liefen, rezitierten sie prustend ihre Lieblingssätze:

> *»Hast du sie schon empfunden?*
> *Was?*
> *Wie sagtest du?*
> *Männliche Regungen?«*

Raunte Maritz Dora die letzten beiden Worte zu, hielten sie sich die Bäuche vor Lachen, so weh tat es.

Heute aber ließ Maritz sich Zeit. Dora blickte die Straße hinunter. Keine Maritz weit und breit. Sie holte die *Essener Allgemeine* heraus. Im Stadttheater wurde Bertolt Brechts *Trommeln in der Nacht* gegeben. *Mörder. Hoffnung der Frauen* klang auch vielversprechend.

Sie tippelte von einem Fuß auf den anderen vor Kälte, als sich endlich zwei Hände auf ihre Schultern legten und sie Maritz' tiefe Stimme hörte. »Gehen wir?«

Sie gingen eine Weile schweigend nebeneinanderher. Die Geschäfte hatten schon geschlossen. Die Turmuhr schlug zur vollen Stunde. Dann blieben sie wie auf Verabredung gleichzeitig vor einer der schönsten Auslagen stehen. Die Puppenmacherin Lotte zeigte in diesem Schaufenster ihre neuesten Fabrikate – lebensecht wirkende Modelle, die sie liebevoll in ein hübsches Bettgestell gelegt hatte, zugedeckt mit einer Samtdecke. Die Puppen sahen so echt aus, dass man meinte, sie rührten sich gleich.

Dora starrte auf die Augen der Puppen, die aus Glaskugeln gearbeitet waren. Sie überlegte, ob jetzt der richtige Moment war, mit Maritz über Frantek zu sprechen. Sie wollte ihr anvertrauen, wie sehr sie ihn mochte. Aber sie sagte nur: »Frantek wäre übrigens gerne mitgekommen.«

Maritz lachte kurz auf und zeigte auf die Puppe mit dem Baby im Arm. »Ich möchte keine Kinder, und du?«

»Darüber habe ich noch gar nicht nachgedacht«, sagte Dora schnell. Das stimmte nicht. Sie hatte sogar schon eine Wiege gemalt. Als Kopfteil aus Holz schön glatt geschliffen und braun gebeizt ein halbrunder, gelber Mond mit silberblauen Einsprengseln.

»Hätte er ja sagen können, wenn er wirklich mitwollte.« Maritz hakte sich bei Dora ein. »Schön, dass wir auch mal wieder nur zu zweit unterwegs sind.« Sie schaute zur Turmuhr hoch, während sie Dora weiterzog. »Es ist ja schon bald halb acht. Ich habe noch etwas mitgebracht. Das braucht auch Zeit.«

Die Mädchen gingen lieber nicht zu schnell. Der Schnee unter ihren Schuhen gab nach. In den großen Zufahrten bildete sich auf den Spurrillen schon Eis. Schon seit Wochen lag Schnee, zu Haufen zusammengeschoben, braun vom Dreck der Stadt.

Maritz hatte Christstollen mitgebracht. »Eine Spende von meinen Eltern«, erklärte sie, »sie finden dich sehr höflich.« Es roch nach Zitronat, als sie die Stücke aus dem Papier wickelte und Dora das größere reichte.

Sie aßen auf dem großen Platz vor dem Stadttheater. Das Café im Inneren mit den bequemen Rohrstühlen wäre beheizt, aber sie hielten ihr Geld lieber für das Billet zusammen, das teuer genug war. Der Wind pfiff ihnen scharf ins Gesicht und spielte mit ihren Haarsträhnen. Der Kuchen schmeckte nach Weihnachten. Sie entschieden sich für *Mörder. Hoffnung der Frauen.*

»Oskar Kokoschka«, sagte Maritz. »Ich habe etwas über ihn gelesen.«

»Hm. – Aber da steht auch: ›Mit Musik von Paul Hindemith‹«, sagte Dora, und ihr Gesicht hellte sich auf. »Eine Oper! Hier steht: ›Einakter‹, zusammen mit noch einem anderen von ihm, dem *Nusch-Nuschi,* klingt doch lustig.«

»Vor allem, wenn du Nusch-Nuschi, mit einem Mund voll Kuchen sagst!«

Schnell aßen sie auf. Dann war es Zeit für das Theater. Dora trug heute die Schuhe von Maritz, die elegant glänzten, als das Licht ausging und nur eine Fackel die Bühne erhellte. Sie hatten keine Ahnung, was sie erwartete.

Die beiden Mädchen hatten schon einige Stücke gesehen; *Der Sprung in die Ehe*, ein Schwank von Max Reimann, oder *Was ihr wollt* von Shakespeare. Doch noch nie Musiktheater. Die Musik ergriff sie vom ersten Ton an, so gespenstisch und drängend war sie, mit wuchtigen Blechbläsern, die schaurig schief spielten, als wäre das Absicht; und mit Solisten, die kaum menschlich klangen. Die Fackel brannte so riskant nah am großen Theatervorhang, dass sie froh waren, weiter hinten zu sitzen, denn um ein Haar hätte er bei einer Szene mit viel Gemetzel Feuer gefangen.

Dora kuschelte sich an Maritz. Wenn es zu arg zuging, kniff sie sie in die Hand. Die Männer in dem Stück trugen Stirnbänder über weißen Gesichtern, waren nur notdürftig mit grellroten Stofffetzen bedeckt und fuchtelten mit lauten Schellen herum. Die Frauen hatten gelbe, verfilzte Haare und waren richtige tolle Mannweiber, fand Maritz. Sie und Dora verstanden überhaupt nichts von der ganzen Oper, hatten aber trotzdem ihren Heidenspaß. Auf der Bühne wurde wild aufeinander losgegangen, unter lauten Trommelschlägen und Totenschädelgerassel. Im Finale war ein von Menschen nachgeäfftes Hahnengeschrei zu hören, das Dora und Maritz noch mit vorgehaltener Hand belustigt imitierten, als sie schon mit den Zuschauern aus dem Saal strömten.

»Zu intellektuell«, hörten sie, nachdem sie auch *Nusch-Nuschi* überstanden hatten, am Ende des Abends im Foyer einen Herrn im feinen Abendanzug zu seiner Frau sagen. Die reagierte gar nicht.

»Ist wohl verstimmt, weil ihre Abendgarderobe nicht zur Geltung gekommen ist«, flüsterte Maritz Dora zu. Es hatte ja auch kaum eine richtige Pause gegeben, in der man sich hätte zeigen können.

Dora kämpfte gegen leichten Schwindel, sie litt unter niedrigem Blutdruck und wollte gehen. Aber Maritz war nicht wegzubringen von dem großen Ankündigungsplakat des ersten Einakters, und auch Dora war auf einmal davon wie gebannt. Es war wirklich sehr unheimlich. Es zeigte eine Frau. Ihr Gesicht war weiß, als wäre sie tot. Sie hielt einen Mann im Arm.

Das Besondere an dem Plakat aber war der Kopf der Frau. Er hing wie leblos herab.

»Die Augen und der Mund. So voller Leid«, murmelte Maritz sichtbar bewegt. »So voller Zartheit.«

Dora konnte das Plakat kaum ansehen, und es gelang ihr, Maritz weiterzuziehen, zur Garderobe, wo sie ihre Mäntel entgegennahmen und endlich hinaustraten.

Die wenigen Meter, die Dora allein ging, nachdem sie sich diesmal schon an der Ecke zu Maritz' Wohngebiet voneinander verabschiedet hatten, kamen ihr heute Abend wie eine Ewigkeit vor. Die Häuser waren düstere Gestalten. Die Kastanie, ihr Anker, hatte mehr Arme als sonst. Sie drückte sich vorbei in den dunklen Hofeingang und dachte daran, wie sie hier mit Frantek zusammengehockt hatte. Frantek in der mehrfach geflickten und viel zu großen Arbeiterkleidung seines Vaters, mit Ruß im Gesicht; Frantek mit der kleinen Prinzessinnenkrone auf dem Kopf, das Wertvollste, das die Verkleidungskiste hergab; Frantek als Soldat mit dem Kartonhelm und dem Holzsäbel und der schwarz-weiß-roten Fahne, die Elsa extra für sie genäht hatte. Frantek mit dem immer vorwitzigen Gesicht und den gar nicht dazu passenden Unschuldsaugen.

Heute in der Schulpause hatte er sie lange angesehen, mit diesen Augen, die sie so mochte, etwas verlegen, aber doch ohne wegzuschauen. Maritz kannte Frantek doch gar nicht, dachte Dora trotzig, als sie die schwere Haustür aufstieß. Es war dunkel im Flur. Sie tastete sich nach oben zur Wohnung. Im Wohnzimmer brannte noch Licht. Wieder war der Vater noch wach. Sie grüßte kurz hinein, um zu zeigen, dass sie zu Hause war. Dann ging sie ins Bad. Alles war ruhig. Die Mutter schlief längst. Leise machte Dora sich fertig. Sie grübelte und grübelte. Die Zeit im Bad war die beste Grübelzeit. Heute aber stieg auf einmal Wut in ihr auf. Maritz tat immer so, als sei Frantek auch ihr allerbester Freund. Dabei kannte sie ihn nur so, wie er jetzt war, dürr und groß und redselig oder auch mal sehr schweigsam, je nach Laune. Doch nur sie, Dora, kannte ihn ganz. Die Spiele ihrer Kinderfreundschaft waren ihre verschwiegene Geschichte, in handlichen Päckchen unter den Innenhofpflastersteinen verstaut. Sie starrte in den blinden, alten Spiegel und kniff die Augen zusammen. Im nächsten Moment fühlte sie sich schlecht, weil sie so böse über Maritz gedacht hatte.

Als sie aufs Bett fiel, müde von den vielen Tageseindrücken, tanzte in der Dunkelheit ihres Zimmers immer noch das unheimliche Plakat. Die fahle Frau mit ihrem so seltsam seitlich geneigten Kopf, die einen Mann im Arm hielt. Genau genommen hielt sie ihn gar nicht im Arm, sondern hievte seinen schlappen linken Arm hoch, weil der Mann nämlich auch so gut wie tot war, schwer und leblos, mit noch weniger Kraft als sie selbst. Der Mann war rot, mit expressiven Strichen gemalt, sodass man seine Sehnen und Muskeln sehen konnte. Sein Mund stand offen, und auch sein Kopf war wie verrenkt zur Seite geneigt und klemmte in ihrer Armbeuge. Sein Arm hing über ihrer Schulter. Die Schwerkraft zog ihn nach unten.

Diese Frau mit ihrem Totenkopfgesicht und dem langen schwarzen Haar. Man wusste nicht: Hielt sie ihn? Oder drückte sie ihn weg? So viel Ausdruck! So viel Unsicherheit bei beiden! Und ja – Maritz hatte recht: so viel Leid. Es war, als hätte die Frau den Mann gesäugt wie ein Baby und dadurch ihre Lebenskraft verloren.

Das zu erzählen, nur mit Farbe und kräftigen Strichen – das war richtige Kunst. Doras eigene plumpe Tier- und Porträtstudien hingegen waren nur hilflose Stümpereien.

Da hatte sie plötzlich wieder den Gedanken, dass auch sie selbst an diese Kunstschule gehen könnte, von der Frantek ständig sprach. Hier erlernte man sicher, solche ausdrucksstarken Plakate zu malen. Sich dort ausbilden zu lassen würde Mut kosten, viel

Mut, den Maritz sicher hätte, sie aber nicht. Vielleicht bekam sie von Maritz' Mut etwas ab. Sie tastete nach dem weichen Schal und wickelte ihn um die kalten Füße, selig über die Idee, die immer deutlicher Gestalt annahm. Bald fielen ihr die Augen zu.

Einige Wochen später war es so weit. Sie hatte mit Frantek alles vorher abgesprochen. Er war nicht einmal sonderlich überrascht, als sie ihm eröffnete, dass sie auch auf diese Schule gehen wolle.

Nun mussten sie Maritz für die Idee gewinnen, aber so, dass es aussah, als wäre es ihre eigene gewesen. Sie wussten ja, dass Maritz nichts machte, was man ihr sagte. – Danach jeweils die Eltern zu überzeugen war wieder ein ganz anderes Problem. Das schoben sie erst einmal beiseite.

Dora gab das Stichwort. »Wart ihr eigentlich schon im neuen Museum?«

Frantek tat ganz bewandert und erzählte, was er schon wusste. Dass es »Folkwang« heiße und Essen verändern werde. Und dass er natürlich schon drin gewesen sei.

»Folkwang«, sagte Dora, die wusste, dass Maritz den Klang der Wörter und ihre Bedeutungen liebte wie sie selbst, »heißt das nicht Volkshalle?« Es klinge ja fast wie aus einer Sage!

Da nahm Maritz ihnen den ganzen Wind aus den Segeln. »Freya wohnt dort, die Schutzgöttin der Künste und der Natur, die die gefallenen Krieger nach Walhall geleitet.« Sie klang fast ein wenig gelangweilt. Frantek und Dora sahen sich verblüfft an. »Mein Vater war bei der Eröffnung, einer von den geladenen Gästen«, sagte sie trocken, »im Hans-Goldschmidt-Haus letztes Jahr.« Sie erzählte davon, als wäre sie selbst dabei gewesen und hätte die vielen ermüdenden Reden, die dort gehalten wurden, alle über sich selbst ergehen lassen müssen. »Wo Arbeit ist, muss auch Kultur sein«, zitierte sie. Ihr Vater hatte für die Sammlung gespendet, zusammen mit vielen anderen aus der Industrie. Es gab auch private Spender. Die Stadt stellte aber immerhin die Ausstellungsräume.

Sie trugen zusammen, was sie über die Osthaus-Sammlung wussten. Der Namensgeber selbst, Ernst Osthaus, war gerade verstorben. Er kam aus Hagen und besaß nicht nur Gemälde noch lebender Künstler, was überall als etwas ganz Besonderes hervorgehoben wurde, sondern er hatte auch – zur Inspiration und Förderung der Künstler im eigenen Land, wohlgemerkt – kostbare Werke aus allen Ecken der Welt gesammelt. Jeder Kunstkreis, der sich ein eigenes »Antlitz« verschafft hatte – ja, so schrieb die Ortspresse –, sollte durch ein charakteristisches Stück repräsentiert sein. Frantek schwärmte von einem kleinen arkadischen Hirten in Bronze. Auch ein römischer Knabentorso hatte es ihm angetan. Maritz, die tatsächlich schon einen Besuch des Museums hinter sich hatte – ohne Dora! –, liebte hingegen eine marmorne Aphrodite.

Dass die Stadt das Museum hergeholt habe, sei ein Zeichen, so Frantek; wegweisend auch für die Kunstausbildung. Er hatte aufgeschnappt, dass der Erwerb des Museums auch der Handwerker- und Kunstgewerbeschule Impulse gebe. Neue Lehrer habe man bereits hergeholt, von weiter weg. Die Lehrer durften sich mit hochoffizieller Erlaubnis vom Ministerium in Berlin »Professor« nennen. Das alles sprach dafür, dass nun auch in ihrer Region etwas ganz Besonderes geschehen würde.

Dora überlegte laut. Die Handwerker- und Kunstgewerbeschule lag in Rüttenscheid, nicht weit weg von ihrem Viertel.

»Gibt es dort auch eine Klasse für Metall?«, fragte Maritz. Sie wusste von einer außerordentlich gebogenen Teekanne aus den Händen einer Frau. Sie lehrte und lernte in Weimar, an einer Kunstschule, die sich »Bauhaus« nannte und oft von sich reden machte.

»Aber ja«, sagten nun Frantek und Dora wie aus einem Mund, obwohl sie sich gar nicht so sicher waren, ob auch Frauen der Zutritt zu dieser Art Klassen erlaubt war. »Und batiken kann man. Und Schriftkunst erlernen. Und Plakate entwerfen.« Doras Stimme überschlug sich. »Denk mal, Maritz, so ein Plakat wie das, das wir letztens im Theater gesehen haben. Das so schaurig war!« Bei dem

Gedanken an die Plakatkunst und wie die Frau darauf den Mann in den Armen hielt, das Leid in den Gesichtern, da schauderte Dora noch immer.

»Und wenn wir zusammen auf diese Schule gingen?«

Dieser Satz war von Maritz gekommen.

Alle beendeten im Frühjahr 1924 die Schule und arbeiteten parallel an ihren Mappen mit Zeichnungen für die Bewerbung. Sie hatten Glück, wurden angenommen und konnten bereits zum Sommersemester anfangen. Frantek hätte eigentlich eine Lehrzeit in einem Handwerkerberuf vorweisen müssen. Aber seine künstlerische Begabung war so außergewöhnlich, dass man wohl eine Ausnahme machte. Er hatte außerdem an der Schule einen der wenigen kostenfreien Plätze der Industrie- und Handelskammer ergattern können; dazu ein kleines Studierzimmer, sodass sogar sein Vater die Zustimmung gegeben hatte und die Eltern nunmehr allein in der Werkswohnung lebten. Und auch Maritz' Eltern hatten die künftige Ausbildung sofort befürwortet.

Nur Dora musste Überzeugungsarbeit leisten. Die Mutter wollte sie als Hausmädchen unterbringen und hatte bereits der Bergstraße bei Heidelberg telegrafiert, wo sie eine Familie mit zwei kleinen Kindern wusste, die gerade eine Hilfe suchte.

Ernst Leydecker war es gleich, was Dora vor dem Eintritt in die Ehe machte, Haushalt oder Kunst, wobei das Erste dem künftigen Ehegatten besser diente. – Aber nun ja. Er wollte vor allem Frieden. Und was Frantek tat, konnte gewiss nicht ganz falsch sein. Dora hatte Glück, denn er hatte überdies noch seinen guten Tag, nahm Louise Leydecker beiseite und sagte drei Worte: »Dora bleibt hier.«

Sie würde aber Geld kosten, ärgerte sich Louise Leydecker und wollte sie an der Bergstraße mit durchgefüttert wissen.

Ernst Leydecker nahm ihre Hand und sagte noch drei weitere Worte: »Sie malt dich!«

Das freilich änderte alles. Louise Leydecker sah sofort das große Porträt an der noch freien Wand im Esszimmer, gleich gegenüber dem Landschaftsgemälde, das über dem Tisch hing. Diesen Gedanken nachhängend, lächelte sie wie abwesend und gab endlich ihre Einwilligung, denn sie war eine schnell hingerissene Frau, die ebenso rasch aufbrauste, wie sie vergaß.

ISA 2014

»Sie hat Kunst studiert?« Clara war auf einmal hellwach. Sie hatte mich spätabends erreicht, als ich gerade eines von Doras Skizzenbüchern durchsah. Meinem laienhaften Kunstverstand nach waren das keine großen Studien, aber hübsch eingefangene Momente: eine Frau mit Hochsteckfriseur, langem Kleid und Schürze, die an einem Damenbureau sitzt und etwas schreibt, den Kopf sinnierend auf der linken Hand abgestützt – vielleicht Doras Mutter. Ein elegant angezogenes Paar unter Bäumen in einem Park. Schließlich ein proportional betrachtet etwas verunglücktes Aschenbrödel, das Vögel füttert. Auch noch einen Kutscher mit Pferden im Geschirr gab es. Sowie ein Paar grob gezeichnete Schnürschuhe.

»In Folkwang?« Clara wollte sich selbst einmal dort bewerben, hatte dann aber doch auf Lehramt in anderen Fächern umgeschwenkt.

»Ja«, sagte ich, »Folkwang hieß die Schule aber erst ein Jahr nach Doras Weggang.«

Diesmal ersparte ich ihr den Vortrag, den ich schon im Kopf hatte. Dabei gab es so viel zu erzählen! Ich hatte gelernt, dass das Bauhaus, das jeder zumindest dem Namen nach kannte, auch durch gutes Marketing so prominent geworden war und zu Unrecht viele andere großartige Kunstschulbewegungen der Moderne in den Schatten gestellt hatte. Dabei war gerade Walter Gropius, der Architekt, der das Bauhaus noch als Soldat in den Gräben des Ersten Weltkriegs entworfen und 1919 in Weimar gegründet hatte, nichts anderes als ein Botschafter der Ideen aus Hagen. Kein Gropius und kein Bauhaus ohne Hagen und Essen und Gropius' frühen Mentor Ernst Osthaus. Der Sammler, der in kühnsten Visionen seine Kunst auf einem hoch aufragenden Felsen in einer Art Musentempel à la Akropolis ausgestellt sah, dachte zwar abstoßend völkisch-national. Aber seine beachtliche Sammlung sollte Essen verändern. 1922, nach seinem Tod, hatte die Stadt sie mithilfe von Spendengeldern angekauft und in das bereits vorhandene Museum verschafft, das sie nach Osthaus' eigenem, seit 1902 bestehendem Hagener Museum in »Folkwang-Museum« umbenannte. Dem sogenannten Hagener Impuls folgte der Essener Impuls. Denn der Kaufakt war die Initialzündung für die Entstehung der Folkwangschule, die eine Künstlerschmiede und Gestaltungshochschule von Rang werden sollte.

Nur war Essen eben nicht ganz so großtönig mit »Manifest« wie die Bauhaus-Truppe, die alles dem »Bau« unterwarf und eine Gesamtkunstwerksidee verfolgte, von der man in Essen weit entfernt war. Aber Neues, sozial Verträgliches und industriell Unterstütztes wollte Essen auch. Sogar früher als das Bauhaus, das erst viel später mit der Industrie zusammenarbeitete und ganze neun Jahre brauchte, bis es endlich eine eigene Architekturklasse hatte – was Essen viel früher einführte. Als vorbildlich galt in der Fachwelt eine 1920 nach Mannheim und Erfurt reisende Ausstellung, die sicher auch Gropius zu seinen viel beachteten und öffentlichkeitswirksamen Aktivitäten und der berühmten Leistungsschau von 1923 rund ums neu gebaute »Haus am Horn« inspiriert haben durfte. Bis heute prägten die typischen Ziegelbauten von Baukünstler Alfred Fischer, lange Folkwang-Direktor, die Industrieregion. Unterstützt wurde er von Lehrern wie dem Grafiker und Typografen Max Burchartz, der etwa für das große Hans-Sachs-Haus in Gelsenkirchen ein Farbleitsystem erfand und dessen spätere Schrift *Gleichnis der Harmonie* auch Bauhaus-Lehrer wie Josef Albers sehr schätzten.

Das Bauhaus war insgesamt gesehen sicher anwendungsorientierter und in bestimmten Phasen provokativer, experimentierfreudiger – während Folkwang die gesamte Ausbildung stärker auf künstlerische Grundlagen setzte. Aber Weimar und Essen, das ja schließlich auch die Margarethenhöhe hatte, eine Künstlersiedlung, in der viele Folkwang-Lehrer wohnten, inspirierten einander. Alles eine Ketten- beziehungsweise Kreisreaktion, geebnet wiederum durch die sehr verwirrende Geschichte der Kunstgewerbeschulen, die es lange vor diesen berühmten Schulen schon gab.

Aber alle diese Informationen, mit denen ich mir selbst die Essener Bewegung veranschaulichte und Doras kurzen Kunstschulausflug aufwertete, ersparte ich Clara. Ich tat nur ein meinen Gedanken versehentlich entwichenes »Ach«, das schwermütiger klang als gewollt, denn ich trauerte als Erzählerin schon vorwegnehmend um Doras im Leben verpasste Chancen, um das Los der Frau ganz allgemein – als Clara in ihrer ganz eigenen hübschen Hartnäckigkeit abrupt, fast brutal das Thema wechselte: »Hast du Papa angerufen?«

Ich antwortete mit Gegenfragen. Ob er sie nerve. Ob ich ihm das mal schreiben solle.

»Nicht *schreiben!* Sondern *sagen!*« Sie schrie mir fast ins Ohr.

Ich dachte an diese Svea und konnte nicht einmal mehr mit Clara sprechen.

»Wenn ich zurück bin«, brachte ich noch heraus.

Mit dem Gefühl, auch diesmal nur Schaden verursacht zu haben, legte ich auf. All die Worte, denen ich so vertraute – sie erschienen mir wie nutzlose Werkzeuge. Dass auch Clara unter unserem Konflikt litt, war mir nach diesem Gespräch noch deutlicher geworden als ohnehin. Ich hätte zu ihr fahren und sie trösten müssen. Stattdessen ließ ich sie beim Erwachsenwerden allein und wusste nicht, ob das richtig war oder falsch.

Mir blieb das Dorf, fast dunkel schon an diesem Sommerabend. Ich lief durch Straßen und Wohngebiete, die ich noch nicht kannte, in weiten Kreisen, bis ich auf einmal nicht mehr so genau wusste, wo ich war. Ich musste hoch, auf einen der Hügel, von wo aus ich den See sehen konnte, um mich zu orientieren. Paul, sprach es in mir sentimental, du hast gelächelt, wenn ich die Richtung nicht wusste. Wie wie bei einer Blinden hast du meinen Arm genommen und mich, die ich schon forsch in der falschen Richtung unterwegs war, umgedreht und zurückgeholt. Deine Hand an meinem Arm und wie sie sanften Druck ausübte. Ich war oft zusammengezuckt, weil ich gerade gesprochen hatte, sicher hatte ich gerade geredet, ich sprach ja immerzu. »Wollen wir auf dem Markt Kirschen kaufen? Komm, heute sind sie besonders lecker.« Und später wurde uns ein Spiel daraus, ich lief in vollkommener Klarheit los, mit Absicht in die falsche Richtung, aber ich lief einfach weiter, denn ich *wollte* auf einmal zurückgeholt werden und diesen sanften Druck am Arm spüren. Manchmal machte ich sogar extra die Augen zu, kurz bevor dein Arm mich berührte.

Aber dann waren die ersten gesprochenen Worte hinzugekommen. Erst freundliche Worte, Geflüstertes, so, wie man zu einem kleinen Kind spricht. »Wir müssen hier lang«, oder zu einer Frau, die man liebt. Manchmal bliebst du kurz stehen, nachdem du mich umgedreht hattest, ein Kuss, erst auf die Stirn, dann eine Etage tiefer auf den Mund.

Noch später kam eine kleine Schärfe dazu. »Isa!«, riefst du sichtlich genervt. »Merkst du denn nicht, dass das die falsche Richtung ist?!« Auf einmal unterstelltest du mir, dass ich mit meiner Orientierungslosigkeit bloß kokettierte.

Ich stieg weiter den Hügel hinauf. Meine Erinnerung deckte sich nicht mit dem, was Paul mir über seine Beziehung zu Svea erzählt hatte. Es traf ein mir unbekanntes Gebiet, mit unbekannten Wetterverhältnissen.

Als ich in der Ferne das Fenster meiner Wohnung entdeckte, in der ich das Licht hatte brennen lassen, war ich erleichtert und trat den Rückweg an.

Noch emsiger versenkte ich mich in Doras Leben und fragte mich, was sie umtrieb. Der Reflex, sie vorzuverurteilen, verschwand. Ich »hörte« sie auf einmal fühlen, als wären Wut, Angst, Freude, Genuss expressiv hervorgestoßene Laute. Ich hörte Dora so deutlich, dass ich mir manchmal die Ohren zuhielt.

Eines Abends, als ich müde vom Schreiben auf dem Balkon saß, kam Gustav heraus.

»Was macht Dora, die Herrin deines tyrannischen Vaters?«, fragte er leicht belustigt.

Wie aus weiter Ferne kam ich zurück: »Dora?«

»Nun – deine Tagesbegleitung!«

»Ja!« Ich musste lachen. »Warum macht man das? Sich mit der Großmutter umgeben, die noch ein Kind ist oder höchstens eine junge Frau?«

Gustav schickte sich an, das Balkongitter zu überklettern. »Darf ich?«

Ich nickte. Die Grenze war aufgehoben. Ich holte von drinnen einen zweiten Stuhl, Oliven und Wein.

»Weil sie als Kind noch voller Unschuld ist«, sagte Gustav nachdenklich. »Aber wer weiß schon, was Schuld ist und wo sie beginnt und aufhört?« Er ruckelte seinen Stuhl näher heran und drehte ihn zum See. Dann stand er auf und bat mich, meinen Stuhl gleichfalls gen See drehen zu dürfen. Jetzt saßen wir nebeneinander wie in einer Theaterloge. Vor uns der mit Wein und Oliven bestückte Beistelltisch und der Horizont. Fehlte noch der Sonnenuntergang.

Gustav begann, von seinen Großeltern mütterlicherseits zu erzählen. Seine Großmutter war das, was man eine »herzensgute Frau« nannte. Sein Großvater ein »grimmiger Alter«.

»Ich habe ihn allerdings auch einmal weinen gehört«, sagte er.

»Wirklich?«

»Ich war noch ganz klein. Es gab eine große Feier. Die Herren separierten sich irgendwann von den Damen und gingen ins Wohnzimmer.«

»Und dort warst du?«

»Ich wusste, dass sie kommen würden. Sie kamen immer. Ich hatte mich unter dem großen Tisch versteckt.«

Gustav faltete seine Erinnerung wie ein Stofftaschentuch auseinander und betrachtete es feierlich. Ich musste immer wieder nachfragen.

»Niemand sah mich. Die Tischdecke auf dem Rauchertisch, wo Cognac und Zigarren serviert wurden, reichte bis zum Boden.«

»Und dann?«

»Die Männer tranken und rauchten und plauderten.«

»Wie langweilig.«

»Dann kamen sie auf den Krieg. Einer fing an. Die anderen machten weiter. Jeder hatte etwas erlebt.«

Der Himmel war plötzlich feuerrot, weil die Wolken die Sonne doch noch freigegeben hatten.

»Sie erzählten sich nur vom Krieg, wenn sie unter sich waren.«

»Und da hörtest du deinen Großvater weinen?«

»Ja. Er konnte nicht mehr an sich halten. Er weinte laut und bitterlich. Worüber, das weiß ich nicht mehr. Ich kann mich nur an sein Weinen erinnern. Und ich war sicher, dass es mein Großvater war, weil er als Einziger eine Stimme hatte wie ein Reibeisen.«

Die Sonne bespielte die Bühne ganz großartig. Sie versank zügig am Horizont, aber langsam genug, dass man sie bestaunen durfte.

Da fragte mich Gustav unverwandt in den Sonnenuntergang hinein: »Kanntest du denn deine Großeltern gar nicht?«

»Nein«, sagte ich. »Alle vier Großelternteile starben vor meiner Geburt oder kurz danach.«

»Wirklich? Und? Wie war das so?«

»Was?«

»Na – so als Großelternlose.«

Das Wort hakte sich in mir fest. Es ließ mich nicht mehr los. Sofort sah ich mich nicht nur als arme Großelternlose, sondern im nächsten Moment war ich schon Großelternwaise. Ich fragte mich, was mir entgangen war.

»Nichts«, behauptete Gustav, aber ich merkte, dass er mich nur trösten wollte. »Komm, lass uns anstoßen.«

»Worauf?«, fragte ich.

»Auf uns.«

Als ich später hineinging, ließ ich die Türen offen und schaltete das Licht aus, damit keine Mücken angezogen würden. Es wurde in dieser heißen Sommernacht nicht wesentlich kühler, aber es veränderte sich doch etwas, ganz langsam, in der Stunde, die ich einfach nur da stand und mit der Gewöhnung an die Dunkelheit die weißen und roten Lichtpunkte auf den Hügeln der gegenüberliegenden Insel sah. Mir fiel ein, dass ich mit meinem Vater oft an Seen gewesen war. »Schau, die vielen kleinen Lichter«, hatte er gesagt. »Man kann sogar die Wege erkennen.«

DORA 1924

Er wirkte schon allein durch seine Größe wie der Leuchtturm ihrer Zeichenklasse. Kerzengerade, fast vornehm ging er an diesem wunderschönen Frühlingsmorgen die Wittenbergstraße voran. Drehte er sich nach ihnen um, nach Dora und den anderen ihrer Klasse, schien sein Kopf in einen Strahlenkranz zu rücken, so wach war sein Blick.

Dora mochte ihn auf Anhieb, diesen aufmerksamen Herrn mit Brille, der sich ihnen als Professor Beerwald vorgestellt und schon in der ersten Stunde alle mit einer einzigen Handbewegung aus dem muffigen Schulgebäude hinaus ins Freie getrieben hatte. Das Modell durfte sich wieder anziehen und nach Hause gehen. Sein Aktmalereikurs, der freilich nur innen stattfinden konnte, wurde zugunsten von »Zeichnen nach der Natur« beendet, denn es war stickig und laut in dem kleinen Atelier, Wand an Wand mit den nebenan einquartierten französischen Soldaten, die sie parlieren und fluchen hören konnten. Ständig gingen Türen auf und zu. Schwere Gegenstände wurden verschoben.

Seit dem Einmarsch der »Franzmänner«, das hatte sogar Doras sozialdemokratischer Vater kürzlich gesagt, war die blühendste und wichtigste Industrieprovinz des Reiches wirtschaftlich gelähmt, durch einen Zollgürtel vom übrigen Deutschland getrennt. Einfach überall hausten diese Franzosen. Und zujubeln sollten sie ihnen, das gehe doch entschieden zu weit.

So hatte sie den Vater noch nie reden hören. Heftig hatte sie dagegengehalten. Er solle die Soldaten doch bitte als Menschen betrachten und nicht das Kind mit dem Bade ausschütten.

»Obwohl sie sich aufführen wie bis an den Hals bewaffnete Götter mit unberechenbaren Launen und sich von uns durchfüttern lassen?« Er nannte Zahlen: Allein mit Fleisch mussten derzeit 4000 Mannschaften der Besatzungstruppen versorgt werden; dazu ihre Angehörigen, ganz zu schweigen von den ganzen Pferden. 1150 französische Pferde in ihren Ställen brauchten Futter!

Darauf hatte Dora geschwiegen. Sie hatte ein paar französische Vokabeln memoriert und sich von der Tagespolitik verabschiedet.

Aber das war gar nicht so leicht, wie sie heute auf dem Weg in den Stadtgarten wieder feststellen musste. Das Tagesgeschehen hockte ja in diesen schwierigen Zeiten in jedem Baumwipfel der Parkanlage, die sie hoffentlich bald erreichten. Es war das Thema Nummer eins zwischen Maritz und Frantek, die gerade wieder einmal ganz eifrig über Schulpolitik diskutierten, die kleine Schwester der Tagespolitik. Erst war es um den Direktor ihrer Schule gegangen, dem eine Reformschule vorschwebte, der sich aber ihrer Meinung nach leider nur sehr schwammig dazu äußerte. Floskeln wie »musische Erziehung gegen die Tristheit des kulturarmen Ruhrgebiets; Tanz, Farben und Klang gegen Kohle und Schornsteinschlote« – das sei doch kein pädagogisches Konzept! Kein Profil! Andere Städte stünden längst für etwas: Krefeld war Textilindustrie, Solingen Stahlwaren, Iserlohn die Metall-verarbeitung.

Und Essen? – War nichts Halbes und nichts Ganzes.

Beerwald war das nächste Objekt ihrer Streitlust. Sie sprachen so ungeschickt laut, dass der so feine und freundliche Professor es sicher hören konnte.

»Diese Pfeife«, sagte Frantek.

Dora stupste ihn mit dem Ellbogen an. Beerwald stammte aus dem Kreis um Peter Behrens, der mit seinem ebenso zweckdienlichen wie harmonischen Industriedesign als hoffnungsvoller Erneuerer galt und an die Kunstakademie Düsseldorf berufen worden war.

»Weidende Kühe! Gutmütige Ochsen! Wolliges Gewimmel von Schafen!« Frantek konnte an Beerwalds Tierbildern nichts finden.

»Aber *wie* er sie zeichnet!« Maritz war aufgebracht. »Eben nicht nur einfach so, wie sie auf der Netzhaut erscheinen! Sondern – sondern …« Sie suchte nach dem passenden Wort.

»Tja – da fällt dir eben nichts mehr ein!« Frantek lachte auf. »Weil da nichts ist außer Kuh, Ochse, Schaf!«

Dora waren die beiden heute unangenehm. Lieber wollte sie einfach nur einen schönen Zeichenausflug verbringen.

»*Im*pressionismus«, sagte Maritz wegwerfend, »*Ex*pressionismus. Das sind doch alles nur leere Worte.« Sie lief schneller. »Kunst ist es doch erst, wenn sich beides miteinander vereint! Erst dann befriedigt es ästhetisch wie seelisch!«

»Und das alles siehst du in Beerwalds Bildern?«

Dora hatte Frantek noch nie so zynisch erlebt. Worüber die beiden aber stritten, das verstand sie nicht. Wie Beerwald in jeder ihrer Stunden mit Dringlichkeit wiederholte, dass Zeichnen »Sehen und Beobachten« sei, nicht mehr und nicht weniger, das gefiel ihr. Außerdem hatte Beerwald doch auch ganz anderes gemalt, Aquarelle von Pferderennen etwa, da war doch Geschwindigkeit drin und zugleich etwas Zurückhaltendes, das das Dargestellte nicht verriet. Ihr gefielen auch seine Bilder von Zechen, ausdrucksstark, ohne dass sich die Expression entlud: die industrielle Landschaft nicht als gigantischkontrastierende, sondern als Naturerlebnis. Mit der Farbe dämpfte er das Mechanische. Und dennoch war immer ein sicher gesetzter Strich zu erkennen, der darauf verwies, dass er zwar Maler war, aber als Grafiker begonnen hatte. Dora kannte von Beerwald ein Industrie-Triptychon, das die Vertikale betonte, außerdem kleinere Arbeiten, die sie in der Bibliothek entdeckt hatte, in einem Bändchen noch aus dem Krieg, *Heimatgrüße an die Soldaten*, ein Druck ihrer Schule – sie trug es sogar bei sich und holte es jetzt aus dem Leinenbeutel.

»Schaut doch mal«, sie suchte ihr Lieblingsbild, »er hat nicht nur Tiere gemalt.«

Doch ehe sich Frantek das Zechengemälde ansehen konnte – Dora merkte, dass es ihm gut gefiel –, hatte Maritz ihr das Bändchen aus der Hand gerissen und blätterte sich vorbei an der Münsterkirche Essen-Ruhr und gebückt in einem Schacht laufenden Arbeitern zu einem der Gedichte. Sie las vor:

»Wie hab ich diese Nächte gern.
Von den Zechen fern
Ruft ein verlornes Lärmen.
Die letzten Falter schwärmen,
Und müde geht Stern
an Stern.

Die Straßen liegen
so stumm
Du siehst nicht ihr
schwarzes Kleid.
Süße Vergessenheit
Wandelte Staub und Leid
Zu leuchtenden Träumen um.

Selber die Schlote ragen so still
Ragen so feierernst. Es will
Auch sie die schimmernde

Nacht verklären.
Der Rauch, der ihnen sacht entweht
Geht ruhig schön wie ein Gebet ...«

Sie waren alle drei immer langsamer geworden und hatten sich feierlich schreitend dem Pathos des Zechengedichts angepasst, besonders Frantek war auf einmal ganz ernst und still.

Dann änderte sich seine Miene. »Vaterlandssprüche«, stieß er hervor, »wie soll da Frieden sein?«

»Ist doch schön, dass sie an der Front Bilder von zu Hause hatten«, sagte Dora zaghaft, obwohl sie sich nun gar nicht mehr so sicher war, was richtig war und was falsch.

Aber da rannte Maritz auf einmal los, bis sie die Gruppe eingeholt hatte, und ihre Freunde mussten wohl folgen.

»Zeichnen wir heute Blumen? Oder Tiere?«, rief Maritz.

»Tiere können wir nicht zeichnen, liebes Fräulein Maritz, sie laufen weg«, antwortete Beerwald, offenbar heute besonders gut gelaunt.

Sie traten in den Schatten der Kiefern. Auch Dora versuchte, zu Beerwald aufzuschließen. Aber Maritz zog wie immer alle Aufmerksamkeit auf sich. »Dann nehmen wir doch am besten einen Baum«, sagte sie. »Die Eiche dort drüben!« Zum Vergnügen aller imitierte sie mit ausgebreiteten Armen einen Baum. Eigentlich wollte Maritz in die Ausdrucksklasse. Aber der Klassenleiter hatte sie abgelehnt mit der Begründung, dass der Frauenanteil in seiner Klasse bereits überwog. »Angst vor Verweiblichung«, hatte Maritz vermutet und sich verärgert andere Klassen gesucht. Sie waren ja froh, überhaupt hier sein zu dürfen statt auf einer Hauswirtschaftsschule. Zum Kochen wären sie sicherlich nicht ins Freie gegangen. Und es war so schön hier draußen! Die Sonne schien. Die Anlage besaß viele einladende Nischen, formstrenge Regionen zwischen kleinen Mauern. Und wildere, die sich gut für Übungseinheiten eigneten.

Die Dunkelheit des kleinen Wäldchens verschluckte die Gruppe, die sich bald mit Skizzenblock und Zeichenstift auf der versprochenen Lichtung verteilte, um Küchenschellen abzumalen. Die sprossen hier in großer Zahl aus dem kalkhaltigen Untergrund; fußhohe, violette Blumen mit gezackten Blüten, die leicht bodenwärts schauten. Dora erinnerten sie an kleine Marienfiguren. Sie sollten sie in die Bildmitte platzieren und sich für den Hintergrund auf das Geäste der großen Kiefer konzentrieren.

»Pulsatille, Küchenschelle, Wolfspfote, Bocksbart, Schlotterblume, Klockenblom, Tagesschlaf«, dozierte Beerwald und ging herum. »Diese Blume hat viele Namen – aber nur einen Charakter. Finden Sie ihn heraus!«

Bei Dora schließlich blieb er stehen. Sie hatte sich mit ihrem Skizzenblock am Rand der Lichtung auf eine mitgebrachte Picknickdecke gesetzt. Beerwald sah sofort, dass sie leider gar keinen Blick für Blütendetails hatte. Als undeutliche Massenansammlung hatte sie die Küchenschellen im lila Farbenmeer des unteren Blattdrittels versenkt. Dafür stach jeder kleinste Zweig des Baumes mit einer Überschärfe hervor, als hätte sie eine Lupe darauf gehalten.

»Naturstudien!«, raunte Beerwald ihr zu und beugte sich über sie. »Man sieht ja gar nicht die Schönheit der Pulsatille.«

Doras Bleistift bewegte sich unentschieden vorwärts und puzzelte gerade an der Baumkrone, die langsam Kontur annahm und sich wild über die gesamte Breite des quer gehaltenen Zeichenblatts erstreckte. Sie arbeitete so diszipliniert, wie sie es noch aus der Schule gewohnt war.

»Sie müssen sich abwenden von der exakten Nachbildung. Der schöpferische Künstler hat nicht die Aufgabe zu fotografieren!«

Wer hatte hier gesagt, Beerwald bevorzuge eine außerordentlich kultivierte Art der Malerei? Benutze wenig Farben? Verwende sie aber äußerst präzise? – Genau das hatte sie doch getan. Lila war doch fast eine der Erdfarben, die Beerwald so sehr liebte. Was hatte er denn an ihrem Bild auszusetzen?

Da fühlte sie auf einmal etwas an ihrem Nacken, der frei lag, da sie den hoch geschlossenen Kragen ihres Kleides der Wärme wegen gerade etwas gelockert hatte. – Seine Finger etwa? Sie erschrak. Aber es war nur die Spitze seiner Krawatte gewesen.

»Herr Professor«, Dora hielt jetzt doch in ihren schnellen Strichen inne, »Schönheit ist nicht leicht zu definieren.« Maritz' dunkles Lachen kam herübergeweht. Dora sah sie der Reihe nach ihre Mitstudenten besuchen und hatte auf einmal selbst eine kühne Idee: Sie rückte zur Seite und bat Beerwald mit einer Geste, neben ihr Platz zu nehmen, während sie ihr Gespräch einfach fortsetzte. »Wie würden Sie denn ›Schönheit‹ definieren?«

Die Sonne hatte den Lichtungsrand erreicht und wärmte Doras Platz. Doch der Herr Professor schien sich nicht entscheiden zu können, ob er ihr Gesellschaft leisten sollte. Eine kleinere Gruppe neben ihnen diskutierte gerade den Sonnenstand und den Einfall des Lichts. Frantek überragte sie alle. Er war sogar größer als Beerwald, der immer noch unschlüssig dastand.

»Schönheit ist einfach«, sagte er schließlich. »Aber Schönheit hat auch etwas mit Veredelung zu tun.«

»Dann ist diese Blume schön? Und das Bild, das ich von ihr male, ist gleichfalls schön?« Dora würde sehr gerne ausführlicher mit ihm darüber sprechen. Und tatsächlich lüpfte er jetzt doch seine Beinkleider und ließ sich neben ihr fallen, etwas plump und ungelenk, er schien länger nicht mehr so auf dem Boden gesessen zu haben. Unbeholfen streckte er seine Beine von sich weg.

»Das kommt darauf an«, sagte er. Er ließ den Oberkörper über seine Beine hängen, was lustig aussah. Dora versuchte nicht hinzuschauen. Sie streichelte die pelzige Unterseite der Blüte, als würde sie einem Hund den Hals kraulen. Mehr zu sich selbst als zu ihm sagte sie: »Ich glaube, Schönheit hat etwas mit Macht zu tun. Diese Blume hier ist schön, weil sie Macht ausübt. Sie sieht aus, als wäre sie traurig. Aber sie tut nur so, weil sie will, dass wir Mitleid mit ihr haben und hinschauen.«

Beerwald hatte ihr immer noch nicht geantwortet. Er war ganz in Gedanken. Dora nämlich gefiel ihm auf einmal. Er hatte es zuvor gar nicht bemerkt. Aber jetzt sah er doch, wie schön ausgerechnet ihr Profil war. Der gerade, lange Nasenrücken hob sich in klarer Linie gegen die Wiese ab. – Schönheit. Sie hatte nach Schönheit gefragt. Beerwald betrachtete Doras Hals. Die Dame, die ihr Haar so kurz trug wie diese temperamentvolle Maritz, war hingegen voll und ganz mit der kleinen, violetten Blume beschäftigt, die direkt neben ihr unter einem Felsen hervorlugte. Wie sie deren hängendes Köpfchen vorsichtig mit dem Zeigefinger anhob. Ja, mit gewisser Andacht. Beerwald kratzte sich am Kopf.

»Nun – wir hier an unserer Schule definieren Schönheit am Objekt«, fing er betont sachlich an. »Welches Objekt haben wir hier? Beschreiben Sie es, Dora. Beschreiben Sie, was Sie sehen. Welche Linien es hat, welche Farbe, welche Proportion. Wie sich die Blütenhaut anfühlt. Und wie anders der Stängel.«

Er griff nach ihrem Handgelenk. Es war zarter als erwartet, und er lockerte erschrocken seinen Griff, bevor er Doras Hand nun langsam und wie in Zeitlupe vom Ursprung der Blume hinauf zur Spitze führte, dort, wo der Knickpunkt war und die Blüte begann, gen Erde zu schauen. Er wiederholte diese Bewegung, von der Erde wenige Zentimeter in die Höhe, vom Ursprungspunkt der Pflanze den Wachstumsprozess nachvollziehend, die Pflanze, die sich wieder in sich selbst zurückzog, weil sie beschlossen hatte, hier zu enden. Der Körper dieser Pulsatille war Harmonie. Die Pulsatille zitterte leicht, als Beerwald aus Versehen mit Doras Hand dagegenstieß. Da ließ er schnell los. Dora wandte ihm den Kopf zu, und er wollte es kaum glauben: Im Porträt, von vorne, war sie sogar noch ausdrucksstärker, noch schöner!

Dora ließ ihn gewähren, fühlte sich aber zunehmend unwohl. Sprach er als Lehrer zu ihr? Sie war unsicher. Aber zum Glück rückte er jetzt ein kleines Stückchen von ihr ab und dozierte mit Leidenschaft in der Stimme weiter: »Erleben Sie die Pulsatille, Dora. Mit Ihrer Hand, mit Ihren Worten. Und dann übersetzen Sie sie mit Ihrem Zeichenstift aufs Papier wie eine fremde Sprache, deren Bedeutung Ihnen erst allmählich dämmert, vielleicht, weil Sie nun schon ein paar Wochen gereist sind, weil Sie Menschen in dieser Sprache haben sprechen hören, weil Sie gelernt haben, dass *fleur* Blume heißt, und weil Sie das Wort aussprechen können wie Muttersprachler – nämlich so«, – er atmete einmal tief und hörbar ein, um ausatmend »flöööööör« zu sagen, und setzte den letzten Rest Luft, der noch in seiner Lunge verblieben war, als Seufzer nach. »Und erst dann benutzen Sie bitte die Farben hier in Ihrem Malsack.«

Ein leichter Wind hatte eingesetzt und trug die Stimmen der anderen zu ihnen herüber. Dora schloss den Kragen ihres Kleides und versuchte sich zu konzentrieren.

»Die Außen- und Innenlinien vereinigen sich und werden zu Energie«, sagte sie vorsichtig. – Wie er sie ansah! Hatte sie etwas Albernes gesagt?

Beerwald hörte in Wirklichkeit nur mit halber Aufmerksamkeit zu. Eine Schülerin, sagte er sich, und dachte es gleich mehrmals hintereinander: eine Schülerin, eine Schülerin, eine Schülerin. Aber hatten sie nicht gerade, nach Weimar sich ausrichtend, die Schulsatzung ändern wollen? Dort war die »Pflege des freundschaftlichen Verkehrs zwischen Meister und Studierenden« ausdrücklich erwünscht, und gerade sogar außerhalb der Arbeit. Lehrende und Lernende sollten einander als Menschen begegnen. Wann war man Mensch, wenn nicht dann, wenn man begehrte? Aber er hielt sich zurück. Er wusste, was in seiner Rolle als Lehrer auf dem Spiel stand, und fasste sich.

»Sie haben den Phänotyp der Blüte erfasst. Aber noch nicht ihr eigenes Wesen.«

Im Objekt sich selbst erkennen. Das war ihm oft genug beim Zeichnen selbst widerfahren. Das wollte er seinen Schülern und Schülerinnen gerne weitergeben. Er wollte ihnen aber auch unbedingt ihre ganz eigene Persönlichkeit lassen. Niemand war in ein Schema zu pressen, sie waren alle Einzelseelen. Jeder war eigen, alle spielten sie auf einer anderen Klaviatur und sollten sich entwickeln. Und diese hier?

»Schauen Sie«, sagte er, »nein, *fühlen* Sie. Fühlen Sie die Energie dieser Pulsatille. Und wie sie zu Ihnen spricht.«

»Zu mir?« Dora betrachtete angestrengt das Blümchen zu ihren Füßen.

»Rupfen Sie sie.«

Dora erschrak.

»Rupfen Sie sie ab.«

Das war doch nicht sein Ernst. Aber da hatte Beerwald schon Hand angelegt und mit einer festen Bewegung dieses organisch aus der Erde sich emporentwickelnde Wesen gepflückt. Blühendes Leben. Jetzt an ihrer Wange. Die Pulsatille unter Beerwalds ruhiger Führung streichelte sie sanft. Sie wusste nicht mehr, wohin nun schauen, da ihr Zeichenobjekt ja den Platz gewechselt hatte. Was blieb ihr anderes übrig, als den Worten des Lehrers zu lauschen? Er sprach vom Wesen, jetzt von Doras Wesen, das sich in allen Wesen spiegelte. Sie müsse nur das eigene Wesen im anderen erkennen, erfühlen, schmecken, riechen. Dann werde sie eine gute Künstlerin. Im Safte baden. Ja, so sagte er. Im Safte der Natur und der Körper baden, um die Objekte wesensgetreu aufs Papier zu übersetzen. Völlig unvermittelt wechselte er das Thema: »Ich möchte Sie malen, Dora. Ich suche schon lange ein geeignetes Modell. Ich möchte Sie bitten, mir einmal Modell zu sitzen. Wenn Sie erlauben. Wenn es Ihre Eltern erlauben. Ob Sie einmal nachfragen würden?«

Den letzten Satz hatte Beerwald so leise gesagt, dass Dora ihn fast überhören konnte. Sie war so überrascht, dass sie beschloss, einfach nicht darauf einzugehen. Dürfte sie dem überhaupt widersprechen?

»Weil Sie von Energie sprachen, Herr Professor Beerwald ... ich glaube, es ist eine Energie, die man nicht sieht, weil sie sich im Blütenkelch sammelt. Darf ich?« Sie nahm ihm die Blume aus der Hand. »Sehen Sie: Die Blüte schaut nach unten, zur Erde, wo sie herkommt. Deshalb ist die Energie nicht sichtbar. Das macht sie umso stärker.«

»Eine interessante Perspektive.« Beerwald richtete sich auf. »Malen Sie sie!«

Dora griff erschöpft nach ihrem Stift und streckte sich. Sie hoffte, dass das Zeichen deutlich genug für ihn war, dass er gehen und sich wieder den anderen widmen würde. Und tatsächlich stand er sofort auf, nickte ihr aufmunternd zu und besuchte den Nächsten, um auch hier einige Ratschläge zu erteilen. Vielleicht hatte sie alles übertrieben wahrgenommen. Vielleicht war er wirklich einfach nur ein sehr guter Lehrer, wie alle sagten, und es gab nichts zu befürchten.

Langsam entspannte sie sich und versuchte sich zu erinnern, was er über »Schönheit« gesagt hatte. Aber es kam ihr doch ziemlich belanglos vor. Hatte sie nicht selbst die viel spannendere These aufgestellt? Dass nämlich Schönheit immer etwas mit Macht zu tun hatte? Sie dachte weiter darüber nach, während sie zeichnete. Schönheit konnte manipulierend wirken. Umgekehrt aber war Schönes in Gefahr, einfach gepflückt zu werden wie die von Beerwald abgerupfte Pulsatille.

Sie zeichnete und zeichnete. Aber die Luft war raus. Ihr wollte einfach nichts mehr gelingen. Sie packte schließlich ihre Malutensilien ein und schlich mit ihrer kleinen Picknickdecke unauffällig weiter hinein in den Schutz der Kiefern. Alle waren so beschäftigt, dass ihr kleiner Arbeitsstreik nicht weiter auffiel. Der Wald duftete. Ein großes Moosnest. Dies war vielleicht der schönste Frühling ihres Lebens, weil sie ihn mit Frantek verbrachte und mit Maritz gleich dazu. Wie schön alles von hier aussah! Wie alle herumstanden oder -saßen, die Sonne genossen, mit ihren Studien beschäftigt waren, was für eine hübsche Versammlung! Sie suchte nach ihren Freunden und fand sie beieinander. Maritz hatte sich an eine der Birken gelehnt. Frantek hatte sich über Maritz abgestützt und sprach zu ihr hinunter. Als hielte Frantek sie in einem Bann. Aber Dora war froh, dass die beiden sich von Anfang an so gut verstanden hatten. Es hätte ja auch ganz anders sein können.

Am nächsten Tag schwänzten sie den Vortragsabend des neu gegründeten Kunstvereins Folkwang, eine kinematografische Vorführung mit dem Titel »Deutsche Künstler unserer Zeit beim Zeichnen«. Lieber gingen sie tanzen. Dora war schon etwas früher bei Maritz.

Die stand unschlüssig vor dem Kleiderschrank.

»Nimm doch das Kleid dort drüben«, sagte Dora, »das mit den grünen Pailletten drauf, das steht dir am besten« – und ärgerte sich schon im gleichen Moment, als sie es sagte, denn darin würde Maritz sicher auch Frantek gut gefallen. Aber der Vorschlag war so energisch von ihr vorgetragen worden, dass er jetzt nicht mehr zurückzunehmen war.

Gerade brach die Sonne durch, und von der Wandgarderobe funkelte das Kleid wie zur Bestätigung zu ihnen herüber. Maritz nickte, schloss den Kleiderschrank und erzählte Dora, was ihr letzthin der kleine Nachbarsjunge frech hinterhergerufen hatte, als sie ihm mit diesem engen Kleid auf dem Weg zum wöchentlichen Tanzvergnügen begegnet war: »Schuster Wipphupp. Vorne nichts und hinten nichts.« Und so etwas solle sie einfach ignorieren? Dora beneidete Maritz insgeheim um deren knabenhafte Figur. Eine Großstadtfigur war das, ganz modern. Ganz anders als ihre eigene.

Sie waren gerade fertig, als Frantek klingelte. Zusammen brachen sie auf zum Gasthaus »Zur zornigen Ameise«, ihrem Lieblingstanzlokal – obwohl heute auch im Städtischen Saalbau ein Tanzabend Mary Wigman stattfand, aber nach Ausdruckstanz war ihnen nicht. Sie bildeten eine Reihe wie die Orgelpfeifen, Frantek größer als Dora, die ein kleines Stückchen größer war als Maritz. Mal hakte er sich bei Maritz ein, mal bei Dora. Aus den beiden wurde er heute allerdings gar nicht schlau. Die eine war missgestimmt, die andere dafür redselig. Dora plauderte von Beerwald und seinen Belehrungen beim Zeichnen im Stadtgarten und schien sich aufs Tanzen zu freuen. Sie schüchterte Frantek heute fast ein bisschen ein. Nur an den scheuen Blicken, die sie ihm zuwarf, wenn er gerade zu Maritz sah, glaubte er abzulesen, dass sie seine Blicke ganz genau registrierte und ihr das ganz offenbar missfiel. Aber sicher war er sich da nicht und heute deshalb einigermaßen durcheinander.

Auch Dora achtete möglichst unauffällig auf jede Regung in Franteks Gesicht. Als sich einmal ihre Blicke trafen, war sie so irritiert, dass sie fast den kleinen Pfad übersehen hätte, den sie einschlagen mussten, um über das große Getreidefeld durchs Zentrum und von dort hinab zur Ruhr zu gelangen, wo die »Zornige Ameise« lag. Statt in Dreierreihe liefen sie nun hintereinander: Dora hinter Frantek, der Maritz folgte, die sich wegen der kitzeligen Weizenhalme ständig kratzte. Sie sieht trotz ihrer dicken Strumpfhose elegant aus, dachte Dora. Ihr Kleid hörte ja schon oberhalb des Knies auf. Da musste Frantek ja hinschauen!

Als sie im Stadtkern ankamen, machten sie noch einen Abstecher ins Warenhaus Althoff.

»Meine Damen sind wählerisch«, sagte Frantek zu der Verkäuferin der Parfümerieabteilung, die sie schon die ganze Zeit über misstrauisch beobachtete. In seinem verlängerten Sonntagsanzug sah er ordentlich aus – aber flankiert von gleich zwei Damen mit frechen Kurzhaarfrisuren? In der Industrieregion Essen gehörte das längst noch nicht zum allgemeinen Bild. Das Trio wirkte verdächtig auf die Verkäuferin. Erst als ein Kollege hinzutrat, bot sie an, sie an ein paar Düften riechen zu lassen.

»Nun – wir werden die Konkurrenz beehren«, sagte Frantek übertrieben hochnäsig und machte auf dem Absatz kehrt. Er liebte Rollenspiele und So-tun-als-ob. Hinter der Vitrine mit den unbezahlbaren Schreibgeräten, von denen Frantek schon lange träumte, raunte er ihnen mit einem vielsagenden Seitenblick auf die Verkäuferin zu: »Ein Sprichwort sagt: Sie *ist* nicht schön, aber sie *wird* schön.«

Da aber kannte er Maritz schlecht. Sie hatte August Bebels Buch *Die Frau und der Sozialismus* gelesen. Und deshalb bekam Frantek jetzt einiges zu hören. Wie er es denn wagen könne, die Verkäuferin allein auf das Äußere zu reduzieren! Die Vitrine mit den Montblanc-Füllern wackelte, so laut empörte sie sich. Frantek möge sich bitte sozialisieren, verlangte sie. Immerhin war August Bebel einer der Ersten gewesen, der die Abhängigkeit der Ehefrauen von ihren Eheherren zu diskutieren wagte. Auch wenn Maritz ganz sicher nicht in allen Punkten mit dem »Arbeiterkaiser« übereinstimmte – in diesem Punkt war sie einer Meinung mit Bebel.

»Ruhe seiner Erde«, schloss sie ehrlich ergriffen. Der religiöse Einschlag kam wohl aus der Sonntagsschule, die sie bis vor Kurzem noch regelmäßig mit ihren drei Brüdern hatte besuchen müssen.

Dora verfolgte den engagierten Monolog nur halb. Eben noch war sie so gut gelaunt gewesen, hatte erzählt, wie sie mit Beerwald den Begriff »Schönheit« erörtert hatte – und dass sie ihm Modell stehen solle. Maritz hatte sie überraschenderweise dazu ermuntert: Beerwald sei bekannt für seine treffenden Porträts und erhalte viele Aufträge. Warum also nicht? Wenn es denn gut bezahlt sei.

Aber jetzt, in diesem stickigen Kaufhaus, war Doras Mund auf einmal wie zugenäht. Maritz und Frantek hatten sich so die Köpfe heißgeredet, dass sie sie völlig zu vergessen schienen. Es war wie früher, wenn der Vater mit Lesen beschäftigt war oder mit seinem dummen Kompass. Sie wusste selbst nicht genau, worauf sie so wütend war. Ihre Hand war zur Faust geballt. Die Verkrampfung setzte sich fort bis ins Gesicht und hinterließ einen harten Zug um den Mund.

Frantek, der endlich klein beigab, registrierte Doras Verwandlung. Irritiert blickte er von einer zur anderen, und noch als sie das Althoff längst verlassen hatten, schien die gute Stimmung dauerhaft gefährdet. Die hohe Kaufhausfassade in seinem Rücken hatte ihm Sicherheit gegeben. Aber je weiter sie sich davon entfernten, desto unsicherer wurde er. Das Blatt und die Temperamente hatten sich auf einmal gewendet. Jetzt war Maritz diejenige, die redete und redete – und Dora ganz still. Sie tat ihm leid. Aber was konnte er tun? Und wen sollte er als Erste zum Tanz auffordern?

Je näher sie der »Zornigen Ameise« kamen, desto mehr schön angezogene Paare flanierten mit ihnen auf dem Weg. Nur auf der Straßenseite gegenüber war eine ganz andere Gruppe unterwegs:

Protestierende, die Plakate hochhielten, Dora erkannte nicht, für wen oder was. Vermutlich eine Studentenschaft. Sie waren offiziell gekleidet, ganz anders als sie selbst, und sie bestaunte lieber wieder die Menschen auf ihrer Straßenseite. Alle Mädchen trugen leichte Kleider, die ihre Beine umspielten. Alle Jungen trugen Anzug, den einzigen sicherlich, den sie besaßen oder extra für den Abend ausgeliehen hatten. Maritz mit ihrem grünen Paillettenkleid schien unter allen besonders zu leuchten. Aber weniger das Kleid, sondern vielmehr ihr Gang war es, der sie so leuchten ließ. Ihre kraftvolle Bewegung, ihr energischer Arm, der immer wieder nach oben schnellte und unterstrich, was sie gerade sagte. Und auch Dora hatte sich inzwischen von der allgemeinen Stimmung anstecken lassen.

Die kleine Protestgruppe klang wie ein sich entfernender fahrender Zirkus, als sie endlich die Schankwirtschaft erreichten. Einige steuerten linker Hand direkt Richtung Garten, um sich mit Blick auf Ruhr und Bootshaus in Ruhe unterhalten zu können. Andere waren wie sie nur zum Tanzen gekommen und strömten in den dämmerigen Saal. Dora zögerte heute, unter der schwarzen Riesenameise einzutreten, die über dem Eingang eingemeißelt war und sie auf einmal ekelte. Frantek quälte immer noch die Frage, wen von beiden er als Erste zum Tanz auffordern sollte. Schließlich ließ er den Zufall entscheiden – die würde es sein, die das Tanzlokal zuerst betrat.

Es war Maritz, deren Hüfte er umfasste. Wie schmal sie war! Er konnte sie fast mit einem Arm umgreifen. Sie kommentierte jeden Eintretenden und spielte den Conférencier mit einer solchen Überzeugung, dass sich bald ein Kreis von Schaulustigen gebildet hatte. »Klaus, einundzwanzig Jahre, jung und hübsch«, sagte Maritz. »Man kann ihn tageweise zum Walzertanz ausleihen.« Oder: »Wolfgang. Neunzehn. Frisch von der Mittel. Buchbar für schweißtreibende Arbeiten in Ihrem Gemüsegarten.« Man quittierte ihre Einführungen mit freundlichem Applaus. Frenetisch aber wurde er, als Maritz sich zu Doras Entsetzen zu ihr umdrehte.

»Und dies hier ist meine beste Freundin Dora. Unter keinen Umständen gebe ich sie ab. Sie hat äußere wie innere Werte. Das darf ich allen hier Anwesenden gerne versichern!« Vor aller Augen wurde Dora von ihr umarmt, und Maritz bekräftigte unter Lachern und anhebendem Applaus nochmals streng: »Hände weg von Dora!«

Dann wurde sie auch schon von Frantek auf die Tanzfläche entführt, nicht ohne vorher Dora noch einen entschuldigenden Blick zugeworfen zu haben.

Die Instrumente, die eben noch unbenutzt an den Knien der Musiker gelehnt hatten, glitten in dafür ausgebildete Hände: eine kupferrote Geige, die Klarinette und ein kaputter Bass, der bedürftig schepperte, nach bestem Bemühen von einem Schlagzeuger unterstützt. Das Geld war in diesen Zeiten knapp und die Instrumente nur Notbehelf. Aber der seltsame Pinsel, mit dem der Schlagzeuger nun beseelt über die stramm gespannte Rahmentrommel strich, klang so jazzig und weich, als wäre er keineswegs in Übersee erfunden worden, sondern genau hier, in der »Zornigen Ameise«, wo die Paare sich nun ein bewegtes Stelldichein gaben und die Kriegsjahre aus den Gliedern schüttelten – nicht ahnend, dass sich bald ein nächster Konflikt am Horizont zusammenbrauen würde.

Das Dunkelbier, das Dora nach dem dritten Tanz mit dem froschäugigen Günther bestellt und zu schnell getrunken hatte, machte den Nachhauseweg zu einer seltsamen Erfahrung. Sie hatte sich anstecken lassen und an den Abend verloren. Sie hatte auffallend viele Male auch mit Frantek getanzt, sicher ansehnlich, wenngleich sie nur die Grundschritte beherrschte. Sie war wohlig erschöpft, und auch Frantek wirkte selig. Sie bemerkte eine kleine Rinne in der Mitte seines Nackens. Sie glänzte unter einer seiner Locken, nass geworden von der Anstrengung der letzten zwei Stunden auf dem Tanzparkett. Trotzdem war er offenbar geistesgegenwärtig genug, als Maritz plötzlich stolperte, just vor dem

Kaufhaus Althoff, in dem sie Stunden zuvor über die Frauenfrage diskutiert hatten. Maritz war sicher ein Leichtgewicht in seinem Arm. Sie hatte den Blick eines Gralsfinders und bewunderte noch in dieser Stellung die untergehende Ruhrgebietssonne, die die Industrieschlote noch schwärzer machte, als sie ohnehin waren. Dora schien es, als nutzte Maritz ihre Lage aus. Extra lang blieb sie in Franteks Arm und gab die aus einer tiefen Ohnmacht Erwachte. Mit leicht gebogenem Finger wie Michelangelos Finger Gottes – Maritz' Lieblingsbild – zeigte sie auf das Naturschauspiel.

»Ein Geschenk«, sagte sie, »um all unsere Sünden zu vergeben.« Ein wenig nur drehte sie den Kopf, bis ihr gekräuselter Mund in gebührendem Abstand zu Franteks schmalen Lippen innehielt. Dieses Rollenspiel machte ihr sichtlich Spaß, das sah auch Dora, die erleichtert registrierte, dass Frantek sich nicht darauf einließ.

Erschöpft hockte sie sich auf eines der Vorgartenmäuerchen. Es war ihr in diesem Moment egal, dass ihr Kleid von der Mauer rußig werden würde. Maritz sah hübsch aus in Franteks Armen. Und genau deshalb ärgerte sie sich jetzt. Diese ganzen gespielten Affekte hatte sie auf einmal satt. Gefallsucht war das, eine Krankheit eigentlich, sie hatte davon sogar einmal in einem Roman gelesen. Was Maritz da mit Frantek spielte, war eigentlich ungeheuerlich. – Und er? –Er wirkte so ratlos, dass er sich jetzt doch beeilte, Maritz wieder auf die eigenen Füße zu stellen. Dabei suchte er immer wieder fast hilflos Doras Blick.

Heute Nachmittag, im Kaufhaus, da war sie noch so eifersüchtig gewesen, dass sie sich selbst ganz fremd vorkam. Sie wollte solche Gefühle nicht zulassen. Nicht ihrer allerbesten Freundin Maritz gegenüber. Dora streifte die engen Schuhe ab und bewegte ihre Zehen, die mehr als einmal Tritte abbekommen hatten. Gut tat das. Sie streckte sich und versuchte, in der zunehmenden Dämmerung den Moment abzupassen, da die Grenzen verschwammen und alles nicht mehr ganz klar zu erkennen war.

Da gestand sie sich zum ersten Mal ein, dass sie verliebt war. Gab es denn noch Momente, in welchen sie nicht an Frantek dachte? Wohl nur dann, wenn sie wirklich ins Zeichnen vertieft war. Gab es etwas, das sie nicht an ihm mochte? – Durchaus: seine Langsamkeit, wenn er seine Sachen zusammensuchte, obwohl nur noch wenig Zeit blieb bis zur nächsten Unterrichtsstunde. Da könnte sie jedes Mal platzen vor Ungeduld. Aber zugleich dachte sie oft bewundernd: Diese Ruhe! Diese Ausgeglichenheit! Frantek füllte eben jede Sekunde aus. Er verlängerte die Uhr. Seine Bewegungen waren in ihrer Langsamkeit der Vorspann zu etwas Großem. Und wie er jetzt immer wieder nach ihr sah, obwohl Maritz in ihre Kraft zurückgefunden und wieder das Wort ergriffen hatte, da spürte Dora mehr als nur Unruhe in sich aufkommen.

Der Heimweg über die Felder zog sich. Frantek und Maritz tauschten Beobachtungen aus. Kein Tanzgast kam gut dabei weg. Daran wollte Dora sich nicht beteiligen. Schweigend ging sie neben ihnen her und war froh, als sie im Bernewäldchen bei der Kastanie vor ihrem Haus ankamen und sie sich voneinander verabschiedeten. Sie ging nicht gleich hinein, sondern verweilte noch im Mauerwinkel, als hielte sich das neue Gefühl so besser. Es war schön und warm und gar nicht bedrohlich.

Sie sah Frantek und Maritz auf der langen Straße davonschlendern; zwei Silhouetten, leicht schwankend im Gang. Kurz bevor die Nacht sie schluckte, drehte sich einer von beiden noch einmal zu ihr um. Es war Frantek gewesen, da war sie ganz gewiss.

ISA 2014

In allen Frauen, die mir auf meinem Weg zum wöchentlich im Dorf gastierenden kleinen Markt entgegenkamen, sah ich die Schwedin, die Querflöte. Seit ich wusste, wann es angefangen hatte, wusste ich auch, dass ich es gewusst hatte. An einem der ersten Samstage in dieser Zeit war Paul nicht erreichbar gewesen – obwohl Lennards Auszug gerade in vollem Gang war. Lauter Zwanzigjährige bevölkerten hilfsbereit das Haus. Sie sahen mit ihren Zotteln im Gesicht so anders aus als früher, dass ich ständig innehielt, um in den Gesichtern nach Erkennungsmerkmalen zu suchen und sie nach ihren Namen zu fragen. Aber es war keine Zeit für Sentimentalitäten.

Als alle weg waren, schaukelte ich erschöpft in Lennards zurückgelassenem, bunt gewebtem Hängestuhl, leer geräumt wie sein Zimmer. Pauls Rückruf war ausgeblieben. Ich wusste nicht, ob ich wegen Lennards Auszug traurig war oder nur wegen der Erschöpfung, die ich oft genug mit Traurigkeit verwechselte. Ich stellte mir vor, Paul und ich würden ab jetzt in zwei getrennten Wohnungen leben, weil es allein leichter wäre, den Verlust des Sohnes hinzunehmen. Warum aber hatte ich auf einmal diese Fantasie? Es gab dafür keinen wirklichen Grund.

Spät am Abend, ich schlief schon, hörte ich die Wohnungstür. Paul war leise, weil er mich nicht wecken wollte. Bildete ich mir ein, dass er lange an meiner Bettseite stand? »Erzähl ich dir morgen«, hörte ich ihn noch sagen auf meine im Halbschlaf gemurmelte Frage, wo er den ganzen Tag über gewesen sei. Sein Gutenachtkuss, nah an der Wange, aber gerade noch in der Luft, war gewiss Realität gewesen, schüchtern wie oft, wie beim allerersten Mal, als er mir wie aus Versehen auf ähnliche Weise nah gekommen war, an dem Tag, als wir in der Musikhochschule bei einem Konzert einander vorgestellt wurden.

Am Morgen nach Lennards Auszug wurde ich mit Kaffee und Croissants geweckt. »Auf die Zeit zu zweit!« Paul hatte ausgeschlafen gewirkt, so strahlend und voller Energie, mit dem Tablett in der Hand.

Mein Magen verkrampfte sich, als ich an ihren kurzen, aber entschiedenen Händedruck dachte, damals bei der zufälligen Begegnung im Wald, als Svea uns entgegengekommen war und wohlweislich die Einladung ausgeschlagen hatte, mit uns zusammen weiterzugehen.

Wie man ergänzt, wenn man nichts weiß!

Da sah ich Gustav auf der anderen Straßenseite mit einem Rucksack. Etwas war an seinem Gang, das mich dazu brachte, ihm hinterherzuspionieren und dafür sogar die Straße zu überqueren, um ihn besser sehen zu können. Er blieb vor dem Institut stehen und schaute sich ein paarmal um, bevor er die wenigen Treppenstufen hochstieg, aufschloss und hinter der schmucken Holztür verschwand.

Auf das Institut war das Dorf sehr stolz. Die Meinungsumfragen von dort machten Schlagzeilen. Sie galten als »Schnappschüsse« in die Gesellschaft. Was Gustav aber damit verband, war mir unbekannt. Er hatte nie erwähnt, was er eigentlich arbeitete. Eher wirkte er auf mich wie ein Privatgelehrter, der frei war von den Zwängen des Geldverdienens.

Gustavs Rucksack, bemerkte ich, als sich das Bild von ihm noch einmal auf meiner Netzhaut abzeichnete, hatte das gleiche Jägergrün wie der Rucksack meines Vaters, den er mit Eintritt in die Rente statt der Aktentasche benutzte. Mein Vater trug ihn immer bei sich; auf Ausflügen zu Burgen und Klöstern, auf Wanderungen durch den Taunus und den Schwarzwald, seine beiden Hügelheimaten. Bald war er so krank, dass er kaum mehr laufen konnte und ein Sauerstoffgerät brauchte, das ebenfalls Unterschlupf in seinem Rucksack fand. Er verlegte ihn ständig und schickte meine Mutter, um ihn zu suchen. Meist fand sich der Rucksack zusammengesunken am Boden, wo er auf neue Ausflüge wartete. Er transportierte neben Sauerstoff auch manchmal eine Flasche Wein. Über die Jahre variierte der Rucksack meines Vaters nur wenig vom Urmodell: praktisch mit gepolsterten Trägergurten und stets in gedeckten Farben. Erst war er aus Baumwolle, dann aus Nylon. Er wurde schwerer und schwerer und stand bis heute angelehnt an der Wand im Haus meiner Mutter.

Ich war so in die Erinnerung vertieft, dass ich nicht merkte, dass sich Gustav hinter mir in die Schlange am Käsestand eingereiht hatte.

»Ich habe über deine Familiengeschichten nachgedacht«, sagte er und stellte seinen Rucksack auf den kleinen Ablagerand des Käsestands. Er kramte nach seinem Geldbeutel und bestellte Camembert. Papierkram lugte heraus, als er den eingewickelten Käse im Rucksack verstaute und zahlte. »Warum erzählst du sie mir eigentlich?«

Wir stellten uns zwischen Käse- und Blumenstand, wo wir einer kuriosen Geruchsmischung ausgesetzt waren. Der Käsemann säbelte mit Schweißperlen auf der Stirn mittelalten Gouda, und die Floristin erzählte vom letzten Todesfall im Dorf.

»Warum nicht?«, gab ich zurück. »Wenn es dir zu viel ist, sag es ruhig.«

Ich spürte meine Knie weich werden, als hätte ich etwas falsch gemacht. Zu viel erzählt. Zu wenig gefragt. Mein Leben lang schien ich immerzu etwas falsch zu machen. Das Falsche zu loben, das Falsche zu kritisieren. Die Stimme zu erheben, wenn ich hätte still sein sollen. Zu schweigen, wenn ich etwas hätte sagen müssen.

Gustav schien überrascht. »Nein, im Gegenteil«, sagte er. »Wir sollten uns immerzu Geschichten erzählen.« Er kramte Schokolade aus seinem Rucksack und bot mir ein Stück an. »Als Geschichten haben die Erlebnisse keine Chance mehr, in uns zu rumoren.«

»Meinst du?«, sagte ich zweifelnd und nahm ihm das Stück Schokolade aus der Hand. »Und wenn wir sie so ausgeschmückt haben, dass sie gar nicht mehr stimmen?«

»Umso besser!« Gustav schulterte seinen Rucksack. »Dann verlieren sie ihre dämonische Kraft, die uns lähmt.«

»Aber manchmal verlieren sie nur dann ihre dämonische Kraft, wenn wir sie wirklichkeitsgetreu nacherzählen«, wandte ich ein.

»Auch das«, sagte Gustav. »Aber woher wollen wir so genau wissen, wie alles war?«

Die Schokolade schmolz zwischen meinen Fingern. Ich steckte mir das Stück schnell in den Mund und ertappte mich dabei, mir wie in unbeobachteten Momenten in Sekundenschnelle die Finger abzulecken und an meiner Hose abzuwischen. »Entschuldigung«, murmelte ich, die Schokolade ganz weit hinten im Mund. Fast wäre sie ungenossen hinuntergerutscht.

»Du sollst dich nicht immer entschuldigen!«, sagte Gustav, er klang fast aufgebracht – und überraschte mich mit einem Vorschlag: »Gehst du mit mir morgen zur NABU-Führung ins Wollmatinger Ried?«

Verwundert ließ ich meine Einkaufstasche auf den Boden sinken und überlegte. Warum eigentlich nicht? Wir verabredeten uns für zehn Uhr vor dem Haus.

»Ein bisschen Natur wird dir guttun«, sagte Gustav, schulterte seinen Rucksack und war verschwunden.

Wir trafen etwas zu früh an dem kleinen Häuschen ein, das als Treffpunkt für die Naturführung angegeben war. Gustav studierte interessiert die Aushänge; Fotos von Wasservögeln, die wir beobachten würden, außerdem eine große Landkarte des Areals, das schutzbedürftige Arten vor der Autobahn bewahrte, die mitten durch das Naturschutzgebiet gebaut worden war. Ich setzte mich auf den Rand der schmalen Treppe, die in die kleine Ökowarte hineinführte. Der Führer vom Naturschutzbund war ein engagierter Student mit rotem Zopf und Outdoor-Weste, der uns mit großem Eifer immer wieder durchzählte. Dabei waren wir nicht mehr als zehn, und es schien, dabei würde es bleiben.

In der bröckeligen Erde vor meinen Füßen entdeckte ich ein kleines Stöckchen, das wie eine Schlange gewunden war. Wieder dachte ich an meinen Vater. Früher hatten wir ihm aus Jux ein solches Stöckchen ins Bett gelegt, weil wir wussten, dass er eine furchtbare Angst vor Schlangen hatte. Zu unserer großen Freude erschallte tatsächlich jedes Mal ein gellender Schrei, wenn er zum Mittagsschlaf die Bettdecke zurückschlug und das Stöckchen entdeckte. Erst jetzt kam ich auf die Idee, dass er es nicht wirklich für eine Schlange gehalten hatte, sondern uns mit seinen Angstschreien unterhalten wollte. Zum ersten Mal seit Langem fühlte ich mich ihm nah. Ich steckte das Stöckchen in die Seitentasche meines Rucksacks und spürte eine große Müdigkeit.

»Auf geht's!«, rief der Student. Wir bekamen Feldstecher zum Umhängen und wanderten auf einem engen Pfad in das Naturschutzgebiet hinein. Unter unseren Schuhen knisterte Muschelsand. Wir bewunderten die Grünbrücken, die der NABU extra für Schmetterlinge gebaut hatte. Falter waren einfach gestrickt. Sie beurteilten die Welt nach Hell und Dunkel. Hell war gut. Dunkel war böse. Deshalb überflogen sie keine Autobahnen. Die Grünbrücken nun sorgten dafür, dass sie ihr Vorurteil überdachten und die Autobahn überwanden, um sich auch jenseits der Schnellstraße nutzvoll zu tummeln.

Ich hatte mich mit dem rotschopfigen Naturführer angeregt über magere Böden unterhalten und war nun noch erschöpfter. Der Wiesenknopfameisenbläuling kreiste in meinem Kopf und vermengte sich mit dem hektischen »Fiepfiepfiep« des Schilfrohrsängers, auf dessen Rufe wir andächtig vor einem Schilfgehege gewartet hatten. Meinolf, so hieß der Biologiestudent, rief jetzt zur Mittagsrast und nahm seinen großen Rucksack ab. Gustav war in ein Vieraugengespräch mit einer Frau vertieft, die sich vorher bei den Beobachtungsstopps, die Meinolf mit kleinen Vorträgen untermalt hatte, durch überraschte Freudenrufe hervorgetan hatte. Als die Picknickbrote verteilt wurden und Gespräche über die Region starteten, bei denen ich wieder nur staunend zuhörte, selbst aber nichts Interessantes beitragen konnte, überfiel mich das mir allzu vertraute Gefühl, für alle anderen unsichtbar zu sein. Ich nahm das Käsebrötchen entgegen und suchte mir einen Platz auf einer Bank hinter einer kleinen Grillhütte. Die Stimmen der Gruppe drangen gedämpft durch die Wand. Jenseits der Grillwiese, die die Grenze des Naturschutzgebietes markierte, bewegte sich das Gras leicht im Wind; »Pfeifengras«, wie ich gerade gelernt hatte.

Ich war nicht allein und doch ganz für mich. Plötzlich fiel mir ein, dass auch ich – wie Dora, wie Gustav – sehr gerne unter dem Tisch gehockt hatte. Manchmal bekam ich einen provozierenden Tritt meiner älteren Schwestern ab. Wenn ich nicht reagierte, beließen sie es dabei und vergaßen mich bald. Ich saß dann ganz still auf den kalten Steinfliesen unter dem Esstisch, die Knie angezogen und umarmt. Auch ich hatte – wie Gustav – ein einziges Mal meinen Vater weinen gehört, als ich so vergessen unter dem Tisch hockte. Meine Pobacken waren eiskalt, ich wollte mein Versteck längst verlassen haben, konnte mich aber nicht rühren. Denn so hatte ich meinen Vater noch nie weinen gehört. Ich wusste gar nicht, dass er es konnte. Meine Mutter sagte immer nur hilflos: »Ach, komm.« Sie trug beigefarbene Sandalen mit Korksohlen, die leise quietschten, wenn sie die Füße am Boden bewegte. Sie schien abzuwarten. Und auch ich wartete unterm Tisch einfach ab.

»Und wenn sie es doch nicht war?«, hörte ich meinen Vater zu meiner Mutter sagen. Er sagte diesen Satz in vielen Variationen. Er erweiterte ihn, als wäre er eine Scrabble-Aufgabe. »Wenn sie es doch nicht war, sondern jemand anderes? Irgendeine andere Frau in ihrem Alter? Mit den gleichen Ringen am Finger?«

Es muss einige Jahre nach Doras tödlichem Unfall und seinem Gang zur Pathologie gewesen sein, wo er seine tote Mutter noch in der gleichen Nacht hatte identifizieren müssen – sonst könnte ich mich wohl nicht mehr daran erinnern. Er klang wie ein Fremder, der sich zu uns an den Tisch gesetzt hatte, weil er eine Familie suchte; weil er Kinder suchte, so wie wir sie waren, Kinder, die Frankfurter Grüne Sauce auf den Tisch kleckerten und sich im Streit an den Haaren durchs Wohnzimmer zerrten; die am liebsten in der winzigen Küche hockten, um unserer Mutter beim Kochen zuzusehen. Sie musste über uns alle hinübersteigen und beklagte sich nie, während sie Zwiebeln in die vom letzten Essen auf dem Herd stehen gebliebene Pfanne schnippelte. Mein Vater, der diese Küche jeden Abend nach der Arbeit mindestens einmal kopfschüttelnd betrat und schimpfend verließ, war der Fremde, der sich diese Familie ausgesucht hatte. Aber wo war für ihn der Zugang zu dieser Familie gewesen?

Ich weiß nicht, wie alt ich damals gewesen war. Ich weiß nur, dass mir das hemmungslose Weinen meines Vaters durch Mark und Bein gegangen war. Es war wie ein Wasserfall, vor dem man zu lange verweilt. Erst ist er schön und beeindruckend. Dann malt man sich aus, von der Kante mit dem Wasser in die Tiefe zu stürzen.

Ich war so in Gedanken versunken, dass ich erschrak, als sich eine Hand auf meine Schulter legte. Gustav hatte mich entdeckt und war von der Seite leise herangetreten, während ich Löcher in das Pfeifengras starrte.

»Hier ist sie«, sagte er, »hat sich einfach versteckt.« Er setzte sich neben mich. »Aber an einem schönen Platz«, nickte er anerkennend und schaute sich um. Vor uns reihten sich Felder bis in die nahe gelegene Schweiz.

»Geht's dir nicht gut?«, fragte er und studierte mich genauer.

»Doch, doch«, wehrte ich ab und rieb mir die Augen, als hätten sie einen gruseligen Film gesehen.

Vom Rest dieses Nachmittags im Wollmatinger Ried behielt ich nicht mehr viel. Gustav blieb an meiner Seite und stellte mich seiner Gesprächspartnerin vor, die mich eindringlich auszufragen begann, nach Familienstand, Kindern, Beruf. »Was machen Sie hier?«, hatte sie gefragt. »Familiensache«, sagte ich mit Nachdruck. Da gab sie endlich Ruhe, genau auf jenem schmalen, sich schlängelnden Pfad, der von hohen Schilfpflanzen gesäumt war. Man konnte nur hintereinanderlaufen, und ihr Haar wippte vor mir auf und ab als Erfolgszeichen ihrer Karriere als Bankkauffrau, die sie neben drei Kindern gemeistert hatte.

Das Schilf, erfuhren wir, sei eine alte Pflanze, die über Jahre so großflächig angewachsen war; nicht nur eine *alte*, sondern vor allem eine *einzige* Pflanze: Nur ein einziger Urstrunk habe alle diese Keime geworfen. Vielleicht sagte der Biologiestudent auch nicht, dass sie »geworfen« habe (Schilf war ja kein Tier). Vielleicht sagte er nur, dass sie sich ausgebreitet, vermehrt, vervielfacht habe. Das zuvor harmlose Schilf wirkte mit einem Mal gewaltig, und ich war froh, als wir endlich aus den hohen Halmen ins Freie traten und bald das Häuschen erreichten, von dem aus wir am Morgen gestartet waren.

Zu Hause tranken wir in Gustavs orientalisch eingerichteter Wohnung Runglee-Rungliot-Tee. Gustav bedeutete mir, während des Teeanrichtens zu schweigen. Nach dem ersten Schluck aus der hauchdünnen Porzellanschale gestand er mir sein ausgefallenstes Hobby: Er klettere sehr gerne auf Bäume. Je höher, desto besser. Das Rätsel um seine kräftigen Arme war damit gelöst. Ich wollte die dazugehörigen Werkzeuge sehen, und tatsächlich holte er einen Stahlkoffer aus seiner Garage. Er ließ die Haken und Seile durch die Hände gleiten, als wären es kostbare Schmuckstücke eines Silberschmieds. Auch ein Brosigknoten war darunter.

»Er blockiert nur dann«, erklärte mir Gustav, »wenn eine schwere Last dranhängt.« Er demonstrierte mir den Knoten mit dem Seil. »Ist er ohne Gewicht, lässt er sich problemlos verschieben.«

»Hm«, machte ich und schaute auf die Uhr. Dabei war ich nur mit meiner Familiengeschichte verabredet.

»Wie geht es Dora?«, fragte Gustav.

»Sehr gut. Sie scheint sich verliebt zu haben.«

»Wirklich? In Frantek?«

»Richtig!«, sagte ich. »Es war ja absehbar.«

Gustav sah mich ernst über seine Teeschale hinweg an. Ich überlegte, ihm zu erzählen, dass auch ich heute Nachmittag im Wollmatinger Ried eine Erinnerung an meinen weinenden Vater hatte. Weinende Männer machten offenbar Eindruck. Schluchzende zumal.

»Glaubst du ans Jüngste Gericht?«, fragte ich stattdessen, vermutlich etwas zusammenhanglos.

Gustav war überrascht. »Du meinst, so richtig gefoltert werden, mit spitzen Stecken und brennenden Fackeln, die sich in Augenhöhlen graben?«

»Nun ja«, ich zuckte mit den Schultern, »jedenfalls so ähnlich.«
Ich dachte an die vielen Kirchen und die Portale, die ich als Kind
mit meinen Eltern hatte besichtigen müssen. Die Szenen darauf
waren Angst einflößend.

Gustav stellte vorsichtig seine Teeschale ab und schüttelte sich.
»Nein, daran glaube ich lieber nicht.« Er machte eine lange Pause,
in der er sich neuen Tee eingoss, langsam, fast mit Andacht. »Ich
müsste wohl die schlimmste Strafe von allen bekommen.«

Ehe ich nachhaken konnte, warum, stand er auf, schlug sich an
den Kopf und sagte, er hätte fast einen dringenden Termin vergessen. Er brachte mich diesmal bis nach unten auf die Straße und
bedankte sich für den schönen Tag. Bevor er in die andere Richtung davonlief, tippte er mir mit dem Zeigefinger dreimal auf die
Stirn an die Stelle zwischen den Augen. So viel Zeit, behauptete er,
habe er schon lange nicht mehr mit jemandem zusammen verbracht.

»Ich auch nicht«, log ich verwirrt und dachte kurz an zu Hause
und Paul – und an meinen Vater, der nicht nur Angst vor Schlangen hatte, sondern noch viel größere Angst vorm Jüngsten Gericht. Mein Vater ging wie viele evangelische Christen einmal im
Jahr, an Weihnachten, in die Kirche. Er war das, was ein mir be-
kannter Pfarrer als »U-Boot-Christ« bezeichnete. Ob mein Vater
an etwas Höheres glaubte, war mir nicht bekannt. Aber es muss
für ihn ein richtendes System, welcher Art auch immer, gegeben
haben, vor dem er sich offenbar immer wieder aufstellte.

Für was genau hatte er sich schuldig gefühlt?

Für Dinge, die er als Kind im Krieg getan hatte?

Oder dafür, die falsche Tote identifiziert zu haben?

In meiner eigenen Wohnung angekommen, griff ich nach der
Schachtel mit der Pfaffenhütchen-Kohle, die aus dem Nachlass
von Dora stammte und seit Anfang des Projekts auf meinem Arbeitstisch lag. Vorsichtig zog ich die Innenschachtel heraus. An
den Ecken war sie zusammengeheftet und vom vielen Benutzen

eingerissen. »5 Stangen feinste runde Pelikan Pfaffenhütchen-Kohle« der Marke Günther Wagner aus Hannover und Wien, Sorte 401/5 lagen unter zwei passend zurechtgeschnittenen Filzdeckchen. Schwarzes Pulver klebte daran. Das gleiche, das an Doras Händen war, wenn sie Zeichenunterricht hatte. Als sie anfing, im Sommersemester 1924, zusammen mit 133 Mitstudierenden im Tagesbereich, dazu noch mal 264 im Abendbereich, gab es offenbar nur Notunterricht. Teile des Ruhrgebiets waren besetzt, um Deutschland zur Zahlung der Reparationen zu bewegen. Schon 1921 hatte es ein Ultimatum gegeben – mit der Drohung, ansonsten einzumarschieren, was dann im Januar 1923 geschah und zuletzt passiven Widerstand hervorrief, der, so war es in einer Jahreschronik der Stadt Essen von 1924 bewertet, dramatisch verlief und vor allem »nicht nutzlos gewesen« sei: Der Widerstand »hatte zum ersten Male wieder nach dem Kriege die nationale Flamme emporschlagen lassen …« Mir gruselte bei der Durchsicht der Dokumente, die ich über das Essener Stadtarchiv erhalten hatte und in denen der Chronist immer wieder das »einheitlich Vaterländische« betonte, das in dieser Zeit als Antwort auf das sogenannte »separatistische Schreckensregime« erneut aufkam. Der Weg in die Dreißigerjahre und das Erstarken rechter Kräfte war gebahnt. Hatte Dora durch ihren sozialistisch eingestellten Vater die Gefährlichkeit erkannt? Oder war und blieb sie vollkommen unpolitisch?

Dass überall Truppen untergebracht waren, die meisten in größeren Gebäuden wie dem Landgericht, dem Polizeipräsidium, in Turnhallen oder Schulen, wird auch sie mitbekommen haben – zumal die Handwerker- und Kunstgewerbeschule selbst einer dieser Orte war. Es gab Vorfälle wie den der Goetheschule, wo Schüler despektierlich johlten, als französische Truppen während einer Schulpause vorbeimarschierten – der Fall kam vors Kriegsgericht. Es gab Tote, Verhaftungen, Notgeld, Verordnungen. Sogar harmlosere Dinge wie die Stadtgartenkonzerte wurden im Sommer 1924 zeitweilig verboten und die Verantwortlichen mit

Gefängnisstrafen gemaßregelt, weil sogenannte »unruhige Elemente« die Besatzer gereizt haben sollten. Das Wirtschaftsleben lag darnieder. Die Stimmung im Ruhrgebiet war aufgeheizt. Und als 1925 mit der Räumung begonnen wurde, waren die meisten Gebäude wegen der vielen Wechsel stark sanierungsbedürftig.

Wie es speziell im Gebäude des alten Rüttenscheider Rathauses zugegangen war, wo die Handwerker- und Kunstgewerbeschule untergebracht war und auf Geld für ein geeigneteres Gebäude wartete, war mir aus den Dokumenten nicht recht ersichtlich. Aber es waren definitiv besonders bewegte Jahre auch für die Entwicklung der Schule, die wegen steigender Anmeldezahlen über strengere Aufnahmeprozeduren nachdachte und gerade dabei war, sich neu zu erfinden, um den Mief des etwas verzopften Kunstbetriebs mit akademischen Malübungen nach dem Vorbild der alten Meister endlich hinter sich zu lassen.

Wie hatte eine fast Achtzehnjährige das alles erlebt? Hatte ihr Studienleben als Frau an der werdenden Folkwangschule den gleichen Einschränkungen unterlegen, wie es die weiblichen Studierenden am Bauhaus erlebten? Viele Kurse jenseits der Webklasse, in die man sie gerne abschob, waren diesen verschlossen gewesen. Sie hatten nebenbei für Mahlzeiten zu sorgen, während sich die Männer allein der Kunst widmen durften.

Ich brachte die dünnen Kohlestangen aus Doras Essener Kunstzeit in Bewegung, sodass sie hell wie schwerelose Glühkohle aneinanderklackerten. Dazwischen schob sich eine Erinnerung. Meine Mutter pflegte früher alte Glasflaschen in der Mülltonne mit einem Hammer zu zerschlagen. Das klirrende Glas war von der Garage bis in die Kinderzimmer zu hören gewesen.

Unruhig geworden, schob ich die Schachtel wieder zu und studierte den einladenden Werbeaufdruck der Firma für andere Malutensilien: Es gab auch noch Radiergummis und Pelikan-Tuschen – der »Inbegriff vollkommener Güte«, was wohl ein bisschen übertrieben war. Aber wer konnte schon widerstehen, wenn von »sammetweichem Specksteingummi zum Radieren weicher Bleistiftstriche und zum Säubern großer Flächen« die Rede war?

Durch die Wand hörte ich Gustav tippen. Morgen wollte ich ihn endlich fragen, woran er schrieb und was er letzthin im Institut zu suchen hatte.

DORA 1926

Klack machte es, so unerwartet laut, dass Dora erschrak. Starr stand sie in der Diele der Wohnung. Ihren Hut, den Zylinder, auf den sie so stolz war, weil sonst unter den Damen nur noch Maritz einen solchen Hut trug, hielt sie noch in der Hand. Ihre Fingerspitzen in den weißen langen Handschuhen schwitzten. Sie lauschte in die Dunkelheit hinein. Regte sich etwas?

Klack machte der Zylinder jedes Mal, wenn man ihn aufklappte. Und genau das hatte Dora eben unachtsamerweise getan, weil sie ihn ja nur in aufgeklapptem Zustand an den großen Garderobenhaken hängen konnte. Sie hätte wissen müssen, dass das laut werden würde. Deshalb hieß er ja schließlich *Chapeau Claque*. Fast als Letzte hatte Dora den KU-KA verlassen, den Kunst-Karneval, »ein Traum in Farbe, Rot und Silber als Hauptakkord mit wenig Schwarz, Gelb, Blau und Weiß«, so hatte es auf der Einladung geheißen. Maharadschas und Dirndl als Kostüm waren ausgeschlossen, Gesichtsmasken ab Mitternacht verboten, was Dora begrüßte, kam doch auf diese Weise ihr geliebter Zylinder erst richtig zur Geltung. Es gab wie immer viele bewundernde Kommentare. »Wie adrett!«, hatte auch Beerwald gesagt, den sie zum ersten Mal dort sah. Er wollte Dora gleich wieder malen.

Sie reagierte darauf nicht, sondern wedelte einfach ein wenig deutlicher mit ihrem Papierfächer, ein bewusster Kontrast zur männlichen Attitüde, dem Zylinder. Die Chapeaux Claques zu ihrer beider Markenzeichen zu machen war Maritz' Idee gewesen. Tatsächlich distanzierten sie sich damit wohltuend von der Masse der Mitschülerinnen, die immer nur Cloches trugen, diesen modischen Glockenhut, den, tief in die Stirn gezogen, in dieser Zeit fast jede modebewusste Frau besaß.

Dora und Maritz hingegen wirkten königlich. Ihr Faltzylinder fiel aus der Reihe. Schwarz glänzend war er, richtig edel, umfasst von einer empfindlichen Satinhaut und tragebequem gemacht durch ein akkurat eingearbeitetes Innenfutter. Das Übrige richteten ihre Namen: Auf den Festen war Dora Babuschka. Maritz blieb Maritz, weil der Name ohnehin extravagant war.

Es hatte wieder Wein gegeben, viel Wein, weil »in vino veritas« liege, hatte Frantek gesagt, eigentlich eher gesungen. – Dass er so gut singen konnte, war Dora zuvor nie aufgefallen. Leise, um die Eltern nicht zu wecken, zog sie ihren Mantel aus, danach ihre weißen Handschuhe, die Armreife, die Schuhe. Fast erleichtert löste sie sich aus ihrer Verkleidung. Es gab so viele Feste. Jeder Jahreszeitenanfang, jede Eröffnung einer Ausstellung war einer Feier würdig. Immer schwerer fiel es ihr neuerdings, die schrille Welt der Kunstgewerbeschule mit der biederen Welt zu Hause zu vereinen. Betrat sie die Erste, war es ihr dort oft zu laut. Kam sie zurück in die Wohnung, war die Stille dort fast genauso unerträglich. – Maskerade hier. Museales Heim zu Hause. Dora fand sich gar nicht mehr zurecht.

Die Rückverwandlung ertrug sie nur, wenn sie ganz fest an Frantek dachte, so wie jetzt. Endlich verbot sie es sich nicht mehr. Wenn sie ehrlich war, genoss sie es sogar. Erst war das neue Gefühl nur ein Funke gewesen. Inzwischen war daraus ein alles versengendes Feuer geworden, das sich im ganzen Körper ausbreitete. Konnte man gleichzeitig aufgeregt sein und entspannt? So verwirrend fühlte es sich an.

Seit Wochen schon plagte sie deshalb die Frage, ob es ihm genauso ging. Wohl blieb er jedes Mal länger bei ihr stehen, auch dann noch, wenn Maritz längst gegangen war. Nur war er in letzter

Zeit auch sehr mit ganz anderen Dingen beschäftigt. Frantek und Maritz hatten sich einer obskuren Gruppe angeschlossen und diskutierten jetzt öfter Politisches. Sie kannten die Namen aller Parteien und Splitterparteien, sogar die Namen der Anführer und Vorsitzenden – all das also, wovor Dora strikt die Augen verschloss. Sie fühlte sich unsicher, wenn »die Sozialfrage« diskutiert wurde, und brachte das Gespräch bald auf andere Themen. Manchmal hatte sie den Eindruck, dass auch Frantek dann fast erleichtert schien – und dass er eigentlich *sie* meinte, wenn er mit beiden sprach.

Dora konzentrierte sich lieber ganz auf die Schule. Sie lernte und machte Fortschritte. Beerwald hatte sie kürzlich vor allen gelobt und sie nach vorne geholt, um den Begriff »Entwicklung« an ihr zu demonstrieren. »Schaut!«, hatte er gesagt und die beiden Bilder vom letzten Zeichenausflug hochgehalten. »Erschaut die Verpuppung des Individuellen im allgemeinen Kokon!« Die Beerwald-Sätze machten schnell die Runde und sorgten in den Pausen für viel Gelächter. Aber Dora fand, dass er einen relevanten Punkt getroffen hatte, und freute sich sehr über das Lob.

Nach dieser Stunde saß sie mit Frantek noch draußen auf der sommerwarmen Bank. Dora erzählte ihm von einer Auseinandersetzung mit der Mutter, die immer noch fand, Dora verschwende nur Zeit.

Frantek nickte und ermunterte Dora; sie zeichne mehr, als man mit bloßem Auge sehen könne, das gefalle ihm. Dann wurde er auf einmal sehr ernst und sprach von seinem Bruder, der nicht aus dem Krieg zurückgekehrt war: »Bei den Nachbarn in unserer Wohnkolonie, da war einer gestorben, der lag aufgebahrt da. Aber wir – wir hatten nicht einmal eine Leiche.«

Für Frantek war es schwierig gewesen, seine Siedlung zu verlassen. Die Eltern wollten ihn im Bergbau halten und hatten ihn schon für Vermessungstechnik angemeldet, weil er so gut zeichnen konnte. Zum Glück erhielt er dann den bezahlten Schulplatz, und sie hatten nachgegeben. Wie aber die Nachbarn ihn wohl seitdem behandelten? Dora konnte sich gut vorstellen, dass ihnen dieser große, dürre Steigersohn mit den abstrusen Ideen suspekt wurde, nachdem sich die Entscheidung für die Kunstschule herumgesprochen hatte.

Nach dem Gespräch hatte Frantek sie schüchtern gefragt, ob sie ihn am morgigen Abend nach dem Unterricht wohl einmal besuchen komme. Sie hatte stumm genickt. Dann waren sie wortlos und ohne Gruß auseinandergegangen.

Feucht glitzerte die Straße vom letzten Regen. Das Licht der Laternen spiegelte sich darin. Dora drückte ihre Maltasche enger an sich und eilte direkt nach dem Werkstattunterricht zu Franteks kleiner Wohnung. Um diese späte Stunde zu kommen war ein Wagnis. Die Wirtin, eine Kriegswitwe mit genauen Vorstellungen über sittengerechte Lebensführung, hatte ein striktes Damenbesuchsverbot verhängt. Bereits am Tag war es schwierig zu umgehen, wie sich das erst abends gestaltete? Stand er da nicht schon vor dem Haus und erwartete sie?

Die Hände steckten in den Hosentaschen. Er trat nervös von einem Bein auf das andere. Da war sie, mit einem dünnen Tuch über den Schultern.

»Wie willst du mich denn hineinschmuggeln?«, fragte Dora leise.

»Deshalb habe ich ja hier auf dich gewartet«, sagte Frantek.

Sie schlichen durch den kleinen Garten und betraten das Haus durch den Dienstboteneingang. Die Treppe war ihnen wohlgesinnt und knarrte kaum. Frantek schloss auf und schob Dora hinein. Abends, wenn alles still war und die Wirtin schlief, saß er oft am offenen Fenster und rauchte. Auch jetzt, hatte er sich vorgestellt, würde er als Erstes rauchen müssen, wegen der Aufregung. Aber als sie nebeneinander Platz nahmen, in der kleinen Wohnung, die genau genommen fast nur aus einem Bett bestand, da verspürte er keinerlei Verlangen nach einer Zigarette. Wie vertraut ihm Dora doch war. Ihm war schleierhaft, warum er so lange gewartet hatte.

Über dem Bett brannte eine schwache Leuchte. Dora meinte noch Franteks letzte Zigarette zu riechen. Hier saß sie also, auf seinem Bett. Bebel lag auf dem kleinen Holztisch und sah ganz zerlesen aus, daneben ein Blatt, auf das Frantek Sätze geschrieben hatte, die er mit großen Ausrufezeichen und Unterstreichungen versehen hatte.

Frantek begann von sich aus kein Gespräch. Und auch ihr fiel kein Anfang ein. Es war eine seltsame Spannung im Raum. Sie ließ das Schultertuch hinter sich fallen und fühlte sich auf einmal leicht wie eine Feder. Sie hatte schon so lange auf diesen Moment gewartet und ließ ihn gerne näher heranrücken. Da legte sich ihre Hand wie von selbst in seine Locken, als wäre es das Natürlichste der Welt.

»Dürfen wir das?«, fragte sie dennoch leise.

»Wer soll es uns verbieten?«, murmelte Frantek und fasste nach ihrer Hand. Langsam strich er ihre Finger auf, einen nach dem anderen. Er sagte, dass er nicht wusste, dass er nicht ahnte, dass er es doch wusste, aber sich nie und nimmer getraut hätte, es ihr zu sagen. Und Dora sagte, dass sie es schon lange gewusst hatte, dass es kein Zurück gab, dass es nur eine Frage der Zeit gewesen sei.

Von der gegenüberliegenden Seite der Straße gab es niemanden, der in das Fenster schauen konnte. Wäre da jemand gewesen, dann hätte er bemerken können, wie zu einer Zeit, als die Soireen in den Kabaretts der Stadt längst angelaufen waren, in der Baumhofstraße Nr. 9 im ersten Stock, drittes Fenster von rechts, verschämt das Licht gelöscht wurde.

Gras war ein Zwitterwesen. Man konnte sich daran schneiden. Man konnte darauf Töne erzeugen. Seit einer Stunde erkundete Dora die Seele von Gras. Diesmal konnten sie im Atelier arbeiten, abgeschirmt von Wind und Wetter. Frisch aus der Erde gezogen, lagen die Halme vor ihr auf dem Zeichenpult, kreuz und quer übereinander. Ihrer Wurzel beraubt, erschlafften sie allerdings schnell. Die Übung sollte kein Meisterwerk, kein Ausstellungsstück hervorbringen, nur eine Erfahrung ermöglichen: Schnellskizze war verlangt. Das Erfassen des Wesentlichen.

Beerwald schlenderte von Pult zu Pult, die Hände auf dem Rücken. Bei jedem legte er eine kleine Pause ein, beugte sich über die entstehende Zeichnung und zog bisweilen kritisch die Augenbrauen hoch, ohne jedoch zu kommentieren. Nur Dora flüsterte er erneut die Frage ins Ohr, die ihn nie verlassen hatte, seit er damals im Stadtgarten neben ihr saß: ob sie ihm demnächst wohl Modell sitzen würde. Er würde sie so gerne porträtieren.

Sie erschrak, als er ihr plötzlich so nah war. Diesmal konnte sie nicht so tun, als hätte sie es nicht gehört.

»Ich werde die Eltern fragen«, sagte sie und beugte sich wieder über ihre Zeichnung.

»Es wird!«, ermunterte sie Beerwald. »Nur etwas mehr Bewegung bitte. Denken Sie an Wind im Gras.« Dann ging er zum nächsten Pult.

Mein Gras ist unbewegt, dachte Dora trotzig und malte unbeirrt weiter. Später zur Präsentation der fertigen Bilder würde sie gerne erklären, warum. Gras sei selbst schon »grünes Chaos«, würde sie sagen, und deshalb zwar durchaus bewegt – aber eben nur *unsichtbar* bewegt.

In Wirklichkeit dachte sie bei den beiden Grashalmen, die in ihrem Bild allmählich Kontur erlangten, einzig und allein an Frantek und sich selbst. Wie zwei Samen waren sie einst auf den Acker gestreut worden – genau genommen vor neunzehn, fast zwanzig Jahren –, bewässert vom Regen, ernährt von der Sonne, beide Kräfte ließen die Samen zu Grashalmen werden. Sie wuchsen nebeneinander, lernten sich kennen, vertraut bald mit jeder Regung, jedem Husten. – Aber ein Grashalm hustet nicht!, würde Maritz protestieren, wenn Dora ihr davon erzählen würde, und sie musste auf einmal lachen. Die anderen drehten sich schon nach ihr um, schnell legte sie die Hand über den Mund. Das Wesen von Gras jedenfalls hatte sie erfasst. – Solange keine Sense käme und es mähte.

Seit jenem Abend in Franteks kleiner Studierbehausung schob sich die Erinnerung daran vor alles, was Dora betrachtete. Frantek und sie waren miteinander verflochten, so, wie sie es jetzt manchmal mit ihren Beinen machten, wenn sie auf seinem Bett lagen. Sie sprachen so viel miteinander wie nie zuvor, und Dora fragte jetzt nach, sie fragte anders als früher, sie wollte alles wissen, war noch am letzten Frantek-Zipfel interessiert. Der Damm war gebrochen, seit jenem Abend in Franteks Stube auf seinem Bett mit dem beigefarbenen Überwurf, der unter ihrer Haut ein wenig kratzte, aber das machte ihr überhaupt nichts aus.

Und Maritz?

Dora nahm einen Stift mit dickerer Mine zur Hand. Das Zeichnen fokussierte sie. Sie verglich und wog ab. Nichts weniger als die Liebe stand auf dem Prüfstand. Sie dachte das Unmögliche, das gedacht werden musste: dass Frantek sich auch zu Maritz hingezogen fühlen konnte. – Aber wäre das dann Liebe? Die gab es doch nur zwischen ihr und Frantek.

Dafür gab es inzwischen so viele Anzeichen, dass Dora auswählen konnte. Zum Beispiel hatte Frantek Dora und nicht Maritz anvertraut, dass er seinen Bruder vermisse. Er hatte Dora und nicht Maritz gestanden, dass er sein Leben hier in der Essener Bohème zwischen Gaststättenrauch, dem Geruch von Malfarbe und den Gesprächen über die besten und billigsten Zeichenmaterialien seinen Eltern gegenüber aussparen musste. Er hatte ihr und nicht Maritz sein beißendes Gefühl großer Fremdheit gestanden; einer Fremdheit, die seiner Herkunft geschuldet war und der Unvereinbarkeit der Bergwerkswelt mit der Kunstschule.

Als der Hintergrund für die Grashalme schraffiert war, hatte sie eine Lösung, die für sie alle drei die richtige war, die richtige sein *musste* und auf einer ganz einfachen und unumstößlichen Gedankenkette beruhte:

Zwischen Maritz und Frantek war Liebe schlechterdings nicht möglich. Sie wäre nur ein Fangarm jenes prächtigen Illusionstheaters, das die Menschen gemeinhin in Bann zu halten pflegte und das sie an Gefühle glauben ließ, weil sie ihnen vorgegaukelt wurden. – Das war ja Maritz' Spezialität. Maritz war eine Illusionistin, die Frantek bisweilen durchaus verzauberte, das war auch Dora nicht entgangen. Aber Dora würde Frantek die Augen öffnen und müsste dabei keineswegs Maritz verraten, sondern könnte vielmehr deren Schauspieltalent als herausragende Fähigkeit loben. Und dann würde sie ihm ein Versprechen abverlangen, würde ihn wissen lassen, wie sehr sie einander bräuchten und dass sie füreinander bestimmt seien. – Ja, sie würde auf diesem Versprechen sogar bestehen. Dies alles war schließlich eine wissenschaftliche Tatsache. Andere verlobten sich gleich! Sie bräuchten wenigstens ein geheimes Versprechen, das sie einander geben wollten, Frantek Dora und Dora Frantek. Gleich heute wollte sie die Sache angehen.

Zufrieden mit ihrem Plan zeichnete sie jetzt mit einer anderen Minenstärke eine Linie, die ihr besonders fein geriet. Dass Frantek im gleichen Moment aufschaute wie sie selbst, gab ihrem Plan den letzten Segen.

Nach der Schule standen sie mit Maritz zusammen, die statt Naturstudien neuerdings als einzige Frau, weil sie so begabt war, die Bildhauerklasse besuchen durfte. Sie trug einen Overall, der ganz mit Staub bedeckt war, und schimpfte über den Unterricht. Statt eine Marienfigur zu hauen, wolle sie lieber etwas Ordentliches machen, mit der Hand »etwas Nützliches schaffen« wie die drüben in der Schreinerei.

»Einen Tisch zum Beispiel. Warum nicht aus Stein? So ein Tisch ist doch ein politischer Ausdruck. Ach, was sag ich. Ein Abdruck! Ein Tisch ist nie nur ein Tisch, sondern immer auch ein Arbeitstisch. Da wird dran gelesen und gelernt und gearbeitet. Ohne dass man sich dabei den Rücken kaputt krümmt.«

Maritz sprach immer schneller und aufgeregter. Sie erwog, eine Aufstellung zu machen über das Einkommen eines Arbeiters und wie viel er für einen Tisch aufbringen könnte. Mithilfe dieser Angaben wollte sie nicht nur einen funktionstüchtigen Tisch bauen, sondern auch einen bezahlbaren Tisch. Ob sie doch noch zu den Schreinern wechseln sollte?

Dora fiel ein Satz ihres Vaters ein: »Pass bloß auf, welchen Tisch du dir ins Leben stellst.«

»Ins Leben? Wieso ins Leben?« Maritz klang gereizt. »Ich will einen Tisch für andere! Ich will Soziales und Praktisches entwerfen, nicht nur Kunst schaffen. Ich will im Tisch die ganze Welt.«

»Es gibt aber Tische, die nicht passen. Die sind zu groß oder zu klein«, erwiderte Dora.

»Hach«, sagte Maritz wegwerfend. »Wer sagt denn das?«

»Mein Vater.« Dora ärgerte sich sofort.

»Daher also weht der Wind!« Maritz klopfte Dora kameradschaftlich auf die Schulter. »Dein Vater hat eben Angst um dich. Der will, dass du dir den richtigen Mann ins Leben stellst! Den richtigen Tisch! Das ist so eine Redewendung, hast du das noch nie gehört?« Sie belehrte Dora. »Dein Vater ist ein kluger Mann. Er weiß, dass der Tisch eben auch eine Metapher für das Leben ist.«

Dora kochte innerlich. Wann war alles so schwierig geworden zwischen ihnen? Immer nur ging es um hehre Ideen. Über die Liebe sprachen sie dagegen nie. Dora hatte schon so viele Versuche gemacht, ihr von Frantek zu erzählen, von ihren Gefühlen – vergebens. Bebel war immer wichtiger. Hatte Maritz denn gar keine Lust mehr, Geheimnisse mit ihr zu teilen? – So wie früher, als ihr Maritz von der »G'schicht« erzählt hatte. »Armes Kind! Das kommt jetzt alle vier Wochen!«, hatte die Mutter gesagt. Mehr war darüber nicht zu erfahren gewesen, bis sie selbst ihre Tage bekamen. Darüber zu sprechen hatte sie einander nahegebracht. Und jetzt? – Jetzt sprachen sie über Tische.

In diesen Wochen entwarf Dora auf einem großen Papierbogen ein Haus für sich und Frantek. Es gab darin ein großzügiges Wohnzimmer, hier sollten sie oft zusammensitzen. Frantek würde von seiner Arbeit als Kunstschullehrer erzählen, welche Objekte er gerade entwarf und welche Firma an einer Zusammenarbeit interessiert sei. Dora würde sich um das Alltägliche kümmern, die Mahlzeiten, den Einkauf und sicher hier und da dabei helfen, Franteks Stunden vorzubereiten. Abends, wenn das Mädchen, das sie hoffentlich würden bezahlen können, ihre Kinder ins Bett brachte, möglichst zwei oder drei, würden sie sich etwas vorlesen, oder Dora würde Frantek zeichnen und Frantek Dora. Es gäbe auch ein Musikzimmer. Und für Dora ein Ankleidezimmer.

Sie schraffierte das Rechteck fürs große Ehebett und stellte sich Frantek darin vor. Er stand frühmorgens noch vor ihr auf, und er ging des Abends sicher später ins Bett als sie, weil er so viel zu tun hatte. Sie würden in der Stadt wohnen, ganz nah am Bahnhof, um reisen zu können und die Züge an- und abfahren zu hören. Auf ihrem Nachttisch würde ein kleiner Messingleuchter mit einer Kerze stehen. In Doras Zeichnung war die Kerze ein kleiner Kreis, aus dem eine Flamme herausloderte.

In der nächsten Naturklasse setzte sich Dora extra ganz weit nach hinten. Wieder beugte sich Beerwald bei seinem Rundgang zu ihr hinunter und flüsterte: »Was sagen die Eltern?« Und als Dora nicht gleich antwortete, ergänzte er: »Ich zahle natürlich dafür.«

Pinsel waren teuer. Sie brauchte Geld.

»Wann?«, fragte sie.

»Sonntagabend. Pünktlich um achtzehn Uhr. Unten im Erdgeschoss, im kleinen Atelier. Drei Sitzungen werden vermutlich ausreichen.«

Ihren Eltern erzählte sie nichts von diesen Stunden.

Die Sitzungen bei Beerwald waren anstrengend. Am ersten Abend wärmte noch der Ofen neben der Staffelei. Sie war wie von ihm verlangt in blauem Kostüm mit weißer Kragenbluse erschienen. Um mehr von ihr zu erfahren, bat er sie, zunächst auf dem großen Sofa kniend Platz zu nehmen und die Arme verschränkt auf der Lehne so abzulegen, dass sie ihre Stirne gemütlich darauf platzieren könne. Sie war ihm also abgewandt und konnte ihn nicht sehen, nur hören: das leise Kratzen, das sein Bleistift machte, und manchmal ein Schaben wie von einem verschobenen Stuhl. Er arbeitete meist stumm und hoch konzentriert. Und wenn er doch etwas sprach, dann nur zu sich selbst. Sie schloss die Augen, dachte an Frantek und vergaß bald, wo sie war. Unbeweglich wie eine abgelegte Puppe war sie. Aber hinter ihrer Stirn wirbelten die Gedanken. Sie sehnte sich nach Berührung, nach Franteks samtiger Hand. Aber neuerdings schien er merkwürdig abwesend.

Am zweiten Abend war es Beerwald nicht gelungen, genügend Briketts zu beschaffen. Die Kälte schob sich wie ein Gletscher erbarmungslos unter ihre Kleider. Er hatte eine frisch aufgezogene Leinwand aufgestellt. Für Dora stand ein Hocker bereit. Diesmal konnte sie zumindest aus den Augenwinkeln sehen, wie er Maß nahm und zunächst vorskizzierte. Sie sollte kerzengerade sitzen und vor sich hin schauen, ins Leere, die Hände im Schoß entspannt übereinandergelegt. Wieder trug sie die Kragenbluse und das blaue, schlichte, fast etwas bäuerliche Kostüm. Weil ihr Haar aber immer noch kurz war, forderte er sie auf, eine bereitgelegte Perücke mit Dutt aufzuziehen. Ihre hohe Stirn musste unbedingt zu sehen sein.

»Öl ist so anders als Grafit«, murmelte Beerwald. Er starrte sie nun schon eine ganze Weile an. »Wir sollten nicht beim Bleistift bleiben« – er wurde sehr ernst – »nein, mein liebes Fräulein Dora«, er strahlte sie beglückt an, »wir nehmen Öl. Einverstanden?«

Mit dem Finger fuhr er sich selbstvergessen über die Augenbrauen und sagte streng: »Fräulein Dora, hören Sie mir denn überhaupt zu?«

Dora zuckte zusammen. Die ganze Zeit über hatte er sie nicht angesprochen. Mit einem leichten Nicken versicherte sie, dass sie ihn verstanden hatte.

»Nicht bewegen bitte«, sagte Beerwald, bedeutete ihr aber zugleich mit einer Geste, dass sie sich entspannen könne.

Dora erstarrte wieder und dachte sich zu Frantek. Gestern Abend war er so seltsam gewesen. Nicht unangenehm zwar, ganz im Gegenteil, er hatte sie gleich, als sie in seiner Stube waren, aufs Bett geworfen, viel wilder und leidenschaftlicher als je zuvor. Sie hatte ihn gewarnt, aber da wurde er auf einmal ganz unfreundlich, was Dora arg erschreckte, weil sie ihn so noch nie zuvor erlebt hatte. Aber er hatte sich schnell wieder beruhigt, es schien ihm sogar unangenehm, und sie dann lange einfach nur angeblickt – anders als jetzt Beerwald, der sie eher inspizierte wie ein Forscher sein Objekt, von dem er bahnbrechende neue Erkenntnisse erwartete.

»So?«, fragte sie.

»Genau richtig. So bleiben! Aber bitte jetzt nicht mehr sprechen.« Er gab seinem Bild eine entscheidende Wendung. Den Mund hatte er noch nicht gemalt. Aber jetzt wusste er ganz genau, wie er zu malen war. Fräulein Doras Mund lief zwar in der Mitte hübsch zu. Aber eben hatte er doch etwas Dunkles wahrgenommen, das um diesen Mund lag. Einen Drang, sich zusammenzuziehen. Dazu die Augen und der leere Blick, der ihn seltsam anzog. Alles lag darin begründet. Sie war ja noch so jung!

Er summte eine Melodie, während er weiterzeichnete, etwas in Moll. Dora wurde fast schläfrig dabei und musste sich ermahnen, ihre Stellung zu halten.

Die letzte Sitzung war die intensivste. Wieder ließ Beerwald Dora auf dem Hocker Platz nehmen und malte mit äußerster Ruhe. Diesmal aber fühlte sich Dora wie früher, als der Vater lange Zeit fern war und die Mutter so kühl. Sie behielt ihre Position, während sie sich daran erinnerte, wie sie die Mutter eine Zeit lang abends in ihrem Zimmer besucht hatte, weil sie sich einen Gutenachtgruß von ihr erhoffte. Es wurde ganz still in ihr.

Beerwald entschied sich für ein Hüftbild: Dora sitzend, mit weißer Kragenbluse unter dem blauen Kostüm, das leicht schimmert und Farbentiefe besitzt. Die Hände sind im Schoß übereinandergelegt. Der Oberkörper ist leicht zur Seite gedreht, vom Betrachter abgewandt. Der Blick der Porträtierten ist gesenkt und auf einen fernen Punkt gerichtet. Es wurde eines seiner geheimnisvollsten Bilder, wegen Doras Gesichtsausdruck, gleichzeitig stolz und ernst, aber auch etwas verloren, fast traurig.

Wenn Dora später von Beerwald erzählte, lachte sie und stellte ihn geckenhafter dar, als sie ihn in diesen drei Sitzungen erlebt hatte. Sie machte Frantek vor, wie er sprach und ging und wie er schwärmte. Frantek, der ihn ja auch kannte, wunderte sich über Doras Beschreibungen. Doch es gab auch Überschneidungen, und sie stellten fest, dass er Menschen offenbar mit der gleichen Begeisterung malte wie die Natur.

»Schönheit gibt es für ihn eben überall. In jedem Blatt. In jedem Ding. In jedem Knochen«, sagte Dora. »So ein Knochen bin ich!« Sie machte vor Frantek einen Knicks.

Einmal erschien die Wirtin, weil sie etwas gehört hatte. Frantek öffnete die Tür nur einen Spalt und sagte, er sei gerade bei der Rasur. »Aber kein Damenbesuch!«, mahnte sie und ließ sich abwimmeln.

ISA 2014

Doras Chapeau Claque befand sich nicht in der Nachlasskiste. Wir hatten den schwarzen Faltzylinder kürzlich entsorgt, weil wir ihn vollkommen abgenutzt hatten, an Karneval, wo er auf unseren Kinderköpfen oft zum Einsatz gekommen war. Ich gehörte nie zu der Prinzessinnen-, sondern zur Zaubererfraktion, ohne dass ich damals je auf die Idee gekommen wäre, Zauber*in* zu sagen.

Unterm Chapeau Claque war ich also ein eleganter Zauberer und konnte sogar eine Spielkarte verschwinden lassen, im Ärmel der viel zu großen Anzugjacke meines Vaters. Ich lernte auch mit drei Bällen zu jonglieren, ein Kunststück, auf das ich besonders stolz war. Auch wenn mich niemand darum bat, führte ich es gerne vor, wenn Äpfel oder andere gut in der Hand liegende runde Dinge greifbar waren. Eine Zeit lang jonglierte ich pausenlos, auch gern ohne Publikum.

Andere schöne Kindheitserinnerungen waren: Barfuß laufen über heiße Teerstraßen bis zum Bäcker. Der Plastik-Lachsack aus einem der Urlaube. Die Selbstverständlichkeit der Bücher, die ich einfach nur las, statt ständig zu hinterfragen.

Barfuß am Vormittag auf der Waschbetontreppe im flachen Bodenseewasser stehend, verband sich in meinen Gedanken Doras Chapeau-Claque-Gefühl mit der schwebenden Leichtigkeit der Unterwasserwelt. Es gab Stichlinge, die sich um Kitsch nicht scherten und durch die vom Wasser gebrochenen Sonnengitter glitten. Es gab schwarzgrünes Seegras an den Rändern der Treppe und einen hölzernen Eisstiel, von den Wellen sanft bewegt. Ein erster Schwimmer stach kraulend in See. Ich dachte an Paul und unsere »Driften«, unsere Abweichungen voneinander, die der Anfangsverschmelzung durch das Aufgeriebenwerden von Alltagsdingen irgendwann gefolgt waren. Erste Entfremdungen hatten sich wohl im Hallenbad gezeigt, als wir eine Weile lang regelmäßig zusammen Bahnen schwammen, jeder in seiner eigenen Spur. Zwischen uns auf dem Wasser schwamm die rot-weiße Sperrkette, die wir ruhig öfters hätten untertauchen sollen. Stattdessen zogen wir auch in unsere Beziehung nach und nach eine imaginäre Sperrkette ein.

»Vielleicht tat ich es nur, um dich zurückzugewinnen«, wiederholte ich mir Pauls Worte, die schmerzhafteste Stelle aus seinem langen Brief, den er mir trotz der vereinbarten Kontaktsperre geschickt hatte. Gab es da nicht ganz andere Möglichkeiten, eine

Ehefrau zurückzugewinnen, als über ein Jahr lang eine feurige Nebenbeziehung zu pflegen? Sehr erfinderisch war er jedenfalls nicht gewesen. Und auch nicht sehr vorsichtig. Svea hatte ihm die Schallplatte am Ende der Affäre, als sie wieder nach Schweden ging, zurückgeschenkt. Deshalb war der Zettel noch darin und mir in die Hände gefallen.

Ich kämpfte die Eifersucht weg. Der See legte sich wie ein Pflaster darüber. Ich suchte nach dem Schwimmer und fand ihn weit draußen. Er war schnell, viel schneller, als Paul oder ich es je gewesen waren. Jetzt kehrte er um und kraulte kunstvoll flach im Wasser liegend näher. Seine Schwimmbrille leuchtete gelb. Es war Gustav, wie ich feststellte, als er sich triefend aus dem Wasser erhob.

»Alte Gewohnheit«, rief er mir zu und griff nach seinem Handtuch. Sein Haar stand kreuz und quer. »Und du? Schon drin gewesen?«

Ich wand mich ein wenig um die Antwort herum und zeigte auf meine wasserumspülten Füße. Der sportive Gustav, der auf Bäume kletterte und den See durchpflügte, war mir etwas suspekt. Er zog sich schnell etwas über. Zusammen gingen wir wie ein kurendes Paar langsam durch die Seegartenanlagen. Die Blumenbeete waren gerade bearbeitet worden. Stiefmütterchen lagen auf dem Gehweg. Alle Spaziergänger mussten einen kleinen Bogen machen.

»Was machst du hier eigentlich die ganze Zeit am See?«, fragte ich endlich. »Ich höre dich immer auf einer Schreibmaschine tippen.«

Gustav lachte. »Ach ja, meine Olivetti! Sie heißt Monika und ist sehr alt.« Er riss ein Blatt vom Busch, zerrieb es zwischen zwei Fingern und roch daran.

»Ein Männername hat wohl nicht zu ihr gepasst?«, fragte ich.

Gustav lachte wieder, diesmal etwas verhaltener. »Monika wuchs in einer Zeit auf, als Schreibmaschinen nur von Frauen bedient wurden. Meine Mutter hat sie mir geschenkt.«

Wir sagten eine Weile nichts. Ein Schwan glitt geräuschlos übers Wasser auf uns zu und bog erst kurz vor dem Ufer ab, als hätte er es sich anders überlegt.

»Und was schreibst du genau auf deiner Monika?«, fragte ich.

Gustav betrachtete eingehend seine Fingerkuppen, die durch das zerriebene Blatt grünlich geworden waren, und schien zu überlegen.

»Schau«, sagte er und hielt mir seine blattgrünen Finger hin. »Was siehst du?«

Ich kam mir vor wie früher in der Schule, wenn ein Lehrer an der Tafel mit Kreide etwas aufmalte, das niemand erkennen konnte, und Antworten erwartete.

»Chlorophyll«, antwortete ich rasch. Ich hätte auch sagen können: ein zerriebenes Blatt. Oder: grüne Finger.

»Denk nicht so kompliziert«, sagte Gustav. »Das sind doch nur die Spuren eines abgerissenen Blattes.«

»Das meinte ich ja«, entgegnete ich trotzig.

»Siehst du Unterschiede?«, hakte er nach. Vielleicht war er wirklich mal Lehrer gewesen.

»Es gibt Stellen, die grüner sind als andere«, sagte ich unwillig. Dennoch war ich gespannt, wie er jetzt den Bogen schlagen wollte zu seinem Schreibprojekt – falls er meine Frage überhaupt noch im Kopf hatte.

Er holte weiter aus. »Genau: Es gibt Blätter, die können sogar leuchten. Hast du so was schon mal gesehen?«

»Nein.« Ich kannte nur Glühwürmchen.

»Sie bilden in ihrem Inneren Biomoleküle aus und lassen sie reagieren.«

»Aha.« In Chemie hatte ich immer eine Fünf.

»Diese Moleküle haben schöne Namen. Manche heißen zum Beispiel Luziferine.« Gustav hatte den Steg betreten. Ich folgte ihm unsicher. Der Boden unter uns schwankte. – Luziferine. Das klang wie die weibliche Form von Luzifer.

»Diese Luziferine verbinden sich gerne mit anderen. Danach

zerfallen sie, und während sie zerfallen, geben sie winzige Mengen an Energie ab, und zwar in Form von Lichtstrahlen.«

»Sie leuchten also, während sie sterben?«, fragte ich.

Auf dem Steg konnte man durch die Ritzen aufs Wasser sehen. Ich war neben Gustav getreten, der stehen geblieben war. Er legte seine Hand auf meine Schulter, weil der Steg so wackelte.

»Ja!«, sagte er freudig. »Und weißt du, warum sie das tun?«

Ich überlegte eine Weile. Tiere sind bunt, um ihre Partner anzulocken, fiel mir ein. Hatten Blätter auch solche Wünsche?

»Vielleicht suchen sie Freunde?«, sagte ich vorsichtig.

»So ähnlich!« Gustav lachte.

Ich stellte mir vor, wie ein Busch zu leuchten begann und einen anderen Busch beeindruckte. Da hörte meine Fantasie schon wieder auf. Wie sollten sie zueinanderkommen?

»Die Forscher haben lange nach Gründen gesucht. Sie sind sich nicht sicher, warum Pflanzen leuchten. Manche locken Beute an, um sie dann zu essen. Andere schrecken Feinde ab.« Gustav hatte seine Hand wieder von meiner Schulter genommen und schaute zur Insel hinüber.

»Und was hat das alles mit deinem Schreibprojekt zu tun?«, fragte ich.

Statt einer Antwort drehte er sich zu mir um und strich mir eine Haarsträhne aus dem Gesicht.

»Isa«, sagte er. »Das ist ein schöner Name. Warum haben dich deine Eltern so genannt?«

»Isa kommt von Louisa«, erklärte ich. »So hieß meine Urgroßmutter. Meine Mutter mag so alte Namen. Aber deine Eltern offenbar auch?«

»Meine Mutter liebt Fallada«, sagte Gustav. »Deshalb. Nach dem Roman *Der eiserne Gustav.*« Sein Gesicht hellte sich auf. »Da haben wir etwas gemeinsam!«

»Die Mütter, die das Sagen haben?«

»Und ›Isa‹ – da steckt auch ›Eisen‹ drin, dem Wortstamm nach.«

»Stimmt«, sagte ich.

Verlegen standen wir noch eine Weile auf dem Steg und gingen dann den ganzen Weg schweigend durch den Seegarten zu unseren beiden Haustüren zurück.

An meinem Tisch in der Dachwohnung versuchte ich Paul zu schreiben. Jede Formulierung, die ich erwog, bekam Reißzähne. »Die Ehe ist die Wette, das ganze Glück durch einen Kompromiss zu bekommen.« Diesen Satz hatte ich irgendwo gelesen. Jetzt ploppte er in meinem Kopf auf wie ein Werbespruch, der seine eigene Lügenhaftigkeit sofort enttarnt. Gustavs Schreibmaschine, die ich wieder deutlich hören konnte, zog mich schließlich ganz von meinem eigenen Schreiben ab. Ich lauschte der Mechanik der altertümlichen Maschine, die mich in meine Kindheit zurückversetzte, als ich mir das Zehnfingersystem mithilfe eines Übungsheftes selbst beigebracht hatte. »fdsa«, Leertaste, »jklö«, Leertaste. Um orientiert zu bleiben, mussten die Finger immer wieder auf diese Grundreihe zurück. Vielleicht gab es auch für Paul und mich eine Grundposition, auf die wir zurückfinden mussten. Aber ich hatte jede Orientierung verloren. Und auch Gustavs Schreibmaschinengeräusche erschienen mir heute zögerlich und ohne Ortung. Woran er schrieb, hatte er mir wieder nicht verraten.

DORA 1926

Was für eine Auszeichnung das war! Die Ausstellung ihrer Schülerarbeiten, die sie im Hause des früheren Oberbürgermeisters präsentierten, wurde heute sogar in einem großen Zweispalter in der *Volkswacht* besprochen, die Doras Vater immer las, und zwar ausführlich. Dora hatte die Ausgabe morgens zu Hause stibitzt und sich auf den Schulkorridor zum Lesen zurückgezogen. Alle Klassen waren in dem Artikel erwähnt, von der Metallfachklasse über die

Raumkunst, die Gebrauchsgrafik bis hin zur Architektur. Der Kunstkritiker urteilte bisweilen allerdings ausgesprochen streng, fand Dora. Die Ausstellungsstücke des allgemeinen Kunstgewerbes, schrieb er geradezu beleidigend, »erwürgten« sich gegenseitig durch die Vielfalt der Materialien. Und er behauptete gar, dass heutige Tapisseriegeschäfte das Wesen des Materials »und seine Verwendung in Technik« weitaus besser erfasst hätten als diese Schülerinnen.

Zum Glück war es nicht die Klasse, die Dora besuchte. Ihre Klasse für Naturstudien lobte der Kritiker besonders. Speziell die Blumenzeichnungen seien »fein und sensibel« ausgeführt. Ob der Journalist damit wohl explizit eine *ihrer* Arbeiten gemeint hatte?

Auffällig viel Lob gab es für jene Klassen, in denen ein Meister mit Professorentitel unterrichtete, auch für die Bildhauerklasse von Maritz. Und wie sich Dora freute, als sie einen Satz entdeckte, der Maritz' Marienstatue galt: »Die Maria möchte man am liebsten streicheln, so innig ist sie.« Das musste sie Maritz unbedingt später vorlesen.

Sie legte die Zeitung beiseite und lehnte sich zurück. Durch die halb geöffneten Lider sah sie am Ende des dämmrigen Flurs zwei Gestalten, die aussahen wie Maritz und Frantek. Das Mädchen drückte balletthaft den Rücken durch, um aufzuschauen zu dem großen Jungen, dessen Hand – ja, wo lag sie? Sehr weit unten jedenfalls. Dora wollte erst schon rufen – bis ihr einfiel, dass Maritz ja gerade Bildhauerei hatte. Und Frantek, der wollte doch heute Materialien besorgen gehen. Der Wunsch, Maritz jetzt sofort den schönen Satz über ihre Statue vorzulesen, war vermutlich so stark gewesen, dass Dora schon Gespenster sah.

Sie verscheuchte die Vision wie eine lästige Fliege, stand rasch auf und freute sich auf den Abend, weil sie mit Frantek in seiner Wohnung verabredet war.

In Franteks rauchige Stube schien noch die Sonne und machte den Staub auf dem kleinen Tisch sichtbar. Es gab jetzt eine Zinnschale für die Asche. Offenbar hatte die Wirtin keinen Einspruch erhoben.

Dora fragte nach einer Zigarette.

»Wirklich?« Frantek war überrascht.

»Ich bitte darum.«

Er gab ihr Feuer, und Dora setzte sich ans offene Fenster. Die Finger der Hand, die die Zigarette hielt, spreizte sie grazil ab. Sie schloss die Augen und stellte sich vor, wie Frantek sie jetzt sah, elegant und genießerisch mit Zigarette am Fenster.

»Maritz will mich mit Egon bekannt machen«, hörte sie Frantek sagen und öffnete die Augen. Er war am Tisch mit etwas ganz anderem als mit ihr beschäftigt.

»Mit Egon? Mit dem weißen Egon?«

»Ja, mit dem. Er meditiert. Wusstest du das?«

»Nein.«

»Und er weiß Dinge, von denen wir keine Ahnung haben.«

»Ach ja?« Sie zog extra lang an der Zigarette und hauchte den Rauch langsam hinaus. »Was denn zum Beispiel?«

Frantek, so schien es ihr, erbrachte immer ein Miniaturopfer, wenn er seine Zigarette ausdrückte, so sanft und langsam, dass sie noch lange nachqualmte.

»Was hinter den Dingen ist«, murmelte er. »Es wird dich langweilen, Dora, wenn ich es dir jetzt erzähle.«

»Nein, im Gegenteil.« Sie drückte die Zigarette in der Schale aus, weil ihr jetzt doch etwas übel davon wurde. Schon beim ersten Niederdrücken war sie erloschen.

Frantek erzählte von Egons Verbindungen zu den Reformern. Sie erneuerten die Welt, behauptete er. Nicht mit Geld, sondern mit Energie, mit reinster Energie.

»Und wer zahlt deinen Platz hier an der Schule?«, wollte Dora wissen.

»Maritz schwärmt von Egons Gruppe«, sagte Frantek.

»Maritz schwärmt immer«, sagte Dora trocken. Aber genau deshalb hatte sie sie so gern.

Sie legten sich auf Franteks Bett, schauten aber heute nur an die Zimmerdecke und warteten schweigend auf die Nacht.

Am nächsten Abend war es knapp mit Doras Ausgang. Sie machte den Fehler, direkt nach der Akademie und vor ihrem Besuch bei Frantek noch kurz in ihr Zimmer zu Hause zu schlüpfen. Als sie gerade gehen wollte, die Hand schon an der Türklinke, stand da der Vater, ohne Brille, verschlafen im Nachtkittel. Wo sie denn nur immer hingehe, so spät noch?

»Eine Versammlung«, behauptete sie. »Spontan anberaumt.« Der Vater glaubte ihr nicht, das sah sie ihm an. Schließlich aber gab er sie frei.

Seitdem log Dora jedes Mal, wenn sie zu Frantek aufbrach, und sagte vorsichtshalber einige ihrer Verabredungen mit ihm ab.

Frantek hatte ohnehin immer weniger Abende Zeit für Dora. Die neue Gruppe um Egon herum, die auch Maritz besuchte, beanspruchte ihn sehr. Wenn sich Dora und Maritz in den Ateliers trafen, tauschten sie Oberflächliches und verabschiedeten sich rasch. Es schmerzte Dora, wenn sie Maritz davongehen sah, fröhlich und unbekümmert wie eh und je. Maritz schien die Veränderung zwischen ihnen gar nicht zu bemerken.

Einmal hob Dora nach dem morgendlichen Aufbruch aus der elterlichen Wohnung wie früher vor dem Haus einen kleinen Kastanienast auf. Er sah hübsch aus mit seinen vielen Verzweigungen, lauter Möglichkeiten, die das Leben auch für sie noch bereithielt. Sie würde ihn morgen abzeichnen.

An manchen Abenden erzählte Frantek von einer der merkwürdigen Rituale, die sie in der neuen Gruppe praktizierten. Zum Beispiel schweigend gehen, ganz langsam. Oder Wünsche aufschreiben und die Zettel danach verbrennen. So etwas in der Art. Dora hörte gar nicht richtig hin.

Jeden Abend vorm Einschlafen verfeinerte sie ihren Wohnungsentwurf. Es gab jetzt auch eine Küche mit einem extra schönen Gefäß für frisch gemahlenen Bohnenkaffee.

Mit Frantek hatte sie kürzlich einen Festtag geplant, an dem sie sich des Abends in seinem Zimmer erinnern wollten, als sie ein Paar geworden waren. Sie wollten ihren von zu Hause mitgebrachten Kaffee trinken. Manchmal wünschte sie sich, sie würde mit ihm in einem solchen Gefäß wohnen, das wie jenes aussah, das sie auf ihrem Grundriss gemalt hatte – abgeschirmt von allem, was das künftige Familienleben stören könnte.

Dora hatte tags zuvor gerade das Grundrissblatt für den zweiten Stock ihres künftigen Hauses gezeichnet, als Frantek bereits in der Schulpause ankündigte, er müsse ihr heute Abend etwas Wichtiges sagen.

»Heute war ich mit Maritz spazieren.« Er schluckte und suchte nach Worten. Er lag auf dem Bett. Dora saß an seinem Tisch am Fenster, mit dem Rücken zu ihm, und zeichnete. Sie teilte das Blatt in kleine Quadrate ein.

»Ich habe Maritz schon lange nicht mehr gesprochen«, murmelte sie abwesend und griff nach dem Anspitzer. Sie hatte völlig vergessen, dass er ihr etwas Wichtiges sagen wollte.

»Dora.« Frantek stützte sich auf. Aber er sah nur ihren Rücken. »Dora, ich muss dir etwas sagen.«

Er stand auf, zog den Hocker zu ihr heran, setzte sich und fasste sie an den Schultern. Dora spitzte den Bleistift. Frantek sah über ihre Schulter auf das begonnene Raster, das die eine Blatthälfte füllte.

»Bitte dreh dich um. Ich muss dich ansehen können.«

Es war noch hell. Aber bald würden sie die Kerzen anzünden. Endlich drehte sich Dora zu Frantek um. Er legte seine Hände auf ihre Knie.

»Maritz ist in anderen Umständen.« Er schaute Dora an. »Wir erwarten ein Kind.«

Wenn Zeit hörbar ist, dann nahm Dora nach dieser Eröffnung die verstreichende Zeit als Rauschen wahr. Es begann in den Ohren und setzte sich fort wie ein innerer Wasserfall, der die letzten Geröllbrocken wegspült, damit das Wasser ungehindert fließen kann. Das Rauschen wurde lauter. Damit sie nicht zerbarst, drehte Dora sich wieder dem Tisch und ihrem Grundriss zu. Sie arbeitete einfach weiter und zog Linie für Linie.

»Dora, hast du mich gehört?« Franteks Stimme kam von weit her. Sie klang heiser und dunkel und lockend wie immer.

Aber die Stimme hatte etwas gesagt, das nicht gesagt werden durfte.

Dora antwortete nicht. Sie zog Linien. Feine, gerade Linien, bis das ganze Blatt mit den kleinen Quadraten übersät war.

»Hast du es denn gar nicht gemerkt?«, fragte Frantek.

Nein, sie hatte nichts gemerkt. Sie hatte Maritz doch kaum mehr gesprochen. Sie wusste jetzt, warum.

»Ich werde bei ihr bleiben.«

Worte, die in Doras Magen fuhren; die sie nicht verstand. Das Netz aus Quadraten beruhigte das Rauschen in Doras Kopf. Es hatte eine klare Struktur. Eine einfache Struktur. Es war doch alles ganz einfach. Es gab doch einen Plan.

Dora drehte sich wieder zu Frantek. »Nein, Frantek.« Sie griff nach seinen Handgelenken und umklammerte sie fest. Sie würde nicht mehr loslassen. »Nein. Nein. Nein.«

Sie sah Maritz vor sich, wie sie Wedekind zitierte; wie sie tanzte und sich verausgabte; wie sie Frantek verführte mit ihrem sprudelnden Temperament. Dora hatte es gewusst. Lange genug war sie ihr ja selbst verfallen gewesen.

Sie griff nach Franteks Zigaretten und zündete sich eine an. Sie stellte keine Fragen. Es gab keine Fragen. Es gab nur eine Antwort.

»Du kannst nicht zu Maritz. Dein Versprechen. Du musst bei mir bleiben. Nur so ist es richtig.«

Immer noch war es hell. Doch die Ränder des Tisches begannen bereits zu verschwimmen. Sie presste ihre Lippen aufeinander, stippte die noch glühende Zigarette in die Ascheschale und packte langsam ihre Sachen zusammen. Dann war sie aus der Tür, die Treppe herunter und durch den Vordereingang auf der Straße.

Sie lief und lief und sah nicht links, nicht rechts, nur das Pflaster unter ihren Schuhen, sie lief mechanisch, in dieser Stadt aus Ruß, die sich anschickte, sie auszustoßen. Sie lief im Kreis, mehrfach an Franteks Wohnung vorbei, wie ein verletztes Raubtier, bevor es in seinen eigenen Bau zurückkehrt.

TEIL ZWEI

ISA 2014

Der Sommer war schwül und zeigte seine Gewitterseite. Meine Nächte waren unruhig, was vor allem an der Kürze der Schlafphasen lag. Ich hatte einen inneren Wecker, der irgendwo zwischen Herz und Lunge saß und ansprang, sobald ich im Begriff war einzuschlafen. Im Traum war ich immer unterwegs und in Eile, weil ein Zug, ein Bus oder ein Flugzeug erreicht werden mussten. Doch heute Nacht hatten mich nicht Fluchtträume aus dem Schlaf gerissen; nicht der reale Sturm, der jetzt deutlich hörbar an den Jalousien rüttelte; auch nicht die Scheinwerfer, die wild vor dem Fenster kreiselnd Antwort erhielten von der Sturmwarnleuchte der gegenüberliegenden Insel.

In dieser Nacht, als der Wind endlich kühlere Luft durchs offene Fenster ins Zimmer ließ, war das Aufwachen mit einem körperlichen Schmerz verbunden. Ich konnte mich nicht bewegen. Meine gesamte Haut spannte und tat höllisch weh. Eine enorme Kraft hielt mich fest. Der Schmerz hing mir noch an, leise stechend, als ich längst aufgestanden war, herumlief, verzweifelt im Schlafnebel danach suchte, was ich denn genau geträumt hatte und was diesen körperlich in jeder Nervenfaser so spürbaren neuartigen Schmerz verursacht haben könnte. Aber ich kam nicht darauf. Es blieb schwarz in meinem Nachtgedächtnis, und ich gab auf, nach Bildresten zu suchen.

Als der Sturm abgeklungen war, trat ich hinaus auf den Balkon und besah mir den Schaden. Der gewaltige Riss im Himmel hatte sich geschlossen, aber die Wolken waren immer noch stark in Bewegung. Sogar die Morgensonne erschien für eine Sekunde und tauchte das Café und die Parklandschaft des Seegartens mitsamt dem ozeanartig weitem Wasser dahinter in zitronengelbes Licht.

Die Stahlseile um die Kaffeehausbestuhlung hatten gehalten. Das Unwetter hatte aber alles umgeworfen, was unbefestigt gewesen war. Umgekippte Blumentöpfe rollten hin und her. Sogar einige der schweren Ständer, deren Sonnenschirme täglich mit einer Kurbel hochgezogen wurden, hatte es umgehauen. Wie Leichen lagen sie am Boden.

Ich hatte mich von der Sturmnacht gerade wieder erholt, als Gustav anklingelte. Während ich Espresso machte, räumte er die vielen Fotos und Unterlagen auf meinem Tisch beiseite.

»Ist das Dora?«, wollte er wissen, während er einen Bildstreifen hochhielt. Wie hereingeschneit aus einem sibirischen Winter wirkt sie darauf, mit Pelzkragen und einem weißen Schal. Eine einzelne Locke kräuselt sich am rechten Ohr. Sie guckt zur Seite. Ihr Grübchen ist hier besonders ausgeprägt, weil sie in diesem Moment wirklich bezaubernd lächelt.

»Fotoautomat«, sagte Gustav.

»Ja«, antwortete ich.

Eine Photomaton-Kabine, wie sie seit 1925 in Warenhäusern wie dem Essener Althoff aufgestellt wurden, musste es gewesen sein, in der Dora sich hatte ablichten lassen. Vermutlich waren es die Spontaneität und Doras spürbare Lust an dem versprochenen Schnellfotowunder, was mir so daran gefiel. Sicher war es noch zu Beginn ihrer Kunstschulzeit entstanden, in der ich mir Dora am glücklichsten dachte.

Gustav griff nach den vielen Fotografien aus den Jahrzehnten danach: Dora allein oder mit ihrem Ehemann, beim Wandern, beim Picknick oder zusammen mit ihren ordentlich zurechtgemachten Söhnen.

»Diese Hüte!«, sagte er.

»Sind doch sehr fantasievoll«, sagte ich.

»Sie wirkt zufrieden«, sagte Gustav.

Dora war eine elegante Frau mit einer auffällig hohen, jederzeit in Gänze sichtbaren Stirn. Bis auf die rebellische Kürzesthaarphase in Essen hatte sie stets Naturwellen, die aber oft wie zusätzlich mit dem Brenneisen onduliert wirkten. Und es stimmt, sie sieht auf fast allen Fotografien zufrieden aus. Sie lächelt oft und scheint entspannt.

Doch ich fand auch Aufnahmen aus späteren Jahren, auf denen sie nachdenklich wirkt, immer mit etwas in der Hand, als wäre sie kurz vor dem Aufbruch in ein anderes Leben. Es ist der gleiche Ausdruck, den Beerwald eingefangen hatte, als er sie porträtierte.

Zum Abschluss zeigte ich Gustav einen Schnappschuss, auf dem die ganze Familie zu sehen war: Dora, sichtlich älter, mit schlichtem weißem Pullover unter einem Blazer. Mein Vater, fünfundzwanzig Jahre jung, schon examinierter Jurist, gut aussehend in Sakko über weißem Hemd. Daneben Rudolf, sein Bruder. Und: Doras Ehemann Max, mit Hut und Anzug und einem Gewehr im Anschlag. Die Augen hat er zusammengekniffen, den Kopf an den Gewehrgriff gedrückt. Konzentriert nimmt er Maß auf Kimme und Korn. Das Foto entstand auf einem Volksfest in den bundesrepublikanischen Fünfzigern, ein Ausgehtag.

»Warum hält Doras Mann hier ein Gewehr in der Hand?«, fragte Gustav in das Brodeln des Espressos hinein.

»Weil er an einer Schießbude steht und das Foto gemacht wurde, als er traf«, sagte ich und goss die schwarze Flüssigkeit in die kleinen Tässchen.

»Sieht heftig aus, wie er da mit dem Gewehr auf uns zielt.« Gustav nahm Zucker und viel Sahne und rührte lange.

Ich hatte mir diese Jahrmarktszene auf dem Foto oft vorgestellt.

»Mach du«, will Max seinen Ältesten, meinen Vater, überreden. Der weicht zurück, steif in der Bewegung, er ist uneins mit sich, fixiert das Ziel aber genauso jägerhaft wie Max: eine Scheibe, deren Treffer der Auslöser einer Kamera ist. Nur wenn der Schütze trifft, gibt es für diesen als Gewinn das Polaroid des Schützen in Aktion und aller, die zufällig neben und hinter ihm stehen.

Der Schießbudenbesitzer wartet geduldig. Es ist Mittag, frühherbstlau und leicht bewölkt. Die Blaskapellen haben schon Stellung bezogen, von den Weinwiesen ziehen die immer gleichen Tonfolgen zur Haupttrasse auf dem Festplatz herüber. Manchmal hört es sich an, als sei ein Schlusspunkt erreicht, aber dann dreht die Musik doch wieder eine neue Runde, getragen vom stumpfen Paukenschlag, der monoton, aber verlässlich die Jauchzer der Menschen in den Fahrgeschäften begleitet. Die Schießbude steht strategisch gut, direkt zwischen »Taifun« und »Düsenspirale«, vor welchen sich lange Schlangen bilden. Mit Sicherheit sitzen schon die Ersten vor ihrem Schoppen Wein. Der Schießbudenbesitzer langweilt sich. Schon den siebten Tag steht er sich die Beine in den Bauch. Den siebten Festtag hätte man nicht erlauben dürfen, an dem durfte sogar Gott schlafen.

»Na, was ist nun?«, drängt er die kleine Familie vor sich und rückt seine Kappe zurecht, das Luftgewehr abwartend in der rechten Hand. Gewöhnlich reißen sich die Männer untereinander das Gewehr aus der Hand. »Der Herr Papa, damit er dem Sohn mal zeigt, wie man ordentlich trifft?«

Jetzt ist Max in der Bredouille und muss zugreifen. Dora klopft ihrem Mann auf die Schulter und lacht etwas zu laut.

Max aber ist ganz ruhig. Seitdem er im Ruhestand ist, war er mehr im Krankenhaus als bei Dora. Heute geht es ihm ausgesprochen gut. Die Waffe wirkt wie ein Apfel, frisch und vitaminreich, und anders als im Ersten Weltkrieg an der Front geht es hier um nichts. Die Geräusche ringsum, das Gekreische und Gegröle am hellen Tag, alles zieht sich auf einmal zurück. Max hat Wachs in den Ohren. Sogar seine operierten Augen machen heute gut mit.

In dieser konzentrierten Stille geht das Schießen verblüffend schnell. Den Körper ausrichten. Das Luftgewehr richtig halten. Die Mitte der Scheibe fokussieren. Dann führt er den Finger langsam an den Druckpunkt heran. Er spürt den kleinen Widerstand.

Einatmen und ausatmen. Fünf Sekunden dazwischen siehst du scharf.

Es war das Foto mit der intensivsten Wirkung auf mich. So albern der Anlass gewesen war, so spektakulär bedrohlich richtete sich tatsächlich der Gewehrlauf meines Großvaters aus der Vergangenheit in meine Arbeitsküche.

Auch Gustav studierte das Foto. »Von deinem Großvater hast du mir noch gar nichts erzählt«, sagte er fast beleidigt.

»Er ist ja auch noch nicht aufgetreten«, sagte ich. »Aber er wird. Dora hat ihn in Baden kennengelernt.«

»Baden? Baden bei Wien?«

»Nein, Baden in Baden«, sagte ich. Erst einige Zeit nach Doras folgenschwerem Besuch, wurde der Kurort in »Baden-Baden« umbenannt. Gustav fragte, wie ich denn eigentlich recherchierte. Ich wies auf meine Unterlagen, gestand aber ein, dass ich Lücken mit viel Fantasie ausfüllte.

»Ach so?« Er schien überrascht.

»Auch Erinnerungen lügen«, verteidigte ich meine Methode.

An diesem Nachmittag erzählte mir Gustav von seinem Dachbodenfund vor einigen Jahren im Haus seiner Eltern. Der Klassiker: Er war eigentlich nur auf der Suche nach seiner alten Trompete gewesen, um zum Sankt-Martins-Umzug die örtlichen Schulinstrumentalisten zu unterstützen. Die Trompete fand sich – direkt neben einem Schuhkarton, der eine juristische Konversation enthielt, aus der hervorging, dass Gustavs Elternhaus schon zu Zeiten seiner Großeltern unrechtmäßig in den Besitz seiner Familie gelangt war. Seine Eltern als Erben hatten diese Fehde wohl zehn Jahre lang geführt. Abschließend bekamen sie recht. Der Kläger, Enkel eines Holocaust-Überlebenden, dem das Haus ursprünglich gehört hatte, unterlag.

»Es gibt Archive, Isa«, sagte Gustav, als ob ich ahnungslos wäre. »Du kannst sie alle befragen. Du musst sie befragen. Du stößt auf Fakten.«

»Aber?«, fragte ich in die Stille hinein.

»Nichts ›aber‹«, sagte Gustav. »Jeder von uns sollte das tun. Aber du solltest dich fragen, was es mit dir macht. Wie es dich verändert. Ob du durch die Beschäftigung mit der Vergangenheit anders in die Welt siehst.«

So viel Ernst war ich von Gustav kaum gewohnt. Er wirkte für einen kurzen Moment unnahbar und starrte abwesend auf die Fotografien vor uns auf dem Tisch. Erst als ich aufstand, um einen zweiten Löffel zu holen, schien er sich zu erinnern, wo er war.

»Schau es dir an«, sagte er bedeutungsvoll, »aber vergrabe dich nicht darin.« Dann erinnerte er mich an meinen Espresso, der kalt würde, wenn ich ihn nicht bald tränke.

Später rief ich meine Mutter an. Sie hatte am Vormittag den Mietvertrag für eine Wohnung in einem Seniorenstift in der Stadt unterschrieben und die Tage davor kaum geschlafen.

»Warum hast du es dann getan?«, fragte ich.

»Weil die Frau mir schon so viele Wohnungen gezeigt hatte und das die beste war. Da konnte ich doch nicht Nein sagen.«

Ich dachte an unseren gemeinsamen Wohnungsbesichtigungstag. Im ersten Seniorenstift hatte jeder Flur eine Farbe und eine Jahreszeit. Auf einem Bildschirm an der grünen Wand von Flur »Frühling« wurde das Tagesprogramm angezeigt: Tanzen im Sitzen. Im zweiten Seniorenstift, das meine Mutter immer nur »Heim« nannte, schlängelten wir uns durch Rollatoren zum Empfang. Die Eingangshalle des Heims ähnelte einer mondänen Hotelhalle. Doch hinter den massigen Stiftsgebäuden lagen nicht Strand und Meer, sondern vollverglaste Innenstadtarkaden und Konsumtempel.

Meine Mutter war den zuständigen Damen mit forschem Schritt gefolgt, was in seltsamem Widerspruch zu ihren Vorbehalten gegenüber Altenwohnungen stand. Sie hatte alle wichtigen Fragen gestellt, sich umgesehen und lange am Fenster gestanden, um die Aussicht zu prüfen.

Zu Hause warf sie alle besichtigten Wohnungen durcheinander.

»Und warum konntest du nicht schlafen?«, fragte ich und schaute auf den See, wo gerade eine der letzten Segelregatten in diesem Jahr stattfand. Wie ferngesteuerte Einzelkämpfer vollzogen die roten und grünen Segel eine vorgeschriebene Bahn.

»Ach«, sagte sie. »Ich sitze halt immer da, sehe mich um und denke: Das kann ich alles nicht mitnehmen. Meine Steinsammlung aus dem Kellerschrank nicht. Und nicht einmal die Holzkiste mit den Postkarten.«

»Dafür kannst du dir deine Lieblingssachen aussuchen und die neue Wohnung nur mit diesen ausstaffieren«, versuchte ich es. Eines der Boote draußen auf dem See war völlig vom Zentrum abgedriftet. Es trieb als verlorene Nussschale grün beflaggt Richtung Reichenau.

»Gestern Abend habe ich ferngesehen. Immer wenn ich das mache, seid ihr bei mir. Papa ist noch da und ihr auch.«

Ich stutzte und sagte so vorsichtig wie möglich: »Dann ist ein Neuanfang vielleicht ganz gut. Wir sind ja trotzdem bei dir. Wir befinden uns ja nur nicht in diesem Raum.«

Ich hörte ihr eine Weile zu, während das abgetriebene Segelboot immer kleiner wurde, fast das gegenüberliegende Ufer erreichte. »Denkst du noch viel an Papa?«

Sie antwortete prompt: »Letztens habe ich an ihn gedacht, als ich einen Rechtschreibfehler in der Zeitung entdeckte.«

Ich hörte sie mit etwas hantieren.

»Mir ist eingefallen, dass ich ihm einmal einen Brief geschrieben hatte, ganz früh, da waren wir noch frisch verliebt und haben uns viel geschrieben, und da habe ich ihn auf einen Rechtschreibfehler in seinem Brief hingewiesen: ›Deine Eltern sind verreist – nicht vereist.‹«

»Aber so falsch war das doch gar nicht«, sagte ich. »Ich meine: das Vereist-Sein in Bezug auf seine Eltern.«

»Dora war wirklich manchmal unterkühlt, das stimmt.« Sie machte eine Pause, als würde sie sich erinnern, und atmete leise in den Hörer. Dann sagte sie, als wollte sie sie in Schutz nehmen: »Aber sie hatte das zweite Gesicht.«

»Wirklich?« Ich horchte auf. Das Segelboot hatte wieder Kurs genommen auf die Regatta. Ich sah meine Mutter vor mir, mit ihren hellblauen, leicht wässerigen Augen. Ich sah sie in ihrem Haus am Fenster stehen, mit weitem Blick über das Mittelgebirge bis zur nächsten Großstadt, deren Umrisse in der Ferne erkennbar waren. Dann sah ich sie in der Fünfzig-Quadratmeter-Wohnung auf dem Balkon im fünften Stock, umbaut von den massiven Gebäuden des Seniorenstifts.

»Als ein Freund gestorben ist zum Beispiel«, erzählte meine Mutter, »da saß Dora beim Mittagessen und sagte plötzlich: ›Eben ist der Arthur gestorben.‹ Das muss zum Zeitpunkt seines Todes gewesen sein.«

»Woher wusste man das?«

»Einen Tag später kam das Telegramm mit der Todesnachricht. Er war mittags bei Glatteis auf der Treppe ausgerutscht.«

Ich fragte mich, ob ich diese Eigenschaft des zweiten Gesichts vielleicht geerbt haben könnte und ob das wünschenswert wäre.

»Und einen Tag vor Kriegsausbruch sagte sie: ›Ich muss noch einen Sack Kaffee kaufen gehen, morgen bricht der Krieg aus.‹«

Ich suchte das verirrte Segelboot mit den Augen, konnte es aber nicht mehr finden. Alle Boote sahen gleich aus und wechselten unruhig die Richtung. Ich guckte auf die Uhr, und auch meiner Mutter reichte der Austausch. »So, ich les dann mal weiter Zeitungen, bald kommt schon wieder die dicke Sonntagszeitung«, beendete sie unser Gespräch.

Nachdem ich aufgelegt hatte, schaute ich verwundert auf den blank geputzten See. Auf einmal waren alle Segelboote verschwunden. Ich setzte mich wie meine Mutter vor einen Stapel alter Zeitungen. Als ich eine Weile gelesen hatte, stutzte ich, weil mir plötzlich aufging, dass meine Mutter von »Dora« gesprochen hatte, ebenjenem Namen, den ich für meine Erzählung erfunden hatte. Fälschte ich die Familiengeschichte? Ging sie gerade derart gefälscht nun für immer in das allgemeine Familiengedächtnis ein?

DORA 1927

Die Glastüren des großen Kursaals standen weit offen. Wind bauschte die Gardinen, blasse bewegte Stoffwärter, die die Gesellschaft zu den Außenterrassen hin abschotteten und Sonnenstrahlen momentweise wie Blitze durchließen. Die ersten Paare drehten sich bereits zu leichter Walzermusik. Im Frühlingslicht dieses Aprilnachmittags im Jahr 1927 tanzte sogar der Staub.

Dora stand unbewegt am Rand der großen Tanzfläche neben der Mutter, die ein elegantes Kleid aus schwerem Stoff trug, das fast bis über die Schuhe reichte. Dora selbst steckte in einem einfachen Cocktailkleid. Das Raumlicht ließ die roten Steinchen ihrer Brosche aufblitzen. Ihr Haar, das sie damals aus Solidarität mit Maritz so radikal gestutzt hatte, war inzwischen wieder auf Kinnlänge.

Dora lauschte auf den Rhythmus der Kapelle, erwachte allmählich aus ihrer Starre, ertappte sich dabei, wie sie mit dem Fuß mitwippte. Jetzt hätte sie tanzen wollen. Der Walzerschritt war ihr in Fleisch und Blut übergegangen, seit der ältliche Tanzlehrer, der den Kurs damals in Essen geleitet hatte, sie gleich in einer der ersten Stunden barsch angefahren hatte: »Bis drei können Sie doch wohl zählen!«

Einundzwanzig Tage und Nächte lang war Dora kaum mehr aus ihrem Zimmer gekommen. Einundzwanzig Tage und Nächte lang hatte sie sich quälend genau ausgemalt, wie Frantek und Maritz sich hinter ihrem Rücken getroffen hatten, sicher öfter als nur das eine folgenschwere Mal.

Sie sah auch die Zukunft und wie es wohl werden würde. Sie sah Frantek mit seinen starken Händen über den immer praller werdenden Bauch ihrer einst besten Freundin streichen und wie er demütig um Unterstützung bittend bei deren Eltern vorsprach. Sie sah glasklar, wie er sich um seine kleine Familie würde kümmern müssen und wie er sie, Dora, allmählich aus den Augen verlieren würde.

An jenem Abend, als er ihr eröffnet hatte, dass Maritz von ihm ein Kind erwarte und er mit ihr zusammenbleibe, war Dora nach blindwütigem Herumirren in den Straßen Essens schließlich doch irgendwann zu Hause angelangt. Unter den Tisch in ihre Kinderhöhle hatte sie sich zurückgewünscht. Nun musste das Zimmer als Fluchtort genügen. Sie hatte die Speisen, die man ihr ans Bett brachte wie einer Kranken, nicht angerührt, nur gelegentlich etwas getrunken. Sie hatte gehört, wie über sie draußen in der Diele gesprochen wurde, aber nicht reagiert, selbst dann nicht, wenn die Eltern hereinkamen und auf sie einredeten.

Einmal stand Maritz vor der Tür. Ein anderes Mal Frantek. Dora wollte sie beide nicht sehen, ein Wunsch, der erstaunlicherweise respektiert wurde.

Wie gelähmt saß sie oft da und drehte ihre Zigarettenspitze zwischen den Fingern. Sie war aus Holz und bunt gestreift und roch nach altem Rauch wie Franteks Stube. Bei den Festen hatte sie sie benutzt. Noch ein paar Monate Schule – dann sollte sie selbst dort ihren Abschluss feiern. Aber dazu kam es nicht.

In der dritten Woche der Krise, an einem der Abende, als die Eltern ausgegangen waren, rappelte sie sich auf und schlich hinüber ins Zimmer des Vaters, die Zigarettenspitze immer noch in der Hand. Ihre Glieder waren ganz steif, der Kreislauf im Keller. Da sah sie sie liegen – des Vaters Zigaretten, in der kleinen Kaiserpreisdose. Sie öffnete den Deckel, nahm eine der Constantin-Cigaretten, steckte sie auf die Holzverlängerung und ließ sich in des Vaters großen Ohrensessel nieder. Der Schwindel kam schon mit dem ersten Zug, so lange hatte sie nicht geraucht. Es wurde gerade dunkel, die schweren Vorhänge waren bereits zugezogen worden. Sie knipste die kleine Lampe an und ließ den Blick über die Buchrücken schweifen: ein paar Romane neben den großen Fotoalben, soviel sie erkennen konnte. – Und ihr altes Poesiebuch. Grünes Leder mit eingeprägter Goldschrift. Lag leicht in der Hand. Ein Blumenkranz umrankte das Wort »Poesie«. Das Wort fuhr in sie ein, scharf und höhnisch, geradewegs in die Kehle, verengte den Hals, aber sie unterdrückte standhaft den Heulreflex und schlug nur hilflos mit der Faust auf die Sessellehne. War es »Poesie«, dass ihre beiden Lebensmenschen sie verraten hatten?

Sie wollte das Album schon wieder zurückstellen, da fiel eine Karte heraus. Sie hob sie auf – und konnte es nicht fassen. Es war eine Großaufnahme ausgerechnet von Maritz. Das musste in dem Sommer gewesen sein, in dem sie sich kennengelernt hatten; ein hübsches Porträt, auf dem Maritz lächelte. Dora musste schlucken, es tat so sehr weh. Einen Dolch hatte diese sogenannte beste Freundin in sie hineingebohrt. Hinterrücks und gemein. Und sie hatte ihr doch so vertraut. Ihr alles gesagt. – Nun ja – fast alles.

Denn von Frantek hatte sie ihr nie wirklich erzählt. Aber Maritz musste es doch gemerkt haben, sie waren doch ständig zusammen, Frantek und sie, Maritz musste es gemerkt haben, sie war doch nicht blind. – Einmal, da hatte Frantek Dora einfach so herumgeschwungen und geküsst, mitten am Tag, mitten auf den Mund, in einem Überschwang, es war sonnig, und irgendetwas war in ihm übergeflossen, oder war es, weil sie alle so ausgelassen waren – ach, Dora wusste es nicht mehr genau. Aber sie erinnerte sich an Maritz' vieldeutigen Blick in jenem Moment; an ihren Blick, der doch alles ausdrückte, ein stummes Erkennen, eine Mitfreude, jedenfalls hatte Dora es damals so gedeutet, als sie beim Küssen, das ihr etwas unangenehm war so in aller Öffentlichkeit, auch Maritz angesehen hatte und ihren so seltsamen Blick auffing.

Wie dumm sie gewesen war. Dumm, dumm, dumm.

Wütend stand sie auf, riss die Vorhänge auf und öffnete das Fenster, um den Rauch aus dem Zimmer zu fuchteln. Sie stippte die Asche nach draußen. Die Fotokarte mit Maritz' Porträt lag auf dem Fensterbrett unter der Lampe. Echte Fotografenarbeit, der Rand hübsch gezackt, mit dem Prägestempel des Fotografen versehen. Maritz hatte damals nicht ins Album schreiben wollen, so wie alle anderen, sondern Dora einfach die Karte mit den Worten überreicht: »Für dein Poesiealbum. Leg mich einfach hinein. Ich falle schon nicht heraus.«

Dora wendete die Fotografie. Ihr Mund zog sich bitter zusammen, während sie las.

Trennen uns einst ferne
Orte
So behalte dennoch
lieb
Diese Hand, die diese
Worte
auf dies Bildchen
niederschrieb.

Essen im August 1922.

»Orte. Lieb. Worte.« – Viel zu niedlich für Maritz. Das war wohl gar ironisch gemeint?! – Nein, diese Hand, die das schrieb, würde sie nimmermehr lieb behalten.

Da durchfuhr sie ein Gedanke. Genau diese verhasste Hand war es doch gewesen, die auch Frantek verzaubert und in ihren Besitz gebracht hatte. Maritz war ja nichts weiter als ein böses Gespenst, das sich in ihrem Leben niedergelassen hatte; das zuallererst sie verzaubert hatte, dann Frantek – und jetzt die Früchte erntete.

Dora rauchte die Zigarette des Vaters zu Ende, froh, wegen der Spitze keine lästigen Tabakkrümel im Mund zu haben. Dann legte sie ihre hübsche Zigarettenspitze vorsichtig ab und tat endlich einmal etwas, anstatt nur zu grübeln. Stück für Stück zerriss sie die Fotografie von Maritz, langsam und mit überraschendem Genuss, eine Labsal war das. Für Dora war Maritz nun gestorben, diese

Maritz auf der Fotografie, die sie kokett ansah, eine Schauspielerin, eine gute Schauspielerin. Das war sie immer schon gewesen. – »Orte. Lieb. Worte.« – Nichts mehr wollte sie davon lesen. Nie mehr Maritz' Gesicht sehen. Ein Häufchen kleiner Papierfetzen war das Gesicht jetzt, hier ein Stück von Maritz' braunem Haar, dort ein Stück vom Kragen der Bluse, die sie auf der Fotografie trug. Bald war alles so klein gerissen, dass Dora die Teilchen gar nicht mehr zuordnen konnte.

Wie gut das tat! Die Puzzleteile, die niemand je wieder zusammensetzen durfte, landeten im Papierkorb des Vaters. Vorsorglich, damit nicht etwa die Mutter sie beim Aufräumen fand, stopfte Dora die größeren Teile noch zusätzlich in eines der leeren Kuverts, das sie extra ganz unten am Boden des Korbes platzierte. Jetzt war Maritz' zerrissenes Gesicht gut eingesargt unter Vaters Papiermüll und Doras Wut vorerst besänftigt. Sie ließ sich erneut in den väterlichen Lehnsessel fallen, den sie in der Anwesenheit des Hausherrn nie benutzen durfte.

Bald stand sie aber erneut auf, fischte eines der leeren Kuverts aus dem Papierkorb, ließ sich wieder hineinsinken in den Ohrensessel und begann auf dem Kuvert zu malen. Erst Muster, Kreise, dann kritzelte sie wie früher einen Wolf mit weit geöffneten Lefzen, fast durchstach sie dabei das Kuvert. Schlecht wurde ihr bei all den Gedanken, die in ihrem Kopf tobten und auf den Magen schlugen. Lieber wieder schnell zurück ins Zimmer, in ihr geliebtes Bett. Wie ein verwundetes Reh kroch sie unter die Decke und mummelte sich fest darin ein. Suchte mit den Füßen nach Elsas blauem, knotigem Sommerschal. Spürte die vertraute Wolle an den Fußsohlen und schlief irgendwann erschöpft ein.

Als die Eltern spätnachts von ihrer Einladung zurückkehrten, fanden sie Dora eingerollt ohne Decke. Der Schal war auf den Boden gefallen. Die Mutter, die in den letzten schwierigen Wochen immer wieder heftig auf die Tochter eingeredet hatte, schüttelte den Kopf, hob den Schal auf und hängte ihn über den Stuhl. Der Vater war rasch wieder hinausgegangen und trauerte um Frantek.

Der gute Bub. Mit dem hatte er so schön die aktuelle Politik besprechen können. Dora würde bald schon wissen, wo sie hingehörte. Den Besuch der Kunstschule hatte Ernst Leydecker ohnehin nur als kleinen, überbrückenden Abstecher auf den Weg in die Ehe gesehen. Diese war Dora so sicher wie das Amen in der Kirche.

Das Gewicht, das Dora in diesen drei Wochen verloren hatte, wieder anzuhängen an ihren sich langsam regenerierenden Körper war fast so schwierig wie in den Jahren nach dem Krieg. Dora hatte endlich in den Wunsch der Mutter eingewilligt und alles gepackt für die große Reise an die Bergstraße. Dort war die Stelle wieder frei. Die Dienstmutter behandelte Dora fast wie ihre eigene Tochter. Die Kinder der Familie, ein Junge und ein Mädchen, erwiesen sich als sehr umgänglich und waren es gewöhnt zu gehorchen, sodass die Arbeit dort für Dora nicht allzu anstrengend war. Der Hausherr war ein technikbegeisterter Ingenieur ohne Harm und mit nur wenig Arbeit. Jeden Abend versammelten sie sich um den großen Holztisch. Fleisch gab es selten. Meistens Suppe. Dora konnte bald mit größtmöglicher Treffsicherheit herausschmecken, was jeweils die Grundlage war, Kartoffeln oder Steckruben, manchmal Karotten, dazu ein paar Schnitten Brot. Nie traute sie sich nachzunehmen. Und so wurde sie selbst dann, als der Appetit mit den neuen Eindrücken und Erfahrungen wieder zurückgekehrt war, selten wirklich satt.

Einmal nahm die Hausmutter, die von ganz anderem Temperament war als Doras eigene Mutter, Dora nach der Mahlzeit, weil sie wieder sehr schweigsam gewesen war, beiseite. Es war Sonntag, der Tag in der Woche, an dem es Nachtisch gab. Sie bat Dora, sitzen zu bleiben, und stellte ihr eine Extraschüssel Grieß hin, auf dem die einzige Vanilleschote, die ihr einmal ein Reisender geschenkt hatte, eigens für Dora ausgeschabt worden war. Das schwarze Vanillemark bildete auf dem weißen Gries einen hübschen Kontrast. Dora nahm einen Löffel, und sie hörte, was die Hausmutter ihr zu sagen hatte. Trotz ihrer vielen Arbeit – sie war Hebamme – las sie viel und lieh Dora hin und wieder eines ihrer Bücher, meist Märchen, Sagen, alte Geschichten von Helden und der Liebe. Aber auch Goethe war ihr wohlvertraut, vor allem der *Faust*, der ihr vieles über die triebhafte Seele der Männer verriet. Mit den Folgen hatte sie als Hebamme ja tagtäglich zu tun, wenn sie zu Mädchen gerufen wurde, die ganz allein waren mit ihrem Neugeborenen.

»Schmeckt es?«, fragte sie Dora, die noch immer ganz verwundert war über die Extraportion und sich rasch mehrfach dafür bedankte.

»Liebe herrscht nicht, aber sie bildet«, sagte die Gastmutter in ihren wohlschmeckenden Grieß mit Vanille hinein.

Dora hatte sie bereits Gedichte aufsagen hören – aber noch nie einen solch merkwürdigen, einzelnen Satz.

»Goethe«, sagte die Frau, »Goethe hat das gesagt.« Und sie wiederholte den Satz noch ein paarmal: Liebe herrscht nicht, aber sie bildet. »Junge Damen in deinem Alter sollten das beherzigen. Nicht denken, dass die Liebe mit ihrer Macht uns vollkommen lähmt. Im Gegenteil will die Liebe uns jedes Mal auch etwas über uns selbst mitteilen.«

Sie saß noch eine Weile dabei, sah zu, wie Dora aß, und freute sich über ihren so offensichtlichen Appetit. Zum Abschluss reichte sie ihr eine Tasse heißen Lindenblütentee und bat sie, danach die Küche sauber zu machen und die Kinder ins Bett zu bringen, da sie selbst noch ein paar Arbeiten am Schreibtisch zu erledigen habe.

Nach dieser Zuwendung, die einmalig war und sonderbar, weil die Frau nichts von Doras Erlebnissen gewusst hatte, wurde Dora auf einmal sehr krank. Fieber hielt sie einige Tage lang im Bett. Weder konnte sie in diesen Tagen etwas lesen noch schreiben. Es musste kurzfristig eine andere Hilfe eingestellt werden, die Dora ersetzte.

In diesen Tagen des Fiebers, als es langsam wieder aufwärtsging, holte Dora ihre alten Grundrisse hervor. Sie flog durch die von ihrer eigenen Hand entworfenen Zimmer und Stockwerke, eine Nachteule, die hier und da Platz nahm und alles aus immer neuen Blickwinkeln betrachtete. Dora plante das Mobiliar. Aus warmem Holz sollte es gefertigt sein. Dazu fein gewebte Stoffe an den Wänden.

Ein ganzes Jahr zog auf diese Weise über alles hinweg und bedeckte die Stunden in Franteks Studierzimmer. Maritz, die böse Zauberin, war aus Doras Herzen gerissen worden. Aber Frantek würde darin immer seinen ganz besonderen Platz behalten. Er war ein stummer Bewohner, an den sie oft hinsprach, auf der Suche nach der Antwort auf die Frage, die sie schon die ganze letzte Zeit so sehr quälte: Wer war schuld daran, dass er sich verirrt hatte, dass er sich von ihr abwandte und ihr so unglaublich wehgetan hatte?

Maritz trug die größte Schuld, da war Dora sich sicher. Aber je länger sie alles Geschehene betrachtete, desto stärker richtete sich ihre Wut auch gegen die Kunstschule. Diese war es, die Frantek so sehr verändert hatte, dass sie ihn selbst manches Mal nicht wiedererkannte. Das ständige Gerede vom »neuen Menschen« war ihr schon damals übertrieben vorgekommen. Dummes Nachgeplapper aus anderen neumodischen Schulen, aus süßlichen Wohn-Arbeits Siedlungen wie die auf der Essener Margarethenhöhe oder die in Hagen, die Ernst Osthaus gegründet hatte. Sie selbst, stellte Dora resigniert fest, hatte die Schule nie wirklich aufgenommen. Es war Zeit, sich ein neues Lebensziel zu schaffen und endlich Abschied zu nehmen von einem Traum, den sie doch nur mit Frantek zusammen geträumt hatte. Dieser Traum war nun geplatzt.

Dora willigte also in den Plan ein, eine »ordentliche Partie« zu suchen, wie die extra aus Essen angereiste Mutter immerzu betonte. Und so stand sie jetzt mit der Mutter am Rand des Tanzparketts in Baden, wo schon viele Ehen gestiftet worden waren, und studierte mit zunehmendem Interesse die Kleider der anderen Damen. Für die Herren, die alle gleich aussahen, hatte sie weniger Aufmerksamkeit übrig. Alle grau. Alle schwarz. Alle gleich. An Franteks ausgefallenen Kleidungsstil – er trug gerne einen Dreispitz – würde sowieso niemand heranreichen. Aber wollte sie das überhaupt noch? Das Ausgefallene? Das andere? Sie war bald einundzwanzig und wollte tatsächlich auch selbst endlich irgendwo ankommen. Sie wollte Sicherheit und nicht auf jeden Bissen achten müssen wie die Hausherrin der Familie, bei der sie jetzt arbeitete.

Andererseits war da immer noch die Traurigkeit, wenn sie an Frantek dachte. Sie war ein Teil von ihr geworden. Aber sie hatte sich allmählich daran gewöhnt und griff deshalb beherzt zu, als ein weiß Livrierter mit Tablett herumging, auf welchem Macarons und Mousse-au-Chocolat-Törtchen fein zu einem Stern angeordnet waren. Hübsch sah das aus. Und es schmeckte! Sie nahm sich vor, dem Wochenende zumindest eine Chance zu geben.

Dass die Wahl jenes sehr viel älteren Herren namens Max Schubert an jenem Nachmittag beim Tanztee in Baden ausgerechnet auf Dora Leydecker fiel, war das, was man wohl gemeinhin »Schicksal« nennt. Doch auch Schicksal muss entwickelt werden. Es ist oft scheu und zeigte sich in diesem speziellen Fall erst auf den zweiten Blick. Denn es zählte auf die Kraft jener seltsamen Anziehung, die einer ersten kurzen Abstoßung folgt und sich langsam entfaltet.

Max trat auf die junge Dame zu, die ihm wegen der Grübchen sofort gefiel. Sie stand mit ihrer Mutter abseits und inspizierte das Geschehen mit skeptischem, fast feindseligem Blick.

»Darf ich bitten?«, fragte Max, und die Damen sahen ihn fragend an. Er musste wohl deutlicher machen, wen von beiden er meinte. Er hielt der Jüngeren den Ellbogen entgegen. Sie hakte sich bei ihm ein, und gemeinsam betraten sie die Tanzfläche auf der Suche nach einer kleinen Lücke zwischen den Paaren. Ihr Damenparfüm hatte einen betörenden Geruch. Das Haar war mit vielen Nadeln zurückgesteckt. Es schien wachsen zu wollen.

»Ich bin nicht freiwillig hier«, sagte sie.

»Ich auch nicht«, sagte Max – was nicht ganz stimmte, denn er war eigens aus Ludwigshafen angereist, um sein Junggesellendasein zu beenden. Aber das behielt er für sich. Sie tanzten schweigend zu Ende. Dann führte er sie wieder zurück, verabschiedete sich höflich und hielt Ausschau nach seinem Freund Konrad, um mit ihm den Herrensalon aufzusuchen.

Erst in der milden Luft draußen, auf den weiten Alleen der Kurstadt, wo die Kurgäste unter dem hellgrünen Blätterdach der Linden flanierten, traf man erneut aufeinander. Dora sprach gerade leise auf die Mutter ein, gestikulierte weit ausholend und verstummte mitten im Satz, als sie Max sah. Und auch Max nickte nur verschämt und ging einfach weiter, als wäre nichts weiter geschehen.

Doch ebendieses kurze Nicken sowie Doras nachhaltige Erschütterung blieben nicht unbemerkt. Als Erste straffte sich Doras Mutter wie eine Gouvernante, die weiß, was sie will, machte kehrt und rief den beiden hinterher: »Entschuldigung, die Herren!«

Man hielt inne und drehte sich um.

»Entschuldigung«, Louise Leydecker wandte sich dem Kleineren von beiden zu, »waren Sie nicht der Herr, der vorhin meine Tochter Dora zum Tanz entführt hatte?« Sie strahlte Max an.

»Ja, das war ich wohl«, antwortete Max. »Ihre Tochter tanzt wunderbar.«

Walzer zu tanzen ist ja auch kein Kunststück, dachte Dora. Aber sie schwieg und überließ ihrer Mutter das Reden. Der Herr, an den sie sich freilich nur zu gut erinnerte, hatte immerhin ein einnehmendes Lächeln.

»Wir waren eben auf dem Weg zum Flugplatz«, sagte Max ausweichend, aber da fiel ihm Konrad einfach ins Wort: »Ja, zum Piloten der Tante Ju – um Bescheid zu geben, dass wir einen Tag verlängern werden.« Denn auch Konrad hatte bei Max jene leise Erschütterung bemerkt, die den Keim eines ersten Zugewandtseins vermaß.

»Sie sind geflogen?« Dora war die Hochachtung für dieses ungewöhnliche Unternehmen anzumerken. Ihre Stimme klang hier draußen mädchenhafter als vorhin auf der Tanzfläche.

»In der Tat. Ich liebe die Höhe.« Max entzog sich Doras Blick und inspizierte den Himmel. »Aber ich habe auch großen Respekt vor ihr.«

Über den Köpfen der kleinen Gruppe lösten sich gerade einige Krähen aus den Bäumen. Max senkte langsam den Blick und wies auf Konrad. »Den Flug habe ich ihm hier zu verdanken. Darf ich vorstellen? Konrad Hollinger. Chemiker bei der BASF. Mein Kollege und Freund.«

»Ach, Sie sind Aniliner!«, rutschte es Mutter Louise sofort heraus. Der Sohn von Bekannten war nach Ludwigshafen gegangen, deshalb wusste sie von der saloppen Bezeichnung der BASFler, bei der viel Stolz mitschwang.

Konrad reichte beiden die Hand. »I.G. Farben, um korrekt zu sein. Wir wurden vor Kurzem zusammengelegt und umgetauft. Freut mich, Ihre Bekanntschaft zu machen. Lohn fast wieder wie auf Vorkriegsniveau! Das mussten wir ausnutzen.« Er räusperte sich. »Eine D 774 übrigens«, sagte er zu Dora gewandt. »Perfekt für so eine kurze Landebahn.«

Konrad sah abwartend zu Max. Der Kamm, mit dem Max kurz vor Abflug noch schnell sein weniges Haar zurechtgelegt hatte, lugte aus der Manteltasche. Die Taschenuhr ruhte an einer Kette in seiner Hosentasche kühlend in seiner Hand. Die Pause wurde länger und länger, bis Max endlich begriff, was von ihm erwartet wurde.

»Mein Name ist Schubert. Max Schubert.« Er machte eine leichte Verbeugung vor den beiden Damen, die ihrerseits ihre Namen sagten.

»Auch Chemiker?«, fragte Mutter Louise neugierig.

»Nein, ich bin dort Kaufmann. Schon seit dreizehn Jahren.«

Die Mutter, als wäre sie schon am Ziel, lächelte noch breiter. Und jetzt schlug sie auch noch vor, das Gespräch im Kurcafé fortzusetzen, was keinesfalls ausgeschlagen werden konnte.

Denn ja: Zumindest Max Schubert war hingerissen. Er hatte etwas an Dora bemerkt, das ihn nicht losließ. Die Art, wie sie jetzt leicht verstimmt, leicht ironisch eine Augenbraue hochzog; und die Vehemenz, mit der sie sich offenbar erneut dazu entschlossen hatte, den Rest des Nachmittags vornehmlich zu schweigen. Sie schien sich ihm zu entziehen und maß ihn mit einem prüfenden Blick. Ihre Beherrschtheit gefiel ihm. Und er hatte auch etwas anderes an ihr wahrgenommen – einen Schmerz und eine Verlorenheit, wenn sie unter ihren streng zusammengezogenen Augenbrauen zur Mutter schaute. Er war bereit, alles zu tun, um Fräulein Doras Vertrauen zu gewinnen.

Nach dem Kaffee stand man noch lange auf der breiten Terrasse des Kurhauses und pries das südliche Klima. Max' Uhrenkette klirrte silberhell, als er damit spielte und gerne versicherte, dass man am nächsten Tag wieder hier erscheinen wolle.

Der erste Brief von Max traf bereits am Mittwoch nach dem Tanzball ein. Dora hatte ihre Mutter danach noch nach Essen begleitet, um dort eine Woche Urlaub zu machen. Das war in Baden kommuniziert worden. Man hatte Adressen getauscht.

Kaum betrat Dora ihr altes Kinderzimmer, in dem sie alles an Frantek erinnerte, igelte sie sich wieder ein. Sie zog ihre Wortliste aus dem Versteck und fügte ein neues Wort hinzu: »Misstrauen«. Sie spielte mit den Wortteilen. »Trauen«, »sich etwas trauen«, »sich trauen lassen«. Sie nahm einen Rotstift und schrieb es in Großbuchstaben: MISSTRAUEN. Das sollte sie davor bewahren, noch einmal jemandem Vertrauen zu schenken, der es nicht wert war. Fest entschlossen, Misstrauen walten zu lassen, öffnete sie jetzt den Brief. Die Handschrift war schräg und klein und zeugte von Bescheidenheit. Mit klopfendem Herzen begann sie zu lesen.

Sehr verehrtes Fräulein Dora,

es war und ist mir eine ganz besondere Freude, Ihnen beim Kurhausball begegnet sein zu dürfen. Vermutlich habe ich nicht die beste Partie abgegeben. Aber ich schwöre: Ich habe mich bemüht! Leider litt ich zur Tanzschulzeit an einer Mittelohrentzündung, weshalb ich einige Schritte verpasst haben muss. Ich weiß, dies ist keine Entschuldigung, besonders gegenüber einer so klugen und schönen jungen Dame, wie Sie es sind.

Da mir Ihre werte Frau Mutter freundlicherweise erzählt hat, dass Sie zurzeit nicht weit entfernt von Ludwigshafen in Diensten stehen, möchte ich Sie gerne auf eine gemeinsame Fahrt einladen. Vom Fuhrpark der Firma kann ich wohl eines der Automobile borgen. Meine Vorliebe für die Höhe hatte ich an jenem denkwürdigen Nachmittag wohl erwähnt. Ob Sie mich einmal bei einer Ausfahrt mit anschließender kleiner Wanderung begleiten wollen? Das wäre mir eine ganz besondere Ehre und höchst angenehm.

Bitte empfehlen Sie mich auch Ihren Eltern.

Mit tiefer Verbeugung
Ihr
Max Schubert

Völlig entwaffnet ließ Dora den Brief sinken. Ihre Zehen bohrten sich in den Teppich. Eine Hitze stieg ihr ins Gesicht, als sie sich den sehr viel älteren Max Schubert vergegenwärtigte: Sein freundlicher Bick und die insgesamt ruhige und besonnene Art, fast ein wenig schüchtern. Die Worte, die er wählte, ließen spüren, dass er sie überlegt setzte. Und wie er auf der Terrasse Zigarre geraucht hatte! Hatte das nicht Eleganz?

Da klopfte es. Noch bevor Dora etwas sagen konnte, öffnete sich die Tür, und die Mutter steckte den Kopf herein. »Und? Was schreibt er?«

»Er lädt mich zum Wandern ein.«

»Zum Wandern?« Die Mutter freute sich. »Da sagst du zu.«

Dora überhörte den Befehlston und nickte nur vage, um die Mutter zufriedenzustellen. Ihr Blick fiel auf das mahnende Wort, das ihr in strahlendem Rot entgegensprang: »Misstrauen« stand da, und neben dem Bogen mit den Wörtern lagen ihre Grundrisse überall verteilt auf dem Tisch. Sie suchte nach ihrem Bleistift und spitzte ihn so endgültig an, dass die Spitze abzubrechen drohte, falls sie zu viel Druck ausübte. Die Mutter aber ließ sich nicht so einfach durch ein Nicken abschütteln. Sie wartete beharrlich in der Tür, eine üppige Frau, die es sehr gerne gesehen hätte, wenn Dora endlich Schritte in die richtige Richtung machte.

»In Ordnung«, sagte Dora.

Als die Mutter verschwunden war, vertiefte sie sich in ihre Grundrisse und verfeinerte sie durch ein paar neue Ideen. Hier die Andeutung eines kleinen Erkers, in den sie ein antikes Lesepult platzierte, das sie erwerben würde, wenn Geld verfügbar war; dort ein Teetisch neben einem bequemen Lehnstuhl, den sie in prägnanten Linien aufs Wesentliche reduziert in das gedachte Wohnzimmer einzeichnete; und hier eine Wiege, als Kopfteil ein halbrunder, gelber Mond mit silberblauen Einsprengseln.

Wollte sie nicht nach vorne schauen?

Es dauerte ganze drei Jahre, bis nach zahlreichen inniger werdenden Briefen und Tagesausflügen am 8. Februar 1930 in Ludwigshafen die Hochzeitsglocken läuteten. Anschließend wurde in Nizza geflittert. Dora und Max waren ein aufgeräumtes, strahlendes Paar, dem man nachschaute, wenn es über die weißsonnigen Strandmeilen flanierte, beide mit Hut, Max mit Einstecktuch im taillierten Sakko und nie ohne Krawatte und Dora immer mit ausgewählten Accessoires. Mal war es eine modische Kette, die ihren Ausschnitt zwischen der weißen Zweispitzbluse zierte. Mal war es eine kostbare Seidenblume, die ihren Kostümblazer zusammenhielt.

Max hatte ein Faible für Automobile und ließ sich dabei vom *Herrenfahrer* inspirieren – *Das Blatt vom Auto und anderen Annehmlichkeiten des Lebens.* So ging es auf vier Rädern mit dem firmeneigenen Simson Supra nebst einem seitlich angebrachten Ersatzrad ganz ohne Verdeck unter freiem Himmel durchs In- und Ausland. Und wenn es Max, dem passionierten Bergsteiger, gelang, Dora zu einer Wanderung zu überreden, band sie sich stets ein Tuch ums länger werdende Haar. Auch in späteren Jahren trug sie meist ein Tuch über ihrer Hochsteckfrisur, darüber fantastische Hutkreationen, doch nie mehr wieder einen Chapeau Claque.

War sie aber allein in dem großen Haus nahe der Fabrik, das die Firma ihnen bald nach Geburt der beiden Söhne Gottfried und Rudolf nach der ersten großen Beförderung vermittelt hatte, spürte sie ein Unwohlsein, gepaart mit einer unbestimmten Nervosität, die sich erst legte, wenn sie an ihren Grundrissen zeichnete – bald nicht nur das eigene Haus, sondern auch größere Gebäude, die sie mit Menschen oder ganzen Musikorchestern ausstattete, während sie deren Lebensgeschichten und Beziehungen erfand, unansprechbar dann auch für Max und ganz in ihrer eigenen Gedankenwelt versunken. Hatte sie die Kunstschule noch verflucht, weil sie Frantek so verändert hatte, begann nun eine Zeit zunehmender Verherrlichung, und sie fühlte alles Gewicht von sich abfallen, wenn sie an die früheren Zeichenstunden dachte. Eine solche Konzentration auf das Wesentliche!

Ihre Schule war kurz nach Doras Weggang in »Fachschule für Gestaltung« umbenannt und mit einer anderen Lehranstalt zusammengelegt worden, einer Schule für Musik und Tanz und Sprechen aus der Stadt Münster. Sie nannten sich jetzt prägnant und einfach »Folkwang-Schulen« und sollten der Idee der Einheit von Kunst und Technik noch mehr Rechnung tragen als zu Doras Zeit. Weitere Lehrer vom Bauhaus waren an ihrer Schule jetzt unter Vertrag; neben dem Typografen Max Burchartz, den es schon zu Doras Zeit gab, bei dem sie aber nie selbst Kurse belegt hatte, etwa auch ein gewisser Max Pfeiffer Watenphul, dessen Name ihr, weil er so ungewöhnlich klang, im Gedächtnis haften blieb.

Am Abend, kurz vor dem Zubettgehen, wenn alle Widerstände gebrochen waren und die Gedanken kamen, wie sie gerade wollten, saß sie mit Frantek und Maritz in den Ateliers der Schule, als wäre es gestern. In solchen Momenten griff sie nach einer Zigarette der Marke Engelhardt, positionierte sie sorgfältig auf die bunt bemalte Zigarettenspitze und verlängerte auf diese Weise den Abstand des Austretens des mattblauen Qualms zur Hand.

Rauchend und fast besessen beugte sie sich erneut über ihre Entwürfe und Grundrisse. Die Möbel, die sie darauf skizziert hatte, waren Wirklichkeit geworden und Max ihr ein guter Mann. Sie bewunderte es, wie er, ohne große Worte zu machen, jeden Tag seiner Arbeit nachging. Denn die Fähigkeit zur Konzentration war ihr selbst, abgesehen von den Fluchten in ihre Grundrisse, bald vollkommen abhandengekommen. Sie hatte so viele Aufgaben im Haushalt, das Mädchen einzuweisen, die Arbeiten zu dirigieren, dass sie oft tagelang nicht zum Zeichnen kam. Gottfried und Rudolf waren natürlich ein Geschenk des Himmels. Aber je älter sie wurden, desto wilder wurden sie auch. Die Eifersucht zwischen den beiden war oft so schlimm, dass Dora ihr wildes Gebaren kaum ertrug. Bereitwillig überließ sie Gottfried und Rudolf deshalb der Obhut des Mädchens, wann immer es ging.

Nach solchen anstrengenden Tagen kam es vor, dass sie mitten in der Nacht erwachte. Unerträgliche Schlaflosigkeit paarte sich oft wochenlang mit den abscheulichsten Kopfzuständen. Sie stand auf und schlich schuldbewusst ins Kinderzimmer der Jungen, die sie den ganzen Tag abgegeben hatte. Sie setzte sich an ihre Betten, erst zu dem einen, dann zu dem anderen, ganz leise, dass sie nicht erwachten. Im Schlaf sahen sie wie Engel aus, und sie erzählte ihnen von früher; wahre und erfundene Geschichten über Frantek, die sie leise in ihre Ohren flüsterte. Fantastische Abenteuer, die von Mal zu Mal gefährlicher wurden.

Rudolf, der Kleinere, rührte sich nie. Aber Gottfried, der Ältere, Sensiblere, zuckte und wälzte sich, als würde er die erfundenen Geschichten alle im Traum selbst erleben. Dann legte sie eine Hand auf seine Bettdecke und erzählte weiter, bis er sich wieder beruhigt hatte und sie selbst eine bleierne Müdigkeit überfiel, die sie endlich ins Bett trieb. Die Wolken in ihrem Kopf rotteten sich in diesen ersten Familienjahren zu einem Gewitter zusammen, das weitere, kleine Gewitter nach sich zog, parallel zu den Gewittern, die die Welt ergriffen, die auf dem Weg war in einen neuerlichen Krieg.

ISA 2014

Der Berg, den Gustav und ich uns als Ziel unserer heutigen Wanderung ausgesucht hatten, führte unter den Vulkanbergen im Hegau in Sachen Popularität ein Zwergendasein, weil er zwei Gipfel hatte statt einem. Wir kamen an einem Wirtschaftshof vorbei, der noch verwahrloster aussah als im letzten Jahr, als ich schon einmal einen kleinen Arbeitsaufenthalt hier hatte. Alte Holzmöbel, vom Regen verwittert, stapelten sich auf dem Schottervorplatz. Jemand hatte ein Schild an die Haustür gehängt mit der Aufschrift »Zu verkaufen«. Die Berge sahen aus, als könnten sie jederzeit erneut Lava spucken. Unten im Tal schlängelte sich die Autobahn als helles Band um die dicken Fesseln der Vor- und Hauptberge.

»Was genau machte eigentlich dein Großvater?«, fragte Gustav, der überhaupt nicht außer Atem schien.

»Er arbeitete bei der BASF«, antwortete ich. »Als Kaufmann.«

»Ach ja?«

Gustav wusste erstaunlich viel über die Frühgeschichte der BASF, und er erzählte bereitwillig und anschaulich. Ich ließ mich von seinen Beschreibungen während unserer langen Wanderung mitreißen. Mit jedem Schritt sah ich deutlicher das weitläufige Gelände der Fabrik in Ludwigshafen vor mir, das ich nur von der Abbildung eines alten Gemäldes in einem Bildband kannte, mit rauchenden Schornsteinen und schwer beladenen Kutschen, die von vier Pferden gezogen werden. Eisenbahnwaggons rollen aufs Gelände auf einem Boden, der auf dem Bild so hell ist, als hätte es gerade geschneit. Und wie Schnee sieht auf dem Bild aus meiner Erinnerung auch das angehäufte Natriumsulfat aus, das sich in der Mitte des großen Platzes zu einem Berg auftürmt, den man sofort erklettern möchte.

Hier war Doras Mann Max vor gut hundert Jahren das erste Mal durchs Fabriktor getreten, 1914, mit fünfundzwanzig Jahren. Die Firma, sagte Gustav, habe vom Fallen der Zollschranken und der

Begradigung des Rheines profitiert. Ich kam gar nicht dazu, nachzufragen, wie es geht, einen solch breiten Fluss umzulenken. Gustav, einmal in Fahrt, war nicht zu unterbrechen und erzählte von Friedrich Engelhorn, dem Gründer der Firma. Der besaß ursprünglich eine Leuchtgasfabrik. Er war Herr des Lichts, bevor er der Herr der Farben wurde. Für die Experimente mit Farbstoffen wusste er ein lästiges Nebenprodukt seiner Leuchtgasfabrik zu nutzen: den Teer, der eigentlich nur Abfall gewesen war.

»Er hat Teer in Gold verwandelt«, sagte Gustav pathetisch und sah in die sonnigen Baumwipfel über uns. Während er sprach und sprach, vergaß ich die Anstrengung des Anstiegs fast ganz und verlor mich in dem Farbensee, der im Fass schwappte, das Gustav mir jetzt beschrieb: Das Anilinrot. Auch genannt: »Fuchsin«, 1861 eine der ersten chemisch hergestellten Farben und der Beginn des großen Geldverdienens, weil die Firma nicht mehr die teuren Naturprodukte kaufen musste. Gustav war jetzt nicht mehr zu bremsen. Ich konnte gar nicht alles aufnehmen, was er zur Frühgeschichte der Firma erzählte.

Erst als er über China sprach, wurde ich wieder aufmerksam.

China, warum eigentlich China?

Die BASF agierte bald weltweit, jenseits der Ludwigshafener Grenzen. Und eben auch in den Osten bis nach China habe man die schönen Farben exportiert. Die brauchten ja die Farben für die vielen Feste, die Masken und was nicht alles.

»Wenn aber in China das Wetter schlecht war, dann spürte man das bis nach Ludwigshafen am Rhein«, dozierte Gustav beim Weitergehen, »denn bei schlechtem Wetter war auch die Ernte schlecht und das Geld knapp.«

»Ja und?« Ich verstand den Zusammenhang nicht.

»Keiner hatte Geld, und die Büchsen mit den festlich-bunten Papieren verkauften sich nicht.« Er schwärmte jetzt von dem Pergaminpapier, das die Büchsen zierte. »Da waren Firmenwappen drauf. Und in der Mitte chinesische Arbeiter mit zurückgebundenem Zopf beim Färben am Fluss.«

»Wieso?«, fragte ich und stolperte über eine Wurzel.

»Das war wie eine Gebrauchsanweisung, ein Bild statt Worte. Alles drauf, jeder Schritt, wie sie den Inhalt verwenden sollten. Die einen schleppen die Fässer herbei, die Nächsten tauchen die Stoffe ins Wasser, und oben hängen die großen Stoffbahnen dann zum Trocknen im Wind. Dann noch eine dieser traditionellen Pagoden, und als Kulisse die Berge mit rot verschleiertem Traumhimmel. Als wär's alles ein Kinderspiel und keine Arbeit oder gar Ausbeutung.«

Ich taumelte im Geiste durch dieses Morgenland, während Gustav weitererzählte. Von der Krappwurzel war die Rede, mit neuen Mühlen in Mannheim und Speyer kam man ihr bei. Und dann entdeckte jemand 1874 das Eosin, von »Eos«, Morgenröte. Gustav sprach von dem strahlenden Rosa so ehrerbietig wie von einer Göttin.

Er erzählte noch viel von den Farben, vom Nilblau, dem Indulinscharlach oder dem Flavindulin.

»Vom Kongorot sprechen wir jetzt lieber nicht«, sagte er und hob einen Fichtenzapfen auf, den er nach winzigen tierischen WG-Bewohnern zu inspizieren begann. Erst viel später erfuhr ich, dass die Agfa der Firma mit dem Kongorot ein prachtvolles Tortenstück hatte abringen können.

Aber Gustav war noch nicht fertig. »Und dann kam das Ammoniak. 1908. Haber-Bosch-Verfahren. Haber schaffte es, Stickstoff aus der Luft zu binden, mithilfe von Ammoniak. Und Bosch hat es für den industriellen Großeinsatz hoffähig gemacht. – 1913. – Großer Druck, hohe Temperaturen, so etwas. Ein bisschen kompliziert.«

»Hm«, machte ich und versuchte zuzuhören.

»Fahr mal hin! In Ludwigshafen steht noch der erste Ammoniakreaktor als Industriedenkmal!«

Das Zeitalter der Düngemittel war eröffnet. Gustav ließ keinen Zweifel daran, dass das bahnbrechend war. Erst also Licht, dann die Farben, dann die Landwirtschaft. So weit war ich mitgekommen.

»Mit lustigen Werbesprüchen für gesund gedüngtes Gemüse.«

»Gesund gedüngtes Gemüse?«

»Jep«, machte Gustav und kramte in seinem Gedächtnis. »Kartoffeln und Möhren und so elegante, lachende Weizenhalme, wenn ich mich richtig erinnere. Die halten sich alle an den Händen und tanzen Ringelreihen um einen dicken fetten Sack mit Dünger.« Er blieb stehen, baute sich vor mir auf und wusste sogar noch einen Reim: »Herbei, herbei, ihr Brüderlein und Schwesterlein! Umtanzet fröhlich alle diesen Sack, Kein Hunger quält uns mehr wie gestern …« Er breitete die Arme aus und rief in den Wald: »Denn *wir* haben schwefelsaures Ammoniak.«

»Das kannst du auswendig?« Ich dachte an die laienhaften, aber gut gemeinten Verse, die Max und Dora zu allen möglichen Anlässen gedichtet hatten. Gelegenheitsdichtung war offenbar stark in Mode gewesen in der Zeit.

»Hat mich mal interessiert«, sagte Gustav.

»Aber mit Stickstoff wurde doch später …«

»Ganz genau, meine liebe Isa: Aus Ammoniak stellte man dann Salpeter her. Grundstoff für die Sprengstoffindustrie.«

Er pfiff durch die Zähne. »Erst Leben retten. Dann Leben töten. – Wie hieß denn dein Großvater eigentlich?«

»Max Schubert«, sagte ich kleinlaut.

Wir waren inzwischen oben auf dem großen Plateau des Hohenstoffeln angekommen und standen an einer Klippe. Tief unter uns erstreckte sich ein weiteres Plateau. Die Wiese war ein beliebter Picknickplatz, heute aber unbelebt. Wir stellten unsere Rucksäcke ab und verschnauften.

»Ammoniak ist das Herz der BASF«, sagte Gustav. »Hat sie erst mal unabhängig gemacht von den teuren Importen aus Chile.«

»Aber hieß die BASF dann nicht bald I.G. Farben?«, fragte ich.

»Erst 1924.«

»Warum?«

»Wegen der amerikanischen Kolosse, vor allem DuPont«, erklärte Gustav. »Man wollte sich gegen diese Konkurrenz behaupten und fusionierte mit anderen Firmen zur I.G. Farbenindustrie. Zu der Zeit wurde dann auch der Hauptsitz verlegt, von Ludwigshafen nach Frankfurt. Kennst du nicht das alte I.G.-Farben-Haus? Da ist heute die Universität drin. War ein hochmoderner Bau damals!«

Ich rechnete nach. Max war Jahrgang 1889 und seit 1914 dabei. 1924 war er also fünfunddreißig Jahre alt. Drei Jahre später sollte er der siebzehn Jahre jüngeren Dora begegnen.

Gustav trat bedenklich nah an den Felsenrand, die langen Finger in die beiden Gurte seines Rucksacks eingehängt, und blickte in die Tiefe hinab.

»Alles weg«, sagte er. »Für Hitlers Autobahnen.«

Ich schaute ihn fragend an.

»Der Basalt.« Er machte mit dem Arm eine ausgreifende Bewegung. »Die haben hier doch den ganzen Basalt abgebaut. Es gab hier noch einen dritten Gipfel. Aber der ist weg. Alles abgetragen.«

»Ach«, sagte ich.

Gustav kramte in seinem Rucksack nach der Wasserflasche. »Möchtest du?«

Das Wasser schmeckte nach altem Eisen, war aber trotzdem erfrischend. Auch Gustav trank in großen Schlucken. Er kratzte sich an der Stirn und schien nachzudenken. Dann sagte er: »Der Berg hätte noch viel mehr Basalt lassen können. Wäre da nicht ein gewisser Ludwig Finckh gewesen, so ein Naturfreak.«

»Nie gehört«, sagte ich.

»Es gibt hier irgendwo einen Gedenkstein oder eine Tafel für ihn. Ich glaube sogar, der ganze Weg ist nach ihm benannt. Muss ein ziemlicher Antisemit gewesen sein. – Das steht sicher nicht mit drauf.«

Der Wind war stärker geworden. Die Sonne verschwand immer wieder hinter Wolken, um dann doch noch einmal durchzubrechen und mit aller Macht die große, platte Wiesenfläche unter uns in glänzendes Licht zu tauchen.

»Schön hier«, sagte ich.

»Ja«, sagte Gustav, »wenn sich nicht Rechte hier treffen wie oft am 1. Mai.«

»Hier?«

Gustav nickte und schulterte seinen Rucksack. Wir schwiegen den ganzen langen Weg bis zum Auto und fingen erst wieder auf der Fahrt miteinander zu sprechen an.

Das Auto, das mir auf einer Dorfkreuzung die Vorfahrt nahm, sah ich erst im letzten Moment, sodass ich keine Chance hatte auszuweichen. Es kam von rechts und verursachte trotz der geringen Anfahrgeschwindigkeit einen unerwarteten Krach, den ich erst Sekunden später zuordnen konnte, als ich ein paar Meter weiter zum Stehen kam. Meine Hände hatten das Lenkrad fest im Griff. Ich riss die Tür auf. Das Fahrzeug hatte den Kotflügel meines Wagens erwischt. Zeitgleich erreichte ich mit der Frau, die mein Auto gerammt hatte, die Beifahrertür meines Autos. Wir rüttelten wie wild und sahen durch die Fensterscheibe Gustav, dessen Kopf leicht zur Seite geneigt war. Aber die Tür ließ sich nicht öffnen. Er hatte die Augen geschlossen, und bis heute weiß ich nicht, warum ich nicht einfach sitzen geblieben war, um vom Fahrersitz aus nach ihm zu sehen. Stattdessen hatte ich das Fahrzeug fluchtartig verlassen, als drohte es gleich zu explodieren.

Die Frau und ich, wir schrien nicht, sondern zerrten nur stumm an dieser zerbeulten Tür, bis endlich ein Mann erschien, der über die noch offen stehende Fahrertür ins Auto kroch. Er tätschelte Gustav ein paarmal die Wange und sprach ihn ganz laut an: »Hören Sie mich, können Sie mich hören?«

Da öffnete Gustav die Augen. Dann bewegte sich auch sein Kopf, und wir gerieten in sein Blickfeld: zwei Frauen, die durchs Fenster starrten, und ein Mann, der auf ihn einredete.

Ich fuhr Gustav ins Krankenhaus. Das Wartezimmer der Notaufnahme war brechend voll. Gustav entdeckte ein aktuelles *Geo*-Heft und schickte mich schließlich weg. Er wolle ein Taxi nehmen oder mit der Bahn fahren, es sei ja nicht so weit. Er war gut gelaunt, die ganzen Menschen um ihn herum und die stickige Luft schienen ihm gar nichts auszumachen.

Mit schlechtem Gewissen stieg ich zurück in mein verbeultes Auto. Ich kurbelte das Fenster herunter und schaute den Kranken nach, die sich aus anderen Autos schälten. Es nützte nichts, ständig an den Unfall zu denken. Deshalb zog ich mein Handy hervor und googelte den Namen des Antisemiten und Naturschützers, von dem Gustav während der Wanderung gesprochen hatte und der dafür gesorgt hatte, dass der Berg von seinen drei Gipfeln durch den Basaltabbau für Hitlers Autobahnen statt zwei nur einen Gipfel verlor.

Ludwig Finckh war Arzt gewesen und mit Hermann Hesse befreundet. Er schrieb sogar selbst. Für die Vulkanberge, die im Hegau aus dem Boden ragten und die er wohl tatsächlich mit Mitstreitern und Mitstreiterinnen vor dem Radikalabbau bewahrt hatte, fand er das wenig originelle Bild von des »Herrgotts Kegelspiel«. Er gehörte zu den achtundachtzig Schriftstellern, die das »Gelöbnis treuester Gefolgschaft« für Adolf Hitler unterzeichnet hatten. Heinrich Himmlers Organisation »Deutsches Ahnenerbe« verdankte seinem Eifer offenbar viel. Regelmäßig hielt er Vorträge über Ahnenforschung, Vererbungsfragen und »Blutsbewusstsein«. Hermann Hesse widmete er ursprünglich seinen Gedichtband *Rosengarten*, aber der inzwischen berühmte Dichter hatte nun Vorbehalte gegen den ehemaligen Freund. Finckh wurde nach dem Krieg in die Gruppe III der »Minderbelasteten« eingestuft. Wie konnte er also auf einer Gedenktafel erwähnt werden, die nur seine Verdienste für die Natur nannte, seine ideologischen Verirrungen aber aussparte? Hatten die Initiatoren der Gedenktafel Angst, dass die Erwähnung von Finckhs Rassismus seine Verdienste auf dem Gebiet des Umweltschutzes schmälern würde?

Ich wünschte mir eine aufklärerische Gedenktafel, auf der alles stand. Dann kam ich wieder ins Grübeln. Trug man mit Begriffen wie »Blutsbewusstsein« den Antisemitismus damit nicht gerade wieder in die Welt? Wenn kein korrigierender Dialog vorgesehen war wie bei der Begegnung eines Wanderers mit einer stummen Gedenktafel – sollte man dann nicht besser gar keine Gedenktafel aufstellen, um der Gefahr zu entgehen, durch solche Begriffe neue ideologische Irrwege anzuregen?

Das Dilemma zwischen Sender und Adressat entließ mich nicht; das unauflösbare Dilemma, das darin bestand, dass man nie genau vorhersagen konnte, auf wen die noch so gut gemeinte Botschaft traf.

Schließlich warf ich mich aber doch entschieden auf die Seite unbedingter Aufklärung: Dem Wanderer, dem Adressaten, mussten die Fakten zugemutet werden. Denn die Fakten zu verschweigen wog in jedem Fall schlimmer als das Risiko unkontrolliert irrlaufender Fakten. Zumindest das hatte die Geschichtsschreibung doch wohl gelehrt.

Als Gustav später am Tag bei mir klingelte, behauptete ich, starke Kopfschmerzen zu haben, und sprach mit ihm nur durch die Gegensprechanlage. Sie hätten die Stirnwunde genäht, es gehe ihm aber blendend, sagte seine elektronisch etwas verzerrte Stimme in meine Wohnküche hinein. »Das freut mich«, sagte ich und wünschte ihm gute Erholung von dem Unfallschock.

»Gleichfalls, liebe Isa, bis bald mal«, sagte es zurück, warm und freundlich.

Ich hatte mich ihm gegenüber unmöglich verhalten.

Die Kälte, die mich in den nächsten Tagen erfasste, kam von innen und stand im krassen Gegensatz zu den sommerlichen Temperaturen. Sie legte sich wie Eis über meine Selbstanklagen, die immer noch mit größter Überzeugungskraft züngelten wie wütende kleine Drachen. Die Wohnung war einige Tage lang mein Rückzugsort, den ich kaum mehr verließ. Ich aß nicht viel, und wenn, dann ließ ich alles einfach stehen, weil es mir egal war, wie die Küche aussah.

Ich ertappte mich bei leisen Selbstgesprächen, die ich jedes Mal umgehend stoppte, weil sie mir eindeutige Zeichen einer zunehmenden inneren Ödnis waren. Doch sie murmelten mich bald wieder ein, ohne dass ich sie bemerkte, fremde Stimmen aus dem Hinterland. Klingelte das Telefon, ließ ich es klingeln, bis der Anrufer aufgab. Ich wurde mir selbst unheimlich und versuchte etwas dagegen zu tun, konnte mich aber zu nichts überwinden und mied sogar den Balkon, weil ich Gustav nicht versehentlich treffen wollte. Einmal glaubte ich ihn nach mir rufen zu hören. Er war sicherlich auch derjenige, der mehrmals angeklingelt hatte.

Schließlich verließ ich doch vorsichtig das Haus und ging spazieren. Einmal besuchte ich eine Otto-Dix-Ausstellung mit den vielen heftigen Kriegsbildern des Künstlers. Dann fuhr ich in die Stadt, um in der Buchhandlung zu stöbern. Im oberen Stock fiel mir ein Ausstellungskatalog über die Fotografin Annie Leibovitz in die Hand. Sie ließ Whoopie Goldberg in Milch baden, Brad Pitt sich rücklinks auf einem Bett fläzen, Demi Moore (schwanger) die Hände auf den prallen Bauch legen. Sie hatte den nackten John Lennon in Embryohaltung an Yoko Ono geschmiegt fünf Stunden vor Lennons Tod fotografiert. »Man ist immer nur auf der Durchreise im Leben eines anderen«, wird sie zitiert. »I don't have two lifes, this is one life.«

Ich fiel lautlos durch die nächsten Tage. Gustav fand mich nachts, als ich vom Ufer aus Steine ins Wasser warf. Der Mond war so hell, dass ich die konzentrischen Ringe erkennen konnte, die sie erzeugten. Als kleine Rundschlangen bewegten sie sich von der Einschlagstelle des Steins weg und vervielfachten sich. Erst nahm ich Steine vom Boden, das weiß ich noch – schwere Steine, die ich mit beiden Händen heben musste. Sie machten einen dumpfen Plopp, wenn sie ins Wasser tauchten, ganz anders als die winzigen Splitter, die unhörbar die Wasseroberfläche durchglitten. Gustav kam, als ich gerade dabei war, für mein nächtliches Wasserspiel auch noch die kleinen Steintürme am Ufer abzutragen. Jemand hatte mit viel

Geschick den jeweils höher liegenden Stein so drapiert, dass er der Schwerkraft widerstand. Schon oft hatte ich diese Türme aus Bodenseesteinen bewundert. Jetzt machte ich mich achtlos über sie her.

»Du hast mich zwar angeschaut, aber überhaupt nicht reagiert«, sagte Gustav später. »Das war schon ziemlich unheimlich, so im Mondlicht und mit den Steinen in der Hand. Hat mich an die Demos früher erinnert, gegen Atomkraft und so, da haben manche Steine geworfen. So sahst du aus. Ziemlich brutal.«

Ich schlief diese Nacht bei Gustav, in seinem Bett im Kabuff. Das runde Fenster erinnerte mich die ganze Zeit an eine Schiffsluke, die geradewegs in einen Tauchkanal führte, durch den ich wieder und wieder hindurchtauchte – eigentlich recht schön. Es gab Schlingpflanzen, in denen Gegenstände versteckt waren, die ich finden musste. Einmal war es ein Ring. Ein anderes Mal eine Brille. An die Brille konnte ich mich noch gut erinnern, denn ich funktionierte sie zu einer Taucherbrille mit Dioptrien um und konnte plötzlich glasklar sehen, wer noch alles außer mir in diesem Tauchkanal war. Ich wusste, dass ich in Gustavs Schlafzimmer lag, und war die ganze Zeit über wach. Ich lag schon seit Nächten wach. Aber es gab auch eine große Sehnsucht nach diesem runden Fenster, hinter dem es zum Tauchkanal ging. Hier waren all die schönen Wesen. Hier bewegte sich hellgrünes Schilf träge hin und her, ohne einen Gedanken darauf zu verschwenden, was außerhalb dieser Welt alles lag.

»Am Morgen bin ich nachschauen gegangen, wie es dir ging«, erzählte mir Gustav, nachdem ich ein paar Tage später aus der Klinik entlassen wurde, »und habe einen ziemlichen Schrecken bekommen. Du lagst auf dem Boden neben dem Bett auf dem Rücken und fuchteltest wild mit den Armen. Es wurde immer schlimmer, du hast gar nicht reagiert, als ich ›Isa‹ gerufen habe, und offenbar auch Luftnot gehabt.«

In der Klinik, wo sie alles durchcheckten und nichts Ungewöhnliches fanden, sprachen sie von einer Panikattacke. Nur dass ich vorher wie in Trance schien war untypisch dafür. Als Gustav sich über mich beugte an diesem Morgen in seinem Schlafzimmer, erkannte ich ihn erst nicht. Sein Bürstenhaarschnitt sah seltsam aus. Er stand, während ich lag, weshalb er plötzlich riesig wirkte.

Und dann war da plötzlich dieses schreckliche Gefühl, wie ein Komet, der in meinen Kopf fuhr bis hinter die Stirn und ganz fies brannte. Ich versuchte, mich zu bewegen, aufzustehen. Aber es ging gar nichts mehr. Dazu dieses Herzrasen und dieses schreckliche Gefühl, keine Luft zu bekommen. Als müsste ich sterben.

Als sie mit der Trage kamen – unendlich viel später –, war ich froh, dass sie etwas mit mir machten.

»In der Klinik haben sie dich erst einmal in ein Zimmer gerollt. Da konntest du dich aber schon wieder bewegen und bekamst gut Luft. Sie haben dir Tavor gegeben, damit du erst einmal schläfst. – Aber dein Blick an dem Morgen bei mir, so schreckensstarr, den werd ich nicht so schnell vergessen.«

Nach drei Tagen hatte die Ärztin auf der Station entschieden, dass ich gehen konnte. Regelmäßig essen, regelmäßig bewegen, ein bisschen mehr auf die innere Stimme hören und Pausen machen.

Das Tavor setzte ich langsam ab. Seitdem war nichts mehr in der Art passiert. Wie ein Donnerschlag, der einmal niederfuhr, den Körper aufmischte, die Geschichten in meinem Kopf neu ordnete.

Wieder und wieder spulte ich danach diese seltsamen Tage ab. Der kleine Unfall nach unserer Hegau-Wanderung und wie er mich verändert hatte; wie ich mich Gustav gegenüber verhalten hatte und ihn einfach abservierte; wie ich ihn mied und aus dem Hauseingang lugte, um sicherzugehen, dass die Straße leer war; wie ich mich vollkommen nach innen gestülpt hatte und nur noch das wahrnahm, was mich interessierte. Warum war ich mitten in der Nacht noch am See unterwegs gewesen? Warum nur hatte ich die Steine ins Wasser geworfen?

Da klingelte zur Unzeit noch mal das Telefon.

»Noch wach?«

Keine Stimme kannte ich so gut wie diese. »Ist was passiert?«

Schweigen am anderen Ende der Leitung. Dann sagte Paul: »Ich habe nachgedacht.«

»Ich noch nicht«, entgegnete ich prompt. Das Nachdenken setzte aber sofort ein. Wir hatten das letzte Mal gestritten. Nur wusste ich nicht mehr so genau, worüber.

»Ich hätte dir nichts erzählen sollen. Jedenfalls nicht so genau.«

Paul sprach langsam und wie am Hörer vorbei. Musik war im Hintergrund zu hören. Nur leise, aber sie nahm seinen Sätzen die Wichtigkeit. »Ich wollte das nicht. Ich wollte dir wirklich nicht so wehtun.«

Ich kannte das Musikstück. »Fly Me to the Moon.« Mit der Quintfallsequenz, die einen so mitgehen ließ. Es stand an dem Tag, als ich Paul kennenlernte, in der Musikhochschule auf dem Programm. Offenkundig war er in sentimentaler Spätabendstimmung.

»Vollkommen richtig, dass du so wütend warst«, sagte er. »Kann ich mir erst jetzt richtig vorstellen.«

»Wie schön«, entgegnete ich kühl, denn auch mir fiel jetzt wieder ein, dass wir an jenem Abend, kurz bevor ich die Steine ins Wasser geworfen hatte, miteinander telefoniert hatten. Immer genauer rekonstruierte ich unser Gespräch. Ich hatte unbedingt von ihm wissen wollen, ob er an dem Wochenende nach Lennards Auszug mit Svea zusammen gewesen war. Jedes Detail hatte ich ihm aus der Nase gezogen. Und er hatte mir alles haarklein erzählt. Er war mit ihr essen gewesen, Thailändisch, falls ich es genau wissen wollte, und ja: Ich wollte. Wieso war er ihr überhaupt begegnet, am helllichten Samstag, arbeitsfrei, wenn Sonntag doch Auftritt war? Und er genau wusste, dass zu Hause Lennards Umzug anstand?

»Lennard hatte doch gesagt, er bräuchte uns nicht, seine Freunde kämen helfen. Und mit Svea war ich verabredet. Wir kannten uns von den Probenpausen. Sie wollte unbedingt mit jemandem sprechen. Es ging ihr nicht gut.«

»Und da hast du dich also gleich mal angeboten?«

An dieser Stelle hatte er doch etwas herumgedruckst. Svea sei nicht so beliebt gewesen und etwas eigen. Ein bisschen zu dominant für eine gewerkschaftlich organisierte Orchestergemeinschaft wie ihre. Eckte überall an, war trotz perfekter Deutschkenntnisse ungeschickt in der Kommunikation und wurde deshalb oft missverstanden. Sie hatte ihm irgendwie leidgetan. So, wie früher ich ihm vermutlich auch. Und ich wusste auch schon genau, was umgekehrt *sie* an *ihm* faszinierte: seine ruhige Art. Dass er wenig sprach. Dass er zuhörte und erst einmal abwartete. Sie hatte gerade eine Fehlgeburt. Ihr Partner hatte sie sitzen lassen. Deshalb auch die neue Stelle in Deutschland, ganz weit weg von allen Problemen. Aber die Probleme waren natürlich mitgereist. Man entkommt sich eben nie.

»Und dann bist du nach all der guten Fürsprache, so als echter Freund, nach dem Essen noch mit ihr nach Hause gegangen?«

»Hat sich so ergeben«, hatte Paul gesagt, »der Alkohol, die Nähe, was weiß denn ich!«

Wiederum hatte ich unseren Gesprächsversuch an jenem Abend wie das Mal davor rasch beendet. Und auch jetzt kannte ich offenbar nur den Kontaktabbruch.

»Wenn du dich nicht an die Abmachung hältst, werde ich nie nachdenken können«, sagte ich sehr barsch. Auf seinen nochmaligen Anruf reagierte ich einfach nicht. Nach der Auffrischung meiner Erinnerung wollte ich ganz schnell zum Seeufer, wo ich mich durch dichten Nebel nach den schweren Steinen greifen sah. Ich wollte sie jetzt sofort in meinen Händen fühlen, diese vom Wasser im Lauf der Jahrhunderte abgerundeten Steine, glatt und kühl.

Die Nacht war mondlos und wolkenverhangen. Mit jedem Schritt kam ich dem Abend näher, an dem mich Gustav angetroffen und zu sich nach Hause genommen hatte. Noch tiefer ging ich in meiner Erinnerung, zwei Jahre zurück, als Pauls Affäre begonnen hatte. Ich schaukelte wieder in Lennards Hängestuhl am Tag seines

Auszugs. Es war mir nicht gelungen, abzuschalten, weil der Tag so anstrengend gewesen war und ich Paul immer noch nicht erreicht hatte. Ich fing an, mir Sorgen zu machen, obwohl Lennard erzählt hatte, er habe mit Paul heute kurz telefoniert und ihm versichert, dass er hier nicht gebraucht werde. Warum hatte Paul denn nicht *mich* angerufen, um das zu erfragen?

Ich sei eben gerade weg gewesen, Getränke kaufen, sagte Paul mir am nächsten Morgen nach Lennards Auszug bei Kaffee und Croissants, als er mit mir die »Zeit zu zweit« zelebrieren wollte. Und ob man nicht auch einfach mal nicht erreichbar sein könne?

»Gut«, sagte ich an jenem Morgen wie auch viele andere ähnliche Male danach. »Gut.«

Bald glaubte ich wirklich, dass ich hysterisch war. Die Wand, die ich spürte und an der alle meine Fragen abprallten, ließ sich immer nur ein ganz kleines bisschen verschieben. Ein paar Meter weiter nach vorn. Immer eine Schrittlänge gegen mein Gefühl, das mir deutlich sagte, dass da irgendwas nicht stimmte. Statt aber *mir* zu glauben, glaubte ich zuletzt doch immer *ihm*.

Ich warf erneut Steine ins schwarze Wasser und wartete darauf, dass mein Körper sich an mich erinnerte. Es war eine Lust, die Steine anzufassen und mit voller Wucht ins Wasser plumpsen zu lassen. Und da war sie plötzlich, diese unbändige Ohnmacht, wie ich sie als Kind oft gespürt hatte, eine Ohnmacht gegenüber Tatsachen, die ich hinnehmen musste, obwohl ich genau wusste, dass sie falsch waren.

Mir fiel ein Erlebnis aus meiner Grundschulzeit ein, an das ich ewig nicht mehr gedacht hatte. Es war Winter und der Teich komplett zugefroren. Ich war Schlittschuh laufen mit meiner besten Freundin. Die Eisfläche war belebt. Sobald wir hier saßen, um die Schuhe zu wechseln, vergaßen wir alles. Wir glätteten das weiße, beanspruchte Schlittschuhleder unsere Knöchel entlang und schnürten die Bändel eng. Die überschüssigen Senkel wickelten wir ein paarmal um unsere dünnen Mädchenwaden. Dann stemmten wir uns hoch und pendelten uns auf dem Eis ein, bis wir uns sicher genug fühlten, in die Mitte vorzugleiten.

Meine Freundin glitt mal hierhin, mal dorthin. Wie zu Hause, wenn sie eine Puppe anzog oder entkleidete und mich mit leisen Worten freundlich einband wie ein nicht abzuschüttelnder Gast, schien sie mich nicht wirklich zu brauchen. Doch ich folgte ihr wie eine Hofdame, eingelullt von ihrem Summen. Es war, als hätten wir einen Schein um uns, der die anderen Dorfkinder abwehrte. Weiter und weiter entfernten wir uns, bald konnten wir deren Lachen kaum mehr hören. Der Nachmittag ging in den Abend über, und mit ihm kam die Dämmerung, die die Bäume am Dorfteich noch einmal mit letzter Schärfe hervortreten ließ. Ich hatte eben noch die Schneesträßchen auf den Ästen bewundert, als ich mich am Boden auf dem Eis wiederfand.

Ich griff nach etwas, das mir am nächsten lag. Es war der Anorak meiner Freundin, die unter mir lag. Mein Handschuh war bei dem Sturz abgefallen, und ich suchte nach ihm, als hinge davon mein Leben ab. Es war so unheimlich still auf dem Eis. Ich richtete mich auf, so gut es ging. Dann rüttelte ich an dem Anorak. Ich rüttelte immer stärker und rief den Namen meiner Freundin. Ihr Gesicht war nicht zu sehen. Die Kapuze war so fest geschnürt, dass sie gehalten hatte, als meine Freundin mit dem Kopf auf den Boden geknallt war, und ich vermutlich auf sie drauf. Das Rot ihrer Jacke war gerade noch auszumachen.

Ich kann heute überhaupt nicht mehr sagen, wie ich es geschafft hatte, meine Freundin, die sich bald wieder regte, von der Unfallstelle hinüber zu den anderen Kindern zu bekommen.

Ein Mädchen aus unserer Klasse, die am nächsten wohnte, schnürte sich die Schlittschuhe ab und kletterte über das verrostete Törchen ihres Hintergartens, um ihrer Mutter Bescheid zu sagen. Ich hockte im Schnee und hielt meine Freundin im Arm. Ich schnürte ihr die Kapuze auf und zog sie vom Kopf. Meine Hand wuschelte ihr durch das Haar. Ich machte Witze über ihre Prinz-Eisenherz-Frisur, die nicht mehr saß. Irgendwie funktionierte ich, obwohl niemand mir sagte, dass es wichtig war, sie wach zu halten, bis der Krankenwagen kam. Die anderen Kinder standen herum. Niemand fuhr mehr Schlittschuh. Jemand hustete in meine nervöse Redseligkeit hinein und sagte: »Du hast ja Blut an deiner Hand.«

Als der Krankenwagen weggefahren war, ging ich allein nach Hause. Um meinen Hals baumelten die Schlittschuhe und schlugen dumpf aneinander. Die Straßenlaternen warfen ein gelbliches Licht auf den Schnee. Alles kam mir unwirklich vor, und ich begann aus Angst vor der Dunkelheit selbst ein wenig zu summen, wie es sonst meine Freundin tat. Wir waren so oft zusammen, dass ich mir plötzlich nur noch halb vorkam.

Als ich unsere Straße erreichte und unsere Häuser, die nebeneinanderlagen, blieb ich lange davor stehen und wusste nicht, wo zuerst klingeln. Die Vorgärten waren stille Quadrate, auf denen jeweils ein von uns selbst gebauter Schneemann stand, der eine mit einem Topf als Hut, der andere mit einem alten Strohhut. Die Kälte, die in mich einkroch, kam auch aus mir. Ich bohrte Löcher in den Schnee, bis ich mir einen Ruck gab und beim Haus meiner Freundin klingelte. Es wurde hektisch geöffnet, schneller, als ich erwartet hatte, jemand hatte bereits angerufen und die Mutter informiert, die gerade dabei war, sich anzuziehen, und mir unwirsch die Schuhe vom Hals nahm. Mit einem Besen befreite sie ihr Auto vom Schnee und fuhr schließlich davon. Nur wenige Sätze hatte sie mir zwischen diesen Aktionen zugerufen, irgendwas von »besser aufpassen« und »ich hab's doch immer schon gesagt, viel zu gefährlich, vernünftige Kinder bleiben drinnen«, und »Das war ja wohl wieder eine deiner verrückten Ideen«. »Vernünftige Kinder«, wiederholte ich, schlang die Arme bibbernd um mich selbst und stand schließlich vor meiner Mutter, die mich ins Haus zog.

Am Abend nach dem Unfall war ich wie betäubt. Meine Mutter hatte die Nachbarin versucht zu erreichen, sie war hinübergegangen, um nachzufragen, aber niemand hatte geöffnet, und das Auto der Mutter meiner Freundin kam lange nicht in unsere Straße zurück.

Es hatte wieder zu schneien begonnen. Ich starrte aus dem Fenster und wartete auf die Urteilsverkündung. Wenn die Unruhe zu groß wurde, stand ich auf und ging ein paar Runden in meinem kleinen Zimmer herum oder öffnete meine Tür und rief nach unten zu meiner Mutter, ob sie schon etwas wisse.

Der Unfall auf dem Eis war schlimmer als erwartet. Eine meiner Schlittschuhkufen hatte meine Freundin beim Sturz am Kopf getroffen. Die Wunde musste genäht werden. Und weil der Aufprall und ihr Zustand kritisch waren, versetzte man sie nach einem beunruhigenden Röntgenbild für einige Tage in ein künstliches Koma. Die Schule hatte einen Tag danach wieder ganz normal begonnen, und ich wurde wie selbstverständlich hingeschickt, als wäre nichts geschehen. Alle taten so, als sei der Zustand meiner Freundin nur sachliche Information, die mitgeteilt wurde.

»Isa, sie ist jetzt in der Uniklinik. Da kommen wir heute nicht mehr hin, das ist zu weit.«

Oder:

»Isa, sie haben sie heute verlegt. Es geht ihr besser, sie wollen sie aus dem Koma holen. Aber du kannst sie nicht besuchen. Sie soll sich nicht aufregen.«

»Und wenn sie nicht mehr gesund wird?«

»Sie wird gesund. Das sind nur Vorsichtsmaßnahmen.«

»Wer sagt das?«

»Der Arzt. Das hat mir ihre Mutter gesagt.«

»Und wenn das nicht stimmt?«

»Mach deine Schulaufgaben zu Ende. Und iss auf. Dann wird sie auch schneller wieder gesund.«

Ich registrierte alles, was man zu mir sagte. Dann bekam ich eine Grippe mit hohem Fieber und konnte mich kaum mehr rühren. Ich war stehen geblieben wie eine unserer vielen Uhren, wenn sie beim Aufziehen einmal übersehen wurde.

Mein Vater, der diese wichtige Episode meines Lebens nur am Rande mitbekam, schaute ein einziges Mal in diesen Tagen bei mir rein und sagte: »Oller Schussel. Da ist wohl mal wieder dein Temperament mit dir durchgegangen.«

Meine Freundin machte mir später keinerlei Vorwürfe. Warum auch? Sie zog wieder ihre Puppen an und aus und empfing mich im Gespräch mit den Puppen als liebenswerten Gast. Sie erzählte mir, was sie im Krankenhaus erlebt hatte und dass sie scheußliches Zeugs hatte schlucken müssen. Wenn wir in ihrem Zimmer herumsaßen, kitzelte sie mich wie früher lange durch, bis ich vor lauter Lachen fast nicht mehr atmen konnte. Kaum zu Hause, tauchte ich wieder ein in die dumpfe Ohnmacht, die ich meinem Vater gegenüber auch in vielen anderen Situationen verspürte.

Täglich erhielt sie neue Nahrung. Wenn mein Vater wetterte, dass ich wieder etwas vergessen hatte, wurde ich das ungeheuerliche Wesen, das er als »frech« und »vorlaut« bezeichnete – etwa als ich einmal ein Buch im Garten vergaß und er es dort am nächsten Tag fand, aufgeweicht vom Nass der Wiese. Gingen Dinge kaputt, war sein Strafgericht besonders gewaltig, selbst dann, wenn es nur aus Versehen geschehen war. Erst konterte ich verzweifelt, dass ich nun wirklich überhaupt nichts für meine Vergesslichkeit könne: Wie sollte ich mich denn an etwas erinnern können, das ich doch offensichtlich vergessen hatte? Bald aber ging ich dazu über, Tiere und Geister zu erfinden, die in unserem Haus wohnten und allerlei Gegenstände, die verloren gegangen waren, verschleppt haben mussten. Mein Lieblingsgeist war Mister O, ein verzogenes, uraltes Männlein mit schlechtem Charakter. Er wohnte zwischen unseren Weinregalen und trank regelmäßig, was sich ungut auf sein Verhalten auswirkte. Vor allem auf Werkzeug hatte er es abgesehen. Wenn mein Vater aus dem Keller nach oben zürnte, wer denn wieder den Werkzeugkasten in Unordnung gebracht hatte, zitierte ich kühn Mister O, das verzogene alte Männlein mit den schlechten Manieren. Er hatte ganz sicher den Inbusschlüssel auf dem Gewissen, den mein Vater vermisste. Und auch der Verlust des

Hammers ging auf das Konto von Mister O. Erzählte ich von Mister O, brachte ich meinen Vater erst recht zum Kochen, und es gab Szenen in unserem Haus, die ich gerne vergessen möchte. Am darauffolgenden Tag solcher Auseinandersetzungen lag das Haus gemeinhin in einvernehmlichem Frieden. Wir grüßten uns wortkarg und mieden einander. Bis zum nächsten Streit musste Energie geschöpft werden.

Noch lange stand ich da und ordnete mein Innenleben. Allmählich dämmerte mir, in welchem Fahrwasser ich mich zwischen dem Unfall, Pauls Anruf und den wirren Vorkommnissen mit dem Steinewerfen am See befunden haben musste. Erst hatte ich mich für Gustavs Verletzung schuldig gefühlt. Als mir dann auch noch Paul gestand, wie oft er mich wegen der heimlichen Treffen mit Svea angelogen hatte, lauter Situationen, in denen ich ein undefinierbares Unbehagen gefühlt hatte, kam die Ohnmacht mit Macht zurück und wuchs zur Wut. Sie hatte sich diesmal nicht gegen meinen Vater, sondern gegen Paul gerichtet. Aber wie wurde die Wut zu jener panischen Existenzangst, die mich ins Krankenhaus gebracht hatte?

Ich hatte keinen Schimmer. Ich wusste nur, dass die Wut immer noch so mächtig war, dass ich nun auch den letzten Riegel vorschob. Ich kehrte dem schwarzen Nachtwasser den Rücken und ging zur Wohnung zurück. Dort schrieb ich Paul eine kurze Notiz und sperrte seine Nummer auf allen Telefonen.

DORA 1937

Die letzten spätsommerlichen Urlaubstage waren zu Ende. Dora verweilte beim schönsten Moment, während sie durch die Autoscheiben die Landschaft vorbeiziehen sah: Max und sie auf der rustikalen Holzbank vor einer Bergwirtschaft, jeder mit einem Glas Sherry, vor ihnen das Felsmassiv des Erzhorns von Arosa, wo sie nun schon zum dritten Mal Urlaub ohne die Jungen gemacht hatten. Von dort waren sie in den Schwarzwald aufgebrochen, zum Kindersanatorium Kniebis.

Gottfried und Rudolf erwarteten sie bereits in Obhut einer Schwester, Gottfried mit ernstem Gesicht, das ihn älter aussehen ließ als die sechs Lenze, die er zählte. Rudolf hingegen ließ sich kaum halten und rannte ihnen entgegen, als sie nahe genug herangekommen waren. Sie wollten eigentlich gleich weiterfahren, nach Ludwigshafen zurück, aber er quengelte so arg, dass auch die Schwester sie zu einem Spaziergang ermunterte. »Das wird Ihnen guttun nach der langen Autofahrt.«

Sie ließen sich von Rudolf in den nahen Tannenwald ziehen. Die Baumkronen hoch über Dora schlossen den Himmel aus, den sie doch so gerne gesehen hätte. Sie wartete auf Max, der wegen seiner immer schlechter werdenden Augen sehr langsam gehen musste. Ihm folgte Gottfried, den Blick trotzig gesenkt. Max war schon den ganzen Tag wenig gesprächig. Etwas schien ihn mehr und mehr zu bedrücken. Die vielen Anrufe aus der Firma, die ihn sogar jetzt im Urlaub über den Fernsprecher des Hotels erreicht hatten; sein besorgtes Gesicht, wenn er nach solchen Anrufen an den Tisch zurückkam und minutenlang in der Teetasse rührte, obwohl da alles längst vermengt war. Dora hatte Blickkontakt gesucht und zumindest mit den Augen gefragt. Wenn er es merkte, beschäftigte er sich ausführlich mit dem Essen auf seinem Teller, und sie beließ es dabei.

»Mutti«, hörte sie Rudolfs hohe Stimme aus dem Gehölz. Jetzt war sie also wieder Mutter, wurde gebraucht. Die Umstellung fiel ihr nach solch langem Getrenntsein von den Kindern immer schwer. Die Nachmittagssonne drang kaum durch die Kronen. Der vom letzten Regen noch nasse Boden war mit so vielen Tannennadeln übersät, als seien die Bäume ihrer überdrüssig geworden.

Max hustete. Zu allem Überfluss hatte er sich in der Kur verkühlt und würde es zu Hause nicht auskurieren können, denn es lief ja gleich alles wieder seinen gewohnten Gang. Wieder drehte sich Dora nach ihm um, er hatte sein Stofftaschentuch hervorgezogen und hielt es sich vor den Mund, während er weiter in sein Taschentuch hineinhustete. Er nahm die Brille ab und wischte sie mit der sauberen Ecke des Taschentuchs klar. Er konnte nicht mehr so lange wandern wie früher. Und als sie in Arosa waren, wollte er nicht einmal mehr mit in die Badeanstalt. Wenn es schlimmer würde – in zwei Jahren wäre er fünfzig –, würde Dora ihm die allerbeste Pflege zukommen lassen, das brauchte sie sich nicht einmal vorzunehmen. Sie verdankte ihm alles. Das privilegierte Leben und die Kinder. Sie wollte ihm etwas zurückgeben. Sie stakte weiter, suchte Rudolf, sah ihn zwischen den Stämmen und Blättern, ein temperamentvolles kleines Bündel.

»Schau, hier haben wir letzten Sonntag Indianerfest gehabt.« Er strahlte sie an.

Dora zupfte Rudolf die Trachtenjacke zurecht. Da hatte er sich ihr schon wieder entwunden und etwas anderes entdeckt. Ein robuster, flinker Kerl – aber er konnte sich nie lange konzentrieren. Er rannte hierhin und dorthin und machte vor, wie er übers Feuer gesprungen war und wie zwei von den älteren Jungen ihn angefasst und darübergehoben hatten. »Ein Feuerläufer bin ich! Ein Feuerläufer bin ich!« Seine hohe Stimme schallte durch den Wald. Er wiederholte alles, als wäre er nicht sicher, dass man ihm schon beim ersten Mal zugehört hatte. Konnte er nicht einmal still sein wie Gottfried? »Mama, wir haben auch mit dem Beil gekämpft!« Er war nicht mehr zu bremsen und hieb mit einem Stock auf einen der Büsche ein.

»Mit einem richtigen Beil?« Dora spielte jetzt doch mit. Und sogar der sture Bruder gab seine Reserviertheit auf. »Nein, natürlich nur ein selbst gebasteltes. Wir haben es für die Kleinen aus Holz und Seilen gebaut.« – Die »Kleinen«. – Dabei war er doch nur zwei Jahre älter. Nach Bewunderung gierend schaute er sie abwartend an. Neben seinem etwas beleibteren Vater in Knickerbockerhosen sah Gottfried dürr und blass aus. Stand nicht im Sanatoriumsvertrag, hier gebe es volle Verpflegung und reichlich Obst, Gemüse und Rohkost? Wegen seiner nervösen Anfälle erhielt er sogar Liegekuren. In Zweier- und Dreiergruppen hatte Dora die vielen Liegen auf dem Balkon des mächtigen Gebäudes stehen sehen. Es war der einzige Punkt, in welchem sie mit der Sanatoriumsleitung nicht einer Meinung war. Zu viel Verzärtelung machte Gottfried nur noch nervöser und sensibler. Es sollte nicht nur wie in ihrem Erziehungsbuch heißen: Liebe Mutter, werde hart!, sondern in diesem Fall wohl besser: Liebe Schwestern, werdet hart! Sie würde mit ihnen vor dem nächsten Aufenthalt darüber reden müssen.

Max holte seine Pfeife heraus und begann sie zu stopfen. Dora warf ihm einen strengen Blick zu. Aber er nickte ihr nur zu, freundlich und unbeirrt, und bröselte weiter Tabak in die kleine Pfeifenmulde.

Gottfrieds feindselige Haltung hingegen beschloss Dora zu ignorieren. Viel zu lässig steckten seine Hände in den weiten Taschen der Stoffhose, die ein Gürtel an der Taille zusammenhielt. Den Pullover hatte er in die Hose gesteckt. Immerhin sah er ordentlich und gepflegt aus, mit fein gebügeltem Hemdkragen und gescheiteltem Haar. Aber er brauchte doch unbedingt wieder eine strenge Hand.

Gottfried trommelte nervös auf das Metall der Gürtelschnalle und ärgerte sich gewaltig. Er wollte nach Hause. Er wollte ausbrechen und frei sein und wild wie Frantek, von dem die Mutter früher oft am Bett gesprochen hatte. Frantek konnte klettern. Er besaß einen seltsamen Hut, einen Dreispitz, den er nur nachts trug, wenn er wegen des Unglücks in der Welt nicht schlafen konnte. Er war sicher ein Ritter. – Einmal hatte Gottfried gefragt, wer das sei. Die Mutter hatte überrascht aufgesehen, sie hatte sicher gedacht, er schlafe bereits, während sie erzählte. Dann hatte sie ganz streng, fast böse gesagt, es gebe keinen Frantek, er sei nur erfunden. Danach sprach sie nie wieder von diesem Mann, und Gottfried hatte sich auch nicht getraut, noch einmal danach zu fragen. Stattdessen dachte er sich nun selbst Geschichten über Frantek aus.

Rudolf balancierte jetzt auf einem schmalen Stamm. Ein Schubs, und er würde runterfallen. Wie die Mutter strahlte! Und jetzt fragte sie Gottfried auch noch, ob es ihm hier etwa nicht gefallen habe. »So ein Gesicht, wie du ziehst.«

Gottfried schwieg. Jeden Morgen Moro-Brei. Einen ganzen Teller davon. Fettig und süß, als müsse er gemästet werden wie der Hänsel im Käfig der bösen Hexe. Da konnte man doch kein anderes Gesicht ziehen! In den Ästen knackte es. Vielleicht ein Eichhörnchen. Dann war es wieder ganz still, und der Wald schmatzte feucht und atmete wie in dem Bilderbuch, das Gottfried bei den Schwestern im Heim entdeckt hatte. Der gemalte Wald hatte grimmige Augen und einen runden Mund, aus dem er pustete und prustete. Ganze Bäume und Tannen schleuderte er aus seinem Mund. Sie purzelten auf seinen weichen Boden. Gottfried wollte endlich ins Auto steigen und nach Hause fahren.

Und auch Dora wollte los. »So, genug Frischluft. Jetzt holen wir eure Reisesäcke und verabschieden uns von den Schwestern.« Aber Rudolf kletterte. Und Gottfried starrte Löcher in die Luft. Selbst Max stand wie eines der beiden Räuchermännchen aus Doras Weihnachtsdekoration neben einem beachtlichen Ameisenhaufen, den nun auch Rudolf entdeckt hatte. So schnell konnte sie gar nicht »Nein« sagen, so schnell fuhr sein Stock mitten hinein. Dora wünschte sich das Mädchen herbei.

Zurück im Sanatorium, suchten sie nach den Heimschwestern, um sich zu verabschieden. Dora versprach, die Kinder bald wieder zu bringen. Sie ließen sich von den Schwestern umarmen; Gottfried sichtbar widerwilliger als Rudolf. Als der Wagen träge um die Kurve bog, bemerkte Dora den blaugrauen Schimmer zwischen dem satten Grün der Wiesen ringsum und den schönen Kontrast, der sich daraus ergab. Sie nahm sich vor, wieder zu malen, nicht mehr nur Grundrisse zu zeichnen, sondern wieder richtige Bilder und Aquarelle. Kaum war die Idee geboren, schien sie davonzulaufen, ein flüchtiges Wesen, das den dunklen Wäldern am Straßenrand zustrebte.

Es war an einem Sonntagvormittag einige Wochen später, als Dora zu Hause in Ludwigshafen zwei Teegeschirre gegeneinander abwog. Das eine stammte noch von ihren Eltern, die heute zu Besuch kommen würden. Das andere Service hatte Max mit in die Ehe gebracht, ein großzügiges Hochzeitsgeschenk seiner Mutter, die erleichtert war, als Max mit einundvierzig Jahren endlich in den Ehestand eintrat.

Dora fuhr mit ihrem Finger am Meissner-Porzellan-Rand entlang. Die bunten Streublümchen und der feine Goldrand gefielen ihr eigentlich viel besser. Aber ihre Mutter würde es sofort bemerken, wenn sie ihr Geschirr nicht benutzten, und so fiel Doras Wahl auf das Essener Service, ein Überbleibsel aus den Jahren an der Kunstgewerbeschule, erworben auf einer der Verkaufsausstellungen des Kunstvereins, zu welcher Dora die Eltern ein einziges Mal hatte überreden können. Sie waren dort mit ihrem Lehrer ins Gespräch gekommen. Was wohl aus dem stillen, freundlichen Beerwald geworden war? Sie würde sich um Kontakt bemühen.

Versonnen ließ Dora die geblümte Tasse des einen Geschirrs um die transparente Tasse des anderen kreisen. Das Porzellan kratzte über die Glasplatte der Kredenz. Da öffnete sich die Tür, es war Anna, das Hausmädchen. Sie hatte nicht mit Doras Anwesenheit gerechnet. Den Türgriff noch in der Hand, auf dem Arm einen Stapel frisch gebügelter feiner Tischdecken, verharrte sie im Durchgang.

»Komm nur herein, leg ab«, Dora erhob sich und zeigte auf die Kommode, »ich sortiere es gleich selbst ein.« Eine neue Tischdecke wäre angemessen für den heutigen besonderen Tag. Aber der Tuchhändler, der sonst um diese Zeit von Haus zu Haus zog, ein netter, älterer Herr, mit dem sie sich immer gerne unterhalten hatte, war schon länger nicht mehr erschienen. Beim letzten Mal hatte er ihr erzählt, dass er sein Vermögen zu erklären hatte. –

Warum?, hatte sie gefragt und darüber nachgedacht, wie viel Arbeit es für sie selbst wäre, den gesamten Hausstand aufzulisten. Er hatte geschwiegen und ihr ein paar besonders schöne Stoffe zur Ansicht dagelassen.

Anna legte die Wäsche ab und suchte in der Kitteltasche. »Ein Brief, Frau Schubert.« Sie reichte Dora einen Umschlag und wollte gehen, um weitere Vorbereitungen für den Nachmittagsbesuch zu treffen. Aber Dora fasste sie kurz am Arm. »Anna, bleib noch ein wenig.«

Dora öffnete das Fenster und spielte mit ihrem Armreif, während sie die Buben hörte, die mit den Nachbarskindern Fußball spielten. Das dumpfe Geräusch, wenn der Schuh den Ball traf, hatte etwas Beruhigendes. Und auch der Anblick von Anna, die sie jetzt wissen lassen musste, warum sie warten sollte. »Wir können sicherlich im Garten eindecken. Was meinst du?«

»Gerne, Frau Schubert.« Anna sah fragend zur Tür, deutete einen Knicks an und verschwand, als Dora nickte.

Wie jung sie ist, dachte Dora. Genauso alt war ich selbst, als ich in Hausdiensten war. Sie heftete ihren Blick auf die wieder geschlossene Tür. Sie würde Kraft brauchen, wenn sie weiterhin ihre Augen vor allem verschließen wollte. Ein graues Gespenst ging in diesen Wochen und Monaten durch Häuser und Wohnungen. Es strich durch Wochenschau und Zeitungen. Es setzte sich inzwischen auch bei ihnen zu den Gesprächen an den Tisch. Es ließ sich nur verbannen, wenn man allein war und sich auf schöne Dinge besann. Dora stellte Tassen auf ein Tablett, ging im Speisezimmer umher, schob die kleine Leuchte auf dem Beistelltisch um ein paar Zentimeter weiter nach rechts, rückte an der Wanduhr, die wie immer nach dem Staubwischen schief hing, bis alles ihrem Ordnungssinn entsprach. Sie würde noch eine gute Stunde Zeit haben, um an ihren Stuhlvorhängen zu arbeiten. Die Angst vor einem Krieg, die allerorts geschürt wurde, ließ sich durch Nähen ihrer Erfahrung nach am besten vertreiben.

Nachdem Dora den Handarbeitsraum im oberen Stockwerk betreten und den Brief neben ihrer Singer-Nähmaschine abgelegt hatte, sah sie den Umschlag das erste Mal an – und erschrak. Die Handschrift war ihr nur allzu vertraut. In der Schulzeit, als sie mit Maritz viele Nachmittage verbrachte, hatte diese ausgreifende Schrift mit den großen Bögen, die wie Tore aussahen, Dora hocherfreut. Eine Zeit lang schrieben sie sich Briefe, obwohl sie sich so oft sahen. Und auch an einem Theaterstück hatten sie sich einmal gemeinsam versucht. Wie schön es gewesen war, eine eigene Welt zu erschaffen; eigene Figuren zu erfinden wie den verrückten Zeichenstift mit der roten Kappe, der so überaus glücklich war, als er entdeckte, dass dank ihm großartige Zeichnungen entstanden. Bis der arme Stift eines Tages bemerkte, wie er weniger und weniger wurde. Da schlug sein Glücksgefühl in große Verzweiflung um. Ihr Theaterstück wurde zur Tragödie und nie fertig, obwohl sie den verzweifelten Bleistift sogar getauft hatten. Aber der Name war Dora längst entfallen, genauso wie ihr Maritz entfallen war, weil sie zuletzt nur noch an Frantek gedacht hatte, halb wütend, halb bewundernd. Jetzt meldete sich seine Frau, ihre ehemals beste Freundin.

Essen, 9. September 1937

Liebe Dora,

ich schreibe diesen Brief in der Hoffnung, dass er Dich erreicht. Seit Deinem Weggang aus Essen – es ist nun elf Jahre her, ich habe nachgezählt – ist viel geschehen. Ich weiß nicht, ob Dich Deine Mutter informiert hat. Ich traf sie auf dem Platz vor dem großen Börsenhaus, genau dort, wo ich auch Dich einmal gesehen hatte, aber nur von Weitem, mit einem nett aussehenden Mann, vermutlich war es Dein Ehemann. Aber ich traute mich damals nicht, Dich anzusprechen, und habe Deine Entscheidung, Dich von uns abzuwenden, immer akzeptiert – bis jetzt.

Not macht demütig. Du wirst lachen. Ich und demütig? Ja: demütig. Die Ereignisse der letzten Jahre haben mich gelehrt, dass es an der Zeit ist, die großen Werkzeuge einzupacken. Es wird alles nicht gut enden. Man kann aber nicht mehr am Ganzen drehen. Nur an einzelnen kleinen Schrauben. Ich finde aber auch, Du solltest Bescheid wissen über Frantek.

Um es abzukürzen: Er ist seit 740 Tagen im Gefängnis. »Aus politischen Gründen«, wie es heißt, als Kommunist diffamiert. Ich habe in dieser Zeit nur einen einzigen Brief von ihm erhalten und durfte ihn wenige Male besuchen. Seit acht Wochen nun höre ich nichts. Man weist mich an den Toren ab, und ich stehe da, mit offenem Mund, mit August, meinem Ältesten, an der Seite, er ist erst zehn, aber er hält mir den Mund zu, wenn ich schreien will. Und mit Karl, dem Kleinen, der jetzt sechs ist, genauso alt wie Dein Großer, von dem Deine Mutter nicht ohne Stolz erzählte. Noch mehr schwärmte sie von Deinem Mann. Dir scheint es gut zu gehen, und ich freute mich, das zu hören.

Und dennoch vermisse ich Dich sehr, gerade jetzt. Ich brauche jemanden zum Sprechen. Ich brauche Dich, Dora!

Weißt Du noch, wie das Tanzlokal hieß, das wir früher oft gemeinsam besuchten? »Zornige Ameise«. Nun bin ich selbst eine Ameise, aber nicht mehr zornig.

In der Hoffnung auf einen Brief von Dir, wenigstens ein kleines Lebenszeichen grüßt Dich aus Essen

Deine Maritz

Postskriptum: … die blauen Pferde … – weißt du noch? Wie gern würde ich von hier weg. Aber nicht, wenn ich noch Hoffnung haben kann, dass Frantek am Leben ist.

Die Hitze, die sich in Dora ausbreitete, als sie den Brief sinken ließ, kam überfallartig. Die Hand auf der Stirn ergab sie sich und wechselte vom Nähhocker zum Ohrensessel. Sie umklammerte die Lehnen. Doch in ihrem Kopf nahm ein Kreisel die Fahrt ins Dickicht der Vergangenheit auf.

Das zerrissene Porträt von Maritz, ihr schon in jungen Jahren so frech selbstbewusstes Gesicht nur noch lauter Papierfetzen, weil Dora es damals in ihrer Wut in Kleinstteile zerrissen hatte. Plötzlich setzte es sich vor ihrem inneren Auge wieder zusammen, in Sekundenschnelle war es perfekt und schön und glatt, und Maritz, wie alt war sie auf der Fotografie? Maritz lachte sie an. Sie standen zusammen wie damals vor dem Ausstellungsfenster der Puppenmacherin Lotte, bestaunten die so unglaublich echt wirkenden Puppen mit ihren Glasaugen, und auf einmal zeigte Maritz auf eine der Puppen, auf genau diejenige, die ein Baby im Arm hielt und am glücklichsten von allen aussah. Dora zog es den Boden unter den Füßen weg, als ihr wieder in den Sinn kam, was Maritz damals gesagt hatte, sie waren sicher erst so ungefähr sechzehn gewesen, mitten in den Jahren der französischen Besetzung des Ruhrgebiets. Dora wusste plötzlich mit der Sicherheit aller Sinnesfasern ihres Körpers, dass Maritz auf diese Puppe mit dem Baby gezeigt hatte und ausgerufen hatte: »Ein Kind möchte ich nie!« Immer schneller wechselten die Erinnerungen einander ab. Frantek, der kleine Frantek, wie er immerzu vorbeikam, um sie zum Spielen abzuholen, und später, viel später, als sie sich das erste Mal berührten, der Schauder auf der Haut, eine kleine, züngelnde Welle, die an ihr leckte, sich verströmte und von ihr Besitz nahm; und der Abend in der »Zornigen Ameise«, wo sie tanzen waren, Frantek zuerst Maritz, nicht sie aufforderte, und wie er Maritz nach diesem Tanzabend mitten auf der Straße auf dem Nachhauseweg aufgefangen hatte. War es noch dunkel? Schon hell? Und Maritz, von der man nie wusste, ob sie eine Ohnmacht nur vortäuschte oder wirklich erlitt, so gut schauspielerte sie, Maritz in ihrem engen Ausgehkleid mit den grün schillernden Pailletten, das ihre Augenfarbe unterstrich und in dem sie knabenhaft aussah, und die Eifersucht, die Dora gefühlt hatte, weil Androgynität gerade stark in Mode war und sie selbst leider vollkommen albern aussah in den neuen Hemdkleidern, die sie sich sowieso nicht hätte leisten können, höchstens selbst nähen. Ihr fiel ein, wie ihr Maritz das erste

Mal begegnet war, bei dem Journale, wo sie unter der Regenplane gesessen hatte und in der Zeitung den Fortsetzungsroman las. Sie war ihr so überlegen erschienen, so viel älter als sie selbst. Ein Mädchen, das so viel mehr wusste – und das sogar über die Fähigkeit verfügte, ihrer besten Freundin den Freund zu rauben, und zwar jenen Kindheitsfreund, der ein Teil von Dora war, nichts Getrenntes, niemand, den man sehen konnte, ohne nicht gleichzeitig auch sie zu sehen, Dora, die man doch immer mitdenken musste – oder eben radikal ausblenden, wenn man so böse und hinterhältig war wie Maritz.

Dora hielt immer noch die Lehnen krampfhaft umklammert, aber die Hitze wich, und ihre Gedanken wurden auf einmal ganz klar, während sich das gespenstische Erinnerungsfenster langsam schloss. – Frantek im Gefängnis, das erschreckte sie mehr, als sie sagen konnte. – Aber dass es wegen politischer Geschichten war, was sich ja damals schon abzeichnete, das setzte im Abgang des heftigen Erinnerungsstroms doch noch etwas ganz Neues in Gang, eine Relativierung ihrer Sicht auf Frantek, den sie plötzlich vollständiger sah, mitsamt dem aufrührerischen Anteils, der ihr nie ganz behagt hatte. Er tat ihr unendlich leid – aber sie wusste ganz genau, dass ihm in den Mauern der Justiz einer neuen Zeit nicht zu helfen war.

An diesem Nachmittag in ihrem Handarbeitszimmer kurz vor dem Besuch der Eltern begannen sich Doras Gedanken an Frantek deshalb zum ersten Mal zu verändern; sie sah ihn eher an wie einen fernen Freund. Denn es war ja auch längst ein anderer Frantek, der dort im Gefängnis saß. Nicht der, den sie einst geliebt hatte.

So sank er noch tiefer in sie hinein, in eine seltsame, unbekannte Region, die sie mehr erahnte als fühlte.

Für Maritz aber fand sie keine Gnade. Selbst wenn sie gewollt hätte, wäre es ihr nie und nimmer möglich, über die alte Kränkung hinwegzusehen. Sie saß tief, und alle Versuche, sie mit guten Gedanken zu überblenden, scheiterten schon im Ansatz.

Dora ging zu dem großen Tisch, auf dem die gemusterten Stoffe auslagen, hübsch aufgefaltet, strich sie glatt, nahm Maßband und Schere zur Hand und schnitt exakt das Stück zurecht, das sie brauchte, um einem ihrer gepolsterten Stühle von der Sitzfläche abwärts einen hübschen Vorhang anzupassen. Maritz hatte recht. Das war nun ihre Welt. Sie zog ein Band ein, damit der Vorhang auch schöne Falten warf. Die Nähmaschine ratterte verlässlich, sodass sie Stoff nachschieben konnte wie am Fließband. Sie sah Frantek, an dem ersten Abend vor vielen Jahren, als sie ihn verbotenerweise besucht hatte; leise, damit die Wirtin es nicht hörte. Frantek mit seinen Locken, in die man hineingreifen konnte, so, wie Dora jetzt in den Stoff hineingriff, um ihn gerade zu ziehen und ein kleines Werk unter ihren Händen entstehen zu sehen.

Sie stand auf und kippte den gepolsterten Stuhl, ein Leichtgewicht, auf die Seite. Der Spiegel, vor welchem sie mit Maritz übte, bevor sie tanzen gingen, hatte das Sonnenlicht gespiegelt; so wie jetzt und hier das Sonnenlicht auf den ovalen Wandspiegel fiel und sich darin brach, geradewegs auf den auf der Seite liegenden Stuhl, vor den sich Dora hinkniete, mit dem passgenauen Stück Stoff, um per Hand nun den kleinen Vorhang an der Stuhlkante anzubringen, langsam und konzentriert, Stich für Stich. Wie ordentlich sie arbeitete. Heute Nachmittag würden die Eltern zu Besuch kommen, und es würde Apfelkuchen und Kaffee geben und Tee für den Vater, der immer nur Tee trank, seitdem der Arzt ihm den Cognac verboten hatte. Heute Nachmittag wollten sie mit dem Vater und der Mutter im kleinen Kreis Max' Ernennung zum Direktor feiern. Der jüngste in der Geschichte der Fabrik. Dora erhob sich und richtete den Lehnstuhl wieder auf. Der angenähte Vorhang fiel wie erwünscht: bis zum Boden. Ein ganz anderer Stuhl war das nun. Fast schon ein Sessel mit der Eleganz einer Dame in Abendrobe.

Sie besah sich ihre Arbeit. Dann ging sie zum Ohrensessel, wo immer noch der Brief von Maritz lag. Sie wog ihn in der Hand. Er hatte großes Gewicht, viel zu großes Gewicht. Dora legte den

Brief kurz ab, um mit beiden Händen nach dem Kopf aus gegossener Bronze zu greifen, der auf der Kommode stand. Beerwald, ihr Lehrer aus Kunstschulzeiten, hatte ihn gestaltet – nach ihrem eigenen Kopf. Die gerade Nase. Das etwas pausbäckige Gesicht. Die Büste war innen hohl, sie konnte sie leicht nach hinten neigen. Entschlossen stopfte sie Maritz' Brief ins Innere des Bronzekopfs. Sie ließ sich auf dem neu eingefassten Stuhl nieder, sah auf die Uhr und erschrak. Schon so spät. Sie musste sich beeilen.

Erst sechs Jahre später machte sich Dora daran, Maritz' Brief zu beantworten. Ein Tag mitten im Kriegssommer 1943. Ein ruhiger Tag, was ein besonderes Geschenk war, denn Dora hatte Geburtstag. Sie nahm Gottfried das Brötchen aus der Hand, das er ihr zur Feier des Tages extra von seinem Taschengeld gekauft hatte. Es duftete herrlich und frisch. Und dazu hatte er noch ein selbst gemachtes Gedicht vorgetragen, das allerdings noch arg holperte. Dora legte das Brötchen auf den kleinen Tisch und zog ihn zu sich heran.

»Schön, dass du daran gedacht hast!«

Gottfried versuchte zu antworten. Sein Mund öffnete sich in einem Haufen Seide, ihre Bluse. Sie wollte ihn gar nicht loslassen, obwohl er längst genug hatte von der Umarmung.

»Gehen wir heute Vati im Büro besuchen?«, brachte er schließlich hervor. »Weil du doch heute Geburtstag hast.«

Wie rasch sich der Junge daran gewöhnt hatte, dass der Vater so oft weg war. Wenn Max es doch einmal schaffte zu kommen, saß er müde auf dem Sofa, las Zeitung und sagte nur wenig. Sie bedrängte ihn nicht, unterhielt ihn dann lieber mit den Neuigkeiten des Tages.

»Nein.« Dora hatte Gottfried vor sich aufgestellt. »Wir dürfen ihn heute nicht stören.« Ihre Hände ruhten auf Gottfrieds Schultern und drückten ihn in den Boden. »Aber du kannst mir noch einmal dein schönes Gedicht vorlesen.« Von draußen kam ein Grollen. Dora horchte auf, aber es war kein Flieger, sondern doch nur das herannahende Gewitter, das heute früh schon in der

Rheinpfalz angekündigt wurde. Man solle sich möglichst im Haus aufhalten und nur bei Alarm die Bunker aufsuchen. Sie versuchte sich zu entspannen.

»Ich möcht nicht«, sagte Gottfried leise, aber bestimmt und zog die Augenbrauen zusammen. »Ich hab es doch gerade schon aufgesagt.«

Dora zupfte ungeduldig am Hirschknopf seiner Jacke. Er war locker und musste bald angenäht werden. »Nun gut. Wenn du nicht magst.« Sie sah es ihm nach. »Aber du kannst mir noch einmal etwas auf der Blockflöte vorspielen.«

Auf dem Sekretär lagen Papier und Füllfederhalter. Heute Nacht hatte sie wieder von ihr geträumt. Maritz, wie sie an Doras Fenster klopfte. Ein schrecklicher Traum. Ausgerechnet in der Nacht zu Doras siebenunddreißigstem Geburtstag. Der Traum war der Anlass gewesen zu tun, was sie längst hätte tun sollen.

Aber erst musste sie Gottfried gerecht werden, der jetzt wiederkam, mit der Mollenhauer in der Hand. Seine Lippen umschlossen das Mundstück ganz. Auf jedes Flötenloch legten sich seine Finger, unangestrengter als noch vor einem Jahr, als der kleine Finger kaum das tiefe C-Loch erreicht hatte. Wann war er so in die Höhe geschossen? Eine quälkige Melodie kam aus seiner Flöte: »Auf, du junger Wandersmann«.

Dora wartete ab, bis das Liedchen zu Ende war. »Sollen wir Schach spielen?« Sie schob den angefangenen Brief zur Seite.

»Au ja«, sagte Gottfried, »ich geh schnell das Schachbrett holen.« Wie sehr er sich freute! Schon war er wieder draußen.

Würde er auch vor anderen seine Freude so offenherzig zeigen, würde er von niemandem ernst genommen. Vorhin hatte sie ihn im Badezimmer ertappt. Er kauerte in der Ecke auf dem Boden neben dem Waschbecken. Zunächst hatte sie ihn nur gehört. Sein Mund machte Schmatzgeräusche. Sie dachte, der Wasserhahn tropfte. Dann entdeckte sie ihn, eifrig damit beschäftigt, die seltsamsten Laute zu erzeugen. Sein Gesicht war ein einziges Muskelspiel. Einer seiner seltsamen neuen Ticks.

Dora streckte sich und versuchte sich wieder auf den angefangenen Brief an Maritz einzulassen. – *Liebe Maritz. In all den Jahren habe ich viel an Dich gedacht.*

Das stimmte überhaupt nicht. Sie hatte an Max gedacht. Und wie sie die Kinder durch den Tag bringen konnte; Gottfried und Rudolf, dessen Schule eine der letzten in Ludwigshafen war, in der trotz des häufigen Bombenalarms hin und wieder noch unterrichtet wurde. Rudolf hielt sich tapfer. Aber Gottfried musste unbedingt herausgebracht werden aus der Stadt. Gestern ließen sie die Sekretärin der Firma alle Schulen der Umgegend mit Schlafmöglichkeit abtelefonieren. Aber keine Heimschule nahm mehr Kinder auf.

»Wann komm ich in die neue Schule?«, fragte Gottfried, als hätte er ihre Gedanken gelesen. »Ich möchte so gerne in die Schule von Rudolf.« Er setzte sich ihr gegenüber und stellte die Schachfiguren auf.

»Das geht nicht«, sagte Dora knapp.

Gottfrieds Schachzüge liefen immer nach dem gleichen Muster ab: erst denken – die Anstrengung dabei sah sie ihm an –, dann zugreifen, immer nur mit den Fingerspitzen. Erfolgreich brachte er sich in Stellung. Sie hatte keine Chance gegen ihn. Der Vater hatte ihn gut trainiert. Es war so still in ihrem Zimmer, dass sie das Geräusch von Gottfrieds aneinanderreibenden Strümpfen ganz nervös machte. Sie massierte sich die Schläfen und versuchte, sich von den Vorgängen in ihrem Körper abzulenken. Aber da war die Migräne schon, sie fühlte sie kommen, erst die Übelkeit, sie war schon den ganzen Morgen da, aber sie hatte sie wie so oft einfach ignoriert. Die Schläfen spannten, als hätte jemand eine Metallspange angelegt, die beide Kopfhälften zusammenpresste. Sie musste sich konzentrieren, dann würde sie auch die Kopfschmerzen nicht mehr so arg spüren. Über Gottfried an der Wand hing ein alter Kupferstich, eine Landkarte, in deren Anblick sie sich vertiefte, die geografischen Grenzen stimmten schon längst nicht mehr. – Wohnte Maritz überhaupt noch in Essen?

»Schach.« Gottfried klatschte triumphierend in die Hände.

Tatsächlich. Die Läufer bedrohten ihren König von beiden Seiten. Die Läufer hatte sie vollständig aus dem Blick verloren.

Doch da fiel ihr eine Lösung ein.

»Pech gehabt!« Sie schlug den angreifenden Turm. Der geniale Zug besorgte ihr sofort eine überlegene Stellung, die sie in ein paar weiteren Zügen ausspielte, denn jetzt war Gottfried derjenige, der unkonzentriert spielte und schließlich verlor.

»Revanche«, forderte Gottfried nach langem, verbissenem Schweigen.

Aber Dora verneinte. »Morgen wieder.«

In Wirklichkeit genoss sie den Triumph. Gerade wegen seiner vielen Ticks und Empfindlichkeiten musste Gottfried hart werden, sich einen Panzer zulegen. Ein Schachspiel zu verlieren, das war doch eine vergleichsweise harmlose Übung.

Gottfried trollte sich mit gesenktem Kopf. Der leere Korbstuhl, auf dem er gesessen hatte, knarzte noch ein paarmal, als wenn ein Unsichtbarer darauf säße. Dann war endlich Ruhe.

Liebe Maritz. In all den Jahren habe ich viel an Dich gedacht.

– Das war doch immerhin ein Anfang. Dora drehte den Füllhalter so lange in ihrer Hand, bis er richtig lag.

Ich hoffe, dass es Dir wieder besser geht und Frantek aus dem Gefängnis entlassen wurde.

Sie brauchte Maritz' Brief gar nicht aus dem Bronzekopf zu holen, sie kannte ihn auswendig. Er war ihr allgegenwärtige Anklageschrift. Würde Maritz ihr überhaupt verzeihen?

Liebe Maritz. In all den Jahren hätte ich Dir in Deiner Not helfen sollen. Wir waren doch einmal beste Freundinnen. Ich weiß nicht, warum ich es nicht tat. Unser aller Leben ist schwierig in diesen Zeiten. Mögest Du mir verzeihen, dass ich mich damals nicht gemeldet habe.

Jeden Abend, wenn Dora im Haus die Lichter löschte, löschte sie auch Maritz mit aus. Jeden Tag, wenn sie und ihre kleine Familie wieder einmal Glück gehabt hatten; wenn sie mit den Nachbarn heraustraten aus der Bunkerdunkelheit. Dann sah sie Frantek im

Gefängnis, das hielt sie besser aus, weil sie ohnehin nichts dagegen hätte unternehmen können. Aber dass sie Maritz nicht geholfen hatte, war eine Sünde, die sich Dora nicht verzieh. Je bewusster ihr das wurde, desto schwerer fiel ihr allerdings zu handeln. Vielleicht war es für eine Entschuldigung längst zu spät.

Es gibt keine Entschuldigung für mein Verhalten – schrieb sie trotzdem auf das Papier. Doch die Formulierung kam ihr zu schwach vor. Jedes Mal, wenn sie Gottfried oder Rudolf herzte, stieß sie gleichzeitig die Kinder von Maritz und Frantek von sich weg, August und Karl. Vor allem August, das Kind, mit dem Maritz damals schwanger gewesen war, hatte sie im Stich gelassen, so, wie sie Maritz im Stich gelassen hatte.

– Aber war es nicht umgekehrt gewesen? War es nicht Maritz gewesen, die ihr Frantek genommen hatte? Die sie im Stich gelassen hatte?!

Sie ließ den Füllhalter sinken. Der Kopf schmerzte nun schon ohne Pausen, sie war wohl schon den ganzen Tag auf der Flucht davor gewesen. Heute schienen ihr die wiederkehrenden Schmerzen erst recht wie eine gerechte Strafe – aber für was? Dass sie ihre eigene Haut damals gerettet hatte?

»Und ob ich schon wanderte im finstern Tal …« – Warum kam ihr nun ausgerechnet dieser Psalm in den Sinn? – »… fürchte ich kein Unglück; denn du bist bei mir, dein Stecken und dein Stab trösten mich.«

Kein Stecken und Stab hatten Maritz getröstet. Nichts tröstete Frantek. Von nirgendwo kam Unterstützung. Jedenfalls nicht von ihr, von Dora, obwohl Maritz sie darum gebeten hatte.

Da klopfte es an der Tür. Dora rührte sich nicht, wollte endlich diesen Brief hinter sich bringen. Aber es klopfte lauter und dringlicher.

»Mutti? Bist du noch hier drin?« Gottfrieds Stimme, immer zu schrill. Zu dem Kopfschmerz, der immer schlimmer wurde, mischte sich eine leise Wut. Bald meldete sie sich in vielen Stimmen auf einmal, die alle durcheinanderquasselten, Dora konnte sie kaum voneinander unterscheiden. – Lieber Bub, kannst ja nicht wissen, rief die leiseste Stimme. – Böser Bub. Darfst mich nicht stören. Dies ist mein kleines, mein heiliges Reich. So rief die lauteste Stimme.

Ihre Hand hatte zu viel Kraft für die Füllfeder, die ein Loch ins Papier bohrte. Musste sie denn immerzu verfügbar sein?

Gottfried öffnete die Tür und sah seine Mutter am Sekretär und wie sie jetzt herumfuhr, ihn ansah mit funkelnden Augen. Ihr Blick war nicht mehr so freundlich wie vorhin. In der Bewegung erstarrt stand er da. Er ahnte, was kommen würde. Er kannte diesen Blick. Er konnte nachdenken, so viel er wollte. Er wusste nicht, was er diesmal falsch gemacht hatte.

»Ist dies hier ein heiliger Raum, Gottfried?«

Er antwortete nicht.

»Gottfried.« Sie stand auf und kam auf ihn zu. »Gottfried, ich habe dich etwas gefragt.«

Er antwortete nicht.

»Ist das mein Raum? Das Zimmer deiner Mutter?«

Er antwortete nicht.

»Geht man da einfach so hinein? Wie in jedes x-beliebige Zimmer?«

Er starrte auf seine Strümpfe.

»Wart einmal.«

Er konnte hören, wie seine Mutter nach etwas kramte.

»Komm zu mir. Beug dich nieder.«

Er hielt die Luft an, die Nase fast an den Strümpfen. Der erste Schlag war noch kraftlos und federleicht. Der nächste schon mit mehr Schwung ausgeführt. Ein Schlag folgte dem nächsten. Er zählte mit. Zehn Stück. Weniger als das letzte Mal, als er eines ihrer Lieblingsgläser zerbrochen hatte.

Als es vorbei war, kam ihm die Stille ohrenbetäubend vor. Auf dem Tisch die Aster ... – wo nur blühten in der Gegend um die Fabrik Astern? Anna musste sie wohl vom Land mitgebracht haben. Solange er die Blume ansah, blieb sein Po taub. Dann blickte er zur Wand, und der Schmerz fuhr wie Feuer hinein. Gleich würde er wieder in den Garten gehen. Zu seinem Kirschbaum.

Er sah sie im Zimmer auf und ab gehen. Er kämpfte mit den Tränen. Er kannte die Prozedur genau. Gleich würde sie ein schlechtes Gewissen bekommen und ihn überschwänglich an sich drücken, um das eben Geschehene wieder rückgängig zu machen. Aber was geschehen war, war geschehen. Er wartete ab. Sein Hintern brannte. Minute für Minute verging, ohne dass sich etwas Nennenswertes änderte. Nur ihre Schritte, auf und ab, auf und ab.

Da zerriss auf einmal die Sirene die Luft. Er wusste sofort, was das bedeutete. Er war jetzt ein nervöses Tier, schon auf dem Sprung. Die Mutter packte ihn am Arm und riss ihn mit sich fort, heraus aus dem Zimmer, heraus aus dem Haus auf die Straße, heraus aus dem Delikt, das er begangen hatte und das jetzt nichts mehr zählte, mit den Nachbarn, die von überall aus ihren Häusern strömten, hinunter in den Bunker, wo sie ihn neben sich drückte, aber er drängte sich lieber an die Mauer. Jemand begann zu summen. Dann stimmte noch einer mit ein. Ein Wanderlied. Seine Finger bewegten sich mit, als hielten sie eine Blockflöte.

Die Nachricht von Franteks Tod traf einige Wochen später ein, genau nach dem Tag der großen Chemieexplosion in der Fabrik. Dora hatte gerade einen Brief an die Jungen beendet, die sie endlich wenigstens für die Ferien aus der Stadt hatten herausbringen können, ins Erholungsheim der I.G. Farben in Sankt Johann. Sie wollte ihnen keine Angst machen. Sie konnte aber auch nichts beschönigen. Mit schneller Hand hatte sie ein paar Zeilen geschrieben.

Ludwigshafen, d. 30. Juli 43

Meine lieben Buben, als ich heute heimkam, fand ich Euren netten Brief vor und freute mich sehr darüber. Gottfried hat reizend und anschaulich geschrieben, wenn auch nicht gerade schön!! Aber Rudolfs Karten finde ich etwas dürftig. Er schreibt ja immer dasselbe! Und es gibt doch sicher so viel zu erzählen, oder nicht, mein Junge?

Ich war ein paar Tage Freunde besuchen. Meine Heimfahrt verlief sehr gut, aber zu Hause sah es bös aus. Gestern Abend gab es eine schwere Explosion in der Fabrik, und dabei sind auch bei uns wieder viele Fenster kaputtgegangen. Es ist schrecklich dreckig überall, und alles liegt voller Scherben. Wie gut, dass wir alle nicht zu Hause waren. Das war ein arger Schrecken.

Großpapa in Essen habe ich endlich gestern Morgen am Telefon erreicht. Ihm selbst ist nichts geschehen, aber der Angriff war wieder sehr schwer. Sein Haus hat auch allerhand Schaden.

Das sind alles keine schönen Nachrichten. Aber dafür hoffe ich umso mehr, dass Ihr munter und vergnügt seid und die schöne Zeit dort so recht nach Herzenslust genießt. Nun spart nicht so sehr mit der Wäsche. Ihr sollt doch dort nicht schmutzig herumlaufen.

Alles Liebe, Eure Mutti

Postskriptum: Habt Ihr meine Briefe alle bekommen?

Max und Dora waren gerade im Odenwald gewesen, mit dem neuen Auto unterwegs, als die Explosion auf dem Werksgelände geschah. Viele Tote und Verletzte, auch Werksleiter darunter, es war schrecklich. Max, den es ja genauso gut hätte treffen können, war jetzt rund um die Uhr vor Ort. Heute Morgen hatte er Dora kurz angerufen und gesagt, was passiert war. Die gesamte Versuchsanlage für Oppanol sei zerstört worden. Oppanol, synthetisches Schmieröl, höchst wichtig, erklärte er noch. Dann musste er schon wieder Schluss machen.

Dora hatte gar nicht richtig Zeit, über all das nachzudenken. Sie hatte alle Hände voll zu tun. Tagsüber der Haushalt, den sie sich mit Anna teilte, die auch mit anpackte, als sie die Scherben der Fensterscheiben auflasen und die Fenster notdürftig abklebten. Die halbe Nacht waren sie damit beschäftigt gewesen. Die Abende verbrachte Dora jetzt oft mit Briefeschreiben. Bislang hatten sie alle großes Glück gehabt. Sie hoffte inständig, dass es so bliebe.

Die Wohnung war ungewohnt ruhig, seit Gottfried und Rudolf im Erholungsheim waren. Auch Anna merkte man eigentlich kaum. Dora überlegte gerade die richtigen Worte für den Brief an die Eltern, als Anna klopfte und ihr die Post brachte. Diesmal sah Dora die Briefe sofort durch. Einer von Gottfried aus dem Erholungsheim. Keiner von Rudolf, natürlich. – Und wieder ein Brief von Maritz. Der Brief hatte einen schwarzen Rand.

Dora setzte sich und zündete sich eine Zigarette an. Die Erinnerungen an Frantek musste sie heute regelrecht hervorzwingen, so vollständig hatte sie sich Gedanken an ihn in der letzten aufregenden Zeit verboten. Sie sank immer tiefer in ihren kleinen Holzstuhl, nahm den Brief in die Hand, strich über das Kuvert, als könnte sie mit dieser Bewegung die traurige Botschaft, die sie darin vermutete, einfach wegwischen.

Gut, dass die Sirenen heute schwiegen. Dieser quälend lange, hochgezogene Ton, der abrupt abfiel, in die Tiefe, ein Glissando, das alles und nichts bedeuten konnte. Im Bunker auf der Straße, wenn die Jungen zu Hause waren, wirkte Rudolf kaum ängstlich. Aber Gottfried, der schon verstand, wie gefährlich alles war, saß wie ein Häufchen Elend da, unansprechbar, überhaupt nicht zu beruhigen, er zitterte am ganzen Leib.

Sollte sie Maritz das alles schreiben? Wohl kaum, denn die hatte ganz andere Sorgen.

Dora nahm eine zweite Zigarette. Erst jetzt hatte sie den Mut, den Brief zu öffnen. Es war, wie der Umschlag schon verriet, Frantek war tot. Er sei im Gefängnis an einer Lungenentzündung gestorben, hatte man Maritz lapidar in einem Formschreiben mitgeteilt. Dass sie diese Todesursache anzweifelte, stand zwischen den Zeilen. Maritz' Worte wirkten diesmal konfus. Einmal hatte sie sogar einen Satz angefangen und nicht zu Ende geschrieben. Es schien, als habe sie den kurzen Brief mit der Todesnachricht vorm Abschicken nicht einmal richtig durchgelesen.

Draußen wurde es dunkler, sicher Wolken und bald Regen.

Dora müsste Licht machen. Sie saß da, rauchte und wunderte sich, dass ihr der Brief so wenig ausmachte. Vielleicht war es die allmähliche Gewöhnung an den Tod ringsum. Man konnte nicht immer neu mitleiden.

Erst als sie den schwarz schraffierten Rahmen um Maritz' wenige Zeilen genauer ansah, kam doch etwas in Gang. Der Rahmen ging ihr nah. Er war freihändig gemalt. Maritz hatte offenbar immer noch eine ruhige Zeichenhand, jede dünne Linie innerhalb der Schraffur sah aus wie gedruckt – bis auf wenige missglückte Stellen, die zitterig wirkten. Aber genau diese wenigen zitterigen Stellen waren es. Lange und fast so, als läge in ihnen eine geheime Botschaft, studierte Dora jetzt diese Stellen, an ihrem Sekretär, ihr Rücken immer gebeugter wie bei einer alten Frau. Vor ihr an der Wand hing die Porträtzeichnung, die Frantek in der Schule gemalt hatte, als sie sich noch gar nicht gekannt hatten – der Anfang ihrer Freundschaft. Auch Franteks Bild besaß einen solch dick schraffierten Rahmen, der fast wie ein Trauerrand wirkte – als hätte Frantek, der Drittklässler, als er heimlich zu Dora hinüberschielte, um sie abzumalen, sie damals als Tote gesehen.

Das war in der Zeit des ersten Großen Krieges gewesen. Vati war weg. Und dann war da Frantek, verstrubbelt und dürr, oft einen Gedankensprung weg von ihr. In ihm tobten alle Welten auf einmal. Er war mehr, als er selbst ausdrücken konnte. Und eben das hatte sie jedes Mal so sehr mitgerissen, so lebendig gemacht. Er war es gewesen, der ihr in allen Zeiten Mut gemacht hatte, sogar damals schon, als Primarschüler, der erfasst hatte, dass sie Kummer hatte, und ihr dieses Porträt schenkte.

Dora starrte auf die alte Bleistiftzeichnung an der Wand, auf ihr früheres Selbst, ein Mädchen mit Grübchen, verwundert, dass sie jemand in der großen Klasse überhaupt bemerkt hatte. Max hatte sie einmal gefragt, von wem diese Zeichnung sei. »Kennst du nicht«, hatte sie einfach gesagt.

Diese Ähnlichkeit der Trauerränder! Als hätte Frantek seine Todesanzeige selbst schraffiert.

Und da wurde es ihr mit einem Mal schlagartig klar, so klar, dass sie sich wunderte, es nicht viel früher gesehen zu haben:

Frantek und Maritz waren einander ähnlich. Sie hatten so viel besser zueinandergepasst!

Sie hatten sie jeden Tag aufs Neue eingeladen mitzumachen, die Welt so zu sehen, wie sie sie sahen.

Aber sie, Dora, hatte diese Einladungen ausgeschlagen.

Erst da fiel der Tod in Dora ein, fuhr durch ihre Adern, zeigte ihr seine Größe und Unumkehrbarkeit, seine Fratze, seine gnadenlose Wahrheit. Dora weinte, weinte wie lange nicht. Sie weinte um Frantek, weil er sich verschenkt hatte, nicht nur an Maritz, sondern auch an eine Idee, die größer war als er selbst. Und auch Maritz tat ihr auf einmal leid, weil sie ihn verloren hatte, den Vater ihrer Kinder, weil sie im Dunkeln stand und kämpfen musste, immerzu kämpfen, denn leicht war es für Maritz sicher nicht gewesen, plötzlich schwanger, unverheiratet, ohne Arbeit, mit Eltern, die sie vielleicht sogar verstoßen hatten.

Noch mehr aber weinte Dora ganz sicher auch um sich selbst, so sehr, dass die Tränen alles vernebelten. Sie stützte den Kopf auf die Hände und schüttelte sich unter diesem Weinen, das aus ihr herausbrach, ein schwer zu bändigendes Monster.

Dora weinte, weil sie mit einem Mal eine Ahnung bekam von ihrer eigenen Gier; weil ihr dämmerte, dass sie Frantek damals hatte besitzen wollen, ganz für sich allein. Sogar ein Versprechen hatte sie ihm abgerungen, als wäre Liebe auf alle Zeiten festzunageln.

Dora weinte um Maritz und Frantek, die sie schon damals verloren hatte, beide mit einem Schlag. Wie ein tonnenschweres Pendel schlug der alte Schmerz gegen ihre Rippen, dass es sie fast zerriss.

Wie sollte sie das nur aushalten? Alle Wege waren versperrt, alles verschwunden, was den Schmerz die Jahre über so hübsch kleingehalten hatte. Plötzlich stand Dora im Stockdunkeln, genauso wie

Maritz. Aber der Unterschied war, dass Dora dieses Dunkel nie würde überstehen können, nie allein, immer würde sie jemanden brauchen, der ihre Hand fasste, damit sie nicht allein darin stand. Max und die Kinder. – Vor allem die Kinder.

Der Gedanke an die Kinder war es, der sie jetzt wieder aufrichtete. Sie zog ein Taschentuch aus der Schublade und atmete ein paarmal tief durch. So sehr hatte sie sich gehen lassen, dass sie froh war, dass niemand geklopft hatte. Es war ihr sehr peinlich. – Sie selbst war sich peinlich!

Mit den Fingernägeln klaubte sie die Reißzwecke von der Wand, nahm die Kinderzeichnung zusammen mit der Todesanzeige nach oben in ihr Handarbeitszimmer und verstaute alles in ihrem Versteck, dem hohlen Bronzekopf, in dem schon Maritz' Brief steckte. Hier waren alle drei Dokumente erst einmal gut aufgehoben, solange dieses Zimmer nicht auch noch getroffen wurde.

Die nächste Zeit war für die Bewohner der Wöhlerstraße die härteste des fünften Kriegsjahres. Dora hielt in diesen Monaten alles zusammen, weil Max nur selten zu Hause war. Wenn Gottfried da war, betrachtete sie ihn wie früher am liebsten dann, wenn er schlief. Sein Kopf schlug unruhig hin und her. Das seien »die Fantasien«, sagte der Arzt. Mit zwölf hatte ihr Ältester Zustände wie damals als Einjähriger, nur schlimmer noch als die »fröhliche Schlaflosigkeit«. Das Kopfschlagen machte sich jetzt manchmal auch am Tag bemerkbar. Ein unkontrollierbares Wackeln, verbunden mit einer empfindlichen Reizbarkeit.

Einmal in diesen Ludwigshafener Nächten war im Wöhlerstraßenbunker nach einem Einschlag in der Nähe das Licht ausgegangen. Ausgerechnet dieser Angriff, bei dem ihnen selbst nichts passiert war, der aber wegen des erlöschenden Lichts besonders Angst einflößend war, fiel auf einen Abend, an dem beide Kinder zu Hause waren. Gottfried war so erschrocken, dass er sich an seinen kleinen Bruder klammerte, der ihn danach oft damit aufzog. Aber Gottfried schwor Stein auf Bein, dass das nie so gewesen war.

ISA 2014

Die Tage waren kürzer geworden, und es wurde im Park vor meiner Wohnung immer schneller gestorben, so, als müssten alle Bäume ihre Blätter nach einem geheimen Plan bis zu einem bestimmten Zeitpunkt im Jahr abgeworfen haben. Die Natur war zur Bühne geworden, und ich begriff zum ersten Mal das pathetische Wort »Naturschauspiel«. Die Blätter der hohen Platane rieselten träge herab, nicht einzeln, sondern viele auf einmal, vermutlich wegen der letzten kurzen Kälte, die ein allgemeines Schockprogramm in Gang gesetzt hatte. Einige der wollwarm angezogenen Spaziergänger blieben stehen und ließen die Blätter auf sich herabfallen. Ich überlegte einen Moment lang, das Slow-Motion-Programm meiner Smartphone-Kamera zu aktivieren, um die Blätter noch langsamer fallen zu lassen. Da klingelte das Telefon.

»Mama? Bist du dran?«

Claras Stimme.

»Ja. Ich bin dran.« Endlich hatte ich das Telefon unter einem Stapel alter Fotografien entdeckt. »Schön, dass du anrufst.« Meine Stimme war seit Tagen unbenutzt. Ich brachte etwas mehr Leben hinein. »Wie geht's dir?«

»Gut, danke, und dir?«

»Auch gut!« Ich sah auf die herabfallenden Platanenblätter und sehnte mich nach Clara, die selten über etwas klagte. Sie lebte nach einem strikten Stundenplan zwischen Arbeit und Pausen und schien eine gesunde Art gefunden zu haben, allen Anforderungen des modernen Lebens gerecht zu werden. Ich erzählte ihr, dass ich immer noch tief in der Vergangenheit steckte; dass Maritz Dora Frantek ausgespannt hatte. Oder Frantek Dora mit Maritz betrog. Aus welcher Perspektive man die Sache gerade sah. Und dass Dora danach ihre beste Freundin Maritz jahrelang einfach hatte hängen lassen. Dass es Maritz gar nicht gut gegangen war, so früh schwanger in schwierigen Zeiten. Dass Frantek als Kommunist im Gefängnis gestorben beziehungsweise ermordet worden sei. Dass man ihn sicher hatte verhungern lassen. – Und dass Dora, weil sie so nachtragend war, selbst diese schlimme Nachricht immer noch nicht ins Handeln brachte.

»Ach«, unterbrach mich da Clara, »Dora hat ihrer besten Freundin nicht verziehen?« Der scharfe Unterton in ihrer Stimme war kaum zu überhören. Hatte Paul ihr etwa alles erzählt? Sie war doch dann hoffentlich sauer auf ihn und nicht auf mich!

»Wie war die Fortbildung?«, wechselte ich rasch das Thema, weil ich eine Ohnmacht heranrauschen fühlte, der ich mich gerade nicht gewachsen fühlte.

»Gut. Hab viel gelernt, hat Spaß gemacht.« Clara ging auf meinen Wechsel ein. Ich hörte sie in irgendetwas blättern. »Zum Beispiel, was Gruppen sind.«

»Menschenansammlungen ab drei Personen!« Das hatte ich mal irgendwo aufgeschnappt: Vergruppt ab der Zahl Drei. Da war man nicht mehr allein und auch kein Paar mehr.

»Genau«, sagte Clara. »Aber bezogen auf kritische Situationen sind Gruppen heikel.«

»Warum?«

»Viele potenzielle Helfer. Deshalb hilft dann am Ende gar keiner. Da herrscht dann Verantwortungsdiffusion.«

»Hm«, machte ich. Das leuchtete mir sofort ein. Der Nationalsozialismus wurde genau deshalb so stark. Ein Soziologe, den ich dieser Tage im Radio gehört hatte, erklärte sehr gut, wie es dazu kommen konnte, dass Menschen, die durchaus ein Unrechtsempfinden besaßen, nicht einschritten. Wenn alle bei schlimmem Unrecht tatenlos zusahen, sah man selbst auch tatenlos zu – obwohl man genau wusste, dass hier Unmenschliches geschah. Es war also nicht allein die Angst vor dem Regime, sondern auch der Blick auf die anderen, der das eigene Verhalten bestimmte. Und doch gab es die, die Widerstand leisteten.

»Clara? Bist du noch dran?«

»Ja, schon.«

»Hast du Papa denn gesprochen?«, gab ich jetzt doch etwas nach.

»Ja, schon«, sagte Clara, und nach einer langen Pause: »Papa ist nicht so, wie du denkst.«

»Ich weiß«, sagte ich.

Wie Paul war, das wusste ich längst nicht mehr. Nachdem mir zugetragen worden war, dass er und Svea noch ein paar Wochen vor meiner überstürzten Abreise Hand in Hand miteinander gesehen worden waren, hatte ich alle Gedanken an Paul gestoppt. Dass er einmal lachend seine Tasse auf meinem hochschwangeren Bauch abgestellt hatte; dass er nicht ansprechbar war, wenn er Musik hörte; dass er Lennard zuliebe trotz seiner großen Angst Achterbahn fuhr und Clara zuliebe mit einer geliehenen Monoflosse durchs Hallenbad schwamm, weil sie sich davon ein Meerjungfrauengefühl versprach. Und wie er meine Hand genommen hatte, um sie an seinen Mund zu führen, wenn ich etwas Besonderes entdeckt hatte und er sich darüber freute, wie ich darüber sprach. Viele lange Abende hier am See hatte ich inzwischen weinend bei »Fly Me to the Moon« mit alten Erinnerungen verbracht und dann beschlossen, sie mit der mir verbleibenden Kraft wieder wegzuschieben, weil sich jede einzelne in mich hineinbohrte, in meinen Körper, der sich nach meinem Krankenhausaufenthalt gerade erst wieder zu erholen begann. Zu Hause hatte ich niemandem etwas davon erzählt. Den Kindern nicht, weil ich sie nicht beunruhigen wollte. Paul nicht, weil ich fand, dass er kein Recht mehr besaß, solche Dinge über mich zu erfahren.

Es ging mir nicht gut nach dem Gespräch mit Clara und ihrer kleinen Stichelei, die alles wieder aufwühlte. Ich verkroch mich den Rest des Tages in der Wohnung und gab mich dem Groll hin, so ausufernd und lange, bis ich durch den Affekt hindurch war und Angst entdeckte. Sie lag direkt unter dem Groll und meinem standhaften Gefühl tiefer Ohnmacht. Diese Angst – und nicht etwa Pauls Affäre – war der geheime Grund dafür, warum ich einfach hiergeblieben war. Und obwohl ich Angst vor der Angst hatte, konfrontierte ich mich jetzt mit ebendieser Angst, die stets Fluchtimpulse auslöste, als wären sibirische Säbelzahntiger in Horden hinter mir her. Ich hatte die Angst zuvor nicht ernst genommen. Ich hatte sie nicht einmal bemerkt. Jetzt machte ich eine Entdeckung: Die Angst sah nicht immer gleich aus. Sie änderte ihr Aussehen.

Nach dieser Entdeckung sah ich die Angst in ihren verschiedenen Verkleidungen.

In der Hierarchie der schlimmsten Angsteinflößer stand mein Großvater ganz oben. Ich hatte Angst, dass auch ich einen Täter in der Familie hatte. Hochmoralisch und sozial, wie ich mir einbildete zu sein, hatte ich weiterhin Angst, diese Schuld unbewusst gedeckt zu haben. Ich hatte Angst, zu wenig investigativ gewesen zu sein. Ich hatte Angst, die Opferseite aus dem Blick zu verlieren, während ich ständig nur um meinen Großvater kreiste.

Ich hatte aber auch eine perfide Gegenangst: dass ich meine Familiengeschichte aus einem anderen Grund mit einem Täter-Großvater ausstaffierte: nämlich einfach nur, damit es etwas zu erzählen gab und nicht »nichts«. Ich hatte Angst, aus ästhetischen Gründen gehandelt zu haben anstatt aus dem zwingenden Grund, dass an das Vergangene erinnert werden musste, damit es nicht wieder geschah.

Direkt neben meinem Großvater stand Dora. Auch sie machte mir Angst, war mir unheimlich. Aber anders unheimlich als mein Großvater.

Vor meinem Großvater hatte ich Angst wegen der vielen Leerstellen.

Vor Dora hatte ich eher eine Vom-Hören-Sagen-Angst. Sie vermengte sich mit den wenigen Abdrücken, die sie bei mir hinterlassen hatte. Das Ölgemälde. Die Zigarettenspitze. Die Angst meiner Schwester, wenn sie sich an sie erinnerte.

Beiden Ängsten war ich begegnet, indem ich von Dora und Max erzählte. Aber die Leerstellen um meinen Großvater herum hatten sich kaum füllen können, weil ich praktisch nichts über ihn wusste.

Dora immerhin hatte ich in Form gebracht. Sie war aus dem Dunkel der Vergangenheit herausgetreten. Dadurch hatte sie weniger Macht über mich.

Überrascht war ich, als ich feststellte, dass es auch zwischen meinem Vater und mir Angst gab. Sie hatte sich besonders gut getarnt. Denn trotz vieler Angst einflößender Erlebnisse mit ihm war ich tatsächlich immer der festen Überzeugung gewesen, keine Angst vor ihm gehabt zu haben. Im Gegenteil: Ich hatte ihn einfach nie ernst genommen. – Aber Angst?

Mir wurde auf einmal klar, dass das Nicht-ernst-Nehmen die Kehrseite der Angst war, die sogar so groß gewesen war, dass sie Details der Auseinandersetzungen überdeckte. Ebendeshalb konnte ich mich kaum erinnern. Mein Vater war unberechenbar. Ebendeshalb hatte er immer noch Macht über mich. Die Angst vor ihm würde sich nur dann auflösen, wenn ich mit den nebulösen Geschichten der Vergangenheit, aus der mein Vater kam, nicht nur jonglierte, sondern ihnen einen Platz gab in meinem eigenen Leben.

Später fragte Gustav, ob ich mit ihm in die Bodensee-Therme ginge.

»Um fünfzehn Uhr auf der Straße.«

War ich schon so weit, mich unter so viele Menschen begeben zu können? Ich hatte keine Zeit, darüber zu grübeln, und packte die Schwimmsachen in meinen Rucksack.

Harmloser konnte man seine Zeit kaum verbringen, dachte ich, als wir im Außenbecken zwei der Sprudelliegen ergattert hatten und in den Himmel schauten, während die Blubberblasen unaufdringlich unsere Körper umspielten. Ich sollte mich entspannen, hatte man mir nach der Panikattacke im Krankenhaus gesagt. Ich wusste nicht mehr, wie das ging. Ich versuchte es mit Gustavs Fingern und spielte damit. Er griff entschieden zu, und so blieben unsere Finger eine Weile schüchtern miteinander verschränkt. Über dem Schwimmbadwasser hatte sich eine Dampfschicht gebildet. Köpfe und Arme schauten daraus hervor und manchmal ein Fuß, wenn jemand Handstand machte.

Gustav begann, unter Wasser meine Handinnenfläche zu streicheln, dann den Bauch. Der Schauder, den ich in den letzten Tagen, wenn ich mit Gustav zusammen war, immer öfter an mir bemerkte, kam prompt. Aber dieses Mal sperrte ich mich nicht mehr dagegen. Gustavs Hand rutschte wie aus Versehen unter meinen Bikinislip und blieb dort eine Weile. Dann zog er seine Hand zurück, wedelte den Dampf weg und schwamm davon.

Im selben Moment änderte sich die Atmosphäre im Becken, vielleicht weil die Luftblasen ausgegangen waren. Mein Herz klopfte wegen der Aufregung, die sich mit der Grenzüberschreitung verband. In den vielen Jahren mit Paul hatte ich nie so etwas gemacht. Ich suchte Gustav, konnte ihn aber in dem Gewimmel nirgends entdecken. Ein paarmal ließ ich mich durch den halbmondartig gebauten Sprudelgang treiben und hätte mich schwerelos gefühlt, hätte ich nicht ständig Jugendlichen ausweichen müssen, die kichernd im Gegenstrom standen. Da sah ich Gustav im Becken ganz am Rand stehen, kerzengerade, den Blick Richtung See, die Hände auf den Platten der Außenterrasse. Ich musste mir keinen Ruck geben. Ich tat es, weil ich es wollte. Als ich von hinten meine Arme um ihn legte, drehte er sich um. Dann schloss er die Augen und umarmte mich, und wieder war da das Herzklopfen, als stünde etwas bevor, das ich nicht kontrollieren konnte. Mein Kopf sank in Gustavs Halsmulde, und erst, als ich sie mit den Lippen abtastete, löste er seine Umarmung. Er hob meinen Kopf, und wir küssten uns, erst vorsichtig, dann hemmungslos.

Als wir zum Parkhaus gingen, fragte mich Gustav, ob ich nach all dem, was mit mir passiert sei, immer noch die Vergangenheit aufrollen wolle.

»Warum sollte ich nicht?«, fragte ich perplex.

»Weil du loslassen musst, Isa. Du musst wieder vorwärtsleben. Es gibt einiges zu tun. Aus der Vergangenheit zu lernen.«

»Eben«, sagte ich. »Lernen. Nicht verdrängen. Ich bin einfach noch nicht so weit.«

Er blieb stehen. Und auch ich blieb stehen. Wir schauten uns an, wir sagten nichts. Zwischen uns war dieser Kuss von vorhin, nur ein einziges Mal, dort am Beckenrand, wir hatten ihn nicht wiederholt und schienen jetzt auf einmal wie von uns selbst überrumpelt.

Nach dem Schwimmen ging ich noch zu Gustav. In seiner Wohnung war der Herbst eingezogen. Auf einem kleinen Tisch im Eingangsbereich lagen gepresste Ahornblätter neben schon etwas runzeligen Kastanien. Seidene Tücher waren über die Raumecken gespannt und korrespondierten mit den rötlichen Farben der Orientteppiche. Er entschuldigte sich mit dem Hinweis, er habe »Kindheit nachzuholen«. Weil sein Vater Designer war, habe die Familie in einem kühlen Haus gewohnt, in dessen Steinböden man sich habe spiegeln können. Jetzt bevorzuge er deshalb gedeckte Wände und Böden, die seinen Trittschall verschluckten.

Die Zeit, die am Bodensee ohnehin stets langsamer als andernorts verstrich, zog sich an diesem Spätnachmittag uneinsehbar zurück. Die Gegenstände in Gustavs Wohnung wirkten im Schein der kleinen Lampen wie stumme Diener. Ich entdeckte ein Lesepult, das mir zuvor entgangen war. Plötzlich stand Gustav vor mir und hielt mir einladend die Hände entgegen. Ich griff danach, und er zog mich mit einem festen Ruck aus dem Sessel und an sich heran. Unter dem Pullover fühlte er sich anders an, als ich es mir vorgestellt hatte, knochiger, aber mit weicher, samtiger Haut. Als ich seine Hände spürte, schien ich mich vor ihm zu verflüssigen, und es brauchte wenig, um mich in Richtung Kabuff zu bekommen, wo ich schon einmal gelegen hatte und wo nichts geschehen war, außer, dass ich nach meiner nächtlichen Steinwurfaktion am See mir selbst fremder gewesen war denn je. Die Erinnerung an diesen beängstigenden Zustand, in dem ich mich noch vor ein paar

Wochen befunden hatte, beschleunigte alles, und auch Gustav schien vor irgendetwas davonzulaufen, das spürte ich, während wir ineinander verflochten auf seinem Bett landeten und nichts mehr wahrnahmen außer uns selbst.

DORA 1943

An einem der Wochenenden vor dem schlimmsten Angriff in der Wöhlerstraße, es war in den Schulferien, packte Dora die Reisesäcke. Sie wollte mit den Jungen nach Essen fahren. Der Vater war einige Tage nicht ans Telefon gegangen. Sicher war es nur wieder wegen einer der vielen Stromausfälle. Aber Dora wollte sowieso längst dorthin, auch, weil die Mutter beiläufig fallen gelassen hatte, sie habe Maritz getroffen. Seitdem die Mutter ihr eine Begegnung mit Maritz einfach verschwiegen hatte, was Dora ihr noch lange nachtrug, mieden beide den Namen der alten Freundin, die Louise Leydecker ohnehin nie hatte leiden können. Der vertraute Name hatte bei Dora eine zugeschlagene Tür geöffnet. Sie wollte nach sehen, ob Maritz immer noch an ihrer alten Adresse wohnte. Für einen Brief war es längst zu spät. Für gesprochene Worte vielleicht noch nicht.

Die Fahrt verlief reibungslos. Und sie fanden Doras Eltern glücklicherweise wohlbehalten in der Wohnung vor. Emil Leydecker, ganz Großpapa, brach mit den Jungen zu einem Spaziergang an der Ruhr auf. Er liebte sie mehr, als er Dora je hatte sagen können. Wie früher trug er seinen Kaiser-Wilhelm-Bart. Er war auch Dora gegenüber etwas zugewandter. Die Mutter hingegen hatte sich eine Förmlichkeit angewöhnt, die alle auf Distanz hielt. Nur manchmal machte sie eine Bemerkung, die daran erinnerte, dass sich unter der Kühle ein starkes Temperament verbarg, unter der Schneekönigin eine Löwin. Hartnäckig trat sie einmal für Rudolf ein, dem Gottfried aus lauter Eifersucht einen vom Großpapa geschenkten Schraubendreher vorenthielt, obwohl für alle außer Ernst Leydecker klar erkennbar war, dass Gottfried nichts damit anfangen konnte. »Willste wohl Bock springen über dein' klein' Schatten!«, raunte Louise Leydecker dem verschreckten Jungen in der Küche zu, wo der Großpapa sie nicht hören konnte. Da erkannte Dora die Mutter, die sich, als Doras Kummer so groß war, so vehement dafür eingesetzt hatte, dass Dora die Kunstschule verließ und eine bürgerliche Ehe einging. Inzwischen war sie ihr fast dankbar dafür.

Am nächsten Tag, als Mutter Louise sich zu einem Mittagsschlaf verabschiedete und der Vater mit den Jungen zum Baldeneysee aufbrach, trat Dora wie früher ganz allein aus dem Haus. Sie stieg die vertrauten Stufen hinunter, ging über den Hof und hinaus, vorbei an der Kastanie, die es immer noch gab. Die Straße und die Gebäude hatten zwar Einschläge abbekommen, aber längst nicht so viele wie die Häuser in Ludwigshafen.

Sie ging erst langsam, dann packte sie die Neugier, und sie lief mutig an gegen ihre gleichzeitige Angst, Maritz wirklich anzutreffen. Wie oft war sie diesen Weg mit ihr gelaufen. Es dauerte nicht lange, da stand Dora direkt vor dem Haus mit dem kleinen Vorgarten. Hier hatte Maritz' Mutter früher versucht, Gemüse anzubauen, es aber bald aufgegeben. Jetzt gab es dort ein kleines, mit Stöcken und Bändern umgrenztes Feld, auf dem tatsächlich etwas wuchs.

Dora öffnete das Törchen, das immer noch quietschte. Niemand war zu sehen, die Rollläden zur Straßenseite hin waren alle heruntergelassen. Nur in einem Raum waren sie offen, vermutlich nur, weil der Laden dort kaputt war.

Da hörte sie hinter sich erneut das Quietschen des Törchens. Erschrocken drehte sie sich um. Da stand Maritz mit einem Jungen, der aussah wie Frantek: mit schwarzem, lockigem Haar, dürr und Maritz überragend, mit langen Armen und dem haargenau gleichen verdutzten Gesichtsausdruck, den Frantek immer hatte, wenn Dora eine ihrer abwegigen Spielideen vorschlug. Diesen

Jungen zu sehen gab ihr einen Stich. An Maritz' Hand aber war noch ein anderer Junge, viel jünger, vielleicht zehn Jahre, das musste Karl sein. Maritz schwieg. Und auch Dora sagte nichts. Sie standen nur wie versteinert da und schauten sich an.

Karl zog zweimal kräftig an Maritz wie an einer Klingelschnur. Die machte sich von ihm los, ging auf Dora zu und streckte ihr tatsächlich die Hand hin. Dora zögerte. Griff dann aber doch zu.

»Karl«, stellte Maritz ihren jüngeren Sohn vor. »Und das ist August.« Sie reichte den Jungen den Korb mit den Einkäufen. »Geht doch schon mal ins Haus. Ich komme gleich nach.«

August schien die Spannung sofort zu erfassen, so tonlos hatte die Mutter noch nie gesprochen. Etwas Seltsames lag in der Luft. Er nahm den Korb und zog seinen kleinen Bruder ohne nachzufragen mit sich.

Dora schaute ihnen nach. Die gleichen Bewegungen wie sein Vater. Der gleiche Blick, als August, der so um die fünfzehn, sechzehn sein dürfte, sich noch einmal nach ihnen umsah, bevor sie im Hausflur verschwanden. Dora musste etwas sagen. Ihr Mund war trocken vor Aufregung. Wie sollte sie die Zunge im Mund bewegen, Buchstaben anstoßen, die Wörter ergaben, einen ganzen Satz?

»Dass du hier bist«, presste sie heraus. »Das Haus sieht so unbewohnt aus.«

»Ist es eigentlich auch.« Maritz' dunkle Stimme klang fast streng. »Meine Eltern sind schon in Castell bei einem meiner Brüder, der dort unterkommen konnte bei Freunden.«

»In Castell?« Dora kannte das große Schloss von einem Ausflug mit Max. »Das liegt bei Würzburg.«

Maritz sah sie lange an. Als würde sie sie prüfen. »Du hast Glück gehabt«, sagte sie. »Morgen wären wir weg gewesen. Mein Bruder hat gesagt, wir können bei ihm wohnen, da ist es sicherer.«

Maritz trug ihr Haar wie sie selbst hochgesteckt. Und beide hatten ein Tuch auf. Sie musste etwas sagen. Musste es ansprechen. Aber wie anfangen?

»Ludwigshafen ist inzwischen auch viel zu gefährlich«, sagte sie. »Wie hier. – Die Fabrik. Wir wohnen ganz in der Nähe, einen Steinwurf weit entfernt.« Dora wich Maritz' Blick aus. »Für Gottfried ist es ganz schlimm.«

»Gottfried«, wiederholte Maritz. »Das ist dein Älterer, oder? Müsste jetzt so alt sein wie Karl.«

Dora nickte. »Maritz«, begann sie. Sie musste es endlich ansprechen. Maritz' Kinder waren noch im Haus. Jeden Augenblick konnten sie wieder herauskommen. »Maritz.« – Wie lange hatte sie diesen Namen nicht mehr ausgesprochen. »Es tut mir so leid.« Sie schaffte es nicht, sie dabei anzusehen. Hinter Maritz kamen Fußgänger vorbei, sie schauten herüber, gingen zum Glück weiter. Dora schaffte es nicht, noch mehr zu sagen.

Da sprach doch wieder Maritz, extra leise. »Nicht vor den Kindern.« Sie sah zum Fenster mit dem hochgezogenen Rollladen. »Sie denken, er sei an einer Lungenentzündung gestorben.«

Dora nickte wieder, sah immer noch an Maritz vorbei. Neben der Laterne auf dem Trottoir hatte Dora einmal zusammen mit Frantek ganz lange auf Maritz gewartet, sie wusste nicht mehr, warum, nur dass es ihnen nicht lange genug gewesen war, so verliebt waren sie gewesen. Sie hob den Kopf, sah zum Haus hin, zu den Fenstern, hinter denen Maritz' Kinder standen. Wie furchtbar das gewesen sein musste. Dora musste etwas darauf sagen. Sie suchte nach den richtigen Worten.

»Gab es niemand anderen? Niemanden, mit dem du darüber sprechen konntest?«

Maritz schüttelte den Kopf, so langsam, als wäre es schwer, zu verneinen. »Zu gefährlich«, sagte sie, »wem hätte ich denn vertrauen sollen? Nur der Familie, immerhin!« Dann hellte sich ihr Gesicht auf einmal auf. »Besuchst du deine Eltern? Geht es ihnen gut?«

Dora nickte.

»Dora.« Maritz sah sie immer noch an, jetzt anders, weicher, aber Dora schaute schnell wieder an ihr vorbei, konnte ihren Blick nicht aushalten. »Dora, es war nicht so, wie du denkst.«

»Ach ja?« Jetzt nickte Dora nicht. Sie spürte den Kloß im Hals. Sie wollte ihn nicht spüren. Sie wollte sich nichts vorstellen. Sie wollte gar nicht mehr an damals denken. Denn obwohl es so lange her war, nagte es an ihr. Manchmal glaubte sie, ihr ganzes Leben und wie es nun war, hatte sich an jenem einen Abend entschieden, als sie Franteks Zimmer verließ und ihren beiden besten Freunden den Rücken kehrte. Dass es das letzte Mal war, dass sie Frantek sehen würde, das hatte sie in diesem Moment nicht geahnt. Sie hatte an nichts gedacht. Sie war ja völlig außer sich gewesen.

Da ging die Haustür auf, und August erschien. Frantek wirklich wie aus dem Gesicht geschnitten, wie er ausgesehen hatte, kurz bevor sie auf die Kunstschule wechselten. Sogar der Flaum über der Oberlippe war da, über den Dora sich immer lustig gemacht hatte.

August fragte, ob sie einen Apfel nehmen dürften. Maritz nickte, und die Haustür fiel wieder ins Schloss.

»Die Ähnlichkeit.« Dora musste schlucken, ihre Stimme war schwergängig. »Sogar die Barthaare.« Sie fasste sich ans Kinn.

Da musste Maritz auf einmal lachen. »Nun ja, Härchen eher! Mal schauen, was da kommen will.« Dann wurde sie wieder ernst. »Das mit der Schwangerschaft. Das hätte dir auch passieren können.«

Immer noch standen sie voreinander. Aber jetzt endlich schaffte es Dora doch, sie anzusehen. Maritz' Gesicht, dessen Fotografie sie vor lauter Wut einmal in tausend kleine Schnipsel zerrissen hatte.

»Dabei wolltest du nie ein Kind«, sagte Dora zu ihr. »Weißt du noch?«

Maritz schüttelte überrascht den Kopf. »Hab ich das einmal gesagt?« Sie griff sich an den Kopf, nahm ihr Tuch vom Haar, schüttelte es. Es war lang geworden. »Ich weiß nur eins: Ich wollte dir nicht wehtun. Ich wollte das wirklich nicht. Aber es ist einfach geschehen.«

Sie hörten die Stimmen der Jungen aus dem Haus. Ein anderer Laden wurde hochgezogen, die Vorhänge zur Seite geschoben.

Karl erschien hinter der Scheibe und winkte ihnen zu. Er versuchte, den Fenstergriff zu erreichen, war aber zu klein dafür. Maritz winkte zurück, und auch Dora winkte jetzt vorsichtig. Dann sahen sie August hinter seinem kleinen Bruder auftauchen und wie er ihn vom Fenster wegzog. Sie sahen, wie er den jüngeren Bruder durchkitzelte und beide lachten.

»Das haben sie von dir«, sagte Dora, »dieses Lachen, das bist du.« Ihr Mund war nicht mehr so trocken wie vorhin. Wenn Maritz sie jetzt umarmen würde, würde sie es zulassen. Sie hoffte sogar, dass es geschehen würde. Das Lachen, die Leichtigkeit, diese Unbeschwertheit! Sie hatten ihr so sehr gefehlt. Mit keinem anderen hatte sie das, schon gar nicht mit Max.

Max war plötzlich ganz weit weg, als gehörte er gar nicht richtig zu ihr. »Max weiß von dir«, sagte Dora, »aber nichts von Frantek. Ich, ich …«

»Du hast ihm nie von ihm erzählt?« Maritz stand der Mund offen.

»Ich wollte nicht. Ich – konnte nicht!« Dora sank in sich zusammen, wurde kleiner und kleiner.

Maritz legte einen Finger auf den Mund. »Kein Wort soll je über meine Lippen kommen. Aber warum hast du dich nie gemeldet? Wenigstens eine Postkarte, eine Zeile? Ich hätte dich so dringend gebraucht!«

Dora fühlte sich so unwohl, so ertappt. Maritz hatte ja recht. Sie hatte so recht! Dora hatte alles falsch gemacht. Was sollte sie dazu sagen? Ja, Maritz hatte ihr geschrieben. Nein, sie hatte nicht geantwortet, und sie hatte ihr auch nicht beigestanden in der Not.

»Warst du immer noch so böse auf mich? Nach so langer Zeit?« Maritz pflückte eine der Tomaten aus dem Beet. »Für dich.« Sie reichte sie ihr auf der formvollendet ausgestreckten Hand und machte eine Verbeugung. Fehlte noch der Chapeau Claque, und Dora hätte geglaubt, die junge Maritz wäre wiederauferstanden.

Aber diesmal sah Dora sie genauer an, registrierte die feinen Linien, die Spuren der letzten Jahre, die Maritz durchgemacht hatte.

Dora ließ die Tomate in ihre andere Hand rollen. »Ich weiß nicht, warum ich mich nicht gemeldet habe«, antwortete sie.

Sie dachte an die Albträume, in denen Maritz an die Fensterscheibe geklopft hatte; an all die Monate, in denen Maritz ihr einfach entfallen war, in den Friedens- und Kriegszeiten und als die Jungen noch klein waren und sie so beanspruchten. Was nur hatte sie daran gehindert, ihr zu schreiben? Etwa immer noch Eifersucht? Spätestens nach dem Eintreffen der Todesnachricht hätte sie die hinter sich lassen müssen.

»Erst war ich zu wütend auf dich«, sagte sie. »Dann war es zu spät.« Ihre Finger umschlossen die Tomate.

»Kommt doch nach Castell«, sagte Maritz jetzt auf einmal. »Es gibt dort noch ein Zimmer. Ich könnte meinen Bruder fragen.«

Dora bebte vor Anspannung. Aber Maritz nickte zur Bekräftigung, so wie früher, wenn sie ihr Kuchen von der Mutter anbot und nicht aufgab, bis Dora zugriff.

Entschuldigung, flüsterte es erneut in Doras Kopf. Entschuldigung. Und noch einmal: Entschuldigung. – Ein Wort. Vier Silben. So schwer auszusprechen.

Und endlich kam es ihr doch über die Lippen:

»Entschuldigung.«

Maritz zwinkerte ihr zu. Dora merkte, wie ihr leichter wurde. Sie war angekommen. Sie war bei Maritz, die sie nie hätte verlassen dürfen. Auf einmal wollte sie alles von ihr wissen. Wie Maritz' Eltern reagiert hatten, wie Frantek und Maritz auf die Namen gekommen waren, auf August und Karl. Wo sie untergekommen waren. Wie es Frantek als Lehrer an die Kunstschule geschafft hatte. Und ob Maritz dort noch den Abschluss gemacht hatte. Wie es weitergegangen war. Wann die Entscheidung gefallen war für noch ein Kind. Oder ob auch das »nur geschehen« war.

Sie wollte alles wissen – nur nicht, wie Frantek wirklich gestorben war.

Zum Abschied gaben sie sich die Hand wie beim allerersten Mal. Dora wollte schon gehen. Da war es Maritz, die ihre Hand nicht losließ, die sie heranzog, damit sie sie umarmen konnte. Dora ließ es geschehen, legte ihre Arme vorsichtig um Maritz, als könnte sie es noch gar nicht glauben, dass die ihr verzieh.

»Du hast ihn auch verloren«, hörte sie da Maritz sagen. Und es war, als wollte ein Damm brechen.

ISA 2014

Gustav erzählte, ein Brief für mich sei fälschlicherweise bei ihm gelandet. Er habe ihn bei mir eingeworfen. Ob wir heute Abend zusammen kochen wollten?

»Ich hatte überlegt, dass ich dir was aus den Texten vorlese, die ich noch von meinem Vater habe«, sagte ich nach dem Abendessen und nahm auf dem Sessel in Gustavs Wohnung Platz.

»Welche Texte?«, fragte Gustav überrascht. Er nahm Teeschalen aus dem Schrank. Diese Ebene seiner Wohnung schien zwar spiegelgleich zu meiner. Aber sie wirkte lichter, trotz der alten Masken an den Wänden. Ich griff nach einer Pfeife, die auf einer Art Holzschaukel lag. Sie hatte hübsche Einlegemuster aus andersfarbigem Holz. »Rauchst du die auch?«

»Hin und wieder.« Er füllte Wasser in die untere Kanne seines Samowars. »Wenn ich an meinen Vater denke. Der hat immer nur Pfeife geraucht.«

»Lebt er noch?« Ich legte die Pfeife vorsichtig auf die Halterung zurück.

»Nein. Schon lange gestorben.« Gustav lehnte an der Küchenzeile gegenüber dem Herd und schaute mich erwartungsvoll an. »Aber mein Vater ist unwichtig. Wir wollten von *deinem* Vater reden.«

Ich hatte mich so sehr daran gewöhnt, dass er Fragen zu seiner Familie abwehrte, dass ich es dabei beließ und seiner Einladung folgte.

»Okay«, begann ich. »Also …« Ich kramte die Texte aus meiner Umhängetasche, vergilbte Seiten zwischen festem Einband.

»Also was?« Das Brodeln des Samowars wurde lauter.

»Ich hab dir ja schon erzählt, dass mein Vater mal Schriftsteller werden wollte, in seinen kühnen Jungsfantasien, als er so fünfzehn, sechzehn, siebzehn war.«

»Erinnere ich mich. Wollten wir doch alle mal.« Gustav stellte ein Döschen mit Zucker auf ein kleines Tablett und arrangierte Tassen und Löffel dazu. »Und dann ist er stattdessen so ein trockener, langweiliger Jurist geworden.« Er klang etwas belustigt. »Mit dem du ziemlich zu kämpfen hattest.« Das Wasser begann leise zu surren. »Weshalb du jetzt unbedingt wissen willst, woher das alles kommt. Wer Schuld hat und so weiter. Wie es gewesen sein könnte. Und …«, er ließ seinen Worten Zeit, damit sie besser wirkten, »und ob nicht vielleicht auch etwas Gutes an deinem Vater war.«

Er schaltete den Samowar aus, goss kochendes Wasser zum Teesud, füllte die Tassen und trug alles zu meinem Sessel. Mit einem tiefen, wohligen Seufzer ließ er sich auf seinen Sessel fallen und nippte am Tee. »Ich bin ganz Ohr.«

Ein etwas entspannterer Blick aus der Distanz, so, wie Gustav die Dinge sah, konnte nicht schaden.

»Mein Vater schrieb wirklich eine ganze Menge. Lauter ziemlich überladene Texte. Schön säuberlich mit Schreibmaschine getippt, alle zu einem Buch gebunden.«

»Und er hat dir nie davon erzählt?«, fragte Gustav.

»Nein, er hat sich später furchtbar für seine poetischen Ergüsse geschämt. Diese romantische Ader, die hat er nicht mehr an sich gelten lassen.«

»Wie schade«, sagte Gustav und machte es sich in seinem Sessel bequem.

Ich begann mit dem Gedicht über das Karussell, das mein Vater mit fünfzehn geschrieben hatte, offenbar gedacht als Parabel auf den Kreislauf von Leben und Tod. Ich schloss mit der seltsamen Geschichte über das Geschwisterpaar Aude und Astarte, die er

1948 mit siebzehn geschrieben hatte. Sie hieß »Kinderkreuzzug« und erzählte von zwei Kindern, die unbeschwert und fröhlich mit einer Harfe musizierend durchs Land ziehen. Als sie aber erkennen, dass die Harfe zunehmend ungestimmt und falsch klingt, packt sie der Wahn. Auch hier scheint es um ein Gleichnis zu gehen; um Kinder, die genau in dem Moment verrückt werden, als sie »Bewusstsein« über sich erlangen.

»Ob er damit ausdrücken wollte, dass Bewusstsein gefährlich ist?«, fragte Gustav.

»Er war jedenfalls sehr grüblerisch unterwegs«, sagte ich.

»Es wäre sicher zu viel, zu sagen, dass er hier die Unschuld der Kinder betonte?«

»Keine Ahnung«, sagte ich, »warum?«

»Eine Entlastungsgeschichte vielleicht?«, überlegte Gustav. »Nach der braunen Erziehung, für die er sich vielleicht schämte?«

»Jedenfalls gefällt mir die Geschichte, weil eine Harfe darin vorkommt«, sagte ich.

Gustav lachte. »Du hast lustige Auswahlkriterien! Du solltest in eine Jury gehen, die die Qualität von Geschichten beurteilt. – Kriterium: Es müssen besondere Instrumente vorkommen.«

Er bedankte sich für die kleine Lesung. Dann stand er auf, nahm mir das ockerfarbene Buch mit den Texten meines Vaters aus der Hand und legte es auf das kleine Tischchen neben meinem Sessel. Ein paarmal strich er behutsam darüber, dann nahm er ein anderes Buch und legte es auf das Buch meines Vaters, fast so, als müsste mein Vater jetzt wegschauen, damit ich mich besser entspannte.

In Gustavs Bett kam es mir für verwirrende Momente so vor, als hielte ich Paul im Arm. Mein Gewissen hatte ich die ersten Male erfolgreich zum Schweigen bringen können – mit der vagen Konstruktion, dass nach Pauls Affäre auch mir etwas »zustehe«. Jetzt aber suchten sich die Erinnerungen mahnend ihren Weg an die Oberfläche. Wie Paul und ich danach immer hinaustraten, egal, wo und wie kalt es war, das war lange Zeit unser Ritual – eine von Pauls Ideen noch aus der Frühzeit unserer Beziehung. Erst versuchte ich die Erinnerungen wegzudrängen, dann gab ich auf und war überrascht, dass beides gleichzeitig möglich war: mit Gustav schlafen und an Paul denken.

Später in meiner Wohnung wurde ich von Musik überrascht. Ich hatte wohl vergessen, sie beim Weggehen auszustellen. Debussy, »Clair de Lune«, lief in einer Dauerschleife. Als mein Vater in der kreativsten Phase seines Lebens war, wollte er schreiben, wie Komponisten komponierten. »Versuche, in den metaphorisch freien Stil Claude Debussys zu kommen«, notierte er kühn, was nicht ganz zu klappen schien: »Rutsch immer in den Hindemith.« Formen und Systeme gaben ihm Halt in seiner plötzlich so haltlos gewordenen Welt. Aber längst kein Selbstwertgefühl. »Habe alles satt, vor allem meinen Stil, egal, welchen ich schreibe, ich habe ihn satt, weil er von mir stammt«, notierte er nach einer längeren Eintragspause.

Auch ich brauchte unbedingt eine Pause von den toten Verwandten. »Berührungsscham«, hatte mich Gustav einmal gewarnt. »Wenn die Verwandten Schlange stehen, sollte man die Flucht ergreifen.« Vielleicht hatte er recht, und wir brauchten den Umweg über die Vorfahren gar nicht, um unsere eigenen Leben zu ordnen.

Da fiel mir der Brief wieder ein, der fälschlicherweise bei Gustav gelandet war. Ich fühlte ihn in meiner Manteltasche, als ich noch einmal an die Luft hinausging. Es war kühl geworden. Die Bäume standen mit beneidenswerter Selbstverständlichkeit an ihrem Platz. Der Brief war kantig, als wäre ein kleines Büchlein darin. Er kam von meiner Mutter, die ich gebeten hatte, mir aufzuschreiben, was sie über die Kriegserlebnisse meines Vaters wusste. Ich setzte mich auf eine Bank und öffnete den Umschlag. Ich sah meine Mutter vor mir, wie sie nachdachte und mit Füller das wenige aufschrieb, das mein Vater ihr erzählt hatte: wie er Leichen hatte abtransportieren müssen, direkt im Waldgebiet hinter seiner Schule. Wie er unter einer Leiche liegend einen Angriff überstand. Wie sich sein Schuldirektor vor seinen Augen eine Kugel durch den Kopf schoss.

Erst nachdem ich den Brief meiner Mutter zu Ende gelesen hatte, zog ich auch das kleine, quadratische Büchlein aus dem Umschlag – und wusste plötzlich ganz genau, was es war und dass ich es schon einmal in der Hand gehabt hatte. Wann war das gewesen? Und wieso hatte es mich damals nicht interessiert?

Ich kam mir vor, als hielte ich etwas Verbotenes in der Hand. Ohne es aufzuschlagen, lief ich in die Wohnung zurück und rief meine Mutter an.

»Isa!« Meine Mutter klang außer Atem.

»Habe ich dich von etwas weggeholt?«, fragte ich.

»Nein, nein, ganz und gar nicht, ich freue mich, dass du anrufst. Ich hatte sogar darauf gewartet!«

»Darauf gewartet?«

»Ist denn mein Brief angekommen?«

»Ist er«, sagte ich.

»Gut.« Ich hörte sie beruhigt seufzen. »Warte, ich setze mich.«

Ich sah sie vor mir, wie sie sich an den Esstisch setzte, zu ihren vielen Zeitungen. Seit sie allein war, saß sie lieber dort als im Wohnzimmer. Früher hatte sie ihr eigenes Arbeitszimmer gehabt, und die Tür musste stets geschlossen sein, damit sie sich besser sammeln konnte. Seit dem Tod meines Vaters wurde sie von niemandem gestört und musste auf niemanden mehr Rücksicht nehmen.

»Wo hast du das her?«, fragte ich.

»Gefunden«, sagte sie.

»Wann?«

»Ach, ich weiß nicht, ist schon länger her.«

»Aber warum hast du es mir dann erst jetzt geschickt?«

Auf dem Lederumschlag war der Name meines Vaters eingraviert, in feiner, weißer Schrift.

»Ich dachte, jetzt wäre es an der Zeit.«

Darauf sagte ich nichts. Ich ärgerte mich, dass sie es mir offenbar nicht früher zugetraut hatte.

»Hast du es denn gelesen?«, fragte sie.

»Es ist von dieser Schule, oder?« Ich setzte mich auch.

»Ach Isa!« Die Stimme meiner Mutter klang erstaunlich mitfühlend. »Nimm das doch nicht alles so schwer!«

Ich richtete mich auf. »Napola. – Das ist doch so eine braune Eliteschule gewesen. Klingt furchtbar.«

Wie klein ich plötzlich war, dass ich es nicht aushielt, von Dingen, die ich nicht wissen wollte, etwas zu hören.

»Ihr müsst euch damit beschäftigen. Wo wir es schon nicht getan haben.« Wie klar sie auf einmal war! »Weißt du denn, dass ich dir das Tagebuch schon einmal gezeigt hatte?«

Ich wendete es in meiner Hand. Deshalb war es mir so bekannt vorgekommen.

»Kurz nach Papas Tod. Du warst von euch dreien am meisten schockiert. Als hätten wir dir etwas kaputt gemacht.«

Ich versuchte mich daran zu erinnern. Aber es blieb nur wie vorhin das Gefühl, dass ich dieses Büchlein tatsächlich schon einmal in den Händen gehalten hatte.

»Und die Kriegserlebnisse von Papa, die kanntest du doch schon alle, oder?«

Ich dachte angestrengt nach. Mir fiel nichts ein. Aber irgendwann meinte ich mir doch einzubilden, dass mein Vater mir das mit dem Schulleiter erzählt hatte, der sich vor seinen Augen eine Kugel in den Kopf geschossen hatte. Das hatte er mir sogar vorgemacht und dabei gespenstisch weit die Augen aufgerissen. Nur hatte ich ihm das nicht geglaubt, weil er so oft übertrieb. Oder es so furchtbar gefunden, dass ich es sofort wieder vergaß.

»Stimmen die?«, fragte ich.

»Kann keiner so genau sagen. Eigentlich waren die Flakhelfer andere Jahrgänge. Die fünfzehn, sechzehn Jahre alt waren. Die 1927er. Da fiel er ja mit Jahrgang 1931 raus. Aber es wurden in den letzten Kriegstagen auch Jüngere mit einbezogen für andere Aufgaben.«

Ich zog den kleinen Bleistift heraus, der in der abgegriffenen Lederschlaufe steckte, grob mit einem Messer gespitzt. Dann schlug ich das Tagebuch auf und las ein Datum: 1943.

»Dann war er zwölf, als er auf die Napola kam. Aber warum?«

»Find's heraus. Ich weiß es selbst nicht so genau. Gesagt wurde immer, es war wegen der vielen Bombenangriffe rund um die Fabrik und weil alle anderen Schulen schon voll waren mit Kindern, die raus sollten aus dem Gebiet. – Und dass sie ihn gleich wieder nach ein paar Monaten heruntergenommen hatten. Dass sie ihn angeblich an einem der Heimfahrtage nicht mehr zurückschickten und seine Schuluniform verbrannten.«

»Verbrannt?«

»So hieß es immer.« Meine Mutter lief mit dem Telefon durchs Haus. »Du, Isa, ich muss jetzt Schluss machen. Bin hier am Sortieren. Wollte nur eben wissen, ob mein Brief mit dem Tagebuch angekommen ist.«

Verblüfft verabschiedete ich mich. Sonst beendete eher ich die Gespräche.

Ich kochte mir eine große Kanne schwarzen Tee und nahm mir das Büchlein vor, das schon vor dem Eintritt in diese Schule begann. Ich wollte die Stimme dieses Jungen hören, der mein Vater werden würde – und nicht nur die der Historiker. Ich wollte wissen, was Gottfried Schubert aufschreibenswert fand und ob sich etwas änderte, als er auf die Napola wechselte, die er den Eintragungen zufolge nach etwa einem Dreivierteljahr schon wieder verließ. Seine Notate waren karg und erwartungsgemäß erlebnisorientiert. Der Schulwechsel machte sich nur durch die neuen Erfahrungen bemerkbar. Sie änderten aber nicht seinen Stil. Umso mehr trafen mich die wenigen Sätze, in denen hinter dem Erlebten doch eine Spur Heimweh erkennbar war – verhüllt wie in folgender Notiz:

Wir hatten Besuchssonntag. Beim Mittagessen hatten wir alle unsere Eltern zwischen uns genommen und mit ihnen zu Mittag gegessen. Meine Eltern waren auch da. Nach dem Essen spielten wir zu sechst Flöte vor und die 1. Singschar sang dazu.

Man konnte seine Eltern einfach *zwischen* sich nehmen. Das war eine wunderbare Formulierung. Über siebzig Jahre später war ich meinem Vater dankbar dafür.

TEIL DREI

GOTTFRIED 1943–1944

Die Bettdecke hatte Gottfried bis hoch zum Kinn gezogen. Sie kratzte und stank, ganz anders als das Plumeau mit Blumenmuster, das er auf Besuch bei Tante Maritz bekommen hatte. Dort war es auch viel wärmer gewesen als hier im Schülerheim, in dem sich jeder Junge mit so einer dünnen Decke begnügen musste. Die Kälte kroch durch das Leinen, und Gottfried wälzte sich unruhig von einer Seite auf die andere.

Seit September war er auf der Schule am Donnersberg. Der »Berg der Berge« in der Nordpfalz trug ihn durch sein dreizehntes Lebensjahr. Der Vater hatte erzählt, dass der Berg lebe. Er bestehe aus Porphyr, einem vulkanischen Gestein. Doch als Gottfried an einem der ersten Tage in der Anstalt einem Jungen beim Marsch durch den Wald davon erzählte, wurde er nur ausgelacht. »Vulkangestein. A-ha.« Er hatte den Rest der langen Wanderung nichts mehr zu dem Jungen gesagt und nachts nur gegrübelt, statt zu schlafen.

So wie jetzt. Mal lag das eine Ohr auf dem Kissen, mal das andere Ohr. Immer konnte er Horst im Bett neben sich schnaufen hören wie ein Ross. Der atmete ganz anders als sein kleiner Bruder Rudolf. Es war ja auch nicht Rudolf. Es war Horst, den er gestern bei der Schießübung mit einer Grimasse zum Lachen gebracht hatte, so sehr, dass Horst gar nicht mehr aufhören konnte zu lachen und deshalb von Sportlehrer Blecker bei der anschließenden Leichtathletik einige Extrarunden um die Bahn gejagt wurde. Der dicke Horst lief noch, als Gottfried mit den anderen Jungen längst wieder Richtung Schule marschiert war. Ein kreiselnder Punkt, der immer kleiner wurde. Und immer langsamer.

Dann dachte Gottfried an zu Hause, was das Einschlafen auch nicht gerade leichter machte. Die Mutter hatte heute geschrieben, dass sein langer Brief wohl nicht mehr ankommen würde. Nie mehr. Weil das Postamt in Ludwigshafen abgebrannt war. Dabei hatte er sich extra viel Mühe gegeben beim Schreiben. Gottfried sah die Mutter vor sich, wie sie sich am letzten Abend zu ihm hinuntergebeugt und ihm wie immer ihren Kuss auf die Stirn gedrückt hatte. Ihren Geruch vergaß er nie, er wäre jetzt so viel besser als der Geruch dieser muffigen Decke. »Ein echter Mann« werde er hier auf der neuen Schule, hatte sie versprochen. Aber nur, wenn er gut mitmache. Was er sich unter einem »echten Mann« vorzustellen hatte? Sicherlich niemanden, der ständig nur an zu Hause dachte, anstatt zu schlafen.

Jetzt zuckte Horst im Bett neben ihm wie Ajax, wenn er träumte. Ajax war der Hund vom Nachbarn Vogt. Gottfried vermisste Ajax und sein weiches Fell jetzt so sehr, dass an Schlaf überhaupt nicht mehr zu denken war. Er starrte in die Dämmerung. Der Schlafsaal war sehr groß. Durch das Fenster schien der Mond und warf die Schatten der mächtigen Bäume an die Wand, mit Ästen wie Fangarme. Die Doppelstockbetten standen dicht beieinander in Reih und Glied. Zum Glück schlief er unten. Ob er aufstehen sollte und an Horst rütteln, damit der wach würde? Lieber nicht. Wenn genau in dem Moment der Aufpasser einträt, bekäme Gottfried sicher Ärger.

Einige Zeilen aus Muttis Brief kannte er schon fast auswendig. Er hatte sie sich heute beim Rundenlaufen ständig vorgesagt, damit das Laufen nicht so anstrengend war. Lieber hätte er die englischen Vokabeln aufsagen sollen. Die konnte er sich einfach nicht merken. Ob das überhaupt richtiges Englisch war, was der Lehrer da sprach? Es klang ganz anders als das Englische, das Gottfried einmal bei Tante Maritz' Bruder in Castell im Radio gehört hatte. Gottfried warf sich noch einmal auf die andere Seite und dachte an Muttis Brief.

In Ludwigshafen und Mannheim sieht es böse aus. Fast alle Straßen vor allem wieder in der Südstadt sind vernichtet. Deine Schule übrigens auch. Wir haben mal wieder sehr viel Glück. In der Wöhlerstraße gab es einige Brände, die aber alle nicht so schlimm waren wie in der Stadt. In unserem Haus brannte es auf dem Dachboden in Annas Zimmer und meinem Ankleidezimmer. Wir haben die ganze Nacht mit einer Spritze, die von der Fabrik eingesetzt wurde, gelöscht. Das Wasser lief die Treppe herunter und tropfte durch alle Decken und Wände. Und jetzt ist alles noch schrecklich schmutzig und ungemütlich bei uns. Sei froh, dass Du fort bist.

Sie klopfte sicher wieder auf Holz. Das tat sie immer, wenn sie betete, dass alles gut bliebe. »Ein Dutzend Jahre alt und schon ein richtiger Jung«, hatte der Vati noch unter den Brief geschrieben. Er schrieb nie mehr als einen Satz. Dass Gottfried auf dem Weg war zum »echten« Mann, das hatte er wohl gar nicht mitbekommen.

Da hörte Gottfried das schleifende Geräusch der schweren Eingangstür. Stiefel donnerten auf den Boden. Er hielt den Atem an. Sicher die Stiefel von Blecker. Der kam neuerdings zusätzlich zum Jungmann vom Dienst zum Nachkontrollieren, ob alle schliefen. Bloß jetzt nicht rühren. Gottfried hörte ihn durch den Saal schreiten. Gleich würde er auch an seinem Bett vorbeikommen. Er mochte den Blecker nicht. Schritt für Schritt maß er die Betten ab, und sicher zupfte er dabei hier und da an den Decken herum, weil der immer an irgendetwas herumfingerte. Gottfried hatte gesehen, wie er heute an Horsts wackelnder Uniform herumgezupft hatte und schrie: »Strafdienst! Zwanzig Runden mehr!« Und Horst hatte immer weitergewackelt, weil der ja so lachen musste, der Arme. Der konnte sich nicht mal die Hand vor den Mund halten, weil er strammstehen sollte.

Als der Blecker den Schlafsaal wieder verlassen hatte, stellte sich Gottfried vor, Horst wäre Rudolf. Der Gedanke half. Gottfried lag unbeweglich wie ein Toter und schlief endlich ein.

Am nächsten Morgen wurde Gottfried noch vor der Glocke von einem leisen Wimmern wach. Der dicke Horst saß auf seiner Bettkante, hatte seine Decke zurückgeschlagen und wimmerte. Was war denn mit dem passiert? Dann ging alles ganz schnell. Decken lüften, waschen, anziehen, Betten bauen, Kontrolle und ab in den Hof zur Flaggenparade, danach endlich Einrücken in den Speisesaal zum Frühstück.

Noch vor Unterrichtsbeginn bekam Gottfried eine Postkarte von Rudolf. Zum Lesen verzog er sich in eine Ecke hinter den Klosetts. Rudolfs Schrift war ein zitterndes Riesengebirge und spannte sich quer über die Karte. Natürlich hatte er wieder über die Linie geschrieben. Letztes Mal hatte er von seiner neuen Schildkröte erzählt, die ihm Gottfried neidete. Und heute?

Castell, 15. September 43

Lieber Gottfried! Wie geht es Dir? Gestern fuhr ich mit Mutti nach Castell. Der Fesselballon war da. Morgen gehe ich in Castell zur Schule. Ich habe für Dein Rad ein neues Schloss. Hier ist es sehr schön. Viele herzliche Grüße von Deinem Rudolf

Der hatte es gut, dieser Sauhund. Der sah jetzt Tante Maritz, die lustige Freundin von Mutti, viel öfter als er selbst. Nachts träumte Gottfried vom großen Fesselballon und Rudolfs neuer Schildkröte. Die Schildkröte wollte ausreißen, aber Vati fütterte sie im Traum mit Salatblättern, die immer größer wurden, bis die Schildkröte ganz unter den Salatblättern begraben war.

Am nächsten Morgen nahm sich Gottfried vor, die Mutter im Brief nach dem Fesselballon zu fragen, den er auch schon mal gesehen hatte. Der Fesselballon sei vom Militär und kundschafte die Lage aus, hatte die Mutter gesagt. Er fand ihn herrschaftlich, obwohl der Ballon nur mit heißer Luft gefüllt war. Und das konnte eigentlich nichts Gutes sein. »Du reddst ja nur heiße Luft!«, pflegte der Vati extra pfälzischer zu sagen, als er sonst sprach, wenn Gottfried herumdruckste und um den heißen Brei herumredete. Da hielt er lieber wieder den Mund.

Nur Rudolf wies er gerne zurecht.

Lieber Rudolf!

Eben habe ich Deine schöne Karte erhalten. Herzlichen Dank. Vorhin haben wir Appell gehabt. Mutti hat mir geschrieben, dass Du jetzt vier Wochen Ferien hattest.

Da lernst Du aber gar nichts. Wir werden hier arg geschwemst. Nachher haben wir Strafdienst und dann Schleuderball-Weitwurf. Wir haben jetzt ganz neue N.P.E.A.-Uniformen bekommen. Sie haben auf beiden Seiten silberne Achselklappen, wo mit großen goldenen Buchstaben N.P.E.A. draufsteht. In acht Tagen dürfen wir von freitags bis Montagabend heimfahren. Ich freue mich schon sehr darauf. Meine Adresse heißt Nationalpolitische Erziehungsanstalt Weierhof bei Marnheim. Ich freue mich schon sehr auf Deinen nächsten Brief.

Herzliche Grüße an Dich, Tante Maritz, Karl und August
Dein Gottfried

Heute stand Weitsprung auf dem Programm. Der Turnplatz hinter dem Schotterfeld knatschte vom Regen der letzten Tage. Die Jungen von Gottfrieds Sektion rutschten oft weg. Auf der Laufbahn standen die Pfützen so hoch, dass das Wasser spritzte, als die Gruppe in einer vorbildlich geordneten Einerschlange bei den Lockerungsübungen durchlief. – Wehrertüchtigung diesmal zum Glück nicht mit Blecker, sondern mit Huber, dem Klassenlehrer, der gleich am allerersten Tag jeden Schüler, der ihn nicht mit »Zugführer« ansprach, in die Ecke gestellt hatte, bis es auch der Letzte verstanden hatte.

»Hoch!« Huber spitzte den Mund.

»Quer!« Huber spitzte abermals den Mund.

»Und jetzt mit den Ar-men krei-sen!« Huber machte dramatische Pausen hinter jeder Silbe und spornte sie an zum Dauerlauf. Gottfried war einer von den Letzten. Aber noch weiter hinten lief ein Junge, der ihn bisher beim Frühstück immer links liegen gelassen hatte. Plötzlich aber schien er sich für Gottfried zu interessieren. Erst dachte Gottfried, er wolle ihm etwas sagen, weil er ihn mehrmals leise »He, du, he!« rufen hörte. Dann spürte er eine leichte Berührung auf seiner Schulter, wagte aber nicht, sich umzudrehen. Als Huber mal kurz in die andere Richtung schaute, drehte sich Gottfried doch um – und schon war es passiert. Ausgerechnet beim Huber, der auch Deutsch gab und dem er unbedingt gefallen wollte. Es ging so schnell, da lag Gottfried schon, und die Letzten der Gruppe fielen fast auf ihn drauf. Er wusste gar nicht, ob er über seine eigenen Füße gestolpert war oder ob ihm jemand ein lang gestrecktes Bein dazwischengegrätscht hatte. Er hatte noch das satte Grinsen des Jungen bemerkt. Gottfried nannte ihn für sich kurzerhand »Jorgatz«, weil er blond war wie der Junge aus seinem Buch *Der kleine Jorgatz*.

»Was los?«, schrie Huber. Die vordere Abteilung war einfach weitergelaufen, als wäre nichts geschehen. Der Schlangenschwanz gestaltete sich als ungeordnetes Grüppchen. Zwischen Vorderen und Hinteren wuchs das Loch, sodass Huber den flinken Läufern hinterherrufen musste, was seine Stimme kaum hergab, seine Lunge aber schon: Der schrille Pfiff, allgemein als der »Huberpfiff« bekannt, schnellte wie ein Pfeil zur Vorhut. Endlich reagierten die Jungen und kamen zurückgelaufen.

Der Jorgatz schaute wie ein Unschuldslamm, als Huber der Reihe nach alle Jungen mit seinem Zeigefinger aufpikte, während er immer die gleiche Frage wiederholte: »Warst du's? Hast du ihm ein Bein gestellt?« Aber niemand gestand. »Ich kenn euch, ihr Lümmel!«

Gottfried hievte sich hoch, blickte abwechselnd auf die schwitzenden Gesichter seiner Kameraden und sein Schienbein, auf dem schon eine Beule wuchs. Dann nahm Huber ihn ins Visier: »Oder bist du nur ein oller Schussel? Nichts in den Beinen? Aber alles im Kopf?«

Gottfried wurde heiß und kalt. Ausgerechnet bei Huber! Er wäre am liebsten ganz weit davongelaufen, bis über die weißen Grenzlinien des Turnplatzes hinaus und weiter, immer weiter, in den Tannenwald hinein, den er über Hubers Kopf dunkel emporwachsen sah. Er brachte kein Wort heraus. Die Wut kochte in ihm, während sein Schienbein dick anschwoll.

Als immer noch niemand etwas sagte, entschied Huber, die Strategie zu ändern. Sollten sie doch alle zur Hölle fahren. Um elf Uhr würde der Gauleiter vor ihm stehen und sehen wollen, was dran war an den Jungen seines Zugs. Da konnte er sich nicht mit Schwächlingen aufhalten, die über ihre eigenen Beine stolperten. Gottfried – ja, so hieß er, erinnerte sich Huber, und er sagte es laut: »Gottfried.«

Der Junge schaute auf. Hatte ein rotes Gesicht. Träger Kerl und einer der Kleineren. Huber war ja auch einmal jung gewesen und hatte ganz schön was einstecken müssen.

»Gottfried also.«

Gottfried schwieg, und alle schauten gespannt auf Lehrer Huber.

»Strammstehen!«, sagte er mit Nachdruck, und mit dem Befehl schien er selbst einen Stock verschluckt zu haben, der ihn aufrichtete bis in den Scheitel seines schütteren Haars hinauf. Huber war schon lange Lehrer auf der Schule am Donnersberg. Fester Bestandteil der Lehranstalt, schon als diese noch mennonitisch gewesen war. Ha! Pazifisten! Das waren die Mennoniten schon früher eigentlich nie gewesen – so sehr, wie sie schon immer das Nationale verteidigten. Und jetzt? – Man musste eben mit der Zeit gehen, dem Feind selbstbewusst entgegentreten, nicht duckmäusern. Huber war einer der Ersten im bereinigten 33er Kollegium, der einsah, dass die christliche Grundhaltung überholt war und man sich nicht länger dem Dienst an der Waffe entziehen konnte. Sein Credo war das Credo seines Vorredners bei der Kuratoriumsversammlung gewesen, und sie hatten es dann ja auch schriftlich genauso festgehalten: »Wir haben im Einsatz für Volk und Vaterland mit Leib und Leben die Bewährung der größten Liebe zu sehen, die wir unserem Volk schulden.«

Mit Leib und Leben. Huber überlegte, wie er nun mit dem Leib dieses Gottfrieds verfahren sollte. Und da fiel ihm an diesem trüben Schulvormittag ein, was Heinrich Himmler einmal über die Mennoniten gesagt hatte, als die partout auf ihrem Eid beharrten, keinen Dienst an der Waffe zu leisten: »Über diesen Strohhalm werden wir nicht stolpern.« Und so wollte Huber am heutigen Tag, an dem der Besuch des Gauleiters erwartet wurde, auch nicht über den Strohhalm Gottfried stolpern und drückte ein Auge zu.

»Lappalien!«, rief er vor den überraschten Gesichtern seiner kleinen Jungmanngarde aus und schubste den einen oder den anderen mit leicht angeekeltem Blick wie eine Meute Unberührbarer in Richtung der Hürden, die schon für die nächste Vormittags-übung bereitstanden.

Gottfried atmete erleichtert auf. Huber mochte ihn! – »Alles im Kopf!« – Hatte er das nicht eben gesagt?

Wenn Huber erst wüsste, was tatsächlich so alles in seinem Kopf vor sich ging! Gottfried wollte es ihm gern zeigen. Nicht beim Sport, aber in der Deutschstunde. Er guckte triumphierend zum kleinen Jorgatz, der seinem Blick auswich und sich unbeteiligt in Bewegung setzte, ein aufgeblasener blasser Kerl, vor dem er sich künftig in Acht nehmen wollte. Gottfried ballte seine Hände zu Fäusten und arbeitete so heftig mit dem Kiefer, dass er beim Lau-fen aus Versehen auf die Zunge biss. Der neue Schmerz erinnerte ihn an sein Schienbein, das sich wieder meldete. Doch mit jedem Schritt schob er den Schmerz mehr beiseite. Diesen Triumph wollte er Jorgatz nicht gönnen. Und später, als der Gauleiter sie begrüßte und sie auf Treue, Gehorsam und Opferbereitschaft einschwor, hatte Gottfried den Schmerz so weit unter Kontrolle gebracht, dass er sich erst wieder abends, als er das dicke Horn befühlte, bemerkbar machte.

Nachts musste Gottfried auf die Toilette. Als er aufstehen wollte, fuhr der Schmerz bis in den Oberschenkel, dass er gar nicht gehen konnte. Beim zweiten Versuch klappte es schon besser. Leise schlich er an Horst vorbei, doch die Bodendielen knarrten, und Horst saß ganz plötzlich kerzengerade in seinem Bett, starrte in die

Dunkelheit und sagte laut und vernehmlich: »Was machst du? Was höre ich?«

Dann sank er wieder zurück in den Schlaf. Gespenstisch war das.

Der Saal beherbergte lauter Jungen, die Gottfried fremd blieben in diesen ersten Wochen, da er Rudolf so stolz von der Uniform geschrieben hatte. Sie lag fein säuberlich auf Kanten und Falten auf dem kleinen Metallhocker neben seinem Bett, bereit für morgen früh.

Aber als um sechs Uhr die Glocke ertönte, merkte Gottfried bald, dass er etwas falsch verstanden hatte. Die Uniform musste, wie jeden der vorigen Tage auch, im Spind verstaut sein. Niemand hatte seine wie er auf dem Hocker liegen. Es war zu spät, und Gottfried konnte sich nur noch schnell vor dem Hocker aufstellen und unauffällig in die Knie gehen, um das Kleidungsstück über den Rand des Hockers zu schieben. Blecker, wieder der Blecker, war fast zeitgleich mit der Glocke im Raum. Und wieder schritt er betont langsam die einzelnen Betten ab. Gottfried blinzelte durch seine schlafverschleierten Augen und versuchte sich zu orientieren. Da hielt Blecker ausgerechnet vor seinem Bett an. Sofort schoss ihm diese dumme Röte ins Gesicht. Er presste die Lippen zusammen und erwartete den Schuldspruch wegen der nicht verstauten Uniform.

Aber Blecker setzte sich wieder in Bewegung und ging noch ein Bett weiter. »Wer schläft hier?«, blökte er und ergänzte: »Wer schläft hier etwa *noch*?« Er versetzte dem Bettpfosten einen Tritt mit dem Fuß. Es war das Bett vom Horst, der im Tiefschlaf war und sich bald fluchend rekelte. Die Ersten kicherten, doch Blecker ermahnte sie mit unmissverständlichem Blick. Die weit aufgerissenen Augen von Horst, der die peinliche Situation allmählich erfasste, würde Gottfried nicht so schnell vergessen. Er wusste, dass ihm das Gleiche passieren könnte, hatte er doch für gewöhnlich auch einen so tiefen Schlaf, dass selbst sein kleiner Bruder oft Schwierigkeiten hatte, ihn zu wecken.

An diesem Tag schrieb er in der stillen Zeit an seinem Arbeitspult, statt Hausaufgaben zu machen, heimlich an die Eltern, obwohl er schon am Vortag und vormittags an sie Briefe verfasst hatte. Zwei Tage später kam Antwort.

Mein Lieber, heute erhielten wir Deine Karte und Deine beiden Briefe und sind nun sehr traurig, dass Du so arges Heimweh hast. Es gefällt Dir doch gut im Weierhof, und Du warst doch schon öfter ohne uns fort. Weshalb hast Du denn auf einmal noch ein Heimweh nach uns? Ich bin so froh, dass Du nicht hier zu sein brauchst. Die Angriffsnacht war viel schlimmer als alles, was wir bisher erlebten. Sogar Rudolf hat geweint, und Du hättest viel Angst und Schrecken ausgestanden. Jede Nacht haben wir Alarm und sitzen im Bunker vorm Casino, das übrigens auch gebrannt hat. Es wäre bestimmt nicht gut, wenn Du jetzt heimkämst. Es fahren auch gar keine Züge nach Ludwigshafen. Rudolf ist auch fort. Ich schrieb es Dir schon gestern. Den Brief wirst Du sicher heute haben. Ich fahre jetzt nach Oggersheim, stecke dort diesen Brief in den Kasten und versuche in der Anstalt anzurufen. Vielleicht können wir gleich miteinander sprechen. Darauf freue ich mich schon. Wir legen zehn Mark in den Brief, damit Du Geld hast. Ich freue mich sehr auf das nächste Wiedersehen. Leb wohl, mein Großer, und halte Dich tapfer und brav, gelt? Vati lasst Dich auch sehr herzlich grüßen, und ich küsse Dich recht lieb.
Deine Mutti

In einer der folgenden Nächte träumte Gottfried von der Silbergrube im Donnersberg. Beim Wecken konnte er sich nur noch an den hellen Klang der Silberlinge erinnern und dass Horst von ihnen begraben war und zu ersticken drohte. Erschöpft von dem Traum, tappte Gottfried ins Gemeinschaftsbad an sein Becken. Als er Jorgatz im Spiegel auftauchen sah, konzentrierte er sich aufs Zähneputzen und mied es, in den Spiegel zu sehen. Er trödelte so lange, dass er in der ersten Schulstunde fast zu spät kam. Er hatte Rudolf noch geantwortet, der sollte mal sehen, wie er im Gegensatz zu ihm selbst die Zeit vertat. Huber stand schon mit einem

Buch in der Hand vorne am Katheder und winkte sie ungeduldig herein. Gottfried memorierte eben noch Mutters letzten Brief:

Werde mit allem flinker, und zeige Deinen Erziehern, dass Du auch Ordnung halten kannst und mit allem schnell fertig wirst. Umso mehr Freude wird es Dir selbst machen.

Heute nahm er sich vor, ihre Ratschläge zu beherzigen. Huber las ihnen aus dem Buch *Hitlerjungen erlernen das Wandern* vor. Dann verteilte er leere Blätter. Erlebnisaufsatz war dran, »Eine Wanderung durch das heimische Gebirge«, zwei Stunden lang, und Gottfried konnte überhapt nicht flink sein, weil es so viel zu schreiben gab, dass er kaum fertig wurde und erst mit dem letzten Schulgong seine fantastische Reise durchs Donnergebirge (ober- und unterirdisch) beendete. Aber etwas fehlte noch. Mit einem Sternchen kritzelte er unten an den Rand der vierten Seite, dass die Jungmannen mit Herzblut aus voller Brust beim Wandern immerzu sangen: »Die Fahne ist mehr als der Tod. Wir marschieren für Hitler durch Nacht und Not.« Die Hand tat ihm vom Schreiben weh. Ausgelaugt legte er sein Werk vorne aufs Pult. Ganz verloren hatte er sich in einem Wald, in dem es von Zauberwesen nur so wimmelte.

Die Woche verstrich mit Extrastunden militärischer Schulung im nasskalten Herbstwetter, unterbrochen von Alarm und Fehlalarm und hektischen Läufen in den Bunker der Schule. Horst folgte schlapp. Gottfried sehnte sich nach den beiden Pferden, die gerade neu angeschafft worden waren. Sie standen auf einer Weide nahe der Anstalt, mit ganz weichen Nüstern. Es sollte bald Reitunterricht geben, aber nur für die Älteren. Dabei wollte Gottfried nichts lieber werden als Reitoffizier.

Um Mitternacht, als er das Klosett aufsuchte, konnte er vom Turmneubau die Uhr schlagen hören, zwölf Mal, genauso viele Schläge, wie er schon Geburtstage gefeiert hatte. An den Geräuschen ringsum merkte er, dass er nicht allein wach war. Auch andere wälzten sich unruhig in ihren Betten. In einer Nacht suchte Gottfried die Tür in seinem Kinderzimmer zu Hause und merkte irgendwann, dass er an der Rückseite des Saals im Halbdunkel die Wand nach dem Türknauf abklopfte. In einer anderen Nacht sah er erst im Licht des Badezimmers, dass er sich überall blutig gekratzt hatte. Morgens beim Waschen übte er im Spiegel oft, so gleichmütig zu schauen wie Jorgatz.

Immer noch keine Antwort von Rudolf.

N.P.E.A. Weierhof d. 14.10.43

Lieber Rudolf!

Ich habe Dir jetzt schon so oft geschrieben, dann schreib mir doch auch mal. Hast Du meine letzten Briefe nicht bekommen? Meine Adresse heißt nicht, wie Du auf den letzten Brief schriebst, »Nationalsozialistische politische Erziehungsanstald«, sondern: Nationalpolitische Erziehungsanstalt. Den letzten Sonntag haben wir ein großes Geländespiel gemacht. Es war sehr schön. Unsere Abteilung hatte gewonnen. Heute Nachmittag bekommen wir Besuch von der Inspektion im Bereich. Deshalb haben wir alle unsere neuen Geländeuniformen an. Vor einigen Tagen hat bei uns ein SS-Unterstürmführer, der beim Duce-Befreiungstrupp dabei war, erzählt. Das war sehr interessant und witzig, wie sie alle vor Staunen die Münder (Mäuler) aufgesperrt haben. Schreib mir doch bitte auch mal.

Herzliche Grüße an Tante Maritz, August und Karl.

Dein Gottfried

Er hatte den Brief gerade abgegeben, da erhielt er im Wechsel doch noch Rudolfs verspätet eingetroffenes Schreiben. Wenn er Briefe von zu Hause las, fühlte er sich viel weiter weg von Ludwigshafen, als Weierhof tatsächlich entfernt war. Es war ein so anderer Alltag hier. Kaum freie Zeit. Gottfried setzte sich in der kurzen Mittagszeit auf die breite Treppe zum Haupteingang und hoffte, dass niemand ihn störte. Eilig riss er den Umschlag auf und las.

Castell, der 10. Oktober 1943

Lieber (böser) Gottfried!

Ich danke Dir sehr herzlich für Deine schönen Briefe. Heute ist sehr schönes Wetter. Wir haben schon 20 Pfund Rosskastanien gefunden. Ich habe mir eine Kastanienschleuder gemacht. Am 15. geht wieder die Schule an. Hier hat auch schon die Traubenlese begonnen.

Viele herzliche Grüße von Deinem Rudolf
Heil Hitler, die Kreisleitung!!!

Der Wicht. Gottfried sah die Körbe voller Trauben vor sich, ihm lief das Wasser im Mund zusammen. Die Felder sahen um diese Zeit bunt getupft aus, und wenn es geregnet hatte, roch die Luft süß. Wie gern wäre er jetzt auch in Castell.

Sechs Tage später riss der Herbsthimmel auch bei ihnen endlich auf. Doch der Schein trog. Als alle draußen waren zum Appell, ging es los. Gottfried notierte es abends für sich selbst in sein kleines Tagebuch, heimlich, damit niemand ihn damit aufziehen konnte, dass er Tagebuch schrieb wie ein Mädchen:

16.10.43
Über uns zogen 5 Geschwader 4-motoriger Bomber. Wir gingen alle in Deckung. An diesem Tag griffen sie Schweinfurt an.

Dann zog er die Decke über den Kopf und versuchte zu schlafen. Als er heute wieder gen Mitternacht zum Pinkeln aufstehen musste, wäre er fast gegen Horst geprallt, der auf dem Weg zurück ins Bett war und schwer atmete. Unter dem Notlicht an der Tür sah er gespenstisch aus. Fiebrig rot und mit eingefallenem Gesicht. Er schien ihn gar nicht richtig wahrzunehmen.

Am nächsten Tag gab es den Aufsatz zurück. Gottfried rückte erwartungsvoll Bücher und Stifte beiseite. Aber Huber klatschte ausgerechnet ihm die Blätter aufs Pult. »Ein Sechser. Und beim nächsten Mal will ich ein Gespräch mit deinen Eltern. Verpumpen sollt' ma' dich!« Hochrot war Hubers Gesicht. »Feen! Zauberlehrlinge! Schmierfinkerei, das alles!« Der Rest war nicht mehr für Gottfried allein, sondern für alle bestimmt. Dass der Führer von ihnen allen das Beste erwarte. Dass sie auserwählt worden seien und ihre Träumereien endlich ablegen sollten. »Denkt an eure Verpflichtung dem deutschen Volk gegenüber!«

Die Stille vor dem Klassenzimmer auf dem leer gefegten Flur war ohrenbetäubend. Gottfried merkte gar nicht, wie er sich kratzte. Als es zur Pause läutete und die anderen aus dem Klassenzimmer kamen, musste er immer noch in der Ecke hocken. Schlimmer war, dass Huber, der als Letztes herauskam, ihm gleich auch noch das nächste Heimwochenende strich. Gottfried hatte sich so sehr darauf gefreut.

Beim Abendessen war er so betrübt, dass er es seinem Nachbarn sagte, genau jenem, der, nachdem Jorgatz Gottfried das Bein gestellt hatte, die Klasse zusammengerufen hatte, um klarzustellen, dass Jorgatz das mit dem Beinstellen hätte gestehen *müssen*, weil schließlich Gefahr bestand, dass die ganze Klasse dafür büßen musste. Aber es sei ja gerade noch mal glimpflich ausgegangen, Klaus Karl ließ er. Er war auch ihr Klassensprecher und tuschelte gleich mit seinem Nachbarn. Wie erleichtert war Gottfried, als er jetzt beide sagen hörte, dass Huber ihnen höchstpersönlich aufgetragen habe, Gottfried heute Abend beim Essen mitzuteilen, dass das Heimfahrverbot aufgehoben sei. Vergnügt stießen alle drei mit ihren Tassen an.

Mutters langer Brief traf ein, nachdem Gottfried auch im Englischen nur eine Fünf bekommen hatte und ganz am Boden zerstört war.

Ludwigshafen, der 22. Oktober 43

Mein lieber Gottfried, nun haben wir uns umsonst auf Dich gefreut. Wie schade! Mir kam es zwar gleich etwas sonderbar vor, aber ich finde es hässlich von Deinen Kameraden, dass sie Dich so frotzeln. Jedenfalls hast Du wieder davon gelernt, und es kann Dir nicht passieren, dass man Dich so hochnimmt. Vielleicht hast Du ihnen anfangs zu viel von Deinem Heimweh erzählt, und sie sind ärgerlich, dass Du so viel heimfährst? Sprich nicht mehr davon, dann lassen sie Dich auch in Ruhe. Denk an das, was ich Dir gesagt habe, und gib den Jungen keinen Anlass mehr, Dich auszulachen. Versuche tüchtig in allem mitzukommen, damit sie Respekt bekommen und merken, dass Du auch was kannst, dann erkennen sie Dich auch an. Wie gerne möchte ich Dir solche Enttäuschungen ersparen, mein Lieber, aber das geht eben nicht. Jeder Mensch muss sich selbst durchsetzen. Nur dadurch wird man hart und energisch und wird mit dem Leben fertig. Hoffentlich hast Du ihnen wenigstens nicht Deine Enttäuschung gezeigt, denn darauf haben sie ja gespitzt. Schlimm ist's ja auch gar nicht, jetzt warten wir halt eine Woche, und dann besuchen wir Dich genauso wie die anderen Eltern, gelt?

In Castell war's sehr schön, aber kurz. Ich war ja nur einen Tag dort. Rudolf sieht blendend aus und fühlt sich bei Tante Maritz sehr wohl. Das sah man ihm richtig an. In drei Wochen hole ich ihn heim. So lange musst Du also auf das Wiedersehen mit ihm noch warten.

Unseren abendlichen Alarm haben wir gerade hinter uns. Es wurde bei uns nicht mal geschossen. Jetzt geht's aber ins Bett. Leb wohl, mein Lieber!

Gottfried faltete den Brief wieder zusammen. Trösten konnte ihn das nicht. Aber er hielt ihn sich doch unter die Nase, um noch ein wenig Geruch von zu Hause einzuatmen. Es war die Zeit kurz vor dem Abendessen, direkt nach der Schwimmstunde und der wöchentlichen Schießübung, die gut verlaufen war. Schießen machte ihm richtig Spaß. Er wurde immer besser darin, Kimme und Korn zu richten, und hatte jetzt sogar den anderen etwas voraus.

Als er später draußen am kleinen Turnplatz vorbeikam, konnte er drei Gestalten unter dem eisernen Reck ausmachen, von denen einer aussah wie Jorgatz. Kein Lüftchen regte sich. Das Blätterwerk, das sich über die von Bäumen befreite Ebene ausgebreitet hatte, verdunkelte den Boden. Gottfried meinte, einen schreien zu hören und einen anderen lachen. Doch es hätte auch der Ruf der

Käuzchen sein können, die sich abends gegenseitig aus den nahen Wäldern antworteten.

Am nächsten Morgen war das Bett neben Gottfried leer. Horst hatte die letzten Nächte mit Fieberträumen und unkontrollierbaren Weinanfällen verbracht, durch die auch Gottfried immer wieder aus dem Schlaf aufgeschreckt war. Der Scharlach hatte den inzwischen arg abgemagerten Horst fest im Griff, und auch ein weiterer Junge aus dem Schlafsaal hatte sich angesteckt. Horsts Bettdecke lag auf dem Boden. Gottfried suchte ihn im Waschraum unter den anderen Jungen. Doch Horsts Becken war unbesetzt. Die Gestalt mit der in letzter Zeit immer leicht gebeugten Haltung war nirgends zu entdecken.

Heute war ein Brief vom Großpapa aus Essen dabei.

Essen, 7. November 1943

Mein lieber Gottfried!
Dein lieber Brief kam gestern mit Muttis Brief zusammen an. Wir danken Dir dafür. Wenn Du nun auch Pfälzer bist, so musst Du Deine Kleider zum Appell nicht butzen, sondern putzen, und es heißt auch nicht nexten Sonntag, sondern nächsten Sonntag. Flötenstunde hast Du also auch. Habt ihr denn auch eine Musikkapelle? Unsere Hausnummer ist immer noch 37 und nicht 17. Bei uns kommen die Flieger jetzt wieder alle Tage, mitunter sogar zwei- und dreimal. Heute Mittag um 11.30 Uhr war Vollalarm, sind aber am Rhein schon vertrieben worden. Vorgestern kamen des Mittags auch große Verbände, haben viel Spreng- und Brandbomben geworfen, auf die Flakkaserne in Essen Kray. Das ist in der Nähe von uns, 16 Sprengbomben. Es gab mehrere Tote, auch vier Flakhelferinnen tot, und 16 Schwerverletzte. Auch mehrere Kohlenzechen haben was abbekommen. Jeden Abend beim Abendessen haben wir Alarm. Du hast es gut, Euch lassen die Flieger in Ruhe. Wie war's denn letzten Sonntag bei Mutti? Wie geht's dem Vati mit seinem Wagen? Nun wünsche ich Dir alles Gute und dass Du gut mitkommst im Lernen. Sei herzlichst gegrüßt und geküsst von Deinem Großvater.

Natürlich konnte der Großpapa nicht wissen, dass letzten Sonntag gar nicht Heimfahrt war.

Der Nachmittag verlief anders als erwartet. Nach dem Malzkaffee und mitten hinein in die Ertüchtigungsstunde, die die Züge eins bis vier unter Aufsicht ihres Hundertschaftsführers nebeneinander absolvierten, machte eine Sondermeldung die Runde. Man solle sich nach dem Duschen am Fahnenmast versammeln.

Unter der Dusche wurde Gottfried erstmals in dieser Woche von einer kleineren Schwäche heimgesucht. Er sah schwarze Punkte und bibberte unter dem eiskalten Wasser. Zum Glück bemerkte keiner der anderen, wie er sich schnell mit dem Handtuch abrubbelte und gerade noch auf dem Hocker Platz fand. Dort saß er eine Weile und wartete.

»Jungmannen!« Der Direktor hatte einen Stimmverstärker in der Hand. Seine Worte schwirrten wie schwarze Rabenvögel in den Himmel. »Wir haben uns hier versammelt, weil Jungmann Horst Hauf heute Nacht von uns gegangen ist.« Ein Raunen ging durch die Reihen. Die Jungen steckten die Köpfe zusammen und tuschelten. Es war wieder nasskalt und trüb. Gottfried, der vor sich hin geträumt hatte, traf der Satz mit Sekunden Verspätung. Hatte er richtig gehört? Sein Bettnachbar – gestorben? Ihm wurde heiß, als die Bedeutung des Satzes langsam in ihn eindrang und der Direktor weitersprach: »Wie ihr wisst, hatte Horst Scharlach. Er hatte der Krankheit, die sonst alle hier bislang gut bekämpfen haben, nichts entgegenzusetzen. – Lasst uns eine Minute schweigen.«

Gottfried spürte, wie sein Hals eng wurde. Er schluckte ein paarmal, dann war das unangenehme Gefühl wieder weg.

Gottfrieds zweiter Schwächeanfall Mitte der Woche war stärker als der erste unter der Dusche. Alle um ihn herum bekamen es diesmal mit, als er während des Essens langsam vom Stuhl glitt. Am Kopf entstand rasch eine große Beule. Er kam auf das Krankenzimmer, fieberte einige Tage durch und hatte starke Ohrenschmerzen. Als er wieder etwas bei Kräften war, geisterte das Bild von Horsts aufgerissenen Augen, die ihn im Fieber verfolgt hatten, immer noch durch seinen Kopf. Die Schwester erzählte, er habe eine Nacht heftig geschrien und behauptet, die Deckenlampe käme langsam herab und würde ihn erdrücken. Man habe ihn zu zweit festhalten müssen. Aber jetzt gehe es ihm ja zum Glück wieder besser. Eine Karte sei angekommen. Von Rudolf. »Dein Bruder?«, fragte sie und zog den Holzstuhl heran.

Er nickte. Die Schwester erinnerte ihn an Anna, die zu Hause im Haushalt aushalf. Ob sie ihm die Karte denn vielleicht vorlesen solle, fragte sie freundlich. Er nickte schwach und fasste sich ans Ohr. Immer noch ein stechender, regelmäßig wiederkehrender Schmerz. Aber die schmerzfreien Phasen dazwischen wurden schon deutlich länger.

»Na, bei euch zu Hause ist aber auch ganz schön was los«, sagte die Schwester und las:

Lieber Gottfried! Ich freue mich sehr auf Dich. Hoffentlich bist Du bis dahin gesund!!! Ich hoffe, dass nicht mehr so viel Alarm ist. Am Mittwochabend fiel in die Anlage hinter unserem Haus eine Minenbombe. Sie richtete großen Schaden an. Die Decken stürzten runter und die Wände krachten ein. Auch Deine Kuckucksuhr fiel von der Wand, sie ist aber noch ganz. Die Spielsachen fielen aus dem Regal, und manche flogen ins Fremdenzimmer. Viele herzliche Grüße und gute Besserung von Deinem Rudolf

Die Schwester holte die Karte näher heran. »Da steht noch was ganz klein, das kann ich kaum lesen …«

Lieber Gottfried, ich bin auch dafür, dass wir uns nicht mehr vermöbeln. Heute Abend gibt es Hirsebrei. Schade, dass Du nicht da bist.

Sie lächelte und reichte Gottfried die Karte mit dem Umschlag. Er las seinen Namen, daneben die verblassende Schrift des Poststempels: »Der Führer/Kennt nur Kampf,/Arbeit und Sorge./Wir wollen/Ihm den Teil abnehmen,/Den wir ihm abnehmen können.« Dafür müsste Gottfried erst einmal wieder gesund werden.

Bald durfte er wieder aufstehen und draußen herumlaufen, vorbei an der Wand mit der großen Sonnenuhr und dem Spruch, den er längst auswendig kannte, weil alles, was Schrift war, sich ihm leicht einprägte:

Nichts kann uns rauben
Liebe und Glauben zu unserem Land.
Es zu erhalten und zu gestalten sind wir gesandt.

Von Klaus Karer und Jorgatz hielt sich Gottfried lieber fern, und als es doch einmal dazu kam, dass er in einer der kurzen Pausen zwischen beiden die breite Treppe hinaufmusste, rempelten sie ihn von rechts und links an und witzelten über seinen Kopf hinweg: »Das ist doch unser Gottfried mit der Wurst! Sag, Gottfried: Hast du nicht letztens ein Päckchen bekommen? Mit Schlauchwurst drin?«

Jorgatz sog genüsslich die Spucke in seinen Mund. Das Speichelgeräusch ekelte Gottfried. Er machte sich frei und nutzte die nächste Gelegenheit, die er allein war, um die Wurst, die die Mutter ihm tatsächlich geschickt hatte, auf einmal in sich hineinzustopfen.

Am Abend hatte er heftiges Bauchweh und weinte leise in sein Kissen. Es war jetzt schon Anfang Dezember, Wecken eine halbe Stunde später und kalt im Saal. Bald war Julfeier. Er würde bei der Schwertleite das Seitengewehr überreicht bekommen. Er hatte das Fahrtenmesser schon bei den Größeren gesehen. Alle Dolche trugen den Wahlspruch der Napola: *Mehr sein als scheinen.*

Doch vor allem freute er sich auf die Weihnachtsferien. So sehr wünschte er sich nach zu Hause, dass er sich sogar nach den ewigen Strafpredigten der Mutter sehnte. Wenn er zu Hause war, nahm Dora ihn sich zur Brust, und er fühlte sich von ihr mit Luchsaugen beobachtet. Wie und ob er die Zähne putzte; warum er Rudolf ärgerte; warum er seine Tasche herumliegen ließ. Noch in den Briefen gab sie ihm ständig Anordnungen.

Sei mal ein bisschen tapfer und nicht gleich so übelnehmerisch. Du bist doch jetzt ein so großer Kerl, der nicht über jeden Dreck gleich weint. Wenn Du nämlich so weitermachst, kann man nur noch von Dir sagen: Du bist ein Schlappschwanz! Und gerade das willst Du doch nicht sein, gelt?

Nein, das wollte er nicht. Er war überhaupt kein Schlappschwanz! Zu Hause packte er gut mit an, mit Schaufel und Schubkarre, bis sie wieder in den Bunker mussten. Er holte sogar für Ajax, den Hund, Essensreste im Casino. Aber Ajax war in letzter Zeit scheu geworden. Er saß geduckt unter der Eckbank des Nachbarn und jaulte, wenn er sich ihm näherte.

»Beiß die Zähne zusammen und zeig, was Du kannst!«, schrieb die Mutter im nächsten Brief.

Nach Weihnachten lief alles besser, Gottfried wurde im Sommer 11 endlich dreizehn und war im Fach »Schießen« ganz vorn. Bei den Schuh-, Schrank-, Kleider- und Pultappellen war er flink. Er hatte eine kräftige Lunge bekommen und gehörte beim Bannersportfest in der Leichtathletik zum vorderen Drittel. Er lernte, im Deutschaufsatz bei Huber langweilig über Geländespiele zu schreiben und die Frage zu beantworten, warum der Adolf-Hitler-Staat den Wert des Bauerntums hervorhob. Er spielte leidlich Blockflöte und rieb das Seitengewehr, dessen stolzer Besitzer er jetzt war, regelmäßig mit Fett ein, damit es nicht rostete. Er kommandierte und gehorchte, je nachdem, welche Position in seinem Zug ihm gerade zugeteilt worden war. Er half bei der Ernte und warf bei der Felddienstübung im Gelände Handgranaten mit Attrappen. Er marschierte lange Strecken, ohne zu murren, und wäre nur zu gerne mit den ganz Großen beim Segelkurs an der Ostsee dabei gewesen.

Einmal musste Gottfried, obwohl erst dreizehn, zu einem außerordentlichen Einsatz – ausgerechnet in Ludwigshafen bei der Fabrik direkt neben seinem Zuhause. Besonders froh war er, als er erfuhr, dass er mit dem Zug ganz allein schon vorfahren durfte. Die Mutter konnte ihn leider nicht abholen kommen. Also lief er bei Regen zu Fuß in der Weierhof-Uniform nach Hause. Das Wasser rann ihm von der Kopfbedeckung in den Kragen. Er schüttelte sich, doch es floss weiter bis zum Schlüsselbein. Er nahm die Kopfbedeckung ab und fasste sich an sein platt gedrücktes kurzes Haar, den Blick auf die Straße gerichtet. Er traute sich nicht hochzuschauen. Die Mutter hatte geschrieben, dass es kürzlich einen ganz furchtbaren Einschlag gegeben hatte.

Dann stand er vor dem, was einmal das Haus gewesen war. Er formte seine rechte Hand zu einem Kreis, hielt sie vors Auge und hatte eine Vision: Das Haus war noch heile. Im oberen Stock gab es noch die Fenster von seinem und Rudolfs Kinderzimmer.

Genau dort aber gähnte jetzt ein großes Loch. Und auch darüber das Dachgeschoss war völlig zerfranst. Die Bombe hatte einen Krater in das Haus geschlagen, einmal senkrecht durch. Von der offenen Querseite konnte man jetzt in alle Räume sehen, auch in die des Nachbarhauses. Vom Boden bis zum zerstörten Zwischengeschoss türmten sich Steine. Nur die Vorderseite und einige Zwischenwände standen noch. Der Efeu, der an der Fassade rankte, triefte und tropfte.

Es regnete wieder stärker, aber seine Fingerlupe wollte einfach nicht scharf stellen, weshalb er ein paar Schritte nach vorne ging und die Hand erneut zu einem Kreis formte. Es regnete ja wirklich direkt in ihr Zimmer!

Nun bemerkte er auch all die Nachbarn in der Straße. Der freundliche Doktor Vogt mit seinem Hund Ajax, die Frau von gegenüber mit ihren zwei kleinen Kindern, die alte Mutter von Nachbar Burger, die auf einen Stock gestützt durch den Regen lief. Und all die vielen anderen aus dem Fabrikviertel. Sie hatten Schaufeln in der Hand und zogen Leiterwagen mit Steinen hinter sich her.

Gottfried musste in den Keller hinuntersteigen, wo sie vorübergehend wohnten. Dort fand er endlich die Mutter, die seinen Uniformrock sofort auf dem Tisch ausbreitete. Dora strich mechanisch über den Stoff, während sie unentwegt sprach. Wann er denn wieder Unterricht habe? Warum sie jetzt diesen Einsatz hätten und was sie dabei überhaupt genau machen sollten? Und warum das nicht Ältere übernehmen könnten, die Großen?

Dass sie nicht sah, dass er inzwischen auch schon groß war! Sie fragte ihn wie ein kleines Kind, was denn sein Ausschlag mache. Gottfried nahm eines der Streichmesser und schabte Linien in die Staubschicht des Tisches. Überall lagen Kartoffeln. Ob das Kartoffelstaub oder Schuttstaub war, ließ sich gar nicht so genau sagen. Als er mit der Messerspitze ins Holz bohrte, nahm ihm die Mutter das Messer weg und legte es neben seinen schweren Gürtel, an dem alles hing, was sie für den Einsatz in der kommenden Nacht brauchen würden. Blecker hatte nicht verraten, was genau auf sie zukäme. Gottfried war aber schon sehr gespannt.

»Schau doch nicht so böse«, sagte die Mutter. »Wir wollen es uns doch jetzt schön machen.«

Sie zog sich einen Stuhl heran und setzte sich zu ihm. »Wie war die Zugfahrt? Und hast du schon an deinem Geschenk für Rudolf gearbeitet? Bekommt er den Stempel noch? Du weißt doch, wie sehr er sich darüber freuen würde.«

Der Stempel für Rudolf! Er hatte ihn sogar dabei. Dazu sein Schnitzmesser von Großpapa mit dem perlmuttfarbenen Griff. Eigentlich war es ein Jagdmesser. Er kramte es aus einer der vielen Gürteltaschen heraus und machte sich gleich an die Arbeit. Die Lilie, die er hineinschnitzen wollte, war bislang nur ein Gedanke. Mit der Spitze bohrte er als Erstes ihren Mittelpunkt. Hier kreuzten sich alle Linien.

Dora sah ungeduldig zu. »Wie kann man nur so ungeschickt sein«, wiederholte sie ständig. Er solle mit weniger Druck arbeiten, das Messerchen *führen*, nicht stoßen!

Dann nahm sie ihm beides, das Messer und das Holzstück, aus der Hand. »So wird das nichts.«

Wie gut sie arbeitete! Bald war die Lilie zu erkennen. Aber Gottfried fühlte sich schlecht. Rudolf würde doch mit einem Blick sehen, dass Gottfried den Stempel gar nicht selbst geschnitzt hatte.

»Einreiben!«, sagte die Mutter, während sie weiterschnitzte. In letzter Zeit sah sie immer aus wie eine Arbeiterin, ein Tuch um die Haare, das sie unter dem Kinn zugeknotet hatte, die Wolljacke dunkel von Regen und Dreck. Sie deutete auf die Salbe für seine eingerissenen Hände. Sie hatten nun beide etwas zu tun. Dann war ihre kleine Pause zu Ende, und sie gingen nach draußen, um dort mit anzupacken.

Schade, dass Rudolf nicht hier war. Er würde Gottfried in der Uniform sehen, wie er Steine aufhob, in den Leiterwagen einlud und wegtransportierte.

Am Abend wollte die Mutter Gottfried gar nicht gehen lassen. Aber er musste doch zu seinem Einsatz!

Sie warteten die Nacht ab. Der Fabrikhof leerte sich, und die ausgewählten Jungmannen, zu denen auch Gottfried gehörte, kauerten mit ihren Seilen neben Bau 10.

Jorgatz puffte Gottfried in die Seite und fragte: »Bist zu Hause gewesen? Warst ja schon früh weg.«

Gottfried antwortete nicht, aber er meinte noch zu hören, wie Jorgatz das Wort »Muttersöhnchen« fallen ließ. Er wusste nicht, was er von ihm halten sollte. Einmal hatte er gesehen, wie er einem anderen Jungen einen Geldschein aus der Schultasche stahl. Er hatte es aber für sich behalten. Vielleicht bekam Jorgatz nichts zugesteckt, so wie er.

Alle warteten still ab, bis es dunkel genug war für ihren geplanten Einsatz. Die Sirenen schwiegen. Niemand war unterwegs. Ausgangssperre. Es war eine ungewöhnlich stille Nacht. Hier und da ein Donnergrollen. Aber der Regen hatte aufgehört. Die Leiter, die aufs Dach hinaufführte, war zum Glück schon getrocknet, sonst hätten sie den Einsatz sicher abgeblasen.

Der Reihe nach stiegen sie jetzt nach oben, kleine, graue Pimpfe, die wegen der Neuverordnung im Ausnahmezustand trotz ihres jungen Jahrgangs für besondere Dienste herangezogen wurden, wendige Jungen, die auf dem Dach Seile spannen sollten als Stiegen für Beobachterposten.

Bau 10 war nicht sehr hoch. Aber hoch genug, dass man sich oben festhalten musste. Sie bildeten Zweierteams. Gottfried mit Jorgatz zusammen. Beim Aufstieg landete Jorgatz' Schuh fast in seinem Gesicht, weil der die Sprosse nicht traf. Er hielt sich fester und spürte die Blase in der schwieligen Hand. Auf dem Dach angekommen arbeiteten sie wortlos. Der Zugführer lobte sie sogar. Einmal sah Gottfried von der Arbeit auf. Das weitläufige Gelände sah wunderschön aus, so dunkel, so geheimnisvoll. Dann achtete er wieder auf seine Aufgabe und spannte das nächste Seil.

So hangelten sie sich immer weiter das Dach hinauf. Jorgatz immer neben ihm. Seil verlegen und Seil spannen und befestigen, jeder ein Ende, möglichst zeitgleich. Sie waren gut zu zweit. Dann setzte der Regen wieder ein. Die Seile rutschten ihnen aus der Hand. Eines fiel sogar über die Dachkante hinab, und der Zugleiter schimpfte über solches Ungeschick. Er mahnte sie zur Eile, und sie arbeiteten schneller, während es stärker regnete, alles wurde nass und glitschig.

Die Sirene kam wie aus dem Nichts, mit ihrem vertrauten, lang gezogenen Ton, der mahnend die erkletterte Tonhöhe hielt und dann wieder abfiel, von Neuem ansetzte und wieder von Neuem. Von ferne jenseits der Fabrikgebäude merkten sie zunehmend Geschäftigkeit. Gottfried dachte an die Mutter, umklammerte das Seil und guckte, was die anderen um ihn herum machten. Sie hatten alle die Köpfe gehoben Richtung Zugleiter, der schrie.

»Absteigen! Absteigen! Sofort runter vom Dach!«

Warum war der so laut? Es war noch nichts geschehen, der Alarm konnte auch Fehlalarm sein, wie so oft. Aber Gottfried gehorchte und drängte sich an Jorgatz, der sich in Bewegung setzte.

»Jetzt nur keine Hektik!«, schrie der Zugleiter. »Langsam, konzentriert euch!«

Aber das letzte Wort war schon nicht mehr zu hören, der Knall zerriss die Nacht, ein einziger Knall, danach fiepte es in Gottfrieds Ohren, die Explosion schleuderte ihn weg, wohin, er wusste es nicht, er hatte Jorgatz verloren, er klemmte fest, wie lange eigentlich schon, wo waren die anderen, genau an der Dachkante über dem Abgrund hing er und atmete schwer, aber er atmete. Er befreite sich wie in Trance, sehr, sehr langsam, und stieg vom Dach.

Jorgatz und fünf weitere Jungen waren auf der Stelle tot.

In der Anstalt wurde nach dem Vorfall eine Totenwache abgehalten. Die Namen der Verstorbenen kamen in die Schulnachrichten und wurden am Fahnenmast verlesen. Der Name Jorgatz war nicht dabei, denn Gottfried hatte ihn ja nur für sich nach seinem Buch so getauft.

Danach wurde der Unterricht wiederaufgenommen, als wäre weiter nichts geschehen. Die Abschlussprüfungen standen an, und wer sich nicht hinsetzte und paukte, fiel durch, weshalb sich Gottfried besonders anstrengte. Über den Matheaufgaben wackelte sein Kopf. Er hielt ihn zwischen den Händen wie in einer Zitronenpresse und drückte ihn an den Schläfen fest zusammen. Manchmal zog sich der schneidende Schmerz im Kopf dadurch zurück.

Immer öfter hatten sie jetzt Totenwachen am Fahnenmast. Unter den Gefallenen auf den verlesenen Listen waren inzwischen vermehrt ältere Schüler der Anstalt. Kannte Gottfried einen davon, dann pochte sein Herz, als wäre ihm sein Doppelgänger begegnet.

Bald kam für Gottfried der nächste große Schlag. Ohne jede Erklärung ließen ihn die Eltern an einem der Heimfahrwochenenden einfach nicht mehr in die Anstalt zurückfahren. Sie hatten ihn stattdessen an der Schule in Kirchheimbolanden angemeldet, die Rudolf bereits besuchte.

Gottfried sollte also seinen Zug nicht mehr sehen? Sicher hatten sie ihn von sich aus dort aussortiert, weil er eben doch nur Durchschnitt war, nicht Bester. Und die Mutter, die doch so sehr gewollt hatte, dass dort ein »echter Mann« aus ihm gemacht werde, war nun sicher auch ganz enttäuscht von ihm. Sie verheimlichte es ihm nur, damit es ihm leichter fiele, sich von der Anstalt zu verabschieden. Er kam sich vor wie ein Verräter und ein Versager.

Wie sollte er Rudolf jetzt nur beweisen, dass man Großes von ihm erwartete?

Nachts suchte er in den Kellerräumen, in denen sie immer noch wohnten, nach seiner Uniform, weil er sie tagsüber nirgendwo finden konnte. Er hatte sich darin zuletzt viel größer und stärker gefühlt. Selbst als er Klaus Karer ständig zur Hand gehen sollte, ihm die Tasche tragen, einen Brief abgeben. Irgendwo musste diese Uniform doch noch sein!

Als er gerade wieder ins Bett schlüpfen wollte, hörte er die Eltern laut reden. Vati am lautesten. »Dora, wir müssen jetzt handeln«, hörte Gottfried einmal ganz deutlich, und mehrmals fiel das Wort »Castell«. Da wohnte doch Tante Maritz. Worüber stritten sie nur? Am nächsten Morgen knetete die Mutter ihre Hände, als könnte sie eine Lösung herauskneten.

Die neue Schule war ganz anders als die Napola und wurde von freundlichen Diakonissenschwestern geführt. Gottfried feilte sicherheitshalber trotzdem weiter an seinem undurchdringlichen Blick und übte seine neue Erwachsenenhandschrift. Vorbild war die Schrift seines Vaters. Der schrieb steil, schräg und eng; das wirkte zackig und bestimmt.

Das Schräge bekam Gottfried ganz gut hin. Aber nicht das

Enge. Ein Wort besetzte oft eine ganze Linie in seinem neuen kleinen Tagebuch, das die Mutter ihm als Trost für den Schulwechsel geschenkt hatte. War er zu Hause, an den Wochenenden und in den Ferien, trug er manchmal etwas ein.

27.8.44
Es war furchtbar langweilig. Wir hatten dauernd Alarm. Es gab auch Kuchen. Vati besiegte mich im Schach. Ich Rudolf in Mühle. In der Nacht hatten wir einen Angriff.

28.8.44
Es war langweilig, heiß und blöd. Es war Voralarm. Wir mussten unsere Festung abräumen. Auf dem Holzplatz übten die Panzer. Dann mussten wir Sprudel holen. Es gab aber keinen mehr. Dann musste ich lernen.

Schließlich hatten die Eltern eine Entscheidung getroffen. Gottfried schrieb es sofort auf:

29.8.1944
Ich erfuhr von Mutti, dass wir morgen nach Castell zu Tante Maritz fahren, um dort in die Schule zu gehen. Wir freuten uns sehr und mussten viel packen. Dann brachte ich Vati noch was aufs Büro.

Es war noch dunkel, als die Familie Schubert Ludwigshafen verließ. Jemand berührte Gottfrieds Schulter. Er war ein Bauchschläfer. Er drehte den Kopf zur anderen Seite und blinzelte gegen die Wand.

»Es geht los«, hörte er die Mutter sagen, die schon anfing, im Zimmer zu hantieren. Rudolf war aufgestanden und quengelte: »Darf ich meine Eisenbahn mitnehmen, bitte?«

Dora leuchtete mit der Taschenlampe durchs Zimmer und mahnte zur Eile. Das Mühlespiel durften sie mitnehmen. Aber die Eisenbahn nicht und auch nicht die Kuckucksuhr. Seit sie bei einem nächtlichen Angriff von der Wand gefallen war, machte der

Kuckuck darin keinen Mucks mehr. Gottfried liebte die Uhr trotzdem. Die Mutter schüttelte streng den Kopf, als sie sah, wie er das holzkantige Ding mit den schweren, kleinen Zapfenpendeln in den Rucksack zu stopfen versuchte.

Draußen war es noch düsterer als drinnen. Die Eltern gingen vorweg, den Leiterwagen zwischen sich. Die Nacht war lau und ohne Voralarm, sodass sie gut vorankamen. Das eintönige Gerumpel der Holzräder machte Gottfried wieder schläfrig. Seine Beine liefen mechanisch. Warum nur fing sein Kopf jetzt wieder zu wackeln an? Er versuchte, an die sommerlichen Felder von Castell zu denken, weißblonde Ähren, in die er sich oft mit dem gleichaltrigen Karl hineinfallen ließ. August, Tante Maritz' anderer Sohn, nahm ihn oft huckepack. Dort also wollten sie hin. Wegen der vielen Fliegerangriffe hier.

Den ersten Halt machten sie auf der Notbrücke über den Rhein, jenseits der Raffinerien. Unter ihnen floss das Wasser träge dahin.

»Bald sind wir am Main«, sagte der Vater.

Ein zweites Mal pausierten sie in Mannheim, weil die Mutter einen Vogel hatte zwitschern hören. Sie suchten den Baum ab, konnten ihn aber nirgends entdecken. Nur der Vater machte nicht mit. Gottfried bemerkte, dass er statt hinauf zum Baum zu ihnen sah.

Dora sah es auch. Sie fühlte einen Stich in der Brust, als Max seine kleine Taschenuhr aus dem Anzug nahm. Sie wusste ganz genau, dass er dabei wie jedes Mal nach der Naht in der Innentasche tastete. Dort war einmal ein Loch gewesen, das ein Bombensplitter noch in der ersten Ludwigshafener Wohnung gemacht hatte. Vier Jahre war das jetzt her, 1940, kurz nach Kriegsbeginn. Ein schwacher Angriff, nur wenige Bomben, ganz anders als jetzt. Die Wohnung war da zum Glück schon fast leer geräumt gewesen, weil sie schon im Haus in der Wöhlerstraße wohnen durften. Nur Max' Anzüge hingen noch im Schrank. Ein Bombensplitter durchbohrte sie alle auf einmal. Eines dieser Löcher hatte sie geflickt. Die Naht hinterließ eine dicke Wulst. Max hatte ihr einmal anvertraut, dass sie für ihn Glück bedeute. Immer also, wenn er seine Uhr hervorholte, tastete er nach dem Glück.

Gottfried fühlte sich wie ein Abenteurer und war hellwach, als sie um kurz vor fünf Uhr in der Früh den Mannheimer Bahnhof erreichten. In Heidelberg verabschiedeten sie den Vater. Zum Trost reichte ihnen die Mutter im Zug nach Osterburken Brote mit Leberwurst. Gottfried musste würgen, als er hineinbiss! Rudolf sah es und biss erst gar nicht hinein. Dora prüfte die Brote. Die Leberwurst hatte einen Stich. Ihre Mägen knurrten also weiter. Den ekligen Geschmack würde Gottfried nie mehr vergessen.

»Jetzt bist du der Mann im Haus.« Die Abschiedsworte des Vaters klangen noch in Gottfrieds Ohr, als sie in Osterburken umstiegen, wo der Anschlusszug lange nicht kam.

Tante Maritz erwartete sie schon am Bahnhof von Feuerbach. »Gut, dass ihr jetzt hier seid.« Sie schloss die Kinder wie alte Vertraute ganz fest in die Arme, so herzlich und ehrlich, wie Gottfried es von Dora nicht kannte.

Ihr Quartier, ein Zimmer, lag in der Nähe des Schlosses von Castell. Zum Glück waren gerade Ferien und August und Karl unternehmungslustig. Wenn sie von ihren Streifzügen durch die Weizenfelder zurückkamen, umarmte neuerdings auch die Mutter sie so fest, dass sie kaum mehr Luft bekamen. »Wir müssen zusammenhalten«, sagte sie mehr als einmal am Tag. Sie schickte sie oft zum Kohleholen und zum Bäcker, bei dem meist alles ausverkauft war. Wenn sie dort aber lange genug warteten, steckte er ihnen doch noch ein altes Brot zu, und sie stritten sich darum, wer es der Mutter überreichen durfte.

Eines Abends schlossen Karl und Gottfried unter der großen Erle jenseits des herrschaftlichen Verwaltergebäudes Blutsbrüderschaft.

»Freundschaft«, sagte Karl.

»Für immer«, sagte Gottfried.

Abends dachte er, dass er das erste Mal einen richtigen Freund hatte, nicht nur einen Kameraden wie in Weierhof. Karl war lustig. Nie war es auf diesem langen Schulweg mit Rad und Bahn bis nach Kitzingen langweilig. Er unterhielt sie mit dem Spiel »Ich sehe was, was du nicht siehst« und hatte immer die ungewöhnlichsten Objekte, die niemand erriet. Einmal war es die rot geschriebene Adresse auf einem Brief in der Hand einer Frau im Zug. Ein anderes Mal das Abzeichen auf einem Uniformrock. Gottfried durfte in Karls Klasse und saß sogar neben ihm.

Der Winter kam und machte alles weiß. Der Schnee knirschte unter ihren Schuhen. Die Mütter strickten ihnen Wollmützen und waren gottfroh, wenn sie abends alle aus Kitzingen zurück waren.

Silvester 44/45 versammelten sie sich vor dem Rundfunkapparat bei Tante Maritz und der Familie ihres Bruders. Erst die Luftlagemeldungen. Dann der Gongschlag mit der aktuellen Zeit und das Neueste über die Aktivitäten des Feindes. »Rasch kamen überall die deutschen Gegenschläge«, sagte der Sprecher und zählte die Verluste beim Feind auf. »Die deutschen Truppen waren überall bereit.«

Die Erwachsenen glaubten nicht mehr an das verheißene Glück der Stunde, vor allem der Onkel sprach nur von der Niederlage. Gottfried war verwirrt und dachte wieder an die Napola und das, was Huber ihnen immer gesagt hatte. Würde Huber den Onkel so reden hören, würde er ihm ganz schön was in die Trompete husten! So wie einmal, als Jorgatz die Kraft der deutschen Truppen bezweifelt hatte. Alle wurden sie dafür bestraft und stundenlang durch den Wald gescheucht bei Eiseskälte, durch Frost und Matsch, mit Liegestützen, auf und ab, geheult hatten sie, aber Hubers Stimme trieb sie an: »Überwinden müsst ihr euch! Überwinden!« So viel Kraft hätte sich Gottfried im Leben nicht zugetraut. Danach war die Klasse ein Herz und eine Seele. Keiner verpfiff mehr einen anderen. Für Huber würde Gottfried auch jetzt noch durchs Feuer gehen. Er vermisste die vielen Rituale. Hier in Castell war das Leben nicht so geordnet. Er dachte wieder an Jorgatz, der tot war. Jorgatz war ein Held.

»Sie haben Heidelberg bislang verschont«, kommentierte der Onkel, der sogar Fremdsender hörte. »Eine Universitätsstadt. Hoffen wir also, dass sie auch Würzburg verschonen.«

Seit Jahresanfang 1945 aber gab es nun immer häufiger Alarm, manchmal zweimal am Tag, meist abends nach zwanzig Uhr. Kitzingen wäre ein attraktives Ziel. Es hatte die Luftkriegsschule und Rüstungsbetriebe. Bei Luftwarnung wurden die Schüler aus der Umgebung nach Hause geschickt. Auswärtige wie die Casteller gingen mit dem Lehrer in die Schutzräume, wo sie manchmal weiter Unterricht machten. Einmal war es so voll und unruhig, dass der Lehrer Gottfried die Aufgabe erteilte, für Ruhe zu sorgen. Das war eine große Ehre. Gottfried wusste noch ein Lied aus der alten Schule, das sie gemeinsam sangen, bis alles vorbei war.

Am 23. Februar 1945 schien in Kitzingen die Sonne. Ein Vorbote des Frühlings. Der Unterricht hatte längst begonnen – ohne Gottfried. Er war wie immer früh aufgestanden und hatte mit Karl losradeln wollen. Aber sein Fahrrad hatte einen Platten. Die Ventilkappe war abgedreht und lag am Boden. Karls Rad war weg. Er musste ihm mit Absicht die Luft aus dem Reifen gelassen haben. Das passte zu ihm. Gottfried würde sich rächen, das war jedenfalls schon klar. Nun sollte Karl aber erst mal sehen, wie schnell Gottfried das Problem löste. Den Zug in Feuerbach würde er wohl auf jeden Fall verpassen.

So kam es, dass Gottfried an diesem Freitag erst viel später aufbrach. Unterwegs traf er August, Karls großen Bruder. August war schon siebzehn und schwarzhaarig, so wie sein verstorbener Vater Frantek, nach dem Gottfried ihn schon oft hatte fragen wollen. Aber etwas hielt ihn immer wieder davon ab. August hatte schon eine tiefe Stimme und hielt sich auf dem Weg zur Bahn an Gottfrieds Schulter fest, um sich von ihm ziehen zu lassen, bis es Gottfried endlich gelang, ihn abzuschütteln. Sie waren so in ihre Gespräche vertieft, dass sie die Aufklärer nicht sahen, die schon eine ganze Weile lang über ihren Köpfen das Gebiet auskundschafteten.

Die silbernen Vögel der Luftwaffe erwischten sie zur frühen Mittagszeit bei Etwashausen nahe des Flugplatzes. Das eintönige Brummen hoch über ihnen kannten sie. Aber diesmal war es anders, bedrohlicher, ein nicht enden wollender Ton, und der blaue Himmel mit schwarzen Geschwadern übersät. Sie sahen drüben den weißen Streifen, jenseits der Brücke, direkt über dem Zentrum der Stadt. Sie sahen den Pulk, der dorthin schoss, und wie es unter den Metallbäuchen glitzerte, als die ersten Sprengbomben herausfielen. »Viermotorige!« August schrie, so schnell hatte ihn Gottfried noch nie vom Fahrrad springen sehen, er fuhr fast auf, sprang ab, ließ das Rad los, es fiel lautlos, geschluckt vom Lärm ringsum, und er warf sich neben August auf den sandigen Boden. Das eintönige Motorenbrummen. Es wollte nicht aufhören. Die Maschinen flogen vom Schwanberg her über sie hinweg. Und auch aus Süden kamen immer mehr, immer wieder, in Wellen mit Kurs auf Kitzingen, es nahm kein Ende. Dieses Summen und Brummen über ihren Köpfen und die Einschläge, sie krochen unter Gottfrieds Hände, die fest auf die Ohren drückten, und trotzdem drangen sie in seinen Kopf.

Etwas zog an seinen Armen, die alles gaben, die Gottfrieds Kopf zusammendrückten, August war da und zog und rief irgendwas. Es war vorbei, es war wirklich vorbei. Kein Brummen mehr zu hören.

»Komm!« August stand schon, hielt sein Rad. Gottfried kam hoch, fand sein Rad, richtete es auf und sah nach Kitzingen hinüber, die Beine wie Pudding, alles an ihm zitterte, aber es wurde besser, weil August einen Plan hatte, weil er sagte, was sie jetzt tun sollten. Brandwolken verdunkelten den Himmel. Sie wollten in die Altstadt unter den Wolken und in die Ritterstraße zur Schule.

Erst über die große Brücke. Hatte sie einen Treffer? Wie viel Zeit war vergangen? Wie lange hatten sie da auf dem Boden gelegen? Gottfried wusste es nicht, folgte August, versuchte, ihn nicht aus den Augen zu verlieren, ein bewegter Schatten, und wie sein Rad schlingerte, August fuhr schnell. Am Anfang ging es voran, aber bald nicht mehr, sie mussten absteigen, kurze Strecken laufen, dann konnten sie wieder ein Stück fahren. Irgendwann ließen sie die Räder einfach liegen und gingen zu Fuß. Menschen rannten ihnen entgegen, manche schlichen, zogen Leiterwagen mit Verletzten raus aus der Stadt und dem Rauch, die ganze Luft war davon voll, nahm ihnen den Atem, drang in sie ein. Sie gingen trotzdem weiter, zwei Gestalten, kalkweiß vom Staub, sie mussten doch zu Karl, dem Bruder und Freund, mussten zur Schule, zu den anderen, ihren Klassen, die doch sicher rechtzeitig im Schutzraum waren. Der Schutt oft haushoch, dass kein Durchkommen war, und Hilfeschreie von überall, dumpf aus dem Boden oder von ganz nah, sie müssten doch stehen bleiben, helfen, aber sie liefen einfach weiter, trauten sich nicht auf die heißen Schuttberge, liefen um sie herum. Riesige Bäume, die Gassen versperrten, umgeknickt, als wären sie dünn wie Streichhölzer. Flammen schlugen aus den Häusern. Menschen lagen auf dem Boden. Sie schienen zu schlafen, sah man nicht in ihre Gesichter. »Lisa! Lisa!«, rief eine Frau und fiel genau vor Gottfried hin, kam aber schnell wieder hoch, der Boden war zu heiß. »Lisa, Lisa!« Sie raufte sich die Haare, und Gottfried blieb stehen, starrte sie nur an, aber August zog ihn weiter und mit sich fort, die Schuhsohlen waren doch so heiß, alles anders und dazwischen das Nichts, wo vorher doch noch etwas gewesen war, ein Haus, ein Gebäude, die Schule, der Bahnhof, jetzt waren da ineinander verkeilte Güterwagen, Bombenkrater, in denen sie immer wieder Schutz suchten, loderndes Feuer und nachrutschendes Geröll, kaum ein Durchkommen war da durch die unkenntlich gemachte Stadt, zu Karl, wo war er, und wo überhaupt ihre Schule?

»Komm«, hörte er August, »mach schneller!« Es klang, als wüsste der ganz genau, wohin.

Kitzingen war Gottfried noch nie so groß vorgekommen, ein Höllenlabyrinth, und die Winde, jetzt kamen die Winde, überall Feuer, und auf einmal war da wieder eine Frau, eine mit ganz rußigem Gesicht, die nach ihm griff, ihn packte, ihn umdrehte. Ihr enttäuschter Blick ging ihm nicht aus dem Sinn, aber er musste weiter, August hinterher, mit dem Mund voller Staub, der Tag wie eine schwarze, ewige Nacht. Gottfried war erschöpft und atmete schwer. Ständig musste er husten. Er dachte daran, wie Karl ihm heute Morgen die Luft aus dem Rad gelassen hatte, sicher war es doch Karl gewesen, wer sonst? Gottfried sah ihn, wie er die Idee hatte, kurz entschlossen. Wie er sich hinkniete, das Ventil abschraubte und kicherte, als er an Gottfrieds verblüfftes Gesicht dachte. – Weiter, weiter, August hinterher. Nur blieb ihm doch fast die Luft weg. – Karl, wie er zum Freundschaftsbeweis das blutende Handgelenk auf seines gedrückt hatte. Gottfried bekam wieder Luft. Karl musste doch in der Schule sein, in ihrer Klasse, neben seinem eigenen leeren Platz. Die Klasse war doch untergekommen, alles war gut. Alles gut, gelt? Wie die Mutti immer sagte. Sie suchten und suchten. Aber Karl und die Klasse, sie fanden sie nicht.

ISA 2014

»Du warst zu Tode erschüttert und verstört, als du mit August um fünf Uhr endlich heimkamst.«

Mit August. Aber ohne Karl. Doras Worte hallten noch in meinem Kopf. Sie hatte sie Gottfried in ein Buch mit leeren Seiten geschrieben, das sie ihm zur Konfirmation geschenkt hatte und das er seither als Tagebuch benutzte. Ich hatte Gustav von diesem

Tag im Leben meines Vaters erzählt. Über Nacht war draußen der erste Schnee gefallen. Hauchzart bedeckte er den Seegarten und die Ufersteine. Mittags kam die Sonne durch. Wir hatten zwei Stühle auf den Balkon gestellt und uns in Decken eingemummelt, jeder in der Hand eine Tasse heißes Wasser, und warteten darauf, dass die Sonne uns bald wärmen würde.

»Es muss furchtbar gewesen sein für Maritz, Karl zu verlieren«, sagte Gustav, der inzwischen alle Details kannte. Vor seinem Mund bildeten sich kleine Wölkchen. Er wirkte abgeschlagen und matt. Die Kälte trieb ihm Röte ins Gesicht.

»Und Dora«, sagte er, »wie sie den ganzen Tag wartet. Wie erleichtert sie gewesen sein muss! Und wie untröstlich wegen Maritz! Und dann auch noch wochenlang kein Lebenszeichen von Max.«

Ich hatte ihm erzählt, dass die drei schon mit Sack und Pack aufbruchbereit waren, als Max doch noch in letzter Minute in Castell auftauchte und sie nach Ludwigshafen zurückbegleitete. Fast hätten sie sich also verpasst.

»Was für Ängste sie ausgestanden haben musste«, sagte Gustav. »Wer weiß, wie sie das nach außen gezeigt hat.«

Dora und Gefühle zeigen? Sie war »das Gesetz«. Und wenn sie wie Max der Meinung gewesen war, dass ihr Erstgeborener in Castell »der Mann im Haus« sein sollte, dann setzte sie das gewiss auch durch. Was sie allerdings sicher mehr als für die Söhne wünschenswert zeigte, das war im abrupten Wechsel mit ihrer Härte ihr großes Bedürfnis nach Liebe. In meiner Interpretation schien sie die Söhne – ohne Absicht – zu instrumentalisieren. Auch später hatten die längst erwachsenen Söhne sie ständig anzurufen, sich dauernd nach ihr zu erkundigen. Weil Dora kein Maß kannte für Nähe und Distanz, blieb das Verhältnis dauerhaft schwierig. Wieder waren also – in diesen Zeiten aus Notwendigkeit? – durch die Erziehung zur Härte Beziehungen verwirkt, die menschlicher, herzlicher hätten sein können.

Und die Kinder?

»Du bist jetzt der Mann im Haus««, sagte ich. »Das war Max'
Auftrag. Und das mit dreizehn!«

Ich dachte an Lennard, wie er mit dreizehn war, verspielt und
großmäulig, eine lustige Mischung aus verschiedensten Ausprä-
gungen der Adoleszenz, von denen sich manche zum Glück schnell
wieder verloren. Unvorstellbar, wenn er in diesem Alter seinen
besten Freund verloren hätte.

»Erwachsen sein musste Gottfried ja schon auf der Napola«,
sagte Gustav.

Und auch Dora wollte ihn ganz schnell als »echten Mann« sehen, dachte ich, sprach es aber nicht laut aus. Stattdessen kamen
mir plötzlich doch Worte meines Vaters in den Sinn, die ich lange
vergessen hatte. Die Napola sei völlig unpolitisch gewesen, hatte er
behauptet. Und angesprochen auf den körperlichen und geistigen
Drill, fiel oft der unsägliche Satz, den ich schon von vielen seines
Alters gehört hatte: »Geschadet hat's mir nicht.« Unsere Generation wurde seiner Meinung nach verzärtelt. Die Erzieher hatten
also ganze Arbeit geleistet. Und ich saß da und dachte über Trau-
mata und Gehirnwäsche nach. Wäre das nicht eigentlich seine Aufgabe gewesen?

Ich brauchte mehr Decke, die ich um mich schlang.

»Das hat ihn überfordert. Vollkommen überfordert.« Gustav
sprach so langsam und bedeutungsschwanger, als trüge er selbst
einen schweren Rucksack. »Wer war Gottfried damals in Castell das
Vorbild? Karls großer Bruder August vielleicht«, überlegte er. »Den
Vater jedenfalls hat er wohl nicht so oft als ›Mann im Haus‹ erlebt.«

Wir beschlossen, dass Max Schubert vornehmlich wohl Versorger gewesen war. Sicher war er mit den Kindern auch wandern
gewesen oder hatte sie auf Ausflüge mitgenommen. Aber in den
schwierigsten Zeiten war er schlichtweg meist nicht da.

»Kein Wunder, dass euer Vater später auch nur der Versorger
war«, sagte Gustav.

War er das? Gustav zog für meine Begriffe ziemlich übereilt
seine Schlüsse aus allem. Immerhin aber machte er sich Gedanken.

Und immerhin hatte ich zu erzählen begonnen. Wer erzählt, hat Verantwortung. Doch es galt auch das Umgekehrte: Wer *nicht* erzählt, hat Verantwortung.

Ich versuchte mich weiter in den jungen Gottfried hineinzuversetzen, merkte aber, wie ich mich dagegen wehrte, emotional zu tief einzusteigen. Ganz so, wie mein Vater sich ein Leben lang dagegen gewehrt hatte, diese schmerzlichen Erlebnisse überhaupt nur aufzurufen. Manchmal wusste ich nicht, was mir lieber war: die Blindheit meiner naiven Jahre oder die neuartigen Empfindungen von Wärme und Verständnis, die mit dem Erzählen kamen. Ganz allmählich trat ich aus dem sich lichtenden Sumpf, um ihn zu betrachten. Immer wieder öffneten sich Fenster, so wie jetzt, als ich meinen Vater in vielen Situationen sah. Vor Urlauben machte er das Auto stets penibel zurecht und packte es auf eine Weise, wie es umständlicher kaum ging. Sein zwanghaftes Verhalten zeigte sich hier am deutlichsten. Er ging stundenlang um den Wagen herum und bückte sich, um von allen Seiten darunterzuschauen. Dazu machte er ein so angestrengtes Gesicht, als hätte er gerade in eine Zitrone gebissen. Ins Auto hineinzukommen war für uns eine der schwierigsten Prozeduren überhaupt gewesen. In der Fantasie meines Vaters ragten aus unseren kleinen Körpern wohl an die hundert Stäbe mit Spitzen, mit denen wir schon im Vorbeigehen den schönen Lack zerstörten. Wenn wir schließlich alle drei auf der Rückbank saßen, auf der kratzigen Wolldecke, die er zum Schutz der Sitzpolster aufgelegt hatte, ermahnte er uns pausenlos. Nicht mit den Knien in seine Rückenlehne stoßen. Nicht dauernd streiten. Und schon gar nicht die Stirn auf den Lehnen der Vordersitze ablegen. Fettfleckengefahr!

Kaum fuhren wir los, wurde dann geraucht, Kette und bei geschlossenen Fenstern. Immer Lord Extra, die weißen Schachteln mit der roten Schrift, die wir sammelten und zu Häuserkomplexen zusammenklebten. Es gab ja genug davon.

Kinder hatten bei meinem Vater keinen großen Stellenwert.

Ihnen wurde positive Aufmerksamkeit nur dann geschenkt, wenn sie Leistung erbrachten. Waren sie einfach nur da, mit ihren Nöten, Ängsten, Bedürfnissen, dann störten sie, wurden gemaßregelt oder mit schnellen Lösungen abgespeist.

Auch als wir älter waren, änderte sich daran nur sehr wenig. Es war zwar kaum Konkretes, an das ich mich erinnern konnte, aber eine allgemein leider oft sehr angespannte Atmosphäre, in der wir wachsam darauf achteten, was wir sagten, damit harmlose Unterhaltungen nicht eskalierten. Manchmal band mein Vater seine Erziehungsmaßnahmen kreativ ein, was mich freilich ganz besonders auf die Palme brachte. Nach einem meiner Wochenendbesuche in der Zeit, als ich zum Studium bereits ausgezogen war, schrieb er mir eine Mail mit folgendem Inhalt:

Subject: Reise

Sehr geehrte Frau Schubert,

wir hoffen, Sie hatten eine angenehme Rückreise. Wir danken Ihnen für Ihren werten Besuch und wünschen, es hat Ihnen bei uns gefallen. Bitte beehren Sie uns bald wieder.

Ihr
Hotel-Restaurant Schubert
mit Autoverleih und Garten-Fitnesscenter

Essen und Gastfreundschaft waren für Familienmitglieder nicht selbstverständlich. Nun hatte ich es schwarz auf weiß.

»Ein Trauma«, unterbrach Gustav meinen Gedankenstrom, »wirkt nicht immer zerstörerisch.«

Ich zog meine Decke noch enger um mich und versuchte mich zu orientieren. Es war eisig geworden auf dem Balkon. Der See lag in kalter Pracht und tiefblau vor uns. Gustav neben mir wirkte momentweise wie ein Fremder. Dann fiel mir ein, wie nah wir uns in den letzten Wochen gekommen waren.

»Es ist eingekapselt. Aber man kann es umkreisen.«

Wovon sprach Gustav?

»In einer Ellipse.« Gustav ließ nicht locker. »Manchmal ist man ihm so nah, dass man es kaum erträgt. Manchmal so weit weg, dass es sich betrachten lässt.«

Ich musste nachfragen. Er antwortete mir wie einer gedankenverlorenen Schülerin, der er das Gleiche schon mehrmals erklärt hatte.

»Liebe Isa. Wo bist du?« Er rückte mit seinem Stuhl näher zu mir heran. »Du hast mir gerade von einem schrecklichen Kriegserlebnis erzählt, das dein Vater hatte, als er in der Pubertät war, also mitten in diesem verletzlichen Alter, wo man nicht weiß, wer man ist.«

Er sah mich eindringlich an, als wollte er keine Regung in meinem Gesicht verpassen. »Wenn in dieses Alter, wo alles innen Großbaustelle ist, so etwas unvorstellbar Schreckliches hineinschneidet – der beste Freund tot, die Bilder der zerstörten Stadt, die Ohnmacht, die Angst, die Hilflosigkeit –, dann hilft sich das überreizte, überforderte Gehirn damit, dass es das Erlebnis einfach verpackt.«

Gustav schnürte mit seinen dünnen Fingern ein imaginiertes Paket und zog fest zu. »So. Ganz fest. Niemand soll es je öffnen. Nennt man ›Trauma‹.«

So ein Besserwisser. »Die ganze Kriegsgeneration ist traumatisiert«, entgegnete ich kühl.

Gustav wühlte sich aus seiner Decke, zwickte mir freundschaftlich in die Wange und verschwand in seiner Wohnung.

Ich dachte an unsere winzige Küche zu Hause, wo die laute Dunstabzugshaube in meiner Erinnerung immerzu ratterte und wir bevorzugt auf dem Boden saßen, sodass meine Mutter, wollte sie an die Schublade mit den Töpfen und Pfannen, jedes Mal über uns drübersteigen musste.

Ich dachte an meinen Vater, der abends nach der Arbeit in diese dampfende Küche kam und sie kopfschüttelnd wieder verließ.

Ich fragte mich noch einmal, wo für ihn der Eingang in diese Familie gewesen war – die Familie, die er liebte und brauchte, die aber offensichtlich so ganz andere Werte hatte als er selbst; die »genusssüchtig« war statt pflichtbewusst; chaotisch statt geformt; vor allem wir Kinder, die wir auf dem Küchenboden lümmelten, statt mitzuhelfen.

Obwohl jung und nur so kurz auf einer Napola, entsprach mein Vater fast exakt dem Bild, das ich bei meinen Recherchen über Biografien ehemaliger Napola-Schüler in einer der Publikationen so beschrieben fand: »Dem ehemaligen Napolaner kann man nichts vormachen, er weiß, wie die Dinge laufen. Ihm liegt nichts daran, mit seiner Selbstkontrolle Toleranz vorzutäuschen, aber er erwärmt sich auch nicht an gleicher Gesinnung. Er ist seinen Weg gegangen, als hätten ihn seine Anstrengungen nichts gekostet. Glück hat er weder gehabt noch gebraucht. Er hat um seine Selbsterhaltung gekämpft, ohne Zweifel an sich selbst und ohne Vertrauen in seine Umwelt.«

Auch meinem zur Reflexion wenig neigenden Vater »machte man nichts vor«. Er wusste offenbar alles, und das sogar besser als Fachleute. Verbissen hielt er an seinen Meinungen fest, so sehr, dass es manchmal satirische Züge annahm. Hatten wir Fragen, die er nicht beantworten konnte, rief er gern aus: »Ich habe genug gelernt in meinem Leben!« Bis heute machte mich diese Erstickung von Neugier ratlos. Wovor hatte er Angst?

Sicherlich war es zu vereinfacht, seine Rigidität allein auf die Napola-Episode zu schieben. Vieles mehr spielte eine Rolle. Aber je mehr ich las, desto deutlicher sah ich zumindest Zusammenhänge. Irgendwo stand, die Napola-Erziehung wirke oft erst nachträglich, im Moment des realen Verlusts, wenn sie *freiwillig* angenommen werde. Das war ein interessanter Gedanke. Es hieße, dass der dort eingetrichterte Auftrag, »besser« zu sein, meinen Vater zeitlebens jagte, begleitet von der Angst zu versagen. »Schamangst« war das unglaublich doppeltonnige Wort, das Psychologen dafür erfanden. Sie lähmte meinen Vater noch in frühen Berufsjahren. Musste er eine Rede halten, zitterte sein Mund so sehr, dass er kaum sprechen konnte.

Gustav nahm wieder neben mir Platz, er fröstelte.

»Wollen wir reingehen?«

»Noch nicht.« Die Vorstellung, mich vom Stuhl zu erheben, glich der, mich von meinem Vater zu entfernen.

»Er hat fast nie davon gesprochen. Wie die Napola auf ihn gewirkt hatte. Was er über die eingehämmerte Ideologie dachte«, murmelte ich.

»Nichts«, vermutete Gustav, »er wird nichts darüber gedacht haben.« Er zeigte auf seine Ohren. »Da rein, da raus. Er war viel zu jung dafür.«

Zum ersten Mal kam mir die Idee, dass ich nur deshalb diese ganze Familiengeschichte erzählte, um sie meinem Vater zurückzuerzählen.

»Beim Waschen verlieren die Fäden ihre Orientierung«, hatte ich die große Übersetzerin Swetlana Geier sagen hören, während sie eine Strickdecke betrachtete und hier und dort in Form zog. Und auch beim Übersetzen, sagte sie, macht man erst Gewebe kaputt. Dann füllt man es aus.

Die Ruhe, die von ihr ausging, beeindruckte mich.

Auch ich war zu einer Art Übersetzerin geworden. Ich übersetzte meine Familiengeschichte und machte dabei Gewebe kaputt. Ich zerstörte die Vorstellungen, die ich anfänglich über alle hatte; über Dora, die ich mir gerne mondän und kreativ vorstellte; über meinen Vater, den ich so sah, wie es mir in den Kram passte.

261

Danach begann ich, auszufüllen: Dora mit den zuvor verborgenen Stellen ihres Charakters. Und auch mein Vater erhielt allmählich Profil.

Wer vor meinem inneren Auge immer noch kaum Kontur hatte, das war Doras Mann Max Schubert. Doch riesengroß tauchte er vor mir auf, als Gustav mir eines Tages einen dicken Umschlag brachte.

»Für dich. Wenn du etwas mehr über deinen Großvater wissen willst.«

»Meinen Großvater?«

»Max Schubert. Du hast mir auf der Wanderung im Hegau seinen Namen verraten. Schau mal rein.«

Völlig perplex öffnete ich den Umschlag und zog ein dickes Konvolut bedruckter Blätter heraus. Es handelte sich um »Akten des Öffentlichen Klägers bei der Spruchkammer in Neustadt/ Haardt gegen Schubert, Max, Kaufmann, Gruppe IV, Mitläufer.«, abgestempelt am 6. Mai 1948, gezeichnet vom Landeskommissar für die politische Säuberung in Rheinland-Pfalz.

Ich staunte. »Woher hast du die?«

»Angefordert beim Landesarchiv Speyer«, sagte er. »War ganz einfach. Ich habe nur seinen Namen genannt und mich als Enkel ausgegeben.«

Das musste ich erst einmal verarbeiten.

»Es ist deine Akte, Isa«, sagte Gustav und schob die Unterlagen wieder in den Umschlag zurück. »Ich habe sie mir nicht angesehen.«

An diesem Tag suchte ich die Firmenfotografien heraus, auf denen Max Schubert, der 1959 starb, zu sehen war. Die Ähnlichkeit zu meinem Vater war unverkennbar. Beide waren relativ klein und trugen Brillen mit dicken Gläsern. Sie hatten die gleichen schmalen Lippen, denen man nie ansah, ob sie ironisch oder streng gezogen waren, und beide den gleichen dichten Oberlippenbart.

Vermutlich ließen sich beide den Schnurrbart ebenso wie die Nasenhaare von ihren jeweiligen Ehefrauen mit der Nagelschere kürzen.

Max Schubert wirkte unscheinbar. Es gab Schwarz-Weiß-Fotografien von Betriebsausflügen, auf denen er Zigarre raucht. Es gab Innenaufnahmen von Firmenessen oder Schnappschüsse einer Einweihung auf einer Werft in den Fünfzigerjahren, auf welchen er zwischen anderen Mitarbeitern auf Holzplanken steht. Er trägt einen fast bodenlangen Mantel nach der Mode der Zeit, hält den Hut in der einen Hand, ein Sektglas in der anderen. Und schließlich gab es die großen Abzüge aus dem Veranstaltungshaus, dem sogenannten Feierabendhaus, das mit seinem großen Festsaal das Herz der Werksgemeinschaft war. Alle Männer haben ein weißes Einstecktüchlein im Jackett. Max ist auch hier sicher der Kleinste, das Haar schon grau, er lächelt und ist den anderen zugewandt, auf der Nase eine Brille, die mich wegen ihres durchsichtigen Randes an Brillen aus Chemiebaukästen erinnerte.

Das große Foto mit dem Hakenkreuz über der vielköpfigen Versammlung eröffnete prominent eine von Dora eigenhändig mit rot gemustertem Stoff bezogene Fotomappe, die Max Schuberts Arbeitsleben dokumentiert. Das Versammlungshaus ist für ein Firmenessen an langen, gedeckten Tafeln hergerichtet. Die Mitarbeiter nebst Gattinnen sitzen bereits. Sie drehen sich dem Fotografen zu, der etwas erhöht steht, vermutlich auf der Vortragsbühne. Sein Kameraobjektiv erfasst den großen Raum, die vier Deckenkronleuchter und die gleichfalls gut besetzte, ringsum verlaufende Galerie. In deren Mitte an der Balkonaußenseite ist das Hakenkreuzbanner angebracht. Gut sichtbar zwischen Köpfen oben und Köpfen unten.

Um mir ein Bild von »der Firma« zu machen, fuhr ich an einem der nächsten Tage nach Ludwigshafen in den Kern der Kurpfalz. Nach amerikanischem Vorbild hatte man etwas lieblos Hochstraßen über den Rhein gebaut. Das aufgebockte Straßengewirr ähnelte einem Riesenkraken. Vierzehn Luftangriffe hatte die Stadt im Krieg erlebt. Achtzig Prozent wurden zerstört. Der Wiederaufbau geschah vergleichsweise schnell. Anspruchslos, einfach und keineswegs schön. Heute versuchte die Stadt ihr Image aufzupolieren und nannte sich stolz »Ort der Vielfalt«.

Die BASF thronte gut sichtbar am Rhein. Sie »war« gewissermaßen Ludwigshafen und zeigte sich im Besucherzentrum von ihrer besten Seite. Man war stolz auf die frühen Sozialprogramme. Die Pflege der Kultur stand schon damals ganz oben im Programm. Es gab werkseigene Badehäuser zur Körperpflege der Arbeiter. Das Besucherzentrum war in einem solchen untergebracht. Ich schlenderte durch die Ausstellung und bestaunte die Exponate, während zeitgleich mit mir eine Schulklasse durchgeführt wurde, von welcher sich immer dieselben zwei, drei absentierten und pfeilschnell die Hand hoben, um die Fragen zu beantworten. Bruchstücke der Führung bekam ich mit, der Museumspädagoge erzählte fesselnd, und ich malte mir aus, wie Cleopatras Vasallen – in der grauen Vorzeit der BASF – Purpurschnecken oder Malachitsteine für ihre farbenprächtigen Gewänder gesammelt hatten. Dann kam »die Formel«, und alles Sammeln war hinfällig.

Stockwerk für Stockwerk schraubten wir uns nach oben, und der Museumspädagoge, ein temperamentvoller Mittdreißigjähriger, pries nach dem Entdeckergeist der Pionierjahre die kurzen Wege zwischen Rohstoff und Produkt sowie die Nachhaltigkeit der Zollstöcke der Marke Longlife. Sie bestanden aus dem Kunststoff Polyamid, einem biobasierten Rohstoff. Alles werde heute benutzt und wiederbenutzt. Schon Ludwigshafener Kindergartenkindern, behauptete er, sei der Spruch geläufig: »Alles auf der Welt hat der liebe Gott erfunden. Den Rest hat die BASF erfunden.«

Den Rest? – Ich kannte aus meiner Kindheit nur die silbernen und roten BASF-Kassetten und Klarsichtfolien, auf die der Schriftzug in den bekannten Hohlbuchstaben aufgeprägt war.

Ratlos stand ich vor der Vitrine mit den »geschlossenen Systemen«. Offenbar war die Firma neben der Herstellung von Dämmmaterialien auch für den Werkstoff von Windeln zuständig – »superabsorbent«!

Ich wusste, dass die Firma unter dem Namen der I.G. Farbenindustrie im Zweiten Weltkrieg bei Gaslieferungen des tödlichen Zyklon B eine grausame Rolle gespielt hatte; dass sie unter dem Namen BASF bereits im Ersten Weltkrieg an Giftgaseinsätzen beteiligt gewesen war. Doch diese Themen nahmen in der Ausstellung nur wenig Platz ein. Man plante allerdings gerade die Jubiläumsausstellung und war im Umbau. Präsentierte man deshalb nur eine Schrumpfversion der Firmengeschichte?

Zurück in der Wohnung nahm ich wieder die Akte zur Hand, die meinen Großvater als »Mitläufer« einstufte. Er hatte nicht zu den dreiundzwanzig in Nürnberg angeklagten I.G.-Farben-Mitarbeitern gehört und wurde zügig nach dem Krieg wieder eingesetzt, was nichts über seine politische Gesinnung aussagte. Dass es aber doch ein Spruchkammerverfahren gegen ihn gegeben hatte, war mir neu.

Über das Archiv der BASF holte ich Informationen über ihn ein. Er leitete in der fraglichen Zeit die Abteilung Verkehrswesen am Standort Ludwigshafen und war damit beauftragt gewesen, »den Verkehr der Werke Ludwigshafen und Ludwigshafen-Oppau zusammenzufassen, neu zu ordnen, die Arbeit reibungsloser und vor allem auch kostengünstiger zu gestalten«. – Und darüber hinaus? Er war leitender Angestellter eines Konzerns, der in Kooperation mit der SS das Konzentrationslager Buna-Monowitz bauen ließ, neun Kilometer östlich von Auschwitz, geplant als größtes chemisches Bauvorhaben Europas.

Von einer konkreten Verstrickung meines Großvaters in dieses Projekt wusste ich nichts. Ich hatte jetzt aber eine Akte, die seine Schuld maß, und geriet durch diese Akte auf einmal selbst in die Position, mir darüber ein Bild zu machen – anhand fünf eng beschriebener Schreibmaschinenseiten mit Antworten zu verschiedenen kritischen Punkten, verfasst aus der Ich-Perspektive. Fast also eine Verteidigungsrede, unterschrieben an einem Novembertag im Jahr 1947; im Anhang viele Max Schubert entlastende Briefe von Mitarbeitern, die oft »unaufgefordert« seinen Charakter lobten und sein Eintreten für sie schilderten. Diese Briefe klangen persönlich. Einer schrieb, er empfinde es gar als »Unterlassungssünde«, würde er sich in diesem speziellen Fall nicht zu Wort melden. Er selbst musste 1938 das Land als Jude verlassen. Mit Max Schubert habe ihn das Geschäftliche verbunden. Jahrelang sei er aber bei ihm auch privat ein und aus gegangen. Nicht vergessen habe er Max Schuberts Antwort auf seine Frage, ob dieser den Kontakt nicht lieber wegen des Risikos einstellen wolle: »Bleiben Sie mir doch mit solchen Geschichten vom Halse. Ich weiß, mit wem ich es zu tun habe, und stehe dafür gerade, wenn man mich deswegen anzufeinden versuchen sollte.« Dieser Satz, falls so gefallen, wäre der einzige Satz, der mir vielleicht verriet, wie die grundsätzliche Haltung meines Großvaters gegenüber dem NS-Regime war.

Mir war klar, dass Urteile in Entnazifizierungsverfahren wenig Aussagekraft hatten, dass Akten dieser Art »Persilscheine« waren und den Betreffenden von jeder Schuld reinwaschen sollten. Ich wusste, dass sie mit Vertuschungstaktiken arbeiteten und alles in allem höchst fragwürdig waren. Trotzdem hatten die beigefügten Briefe und auch Max Schuberts eigener Argumentationsaufbau eine Sogwirkung auf mich, und meine erste Reaktion war Erleichterung. Ich erschrak über mich selbst, weil ich mich dabei beobachten konnte, wie ich den entlastenden Worten Glauben schenken wollte. Auch ich war korrumpier- und verführbar. Auch mir lag offenbar daran, die Familie zu schützen.

Andererseits kam ich mir beim Lesen vor, als würde ich einer Gehirnwäsche unterzogen, die mich davon abhielt, klar zu denken. Ich las »Oberschamführer« statt »Oberscharführer« und war erstaunt, wie erstklassig das innere Aufmerken funktionierte. Wieder war da dieses Gefühl, im Nebel über Sumpf zu laufen. Ich wollte festen Grund. Aber nichts war weniger griffig als diese Akte. Sollte ich dieser Stimme überhaupt Raum geben?

Von der BASF-Historikerin des Archivs ließ ich mir erklären, wie es vermutlich zu dem Verfahren gekommen war. Wie alle Deutschen über achtzehn Jahre wurde Max Schubert nach dem Ende des Zweiten Weltkriegs nach dem »Gesetz zur Befreiung von Nationalsozialismus und Militarismus« vom 5. März 1946 einer Beurteilung unterzogen und in eine der fünf Belastungskategorien eingestuft. Es gab bekanntlich die Gruppe eins der Hauptschuldigen. Ihnen folgten die Belasteten (Aktivisten), die Minderbelasteten (Bewährungsgruppe), die Mitläufer und als letzte und fünfte Einstufungsgruppe die sogenannten »Entlasteten«. Das waren Personen der vorstehenden Gruppen, die vor einer Spruchkammer nachweisen konnten, dass sie nicht schuldig waren. Aus der Akte schloss die Historikerin, dass Max Schubert vermutlich zunächst von der ZSK, der Zentralen Säuberungskommission, in die Gruppe zwei oder drei eingestuft worden war, also die Belasteten oder Minderbelasteten. Die Kommission entschied, ihn zum 31. Dezember 1947 zu pensionieren. Gründe dafür waren seine Mitgliedschaft in der NSDAP seit dem 1. Juli 1937 sowie seit Mitte 1934 seine Mitgliedschaft im Nationalsozialistischen Kraftfahrkorps (NSKK). Darüber hinaus war er Oberscharführer, Mitglied der Deutschen Arbeitsfront (DAF) sowie Mitglied der Nationalsozialistischen Volkswohlfahrt (NSV). Schwer wog wohl außerdem, dass er seinen Sohn an einer Napola angemeldet hatte. Jedenfalls bezog er dazu der Firma gegenüber bereits Anfang September 1945 in einem Brief Stellung. Sein Fall wurde am 7. April 1948 verhandelt. Als sogenanntes »Sühnegeld« musste er vierhundert Reichsmark, umgerechnet vierzig Deutsche Mark an die Staatskasse zahlen und außerdem die Verfahrenskosten von 9,80 Deutsche Mark tragen.

Ich sah ihn das Finanzamt Ludwigshafen betreten, das zu der Zeit wegen der Kriegsschäden immer noch in einem Provisorium untergebracht war. Ich sah ihn am Kassenhäuschen die »Kosten-rechnung in der Säuberungssache« vorlegen, sein Portemonnaie ziehen und zahlen. Weiter aber kam ich mit meiner Vorstellungs-kraft nicht. Es gelang mir nicht, mich in den Mann hineinzuver-setzen, dem laut Stempel vom 3. August 1948 bescheinigt worden war, er habe als Mitläufer »keinen besonderen Einfluss auf andere ausgeübt« und niemanden »in politischer Hinsicht aktiviert«.

Keinen besonderen Einfluss? Auf niemanden? Wie dachte er, fühlte er, legte er sich seine Aufgaben zurecht? Was wusste er, und warum schickte er seinen Sohn auf eine Napola?

Auch die Historikerin fand aufgrund der vorliegenden Quellenlage die mir wichtigsten Fragen »nicht eindeutig beantwortbar«.

Ob er wirklich nur aus beruflichen Gründen Mitglied der Partei sowie Mitglied verschiedener anderer Organisationen war, wie er selbst in der Akte angab? – »Als Abteilungsleiter, der viel mit staat-lichen Stellen zu tun hatte, hat die Parteimitgliedschaft eine beruf-liche Notwendigkeit bedeutet (wie auch immer er persönlich dazu gestanden haben mag).«

Wie viel Kenntnis er gehabt habe vom I.G.-Farben-Lager Ausch-witz-Monowitz?

»Sein Tätigkeitsfeld war vermutlich schon weitgehend auf Lud-wigshafen beschränkt, aber die Werke Ludwigshafen und Lud-wigshafen-Oppau gehörten zu einem großen Konzern, und da-durch wird es auch Austausch zwischen den einzelnen Werken und Abteilungen innerhalb des Konzerns gegeben haben. Im Zuge des-sen halte ich es schon für möglich, dass er Kenntnis davon gehabt hatte, dass in Auschwitz-Monowitz ein Werk für synthetischen Kautschuk (Buna) errichtet wurde und man dafür Zwangsarbeiter/KZ-Häftlinge einsetzte. Wie detailliert dieses Wissen allerdings war und was er persönlich darüber dachte, wissen wir nicht. Darüber können nur Ego-Dokumente wie Briefe und Tagebücher Aus-kunft geben.«

»Ego-Dokumente«? Ich besaß nur Urlaubspostkarten von ihm und ein paar freundliche Zeilen an die Söhne, die er den langen Briefen von Dora anfügte. Keine Zeile davon, dass die Firma, für die er arbeitete, schon seit Dezember 1939 den Standort bei Auschwitz prüfte; dass die Zusage der SS, Tausende Zwangsarbeiter von Auschwitz bereitzustellen, neben weiteren »günstigen« (!) Bedingungen (gute Wasserversorgung und die billige Rohstoffversorgung aus den enteigneten Kohlevorräten Oberschlesiens) die Planungen beschleunigten; dass ab 1941 dort der Bau der Chemiefabrik begann und 1942 das Konzentrationslager Buna-Monowitz entstand; dass durch die sogenannte I.G. Auschwitz bis zu vierzigtausend Menschen – die Zahlen variieren – ermordet wurden oder durch unmenschliche Arbeitsbedingungen, durch Hunger, Krankheit, willkürliche Erschießungen zu Tode kamen.

Kaum mehr erbrachte der ernüchternde Anruf im Archiv von Bayer, das gleichfalls nur unbedeutende Akten schickte: das trockene Protokoll eines Treffens der Verkehrskommission, bei dem auch Max Schubert anwesend gewesen war, sowie Auszüge aus »Signalbüchern« und »Fahrordnungen«. Viel belastendes Material sei vernichtet worden, sagte der Archivar. Lange Zeit habe die BASF nicht einmal ein Archiv geführt und »kein Bewusstsein für Geschichte« gezeigt. Es habe für Unternehmen lange keine Abgabepflicht gegeben. Max Schubert, mutmaßte er, hatte bei Kriegsbeginn einen »relativ normalen Job im Rahmen der Logistik« mit der Aufgabe, Rohstoffe von A nach B zu befördern, möglichst kostengünstig. Während des Krieges wurde das aufgrund der Mangelwirtschaft eher zur Improvisationsarbeit. Als Funktionsträger wird er »Wissen« gehabt haben. Wie viel, das sei nicht zu sagen. Zwangsarbeiter habe jeder jeden Tag auf dem Werksgelände sehen können. »Aber einen von Ihrem Großvater unterschriebenen Verkaufsschein für Zyklon B werden Sie nicht finden.«

Auch zur Napola-Frage fand ich nichts Konkretes. Hier antwortete Max Schubert am ausführlichsten. Im Laufe des Jahres 1943 habe sich sein Sohn der »aus den zunehmenden Luftangriffen ergebenden Nervenbeanspruchung« immer weniger »gewachsen« gezeigt, seine Frau sich aber noch nicht entschließen können, mit den Kindern die Stadt zu verlassen. Deshalb habe man sich darum bemüht, den Jungen »in einer ruhigen Gegend« unterzubringen. Beigefügt waren die Erklärung der Sekretärin, die bestätigte, wiederholt Internate angeschrieben zu haben, aber durchweg Absagen erhielt, weil diese Internate bereits durch evakuierte Kinder übervoll waren. Als die Nationalpolitische Erziehungsanstalt Weierhof am Donnersberg sich bereit erklärt habe, noch eine Anzahl Jungen aus luftgefährdeten Plätzen Unterkunft zu gewähren, hätten sie von dieser Gelegenheit ab September 1943 Gebrauch gemacht. Wohl habe er sich wegen des Namens der Schule beim Anstaltsleiter nach einem etwaigen Zusammenhang mit der NSDAP und deren Einrichtungen erkundigt. Es sei ihm daraufhin versichert worden, dass ein solcher Zusammenhang nicht bestehe. Max Schubert weiter: »Während es sich bei den von dem früheren ›Reichsorganisationsleiter‹ Dr. Ley geschaffenen Adolf Hitler Schulen sowie Ordensburgen um Parteischulen handele, unterstünden die NEFA lediglich dem für das allgemeine Schulwesen zuständigen Reichserziehungsminister. Sie stellten eine besondere Form von Heimschulen dar und unterschieden sich von diesen nur durch eine schärfere Auslese in Bezug auf die schulische Leistung mit starker Betonung der sportlichen Erziehung. Ich war hiernach nicht der Auffassung, dass es sich bei dem Weierhof um eine Parteischule handelte.«

Er erklärte in seinem Verfahren auch, warum er seinen Sohn von dieser Schule wieder heruntergenommen hatte: »Die Art des Schulbetriebs mit dem an die Kadettenanstalten erinnernden Drill unter starker Hervorhebung der Körperschulung veranlassten mich aber, bald nach einer anderen Unterbringungsmöglichkeit Ausschau zu halten.« Im Frühjahr 1944, schrieb er, wechselte mein

Vater ins Protestantische Schwesternhaus Kirchheimbolanden, wo schon Gottfrieds jüngerer Bruder war.

»Die kurze Verweildauer des Jungen auf der Schule spricht dafür, dass der Schulbesuch eine ›Notlösung‹ war, damit er nicht mehr im immer stärker bombardierten Ludwigshafen zur Schule gehen musste, aber so ganz glasklar ist die Sache nicht«, schrieb die Historikerin des BASF-Archivs.

Ich schrieb zwei Historiker an, die sich explizit mit dem Weierhof befasst hatten. Ihre Antworten kamen prompt und waren deutlich. Zwar sei es tatsächlich so gewesen, dass die Napolas trotz fester Einzugsgebiete Schüler aus bombengefährdeten Gebieten aufnahmen. Aber es galt auch: »Wer 1943 sein Kind in eine Napola schickte, der musste wissen, auf was er sich da einlässt. Weierhof war vor 1933 von den Mennoniten beeinflusst, die sehr deutschnational waren. Die Gleichschaltung verlief hier also eher problemlos.«

Der andere Fachmann formulierte es noch deutlicher: »Das Gespräch zwischen dem SS-Offizier Karl Bertsch, von Frühjahr 1942 bis Frühjahr 1944 Leiter der Napola Weierhof, und Ihrem Großvater kann also nicht in der Weise stattgefunden haben, wie er es im Entnazifizierungsverfahren behauptete. Zudem war der Weierhof bereits seit 1936 eine NS-Eliteschule des Gaues Saarpfalz und damit ein Unikum in der gesamten Schullandschaft des Deutschen Reiches, in die die pfälzische Parteiprominenz, nicht nur Gauleiter Bürckel, ihre Söhne schickte. Das dürfte einem BASF-Direktor im nahen Ludwigshafen bekannt gewesen sein.«

Sie bestätigten mir, was ich darüber hinaus schon recherchiert hatte. Die Napolas waren Eliteschulen des NS-Staates. Anders als die Adolf-Hitler-Schulen und die Ordensburgen, waren sie keine Kaderanstalten für den Parteinachwuchs. Die sogenannten »Napola-Jungmannen« sollten später in den verschiedensten Bereichen des NS-Staates Führungspositionen übernehmen. Daher galt für sie prinzipiell freie Berufswahl. Doch sie unterstanden eben nicht nur dem Reichserziehungsministerium, sondern auch der eigens dafür geschaffenen Napola-Inspektion der SS in Berlin unter Leitung des SS-Obergruppenführers August Heißmeyer, der sich regelmäßig auch auf dem Donnersberg blicken ließ. Mit Kriegsbeginn und je länger der Krieg dauerte, diktierte die SS also immer mehr den Unterricht an der Napola.

Aus dem Erinnerungsprotokoll eines ehemaligen Napola-Schülers, der mit Geburtsjahrgang 1930 ein Jahr älter war als mein Vater, erfuhr ich weitere Details zur Anstalt auf dem Donnersberg. Um aufgenommen zu werden, mussten die Schüler ein Auswahlverfahren absolvieren. Es dauerte jeweils eine ganze Woche. Fachliche und sportliche Eignung sowie soziales Verhalten wurden geprüft. Auch Mutproben wie das Springen vom Drei-Meter-Brett ins Schwimmbecken gehörten dazu. Bei manchen dieser »Ausleselehrgänge« waren Referenten des Rasse- und Siedlungshauptamtes der SS anwesend, um die »rassische« Eignung der Kandidaten zu überprüfen. Per Brief wurden die Eltern anschließend über die Aufnahme oder Ablehnung informiert.

Als Heimschule organisiert, war Heimweh unter den »Jungmannen« stark verbreitet. Alle sechs Wochen war ein »Heimfahrtag« erlaubt. Gefragt, ob er und seine »Kameraden« so etwas wie Elitebewusstsein gehabt hatten, antwortete er: »Insofern als wir überzeugt waren, dass von uns die Gesellschaft – gemeint war damit die nationalsozialistische Gesellschaft – besondere, über den Durchschnitt weit hinausgehende Leistungen erwarten würde. Elitebewusstsein also im Sinne von Verpflichtung zu besonderer Leistung, aber nicht im Sinne besonderer Anrechte in der Gesellschaft.«

Es gab gezielte Vorführungen von Kampfmotivationsfilmen oder Vorträge, wie sie der ältere Schüler in seinen Erinnerungen erwähnte und die vielleicht auch mein Vater erlebt hatte: »Nicht vergessen habe ich, wie uns, den Schülern des Vierten Zuges, an einem Abend Ende 1943 auszugsweise die Posener Rede Heinrich

Himmlers vorgelesen wurde, in der Himmler vor einer Gruppe hoher SS-Offiziere offen von Vernichtung und Ausrottung der Juden gesprochen und hinzugefügt hatte, ›das durchgehalten zu haben, hat uns stark gemacht‹. Die volle Bedeutung dieser Worte haben wir Jugendliche wohl kaum erfasst. Aber wir ahnten, dass da Schlimmes geschehen sei, und nannten Himmler fortan ›Bluthund‹.«

Max Schuberts Erklärung, dass er den verstörten Gottfried in ruhigeres Gebiet bringen wollte, wirkte schlüssig auf mich. Dass es aber eine nationalsozialistische Eliteschule war, von deren ideologischer Ausrichtung er hat wissen müssen, warf Fragen auf. Nahm er Gottfried wirklich nur wegen der Nervenbeanspruchung nach der relativ kurzen Zeit eines Dreivierteljahres von dort wieder herunter? Oder weil er 1944 die Niederlage absehen konnte und begriff, dass Tatsachen wie der Besuch einer Napola später dessen Biografie brandmarken würden? War es eine Mischung aus beidem? Was wusste Dora, und wie dachte sie darüber?

Je mehr ich recherchierte, desto unüberschaubarer wurde alles. Der Konzern war einfach zu groß und die Aussagen bei den Nürnberger Prozessen lügenhaft und lückenhaft. Die meisten der Hauptverantwortlichen kamen ungeschoren davon und besetzten später wichtige Ämter. Und auch heute wurde die Wahrheit immer noch vertuscht und verzerrt.

Mein Großvater war als Mitarbeiter dieses Konzerns Teil eines verbrecherischen Systems gewesen und somit Täter. Das war unserem Familiengedächtnis in aller Deutlichkeit hinzuzufügen.

Aber noch viel dringlicher war es, die Erinnerung wachzuhalten an das, was geschehen war.

An einem der nächsten Tage wachte ich früh auf. Der schmale Streifen neben mir, wo Gustav auf meiner Matratze gelegen hatte, war leer. Ich zog mich an, ging die Treppe hinunter und nach draußen. Es war noch dunkel, die Straßen schlafruhig und leer. Bis zum oberen Dorfwald waren es zwanzig Gehminuten. Als ich das Feld verlassen hatte, umschlossen mich auf der Anhöhe die Bäume. Die eben zu Ende gehende Nacht verwandelte sich in Schleier, die die Sicht erschwerten. Der Frühmorgenwald duftete moosig und moderig, als hingen Tau und Schneckenschleim an den unsichtbaren Luftpartikeln. Der Geruch von Nebel war leicht zu verwechseln mit dem Waldgeruch, aber doch ein deutlich anderer Duft, den man nur wahrnahm, weil man eingeschränkt sah. Die kühle Luft tat gut. Die Hände in den Manteltaschen ging ich zügig die vertraute Runde, die ich mir in den letzten Wochen zu eigen gemacht hatte. Der Nebel wich mit jedem Schritt. Ich hatte Dora und auch Max aus den Familienanekdoten und Hohlräumen herausgelöst, so weit es mir möglich war. Immer noch ein Rätsel aber war mir mein eigener Vater. Ein Mann, der in Urlauben keine Kirche ausließ; dessen Lieblingssendung im Radio die gleichzeitige Übertragung vieler Glocken verschiedener Kirchen war; der in seiner Brieftasche neben dem Foto seiner Frau nicht nur alte Aufnahmen seiner Kinder mit sich trug, sondern immer auch eine seiner Mutter.

Was suchte er in den vielen Kirchen? Was genau war es, das ihn so sehr an seine Mutter band?

Ich passierte einige große Holzstapel, die von den letzten Waldarbeiten liegen geblieben waren. Die neonroten Markierungen auf den frischen Holzflächen leuchteten in der Morgendämmerung. Der Mond war gerade noch zu erkennen, und als ich auf eine Lichtung trat, sah ich eine Weile lang gebannt zu, wie er hinter langsam vorbeiziehenden kohlschwarzen Wolken aufschien und schließlich ganz im diffusen Licht verschwand. Der Weg führte mich jetzt wieder nahe dem Feld zurück, das ich anfangs verlassen hatte. Die Schafherde, die dort stand, war mir vorhin verborgen geblieben. Einzelne helle Flecken bewegten sich so langsam, dass ich zum ersten Mal begriff, warum sie immer wieder Wölfen zum Opfer fielen. Als hinter der nächsten Wegbiegung ein Mann hervortrat, stutzte ich, weil ich hier so früh mit niemandem rechnete. Doch dann erkannte ich Gustav an dem schlendernden Gang, mit dem er sich forsch auf mich zubewegte. Sein Gesicht war in der Kapuze verborgen, die er sich weit über den Kopf gezogen hatte. Zum Zeichen hob er die Hand und winkte mir zu.

»Hier bist du!«, sagte ich.

»Ich wollte dich nicht wecken«, sagte er.

Wir standen einander gegenüber, zwei eingemummelte Gestalten, und musterten uns erfreut.

»Bin sonst früher unterwegs«, sagte er. »Ich warte auf Tiere.« Er hakte sich bei mir ein und zog mich den Weg weiter in die Richtung, in der ich unterwegs war und aus der er gekommen war. Überall raschelte und knackte es, und ich fragte mich, welche Größe das Tier, auf das Gustav wartete, wohl hatte. Im Waldinneren, dort, wo es einen kleinen Teich gab, stieg wieder leichter Nebel auf. Es würde ein feuchtkalter Novembertag bleiben, den man mit viel Tee würde aufgießen müssen.

Bald hatten wir die Weide mit den Schafen erreicht. Sie standen oder lagen herum. Manche grasten. Viele Lämmer waren darunter. Sie galoppierten ein paar Meter zu den Eutern ihrer Mütter und saugten genüsslich. Eine Gruppe zermalmte das letzte Kleegras des Jahres.

Gustav blieb stehen und blickte auf das Weideland. Jetzt bemerkte auch ich, dass dort eine Stelle anders aussah als die übrige Fläche. Die Schafe umkreisten sie ratlos. Mal näherte sich eines der Schafe der Stelle und graste drum herum. Dann ging es wieder zu den anderen. Die meisten aber kümmerten sich nicht um den offenbar tabuisierten Fleck, auf dem einer ihrer Artgenossen auf der Seite lag. Erst schien es so, als bewegte es sich noch oder schliefe. Doch je länger wir hinschauten, desto erkennbarer war, dass dieses Schaf keineswegs nur schlief. Ein paar Wollflocken lagen um das tote Schaf herum. Eine große, rote Wunde klaffte in unsere Richtung.

Der Wolf war offenbar nicht das Tier gewesen, auf das Gustav an diesem Morgen gewartet hatte – obwohl er diese Spezies sehr mochte. Warm geworden vom schnellen Laufen und Reden hatten wir unsere Mäntel geöffnet. Immer weniger spürten wir von der Kälte, bis wir endlich wieder vor unseren Haustüren standen. Oben in meiner Wohnung kochte ich uns Tee.

»Canis lupus«, dozierte Gustav in meine Küche hinein. »War hier ewig nicht mehr anzutreffen.« Und nach einer kurzen Pause: »Wir müssen das gerissene Schaf melden.«

Gustavs Faszination für die scheuen Fluchttiere, die derzeit bei uns Fuß fassten und Schäfern ein Dorn im Auge waren, entlud sich in anregenden Vorträgen, in die er gleich noch die große Politik hineinpackte. Ich machte uns Frühstück aus gekochten Haferflocken, Obst und Zimt und dachte an den Wolf, den Dora als kleines Mädchen hinter der Zugfensterscheibe gesehen hatte; der Wolf, den sie oft gezeichnet hatte und der ihr zeigte, wie man elegant ging.

»Ich kann mir jetzt schon die Diskussion im Gemeinderat vorstellen«, sagte Gustav. »Die einen, die den Wolf am liebsten gleich wieder vertreiben wollen. Und die anderen, die nach Lösungen suchen, weil sie für Artenvielfalt sind.«

Wir sprachen darüber, wie solche Vorfälle instrumentalisiert wurden und dass vermutlich bald rechte Strömungen das Wolfsthema nutzen würden, um ihre unsägliche Abschottungspropaganda damit zu würzen. Beklemmend deutlich wurde mir während unseres Gesprächs, dass auch wir in einer Zeit lebten, in der es politisch, wie in den Zwanzigern des letzten Jahrhunderts, schnell kippen konnte.

Am nächsten Tag hatte ich Geburtstag, Gustav aber nichts davon erzählt. Ich schlief extra allein bei mir und wurde von Lennard geweckt. Die Verbindung war zu schlecht, sein Gesicht im Skype-Bildschirm immer wieder eingefroren, aber meistens lachend, er wirkte zufrieden, das Auslandssemester machte ihm Spaß. Clara simste Glückwünsche, sie könne erst abends sprechen. Meine Mutter rief an, eine meiner Schwestern und die Freundin, die mir die Wohnung vermietet hatte und froh war, dass ich sie noch weiter nutzen wollte. Dann ging ich auf den Markt, um mir Trauben zu kaufen, dazu ein Stück Käse. Beides wollte ich abends feierlich allein verspeisen. Der Käsemann strahlte, als er mich sah, obwohl ich selten etwas bei ihm kaufte. »Sie kenn ich!«, sagte er, während er mir ein großes Stück französischen Hartkäse absäbelte. »Sie gucken immer so traurig!« Ich lächelte und nickte, während ich auf einen anderen Käse zeigte und so tat, als verstünde ich ihn nicht richtig. Stumm zahlte ich und lächelte weiter, und er strahlte mich weiter an und wünschte mir einen schönen Tag, als wüsste er, dass ich heute Geburtstag hatte.

Als ich auf der Brücke ankam, die über den kleinen Bach neben meiner Straße führte, erstarrte ich. Von hier aus konnte ich bereits den Eingangsbereich des Hauses sehen. Zwei Männer standen da und unterhielten sich. Der eine war Gustav. Der andere, ich war mir fast sicher, war Paul. Ich versteckte mich reflexartig hinter einer Hecke und lief von dort weiter zum Schilf am Ufer. Ganz erschrocken setzte ich mich auf die kalten, nassen Steine. Gustav und Paul, das gehörte nicht zusammen. Der eine hatte mit dem anderen doch gar nichts zu tun! Ich verharrte und futterte alle Trauben, bis mir zu kalt war und ich zum Haus zurückschlich.

Niemand mehr vor der Tür. Ich klingelte bei Gustav, der mir durchrief, er könne gerade nicht, aber der Paketbote habe versucht, ein Päckchen bei mir abzugeben, netter Mann übrigens, ein neuer offenbar. Er habe das Päckchen hinter die Mülltonne gelegt. Konnte ich mich so getäuscht haben? Erleichtert ging ich nachschauen und fand ein Paket von Paul. Er hatte es ja gar nicht sein können, fiel mir auf der Treppe nach oben ein. Clara hatte gesagt, dass er gerade auf Konzerttour war, die Provinz, die jährlich bespielt wurde. Erst wollte ich das Päckchen ignorieren. Dann sah ich ein, dass das vollkommen albern war, und packte es aus.

Paul hatte sich besonders viel Mühe gegeben. Weißes Seidenpapier strahlte mir entgegen. Ich strich darüber und fühlte etwas Hartes. Als ich es aufschlug, fand ich ein kleines Stück Holz, umwickelt von einer Konzertkarte. – Nein: Es waren zwei Konzertkarten, eine ganz alte von dem Abend, als wir uns kennenlernten, Paul hatte sie offenbar bis heute aufgehoben, und eine weitere für ein Konzert kurz nach Weihnachten in der Zeit zwischen den Jahren: Sophie Hunger, eine Sängerin, die ich sehr mochte. Unter allem lag ein zusammengefalteter Brief. Als ich das rindenlose Holzstück in die Hand nahm, ausgewaschen von Wasser, sehr viel Wasser, so hell war es, erkannte ich es. Wir hatten es aus einem unserer Urlaube in Holland mitgebracht. Wir hatten uns damit zum Spaß oft beworfen und einem dieser angespülten Holzstücke zur Würdigung unserer Beziehung einen kleinen Altar direkt über unserem Bett gebaut, auf dem es dann jahrelang lag, bis ich es zwischen Umzügen verloren glaubte. Aber hier war es. Paul hatte es gut aufbewahrt.

Ermattet ließ ich alles sinken. Zusammenziehen. Heiraten. Kinder bekommen. Alles war sehr schnell gegangen. Dann kamen die Jahre, in denen wir nicht genug aufeinander aufgepasst hatten und uns zuletzt nur noch wie bei einem Wettkampf gegenseitig aufzählten, was wer für die Gemeinschaft »Familie« alles geleistet hatte.

In Sekundenschnelle spulte mein Gedächtnis jetzt Bilder von Paul an die Oberfläche. Wie er zuletzt das Joggen entdeckt hatte und nach jeder längeren Tour schweißtriefend und stolz vor mir stand; wie er mit Clara und Lennard, als sie klein waren, Stirn an Stirn tobte; wie er mir morgens beim Weggehen über das Haar strich. Heute war Donnerstag. Donnerstags gingen wir früher oft in die Stadtbibliothek Zeitungen lesen. Paul saß mir gegenüber, es war schön, nicht reden zu müssen und nur manchmal kurz hochzuschauen, um sich einander zu versichern. Ich hatte ihn überredet, weil damals gerade Siri Hustvedts Roman *Die unsichtbare Frau* in Fortsetzungen erschien und ich keine verpassen wollte. Bevor wir eintraten, las Paul die Zettel am Schwarzen Brett, nicht nur, weil er Nebenjobs suchte, sondern auch deshalb, weil ihm gefiel, wie die Menschen auf ihr Angebot oder ihr Bedürfnis aufmerksam machten. Manche fordernd, andere bescheiden, in schreienden Farben oder mit stumpfem Bleistift. »Alle Temperamente vertreten!«, freute er sich jedes Mal und stellte Statistiken auf, von denen er mir später erzählte.

Seitdem sah ich sie auch, diese vielen Zettel an Schwarzen Brettern, über die ich selbst Nele fand, mit der ich später eine Textagentur betrieb und noch heute gut befreundet war. In der Stadtbibliothek mussten wir uns die Zeitungen damals noch vom Bibliothekar aushändigen lassen. Mich kannte er, aber als Paul das erste Mal in abgewetzten Klamotten auftauchte – nie leistete er sich Neues –, da merkte ich, wie er ihn länger betrachtete, als nötig gewesen wäre. Dann fand er wohl etwas in Pauls Gesicht, das ihn versöhnte. Die nächsten Donnerstage begrüßte er immer Paul als Erstes. Wie herabsetzend das mir gegenüber war, fiel mir erst jetzt auf, als ich über ein Stück Holz weinte und mich zugleich dafür schämte, dass ich Paul und Gustav miteinander verglich wie Vieh auf einem Markt.

Pauls Brief war – neben einer Entschuldigung – ein Bekenntnis. Anders konnte ich es nicht nennen. Er war kurz und knapp und das Ergebnis einer Entscheidung, die Paul in den letzten Wochen getroffen haben musste. Eigentlich fehlten nur die Überschriften. Aber ich konnte sie mir dazudenken: »Suche« meine verloren gegangene Frau. »Biete« einen Neuanfang. Mit jedem Satz, den er mir zu Füßen legte, blieb er zugleich auf Augenhöhe mit mir. Allein dass ihm dieses Kunststück gelang, ließ mich gleich noch mehr weinen. Wir hatten unsere Beziehung vor die Wand gefahren. Und zwar nicht nur er, sondern wir beide. Nach Wochen der Distanz die Vision eines Neuanfangs zu entwickeln war nicht etwa das letzte Winken eines Weggehenden – sondern der mir zugewandte Paul, wie er früher einmal gewesen war. Paul, der mich im kältesten Winter der Achtzigerjahre in die Werkstatt eines mit ihm befreundeten Instrumentenbauers schob, weil er mir die geschnitzten Stege, Pinsel und Geigenkörper zeigen wollte; der mir Musik auflegte und mich extra damit allein ließ, weil er mein Urteil nicht beeinflussen wollte, und anschließend ganz dringend von mir wissen wollte, wie ich sie fand; der mir Verbesserungsvorschläge meiner Texte stets sanft vortrug, seit er einmal selbst erlebt hatte, wie mein Vater mich in Grund und Boden kritisierte.

Paul war einmal gewesen wie Gustav heute. Verwirrt fragte ich mich, wie wir so weit gekommen waren.

Nach diesem Tag studierte ich wieder und wieder die Bücher der anderen meiner Generation, als läge dort der Schlüssel zu all meinen Fragen. Ich las nach, wie sie schrieben, wie sie recherchierten, wie sie die Motive ihrer Großeltern zu ergründen versuchten und in die Zeit einbetteten; wie sie Opferbiografien oder Täterbiografien oder etwas dazwischen ermittelten; wie sie sich um die Familienschuld herumwanden oder umstandslos zu ihr bekannten und Fakten gegen Fiktion abwogen; wie sie die Stimme erhoben als sogenannte Kriegsenkel mit ganz eigenen Symptomen. Vermeidung, Angst vor Veränderung, das Gefühl, die Eltern emotional nicht erreichen zu können, Unlebendigkeit in der Herkunftsfamilie, der schwankende Boden, die eigene ständige Unentschiedenheit und schließlich die Angst, von der Geschichte, die sie erforschten, selbst verschlungen zu werden. Als sei gerade eine Bewegung losgetreten worden, gab es endlich dieses Wort. Die Beziehung zu der Elterngeneration der Kriegs*kinder* wurde gesehen und beschrieben, je nach Familie anders.

Doch was war ihre Motivation, was trieb sie an? Schuld, Scham oder Erkenntnistrieb? Und *wie* erzählten sie? Was betonten sie? Vor allem: Was sparten sie aus?

Ich versuchte, sie in Gruppen zu fassen. Es gab die Besessenen, die Fakten türmten. Sie taten so, als diene jedes Detail der Wahrheitsfindung, und sicher war auch ich in Gefahr, mich in Details zu verlieren, unter denen der Schmerz der Opfer zu verschwinden drohte.

Es gab die Fantasten, die ihre Fiktionen trotz der offensichtlichen Fantasterei als Wahrheiten präsentierten, ohne dabei kenntlich zu machen, dass Erzählen und Erinnern immer schon Fälschung beinhaltete.

Es gab die Missionarischen, die Quellen zitierten, um anderen Recherchewerkzeuge an die Hand zu geben.

Es gab die hochmütigen Deuter, die so taten, als wäre alles, was geschehen war, »schicksalshaft« – und sich damit jeglicher Verantwortung entzogen.

Und zuletzt die, die einfach nur beschrieben und den Lesenden die Wurzel aus allem ziehen ließen. Ich war wohl von allem etwas – schon allein deshalb, weil meine Beweggründe, die mich veranlasst hatten, gerade jetzt so genau in die Vergangenheit zu sehen, verschwommener waren; weil sich das Erzählen durch meine angespannte Lebenssituation »ergab«; weil meine Mutter es mir auftrug; weil ich erst während des Erzählens bemerkte, wie wenig ich wusste. Dieser Zustand dauerte an. Immer noch wusste ich zu wenig. Immer noch misstraute ich meiner Stimme, als gehörte sie einer Fremden. Sie war wie transparenter Lack, der die Familienerzählungen überzog, sie zum Glänzen brachte und an den Stellen mit Kratzern darin matt wirken ließ.

Vielleicht stimmte es ja, was solchen Erzählern und Erzählerinnen wie mir oft genug vorgeworfen wurde: dass der Glaube, den Nebel lichten zu können, in Wirklichkeit eine Anmaßung war und dass wir uns die aufregenderen Leben unserer Großeltern und Eltern nur deshalb »liehen«, weil unser eigenes Dasein außer Beziehungsproblemen zu wenig hergab und wir Angst vor der Zukunft hatten. Vielleicht ging es aber eben auch erst dann mit unseren eigenen feststeckenden Beziehungen weiter, wenn wir die Beziehung zu unseren Eltern betrachteten und auch emotional erfassten, warum sie waren, wie sie waren.

Es passte also ganz gut, dass Gustav bei unserem nächsten Treffen scheinbar zusammenhangslos in meine Grübeleien hinein sagte: »Du hast mich ja mal gefragt, woran ich die ganze Zeit schreibe.«

Stimmt. Das hatte ich fast schon wieder vergessen.

»Ich sitze an einer Arbeit über gelingende Leben.«

»Gelingende Leben?« Das klang ja erst mal sehr allgemein.

»Es geht um die Frage: Wenn Menschen das Gleiche erleben – warum zerbricht der eine daran, warum der andere nicht?«

»Klingt spannend. Und warum hast du daraus so ein Geheimnis gemacht?«

»Kein Geheimnis. Ich wollte nur noch nicht so früh darüber sprechen. Es ist alles noch ganz unausgegoren und am Anfang.«

»Versuch's trotzdem«, sagte ich.

»Es ist so: Ich vergleiche zwanzig Fälle. Zwanzig Lebensläufe, in denen der Krieg eine Rolle spielte.«

Gustav erzählte, was es zum Stichwort »gelingendes Leben« längst alles gab. Antike Philosophen hatten den verwandten Begriff der »Eudämonie« in die Welt gesetzt und damit »gelungene Lebensführung« gemeint: »Eu« hieß »gut«; »Dämonie« kam von »daimonion«, was so viel hieß wie »gute Gottheit« und die »warnende, innere Stimme« meinte, wenn ich Gustav richtig verstand. Inzwischen gab es zu diesem Thema alles, was zwischen Wohlfühlschulen, Ethik und Philosophie gedieh.

Alle aber verfolgten offenbar ein gemeinsames Ziel: Sie wollten herausfinden, was dazu führte, dass ein Mensch gewaltfrei mit anderen lebte und dabei auch noch mit sich selbst im Einklang war. So in etwa.

»Und wie genau definierst du selbst in deiner Studie ein ›gelingendes Leben‹?«, fragte ich.

»Das eben ist das Schwierigste«, gab Gustav zu. »Jeder scheint es ja für sich anders zu definieren. Aber es gibt doch ein paar Grundkonstanten, die alle nennen. Und eine der wichtigsten ist immer noch Bindung.«

»Also Beziehungen?«

»Genau. Jede Form von Beziehung ist gut. Besser in Beziehung sein als isoliert vor sich hin vegetieren.«

Dem war wohl umstandslos zuzustimmen. Gustavs Forschungsprojekt, für das ihm sogar Drittmittelgelder aus Universitätsetats gewährt wurden, war mit ähnlichen Studien vernetzt und hatte schon ein vorläufiges, nicht sehr überraschendes Ergebnis hervorgebracht:

Wer in schlimmen Zeiten wenigstens einen Menschen hatte, dem er sich verbunden fühlte, war später viel besser in der Lage, Konflikte verantwortungsvoll zu lösen. So ungefähr lautete die Quintessenz von Gustavs Vortrag.

»Und das müssen nicht unbedingt die Eltern sein«, ergänzte er wie absichtslos.

Ich dachte daran, wie mir Gustav am See einmal vor einer gefühlten halben Ewigkeit, die in Wirklichkeit nur wenige Monate zählte, selbst leuchtende Blätter gezeigt hatte. Wie er mich geprüft hatte wie eine Schülerin und dann erklärte, dass sie deshalb leuchten könnten, weil sie in ihrem Inneren Moleküle bildeten, die sich mit anderen Molekülen verbanden.

Also: Leuchten durch Bindung.

Aber hatte er nicht auch gesagt, dass sie beim Hervorbringen dieses wunderbaren Leuchtens zugleich ihr eigenes Sterben einleiteten?

»Gab es eigentlich für deinen Vater jemand anderen als die Eltern oder den Bruder?«, fragte Gustav, und ich verlor meinen Gedanken übers Leuchten beim Sterben leider wieder aus dem Blick. Schon länger hatte ich auch Paul und mein Entscheidungsproblem aus dem Blick verloren. Sollte ich zu ihm zurückgehen? Gustav von ihm erzählen? Paul von Gustav erzählen? Hierbleiben?

Es fiel mir tatsächlich etwas über meinen Vater ein, von dem meine Mutter mir manchmal erzählt hatte.

»Er hatte Doktor Vogt«, sagte ich zu Gustav.

»Wen?«

»Doktor Vogt. – Einen Nachbarn, der sich um ihn kümmerte.«
»Dann erzähl«, sagte Gustav und machte es sich bequem.

Nach Kriegsende waren die Schulen noch lange geschlossen. Gottfried wurde in der Lehrlingswerkstatt der väterlichen Firma bei den Schlossern und Schreinern untergebracht. Kurz vor Weihnachten 1945 nahm ihn die alte Schule im französisch besetzten Ludwigshafen wieder auf – doch nur bis Januar 1946. Mit einem neuen Schreiben der Militärregierung wurde ein älterer Runderlass, nach welchem die Schulleiter über die Aufnahme von ehemaligen Napola-Schülern entscheiden durften, hinfällig. Ab jetzt waren Schüler und Schülerinnen auszuschließen, die höhere Ränge in der Hitlerjugend innegehabt hatten, die Funktionen ausgeübt hatten wie Jungstammführer oder Jungmädel-Ringführer, die eine der ehemaligen Nationalpolitischen Erziehungsanstalten, Adolf-Hitler-Schulen oder andere Parteischulen besucht hatten. Anträge auf erneute Zulassung waren von den Erziehungsberechtigten der Schulleitung vorzulegen und mit Stellungnahme der Lehrerkonferenz an die Militärregierung Baden zur Entscheidung weiterzugeben.

Ich versuchte mir vorzustellen, wie es wohl für ihn war, von einem Tag auf den anderen nicht mehr zur Schule gehen zu dürfen, als er gerade dabei war, dem neuen Frieden zu trauen. Er hatte im Jungvolk mitzumarschieren und sich zu begeistern fürs vorgeschriebene »Große«. Nach 1945 zählte nichts mehr davon. Er hatte zu dem Heer derjenigen gehört, die man heute im Rückblick die »Umerzogenen« nannte. Wem fühlte er sich verpflichtet?

Die Schulen durchforsteten die Lehrpläne. In Mathematik waren »alle Aufgaben aus dem Bereiche des Heeres, der Kriegsmarine und der Luftwaffe zu streichen«. In Musik trat an die Stelle der Kriegs- und Parteilieder das alte Volkslied. Das Fach Geschichte blieb lange unbesetzt und, falls doch auf dem Stundenplan, nur Bruchwerk. Alles darin hatte sich auf die Betrachtung des Altertums zu beschränken. »Dabei sollen die Probleme, die noch keine wissenschaftliche Lösung gefunden haben, insbesondere die

Rassenfrage, keinerlei Berücksichtigung finden«, zitierte eine Publikation der Schule meines Vaters aus alten Anordnungen aus dem Jahre 1945.

Als er nach Monaten Zwangsschulpause im Zuge der allgemeinen Jugendamnestie seine früheren Klassenkameraden wiedersah, jeder mit unterschiedlicher Vergangenheit, durfte er endlich auch wieder lernen – konnte es aber nicht. Einerseits also das befreiende Gefühl, erstmals »bewusst ohne Zwang in die Schule zu gehen«, wie er notierte, andererseits die großen Konzentrationsschwierigkeiten: »Träume und fantasiere den ganzen Tag.« Er drohte sich darin zu verlieren. Der Junge auf den alten Schwarz-Weiß-Fotografien sieht ernst aus, die Lippen schmal, der Blick nervös oder provokativ muffig. Er galt als labil, überdreht, anmaßend. Als die Eltern bemerkten, wie es um ihn stand, organisierten sie für ihn Privatstunden bei dem philosophisch bewanderten Lehrer und Nachbarn Vogt. Sein Unterricht war eine als Philosophieunterricht getarnte Psychotherapie.

GOTTFRIED 1947

Doktor Vogt war ein stiller Mann mit Hornbrille und magerem Gesicht, der die Eigenart hatte, den Kopf zu senken, wenn er mit jemandem sprach. Doch sobald er die Türschwelle übertreten, die Dame des Hauses begrüßt hatte und mit Gottfried im Erkerzimmer am Tisch saß, verwandelte er sich in einen Lehrer mit pädagogischem Feingefühl, der seinen neuen Zögling bald im Griff hatte.

Es war Sommer 1947, Lehrmittel waren rar, Schulbücher oft nur lose geheftet. Vogt begann deshalb die erste Stunde mit einem Gedankenexperiment, während sein Hund Ajax, den er Gottfried zuliebe mitgebracht hatte, in einer Ecke des Zimmers Platz nahm.

Noch mal zurechtruckeln. Die Pfoten von sich strecken. Schon war der Hund im Land mit den vielen Katzen.

»Nehmen wir einmal an, wir schliefen«, begann Vogt. Seine Stimme hatte auf Gottfried eine geradezu betörende, seine permanent anwesende Nervosität dimmende Wirkung. Bleiern und schwer war sie. Und doch von kristallener Klarheit.

»Und weiter?« Lange hielt der Sechzehnjährige Stille nicht aus. Es sollte gesprochen werden, wovon auch immer, es war wie Musik.

»Wo sind wir, wenn wir schlafen?« Vogt räusperte sich.

Das Bett konnte er wohl kaum meinen. Gottfried wollte ja antworten, wollte mitdenken und mitreden und wie versprochen die Pforten der Philosophie aufstoßen. Aber er wusste beim besten Willen nicht, worauf sein neuer Lehrer hinauswollte.

»Im Schlaf sehen wir Dinge, die am Morgen, wenn wir wach werden, verschwunden sind.« Zur Demonstration hielt Vogt einen Radierer hoch, der ihnen nebst Zeichenpapier und Stiften bereitgelegt worden war.

»Sichtbar«, sagte Vogt und zeigte sein Objekt zwischen Zeigefinger und Daumen. – »Unsichtbar«, sagte er und ließ den Radiergummi in seiner Faust verschwinden.

Gottfried folgte mit dem Blick, schien aber nicht überzeugt. Er war doch kein Kind mehr. Der Zauberer mit der magischen Stimme musste sich schon etwas mehr einfallen lassen.

Da hörte ihn Gottfried auf einmal lachen. Einfach so lachen. So laut, dass selbst der Hund von seinem Lager aufschaute. Lachte er ihn etwa aus? Hatte er etwas falsch gemacht?

Aber nein. Der neue Lehrer hatte sich nur an Gottfrieds Interesse erfreut. Er klopfte ihm freundschaftlich auf die Schulter und beruhigte sich selbst, und mit einer Handbewegung beschwichtigte er auch seinen Hund. Der Schlaf und das Exempel mit dem Radiergummi wurden zum Sprungbrett in einen theoretisch hoch anspruchsvollen Vortrag über das Unterbewusste. Doktor Vogts Mund umspielten bisweilen ironische Fältchen, wenn er vom

Kosmos sprach, vom freien Fall und wie alles mit allem zusammenhing. Dass er aber das, was er sagte, für wichtig hielt, das sah man seinen Händen an, die ständig in Bewegung waren, Forscherhände eines ruhelosen Denkers, immer noch von erstaunlicher Gelenkigkeit, obwohl er sicherlich bald so alt war wie Gottfrieds Vater.

»Und so kannst du darauf vertrauen, dass alles seinen Gang nimmt. Du musst gar nicht viel machen. Alles kommt von selbst«, schloss Vogt diese erste Philosophiestunde, die in Absprache mit den besorgten Eltern anberaumt worden war. Gottfried Schubert sollte der Schwermut entrissen werden. Und dem Übermut. Beides spürte Vogt, selbst kinderlos, als gefährlichen Zündstoff im Raum, alle die Male, die er jetzt und künftig mit Gottfried zusammenkam. Er fühlte sich dabei oft an sich selbst erinnert.

»Schreib ein Gedicht, junger Herr. Das nächste Mal möchte ich es gerne hören.«

Solcherart waren seine Ermunterungen, die er klug zu untermauern wusste.

»Planeten im Kreislauf des Kosmos benötigen Spannung«, erklärte er. »Ganz so, wie wir es am Modell besprochen haben.«

Er kritzelte noch ein paar weitere Himmelskörper aufs Papier.

Gottfried holte einmal tief Luft, bevor er wiederholte, was er eben gelernt hatte: »Und alles funktioniert über Ausdehnung. Sonst gibt es keine Spannung.«

»Wohl gesprochen, junger Mann.« Mit diesen Worten pflegte Vogt seine Besuche zu beenden. Er pfiff seinen Hund Ajax wach und verabschiedete sich mit einer kleinen Hausaufgabe, an welcher Gottfried noch in den Abendstunden saß. Bis zur nächsten Stunde hatte er das mit Bleistift Vorgeschriebene mit der Schreibmaschine in eine ordentliche Form gebracht.

Die ersten Wochen unter Doktor Vogts Einfluss schienen tatsächlich zunächst Gemütsbesserung herbeizuführen. Gottfried wirkte aufgeräumter und gelassener. Wenn sein kleiner Bruder ihn ärgerte, sah er darüber hinweg und ließ ihn stehen. Der neue

Gedankenstoff brannte unablässig hinter seiner Stirn und fand Eingang in seine Tagesnotizen:

Geburtstag –; erstes Gedicht. – Bisher seit kurzer Zeit Philosophie mit Doktor Vogt. Habe mich erkannt. Kann nur Schriftsteller werden. Vertraue fest auf das Es in mir, bin nur Empfänger und für das Es begnadet. Entdeckung der Stationen der Seele. – Erste Schrift zur Gesellschaft. Zimmerumtrieb. – Musik, Musik. – Geht etwas.

Seinen Mitschülern allerdings wurde Gottfried immer mehr zu einem Rätsel. Der Junge mit dem arroganten Blick, der niemals lächelte – das war nicht mehr ihr »Chef«, der Klassensprecher der früheren 1a, die als einzige Klasse auf der ganzen Schule gleich stolze drei davon besaß: Gottfried, seinen Stellvertreter und einen Stellvertreter vom Stellvertreter des Klassensprechers. Oft hatte Gottfried früher als Klassensprecher vom Studienprofessor eine saftige Ohrfeige einstecken müssen, weil er die zu spät gekommenen Schüler nicht ins Klassenbuch eingetragen hatte.

Doch wie hatte er sich seitdem verändert. Jetzt sah man den mageren Mitschüler in den Schulpausen mit glasigem Blick abseits sitzen, den *Louis Marchand* auf den Knien, das Lehrbuch der französischen Sprache, die mit den Besatzern das Englische als erste Fremdsprache abgelöst hatte. Gottfried kämpfte mit dem Fach, das mangels Fachkundigerer der damit völlig überforderte evangelische Religionslehrer zu geben hatte. Der sprach jedes französische Wort erst mal deutsch aus und dann so, wie er sich vorstellte, dass das Französische wohl klang. Der Kopf schwirrte Gottfried, sodass er das Lehrbuch oft entmutigt wieder zuklappte, während seine Freunde Papierkugeln in der Größe von Tischtennisbällen über eine gedachte Schnur schnippten – »Volleyball« *en miniature.*

Wieder zurück im Klassenraum klappte Gottfried seinen Sitz herunter. Inmitten der losgelassenen Bande setzte er sich und studierte wie so oft die Wand. Sie war mit Splitterspuren der Bomben übersät. Als erzählte ihm diese Klassenzimmerwand eine spannende Geschichte, betrachtete er aufmerksam deren Muster und Löcher. Keiner ahnte, dass Gottfried in Wahrheit intensiv in sich selbst hineinhorchte, ob da irgendetwas in ihm spross.

Physik und Chemie blieben ihm verschlossen. Dafür brillierte er mit einem Referat über *Moby Dick*. Die Klassenkameraden waren überrascht, als der notorische Schweiger selbstbewusst mit vor Melville-Anbetung zitternder Stimme ansetzte und dabei, falls er überhaupt von seinen Zetteln aufsah, vor allem Eva anschaute, die ganz vorne saß:

»Ich wähle den Rahmen eines Requiems, denn es ist eine Variation von Chören, die Hehres gerecht vertonen, ins Unendliche variieren, ihren Höhepunkt haben können, aber Fragment bleiben.«

Ja, Gottfried hätte noch viel, viel mehr sagen können zu Kapitän Ahab, dem Befehlshaber der Walfänger, den man bisweilen im Heckfenster sah, »über den erloschenen Wogen, gehetzt vom dumpfen Wolfsgeheul«, wie Gottfried sehr anschaulich und gestikulierend beschrieb. Es wurde immer stiller im Klassenraum. Keiner rührte sich mehr, als er schließlich Moby Dick selbst auftreten ließ, jenen »uralten, schneeweißen Wal, der als Einzelgänger durch furchtbar durchtriebene Gewalt und seine Unbesiegbarkeit bekannt war«.

Gottfried sprach zwar nicht frei, sondern las ab, etwas leiernd, was die Wirkung seines Vortrags schmälerte, aber er steigerte sich. Deutlich merkte man ihm die Leidenschaft an, die er für Thema und Charaktere aufbrachte.

»Ich sprach vom Taumel«, sagte er wenig bescheiden und erzählte, wie Kapitän Ahab durch das Anbringen einer Dublone an den Großmast als Belohnung für denjenigen, der den weißen Wal zuerst sah, die Mannschaft in wilden Rausch versetzte. Gleich einer gut gebauten Sinfonie gab es in Gottfrieds Moby-Dick-Referat Erkennungsmelodien und ein Hauptthema. Und schließlich ein spannendes Finale.

»Dann ist er da. Zerzaust, von Harpunen durchfurcht, fällt gurgelnd der Dampfstrahl über seinen weißen Buckel. – In ohnmächtiger Wut starrt ein alter Mann unter knackenden Planken des Walbootes in blitzendes Elfenbein eines furchtbaren Rachens. – Mit furchtbarer Ruhe umkreist der Wal den treibenden Alten. – Das vom Meerwasser zerfressene Gesicht ist nur noch Auge, der Körper unheimliche Leidenschaft. – Ein gewaltiger Wurf, von der vorschießenden Leine erdrosselt, wird Ahab ins Meer gezogen. – Mit furchtbarer Ruhe erdrückt der Wal, das ewig Böse, die »Pequod«. – Auf der Lifeboje treibt Ismael kreisend über dem in grünlicher Dämmerung schwankenden Schiff, von den Haien verachtet, auf unendlicher Fläche.«

Gottfried hatte während des gesamten Referats vor dem Katheder gestanden. Die Blätter in der linken Hand unterstrich er mit der rechten das Gesagte, ganz so, wie er es mit Doktor Vogt geübt hatte. Immer wieder war seine Hand ungeduldig durchs Haar gestrichen wegen einer störrischen Haarsträhne. Er hatte gut durchgehalten. Aber jetzt musste er sich kurz an Evas Tisch abstützen, als die Klasse verhalten zu klatschen begann und er seinen letzten Satz sagte: »Auf schwingt sich das Requiem übers ewige Blau, unendlich variierend, das Fragment bleibt ewig!«

Lachte denn niemand ihn aus? Keineswegs – aus Respekt vor der Lehrerin, der jungen Frau Bechter, die neuerdings auch Geschichte unterrichtete und unverhohlen für Gottfrieds Literaturbegeisterung schwärmte, wenngleich sie auch die Gefahr darin sah. Solche Gedankenhöhenflüge konnten auch Schaden anrichten! Ihrer Aufforderung, Gottfrieds Irrungen »ein Fass« zu geben, waren die familiäre Einlassung und der impulsgebende Unterricht schließlich zu verdanken. Dass Gottfried unter Vogts Einfluss nicht genesen, sondern in tiefere Gefahrenzonen gestoßen würde, konnten allerdings weder sie noch Gottfrieds Eltern ahnen.

Nach dem Referat sprach ihn nur einer an: Frieder, von dem er es sich am meisten gewünscht hatte, weil er trotz seiner Ungespreiztheit der geheime Mittelpunkt der Klasse schien. Doch Frieder schien kaum etwas von all dem verstanden zu haben, was Gottfried gesagt hatte. Nur das Schiff, die »Pequod«, dieser uralte, ungefügige Walfänger, verwittert und urwüchsig, den hatte er sich beim Zuhören drastisch ausgemalt.

»Einer alten Bierkufe ähnlich! Das gefiel mir gut! Dass du Ahabs Schiff mit einer Bierkufe verglichen hast!«

Hatte Frieder denn überhaupt nicht begriffen, was da auf dem Spiel stand? Den Genius Melvilles auch nur im Entferntesten gefühlt? Hatte er denn verstanden, dass Melville uns allen zurief: Jeder hat seine eigene Wahrheit! Die eine einzige Wahrheit, die gibt es nicht! Genau deshalb ließ er doch die Mannschaft so eifrig das Landschaftsbild interpretieren, das die Dublone zierte. Was für ein Einfall! So einfach – und doch so genial!

Aber Gottfried tat so, als wäre er geschmeichelt, und begleitete Frieder bis zum Schultor, wo ihre Wege sich bald trennen würden. Gottfried schulterte seine Ledertasche und zog sich die Jacke zu, um ihn zu überholen – einen schmächtigen Dunkelgelockten mit blauen Augen, einem lässigen Gang und langen Armen, die gemütlich mitschlackerten. Seit er einmal Gelbsucht gehabt hatte, war sein Spitzname in der Klasse »der Schut«.

Um diese Zeit herum, bald nach seinem sechzehnten Geburtstag, begann Gottfrieds Kinn zu jucken. Über die kommenden Wochen wuchs hier und dort ein Haar. Beschwingt notierte er eines Abends vorm Schlafengehen:

Zurück zu Realem: ein Fortschritt zur Männlichkeit: Heute habe ich meine erste Rasur vollzogen. Brauche es schon wieder.

Wenn sich Gottfried Schubert in diesen zwei Jahren verwirrender innerer wie äußerer Metamorphose morgens wie einen Fremden im Spiegel betrachtete – auch seine leider sehr unreine Haut –, sprach er leise das Credo, das ihm Doktor Vogt eingegeben hatte: *Sapere aude!* Erst leise, dann etwas lauter, und wenn keiner vor dem Bad wartete, so laut, als hätte er ein Publikum. »Wage, selbst zu denken!« Nach all den Jahren mit Exerzieren und Marschieren, auf den Lippen stets »ein Lied, drei, vier«, war dieser lateinische Imperativ eine unglaubliche Befreiung.

Man hätte Gottfried für einen religiösen Spinner halten können. Schut aber, mit dem er im neuen Jahr, als er siebzehn wurde, öfter am Nachmittag nach der Schule Spaziergänge durch den nahen Park unternahm, entging nicht der selbstzerstörerische Zug seines neuen Freundes. Nur machte er nie Aufhebens darum. Er ließ sich von Gottfrieds Bekenntnis zum Nihilismus erzählen und schwieg. Einmal aber klaute er ein Manuskript aus dessen Schultasche, während Gottfried es tatsächlich gewagt hatte, mit Eva, die ihnen ganz allein entgegengekommen war, ein Gespräch zu beginnen. Schut versteckte sich hinter einem Busch und zupfte einzelne Gräser aus dem Boden, während er an diesem milden Sommertag las:

Heißer Tag
Beugen muss sich alles vor dem Höheren, auch unser Planet. Beugen vor dem Größeren, beugen vor der Spenderin des Lebens, der ungeahnten Energie, die Idylle schafft, doch müde Leiber quält. Nichts unterbricht die klar gleißende Bahn der Strahlen durch die Urfarbe alles Sichtbaren, dargestellt durch unendliches Nichts …

Schut in seiner ledernen Kniehose, die eine Hand im Träger eingehakt, war aufgestanden und hatte angefangen, das Aufgeschriebene laut vorzutragen. Seine Rezitation war holperig. Dennoch waren einige Spaziergänger stehen geblieben und hörten belustigt zu.

Gottfried blieb der Mund offen stehen, als er die Katastrophe sah. Die eigene peinliche Stammelei, die er gerade eben vor Fräulein Eva drüben unter den Kastanien von sich gegeben hatte, saß ihm noch manifest in den Knochen. Dass sie eingeladen war, mit ihm den Schulball zu besuchen, hoffte er, kommuniziert zu haben. Sicher war er sich da aber nicht.

Jetzt sah er sein Innerstes nach außen gestülpt. Jedes wohlüberdachte Wort ausgerupft. Der Kamm schwoll ihm gewaltig. Und doch konnte er nicht richtig böse sein auf Schut, der mitten im Wort abbrach, als er Gottfried sah. Schuldbewusst hielt er ihm die Blätter hin.

»Gut«, lobte Schut verhalten. »Das klingt wie … – fällt mir gerade nicht ein – den wir in Deutsch hatten …«

»Hölderlin«, stieß Gottfried hervor und stopfte sein Werk zurück in die Schultasche. Obwohl es doch nur nach ihm, nach Gottfried klang. Den ganzen langen Weg brachte er kein Wort mehr heraus. Der Kies knirschte unter ihren Füßen. Schut spürte deutlich die Schmähung und sackte bei jedem Schritt etwas mehr in sich zusammen. Ein nächstes Treffen ließen sie diesmal offen. Am Abend dieses Maitages im Jahr 1948 notierte Gottfried das Folgende in sein Tagebuch:

War gestern im Schwetzinger Park gewesen, und zwar mit Schut. War wie berauscht, wurde aber durch Schut in einem gewissen Abstand gehalten, der mich natürlich immer trocken und nüchtern zurückzog. Er ist ein einfacher und wohltuend schlichter Kerl, der so überragend naiv ist, dass er überhaupt in nichts Schwierigkeiten hat, denn er wiegt sich in einer so großen Sicherheit, dass Abartiges gar nicht an ihn herantreten kann. Und trotzdem denkt er vollkommen selbstständig. Überraschend bricht oft das ewige Kind in ihm heraus, mitten in seinen tiefsten Augenblicken, und diesen Bemerkungen glaube ich folgende Tatsachen entnehmen zu können:

Er ist besessen von sittsamer Natürlichkeit, denn allein diese bewahrt ihm ein kindhaftes, aber doch reifes Denken. – Schut ist einer von diesen, die in unserer Klasse für Augenblicke interessant sind, und ich fühle mich immer nur momentan zu ihm hingezogen, weil er, wie restlos alle anderen, mir überhaupt nichts bieten kann. Sie denken alle nur in der ihnen gegebenen Form,

das heißt, denken kann ich nie bei ihnen sagen, denn eine eigene Note oder
nur die Idee einer Persönlichkeit ist bei keinem zu finden. Es ist mir nie ge-
lungen, irgendeinen aus dieser Masse, aus diesem Komplex herauszuziehen.
Er wird dann nur noch weniger, als er schon ist.

Andererseits haben alle eine hervorragende Arbeitsweise, und es lernt zu-
mindest jeder aus eigenem Antrieb. – Aber ich fühle mich entsetzlich unglück-
lich unter ihnen, denn ich lebe eigentlich ganz woanders, und ich habe noch nicht
gemerkt, dass mir einer in Visionen oder Gesprächen folgen konnte. Ich bin
einsam. Habe mit niemand Kontakt.

Wäre es anders, hätte ich Umgang, könnte ich arbeiten, könnte ich
mir meine Gedanken und Ideen zur bewussten Form bringen. So ist jedes
Gespräch mit einem klugen Menschen nur ein Feiertag unter einer langen
Reihe von Werktagen, in denen ich mich verkrieche, alle Menschen hasse und
grüble.

Hätte Doktor Vogt neben Gottfrieds Prosa und Reimen auch nur
einen dieser Tagebuchsätze zu Gesicht bekommen – wer weiß, ob
er die Weitsicht gehabt hätte, den Jungen weiter auf diesem Pfad
gewähren zu lassen. Sein Hund Ajax schließlich gab Gottfrieds
Weg eine neue Richtung. Der schmale Rüde mit dem gräulichen
Fell, häufig gestreichelt und von Gottfried geliebt, erkrankte schwer.
Das setzte dem Jungen so sehr zu, dass er einige Tage selbst das
Bett hüten musste. Jeden Tag fragte er die Mutter nach Ajax. Die
Antwort war immer die gleiche: »Der gute, alte Ajax. Er hat ein
schönes Leben gehabt. Nun ist es Zeit.«

Das Sterben des Hundes zog sich jedoch hin. Als Gottfried wieder auf die Beine kam, ging er gleich hinüber zu Vogt. Dicke
Schwaden Zigarrenrauchs vernebelten den Raum. Der Hund lag
zusammengerollt auf einer Decke und hob kaum merkbar den
Kopf.

»Er trinkt schon nicht mehr«, sagte Vogt, doch Gottfried hörte
ihn kaum. Hätte er ein Seil gehabt, sich an den Hundekörper zu
binden, gezögert hätte er keine Sekunde, so unbedingt wollte er
Ajax halten. Der Kreislauf von Leben und Tod, den Vogt ihm pre-

digte, war ihm heute schnurzegal. Graue Theorie von Denkern und Dichtern, die nie selbst jemanden hatten gehen lassen müssen. Pah. Sie sollten ihm alle den Buckel herunterrutschen. Er legte seine Hand an die Magengegend des dürren Hundes, ganz vorsichtig. Die Mulde war genau handballengroß und nackt wie ein Stück Rattenhaut. Er pustete Ajax leicht ins Ohr. Der Hund zeigte keinerlei Reaktion. Seine Bauchdecke hob und senkte sich leicht. Dann war der Moment da, vor dem Gottfried so große Angst hatte.

Vogt legte eine Decke über Ajax und bat den Jungen, nach Hause zu gehen. Noch an der eigenen Haustür riss Gottfried sich zusammen. Dann schluchzte es bitterlich aus ihm heraus, unter dem Kirschbaum im kleinen Garten, den niemand so nah an der großen Fabrik vermutet hätte.

Am nächsten Morgen fand Gottfried kaum aus den Decken. Die Glieder waren ihm schwer. Er wusste nicht mehr, was er geträumt hatte. Der Traum lag zwischen den Falten des Betttuchs verborgen, das er müde abklopfte, bis er endlich das anstehende Tagwerk erfasste: Schule. Und am Abend Philosophie mit Vogt. Die Zimmerecke, in der während der Philosophiestunden sonst Ajax friedlich geschlafen hatte, blieb leer. Still übergab er Vogt dieses Gedicht:

Du fragst den Wind?
Du hörst das Sausen seiner Bäume?
Nun lausch den Raben, was sind
Sie dunkel, gleich dem Suchen deiner Träume! —

So sei der Nebel das Wanken deiner Sehnsucht!
So sei dem Halme nah, dem Wiegen
Die Pein, das Lächeln deiner Flucht!
Die der Vollendung harrt, dem Siegen.

Doch Vogt zeigte nicht die gewünschte Reaktion und verfiel in undeutbares Schweigen, sodass Gottfried ihm das zweite Gedicht »Wurm am Meere« nach einer Komposition von Paul Hindemith stolz und gekränkt zugleich vorenthielt. Nächtelang wälzte sich Gottfried schlaflos im Bett. Nur seinem Tagebuch vertraute er sich an.

Ich habe das Gefühl, als stünde ich am Ende eines ungeheuer komplizierten Lebens und müsste nun von vorne anfangen. Ich bin sehr überheblich geworden und kann dem nichts Rechtes widerlegen, habe aber doch immer nur das dunkle Gefühl der Distanz von jedem Menschen, nein, es ist nicht nur dunkel, es ist immer da, an erster Stelle, mein Fluch.

War er allein, sprang er oft von seinem Stuhl auf, lief unruhig umher und umklammerte seinen Brustkorb mit beiden Armen. Im nächsten Moment wechselte die Stimmung und machte einem neuartigen Sarkasmus Platz, gepaart mit bissiger Ironie. Plötzlich war der Pennäler Gottfried der unwichtigste, übersehene Teil einer unüberschaubar großen Menge Menschen. Er lachte irre vor sich hin, wenn er daran dachte, dass diese Menge Menschen tags wie nachts wie ein Ameisenheer über die Erde kroch.

In solchen Stimmungen setzte er sich manchmal an die Schreibmaschine. Er wagte, Gott selbst als Urheber allen existenziellen Unglücks zur Verantwortung zu ziehen. Gott hatte in seinen Augen mächtig versagt. Gottfried war sogar zu einem launigen, kleinen Prosatext aufgelegt, den er selbstbewusst »Schöpfung« nannte und der so begann:

Gott gab sich einst die Laune, den Zauber des Seins zu schaffen. Noch verlegen spielten seine Sinne, denn dazumal war Gott ein Taumel wirren Geistes und konnte nach uns nicht fragen. Noch war er ein spielendes Märchen, denn seine Launen warf er gleich Federbällen.

So ergab sich einst ein Malheur, ein Übel entglitt seiner Hand, trügerisch, schlau, ein Komplex. Klein und weich entglitt er seiner Hand, lautlos glitschte er aus sträflichem Druck und zog massig entfaltet in wogenden Delirien seine schaukelnde Bahn zum wartenden Rätsel, der Erde.

Rätselhafte Wesen waren ihm in diesen Jahren seines eigenen Erwachsenwerdens in der Pfalz allen voran dann aber doch speziell die Damen. Sie schienen unnahbar wie seine Klassenkameradin Eva, die er tatsächlich – sein Gestammel im Park hatte gefruchtet – als Tanzpartnerin hatte gewinnen können. Der erste große Schulball nach dem Krieg war ein Leuchtstreif im Lernalltag. Noch nie hatte Gottfried seine Lehrer und speziell die Deutschlehrerin Frau Bechter tanzen sehen. Wie schlecht dagegen tanzten sie selbst, die künftigen Abiturienten, die zwar schon einige Tanzstunden genossen hatten, aber immer noch recht unbeholfen und ungelenk wirkten, die Körper überstramm und steif. Gottfried fühlte immerhin den Takt der Musik. Und so war er trotz seiner introvertierten Art ein willkommener und überdies gut aussehender Tanzpartner.

Die Konversation allerdings verlief schleppend. Er konnte Eva ja schlecht beim Wiegeschritt ins Ohr flüstern, was ihn wirklich bewegte, nämlich derzeit Schopenhauer. Er hatte ihn selbstständig, ganz ohne Vogts Zutun entdeckt. Die Lektüre nahm ihn sehr in Anspruch. Er ahnte mehr, als dass er begriff, was der große Philosoph aus dem Schattenreich ihm zuraunte:

»Der Tod ist der eigentlich inspirierende Genius oder der Musaget der Philosophie.«

War der Tod nicht überhaupt das anregendste, einzige Faktum? »Ängstlicher Gegensatz«?

Auch Gottfried wollte der Idee seines Lebens leibhaftig begegnen. Buchstäblich mit dem Körper. Doch der reine Genuss, dem sich alle tanzenden Paare hier lachend hingaben, war ihm andererseits auch zutiefst suspekt. Und so verlief die Begegnung mit der ersten Frau Eva sehr ähnlich wie die Begegnung seines Freundes Frieder mit dessen ausgesuchter Herzensdame – ein Paar, über das

Gottfried später in seinem Tagebuch, vermutlich als Figurenstudie für geplante Romane, diesen Satz zu Protokoll gab:

Habe das ungezogene Gefühl, es wissen sich beide nicht zu helfen. Fürchte, sie übertragen sich nicht einmal Flöhe.

Die harmlosen Klänge der Schultanzkapelle bewegten 1948 die Körper der Tänzer und Tänzerinnen hoffnungsfroh in eine neue Zeit und nahmen es sogar mit Gottfrieds Pathos auf, das im Laufe der Jahre allmählich nachlassen sollte.

ISA 2014

»Was meinen Vater weiterleben ließ«, fasste ich für Gustav zusammen, nachdem ich ihm von den Prosa- und Lyrikversuchen Gottfrieds erzählt hatte, »war genau das Gleiche, das mir selbst schon oft genug half: die Liebe zur Sprache.«

»Hat er dann aber später nie mehr ausgelebt«, bemerkte Gustav trocken. Wir waren auf dem Weg zum Papierladen. Gustav mit seiner Begeisterung für alte Schreibgeräte hatte mich gebeten, ihn zu begleiten. Er müsse die Feder seines Füllhalters tauschen.

»Jedenfalls nie mehr in dieser Form«, sagte ich.

»Also war seine Liebe zur Sprache eine verjährte Liebe?«

»Kann man so sagen. Wobei Sprache und Analysieren ja nach wie vor in seinem Leben eine wichtige Rolle spielten.«

»Nämlich?« Gustav spielte mit meiner Hand und seinen Ruck-sackschnallen. Ich schüttelte seine Hand ab, weil ich nachdenken musste. Die Juristensprache benutzte mein Vater, um zu manipu-lieren oder Tatbestände möglichst exakt zu beschreiben: Arglist, zum Beispiel. Auch im Privaten sprach er uns gegenüber oft genug in juristischen Begriffen und in einer insgesamt liebesarmen, abwertenden Sprache. Sie war sein Werkzeug, um uns nach seinen Werten zu erziehen. Wobei ich mir gar nicht sicher war, ob er überhaupt konkrete Werte hatte oder eher nur experimentierte, wie ich es als Mutter leider oft genug selbst früher getan hatte.

Gustav fragte: »Kannst du deinen Vater nachmachen?«

»Nachmachen?« Ich war verdutzt.

»Schaupielern, wie er war! Versuch's doch einfach mal!«

Das war genauso schwierig wie der Versuch, ihn zu beschreiben. Aber nach und nach – Gustav ließ mir Zeit – fand ich mich ein. Ich spürte, wie ein großer Groll in mich einzog. Ich bremste Gustav mit ausgestrecktem Arm aus und baute mich mitten auf der Straße vor ihm auf. In der einen Hand hielt ich die Zigarette und aschte in einen Luftaschenbecher. Ich rauchte langsam, aber ohne allzu lange Pausen, ich war ja Kettenraucherin. Alle Zeit der Welt stand mir zur Verfügung, die schlimmsten Flüche auszustoßen – etwa über einen »unfähigen« Arzt. »Der kann mir doch gestohlen bleiben!«, raunzte ich Gustav im Thomas-Bernhard-Ton meines Vaters ins Gesicht. »Alles Gequassel! Soll doch in Hintertupfingen praktizieren! Wo niemand wohnt! Sich selbst therapieren! Und die Hände weglassen von Dingen, von denen er keinen Deut versteht!« Ich echauffierte mich. »Rammt mir da seinen Spatel in den Rachen!«

Es machte richtig Spaß, so zu wettern. Und es war vermutlich noch die abgemilderte Version meines Vaters. Während ich er war, hier auf dem Weg Richtung Dorfmitte in der sonnigen Vorwinterkälte, wurde mir auf einmal klar, dass ich früher sicher völlig humorlos gewesen war, dass ich einfach nur nicht verstanden hatte, wie viel Spaß es meinem Vater gemacht haben musste, sich die Zeit mit Fluchen zu vertreiben. Als ich genug geflucht hatte, lachte ich mit Gustav und vertrieb mit dem letzten Stipp Asche meinen misanthropischen Vater – wohlig-erschöpft, als hätte ich die ganze Welt gegen mich gehabt, aber zugleich ein großes Publikum, das mich nach meinem Auftritt ganz besonders laut beklatschte.

Gustav war beeindruckt. »Hm«, machte er mehrmals. »Hm, hm, ich verstehe langsam.«

»Er hat wirklich maßlos übertrieben!«, fiel ich ihm ins Wort, jetzt fast begeistert. Ich schilderte Gustav, wie mein Vater die Lachse beschrieben hatte, wenn er beruflich aus Schweden kam: Sie waren »sooooooo groß«! Meine Armspanne reichte wie die meines Vaters gar nicht aus, um die Monsterlachse zu beschreiben, die er angeblich dort gesichtet haben wollte.

»Kannte ich noch gar nicht, diese Seite von ihm«, sagte Gustav. »Und wenn du ihn aus der Distanz heraus betrachtest, jetzt, mit allem, was du Neues über ihn weißt – findest du, er hatte ein ›gelingendes Leben‹?«

»Kommt darauf an, welchen Maßstab man anlegt«, antwortete ich. »Legen wir deinen Maßstab ›Beziehung‹ an, geriet er ja nie aus der Spur. Er hatte Arbeit und eine Familie. – Und …«

»Was ›und‹?« Gustav schaute mich erwartungsvoll an.

»Er konnte tatsächlich lieben. Wie er meine Mutter oft angesehen hat. Total verliebt.«

»Trotz der Streitereien?«

Ich nickte.

Ich staunte.

Wir waren schon weit über die kleine Brücke nahe unserer Häuser hinaus, vorbei an der Stelle, wo ich letzthin wie ein verschreckter Hase ins Schilf geflohen war, weil ich dachte, Paul käme mich besuchen. Er war es nicht gewesen, aber seit dem Eintreffen seines Pakets befand er sich zwischen mir und Gustav, ein unsichtbarer Spaziergänger, den wir in unsere Mitte genommen hatten, ohne ihn anzusprechen. Wir ignorierten ihn, wir taten so, als passte zwischen uns nicht ein Blatt Papier. Ich hielt Gustavs Hand und fühlte mich kraftloser als eben, da ich meinen Vater gespielt hatte. Vollmundig hatte ich Gustav gegenüber meine Liebe zur Sprache behauptet. Aber hatte ich sie denn jenseits des Beruflichen jemals ausgelebt?

Mit Paul hatte ich nach unseren letzten aussichtslos-chaotischen Telefongesprächen vor Wochen nicht mehr gesprochen. Nur über Dora, Gottfried und Max und all die anderen erzählte ich ganze Romane und lebte meine Liebe zur Sprache aus, die zur Pflege meiner eigenen Beziehungen viel nutzvoller eingesetzt wäre. Wieder dachte ich an den bitteren Moment meiner Abreise. Ein Band war gerissen, und wir wurden zwei lose Enden. Paul auf dem Küchenstuhl. Wie er nicht aufgesehen hatte, als ich meinen Koffer nahm und hinausging. Der große, schlanke Paul, so ratlos und traurig in sich zusammengesackt. Auf der Autobahn, nach dem Besuch bei meiner Mutter, hatte ich immer wieder dieses Bild im Kopf. Wenn ihm jetzt etwas passierte und es das Letzte gewesen wäre, was ich von ihm gesehen hätte?! Ohne irgendeine Abschiedsformel, ein offenes Ende? – Abschiedsrituale waren mir immer sehr wichtig gewesen, egal, wie zerstritten man gerade war. Ein maximaler Aberglaube, mag sein.

Sofort erfand ich dagegen meinen Abwehrzauber, der genauso kindisch war wie der Aberglaube selbst: In meiner Vorstellung ließ ich Paul wieder und wieder vom Küchenstuhl aufstehen. Wieder und wieder hielten wir uns im Arm. Wenigstens das!

Dann entließ ich ihn zu Svea – wohin sonst. Nur dass ihm wenigstens nichts passierte!

Warum aber war ich damals nicht sofort umgedreht und nach Hause zurückgefahren? Warum hatte ich nicht um Paul gekämpft?

Es gab nur eine Erklärung dafür: Ich hatte diese Svea für eine Naturerscheinung gehalten. Machtvoll und die bessere Wahl. Jetzt wurde ich unendlich traurig darüber, dass ich mich gleichzeitig selbst so schlechtgemacht hatte.

Gustavs Händedruck holte mich zurück. Wir waren am Ziel angekommen. Das Schreibwarengeschäft lag in der Ortsmitte gegenüber dem Bahnhof und besaß eine kleine Cafénische. Ich erkannte die immer gleichen Kunden, die auch hier saßen, wenn ich meine Zeitung kaufte. Die nette Verkäuferin wollte Gustav zum Wechsel des Stifts überreden.

»Sie schreiben zu schnell!«, sagte sie und zeigte ihm die kaputte Feder, die nicht mehr in der Lage war, auf Anhieb mitzuarbeiten. Jedem Wort, das Gustav per Hand schrieb, fehlte der Ansatz. Die Tinte floss erst ab der Hälfte des zweiten Buchstabens.

»Mit einer Feder muss man langsam schreiben.« Sie legte seine kaputte Feder vorsichtig auf eines der japanischen Seidenpapiere neben der Kasse. »Die Feder will geführt werden.«

Gustav blickte sie verständnislos an. Den Tintenroller, den sie stattdessen empfahl, wollte er nicht.

»Wenn ich schreiben würde, wie ich denke, würde ich noch viel schneller schreiben«, sagte er trotzig, als wir noch einen Aufwärmtee tranken. – Nur Briefe schreibe er noch mit dem Füller, seine Großprojekte immer nur mit der Schreibmaschine, weil er da besser formuliere. Anschließend tippe er alles in den Computer.

»Führung!«, äffte er die Verkäuferin nach. »Wer will schon geführt werden?«

»Nun ja«, sagte ich, »eine Feder offenbar schon.«

Wieder dachte ich an meinen Vater. Alles führte zu ihm. Er besaß einen wunderschönen Montblanc-Füller in glänzendem Trauerschwarz. Manchmal unterschrieb er damit meine Entschuldigungen für die Schule, falls meine Ausrede besonders haarsträubend klang und meine Mutter der Meinung war, jetzt bedürfe es der Autorität eines Vaters. Seine Unterschrift war die Verdichtung seiner Handschrift: Ausfahrende Oberlängen wie Taktstriche zwischen den flach gezogenen Buchstaben.

Ich klappte die Zeitung auf, die ich mir gerade gekauft hatte; auf Seite drei ganz groß ein Interview mit dem Geophysiker Alexander Gerst, der gerade von seinem Aufenthalt auf der Internationalen Raumstation zurückgekehrt war. Ein halbes Jahr lang hatte er die Erde verlassen. Auf dem Foto hätte man ihn für einen Popstar halten können. Im Interview wirkte er äußerst sympathisch. Er sagte Sätze wie »Die Erde riecht großartig« und dass er mit Feuer experimentiert habe. »Eine Kerzenflamme ist da oben kugelförmig«, erklärte er auf Nachfrage.

»Jetzt untersuchen sie sein Blut«, sagte ich zu Gustav, um ihn von seiner Feder abzulenken. »Sie wollen wissen, wie ihm das Leben im All bekommen ist.«

»Gute Idee. Soll ich dich auch mal untersuchen? Damit du weißt, wie dir deine Familiengeschichte bekommen ist?«

Solche Sprüche hatte ich ihm gar nicht zugetraut. Ich ignorierte das Angebot und sehnte mich plötzlich nach einer längeren Kur, wie Gerst sie jetzt zur Belohnung bekam. In der Kurhalle säßen vermutlich auch Dora, Max und Gottfried mit ihren Erlebnissen und Geschichten. Ich würde sie wohl ansprechen. Einige Fragen gab es ja noch. Ich hatte meinen Vater nie gefragt, ob er seine Eltern zu ihrem Verhalten während der Kriegszeit befragt hatte und warum die Beziehung zwischen ihm und Dora so angespannt gewesen war.

Keine Fragen. Keine Antworten.

Am Nachmittag wollte Gustav zu einem Fußballspiel. Um den Hals trug er einen »Begegnungsschal« mit den Logos beider spielender Mannschaften. Komm doch mit, sagte er. Aber ich hatte kein Interesse an Fußball. Falls ich mal ein Spiel sah, behielt ich keine Spielzüge, keine Tore, keine Ergebnisse – höchstens bemerkenswerte gesprochene Sätze. Und als der Moderator bei einem der Sommerspiele empört ausrief: »Jetzt könnte Löw mal die gelb Belasteten herausnehmen!«, dachte ich eine mir selbst sehr peinliche Sekunde lang, er meine die Spieler mit den gelben Turnschuhen.

Auch mein Vater hatte für Fußball nichts übriggehabt, er verachtete ihn sogar. Früher legte ich ihm seine Fußballverachtung als gesundes Misstrauen gegen Massenveranstaltungen aus – und gegen deren manipulative Kraft. Jetzt fiel mir auf, dass mein Vater außer Rudern fast jeden Sport verachtet hatte, und ich mutmaßte, dass man ihm Sport auf der Napola gänzlich verleidet hatte. Aber

vielleicht lag ich auch vollkommen falsch mit allen meinen Mutma-
ßungen über meinen Vater und sollte endlich anfangen, ernsthafter
über meinen eigenen Lebensentwurf nachzudenken. Bald war
Weihnachten. Wo würde ich sein? Meine Arbeitswohnung musste
ich nicht zuletzt aus finanziellen Gründen verlassen. Ich musste
mich in irgendeine Richtung in Bewegung bringen, wollte aber
meinen heutigen Nachmittag ausnahmsweise endlich mal wieder
der Musik widmen. Nachdem mir meine digitale Musikbox die
Playlist »für alle, die eine Trennung glücklich überlebt haben« vorschlug, durchforstete ich lieber meine eigenen Titel. Bach, gespielt
von Glenn Gould, das ging immer. Wenn er mitsummte, war auf
einmal der Mensch am Klavier sichtbar.

Am Abend nach dem Spiel klingelte Gustav noch bei mir und bat
mich durch die Gegensprechanlage hinüber in seine Wohnung. Er
klang heiser und glücklich, als er mich begrüßte und noch an der
Wohnungstür fragte, ob ich einen heißen Tee mit Rum mit ihm
trinken wolle. Auf dem kleinen Tisch am Eingang, wo vor ein paar
Wochen noch die runzeligen Kastanien gelegen hatten, entdeckte
ich jetzt einen kleinen Plastikweihnachtsbaum, der die Diele in rot-
grün-blaues Licht tauchte. Er war nicht nur in der Lage, in ange-
messenen Abständen seine Farbe zu wechseln, sondern kannte
auch verschiedene Modi des Blinkens, was Gustav nicht zu beunruhigen schien. Er redete schon aus dem nächsten Zimmer zu
mir, während ich in der Diele noch überlegte, wo genau in seiner
ordentlichen Schuhreihe wohl meine vom letzten Wandern ver-
dreckten Treter ihren Platz haben durften.
    Drinnen im großen Zimmer brannten ein paar Kerzen. Die
Seidentücher an den Wänden hatte Gustav abgehängt. Dahinter
kam eine Grafik zum Vorschein, die mir bekannt vorkam: eine
Eislaufszene zu einer kleidungstechnisch gesehen eleganteren
Zeit, als die Damen mit langen Röcken und die Herren mit Anzug
und Krawatte über die gefrorenen Flächen glitten. Ein solcher
Herr bückte sich gerade nach dem Handschuh, den vermutlich die

Dame vor ihm hatte fallen lassen. Er geriet darüber fast ins Strau-
cheln. Von allen Bildern, die ich kannte, war dies das Bild mit der
zartesten Andeutung von Erotik.

Ich war ganz versunken in den Anblick der wunderbaren Eislaufszene, die im Kerzenschein von Gustavs gemütlicher Wohnung
besonders winterlich wirkte – aber Gustav wollte Aufmerksamkeit.
Er erzählte von dem Fußballspiel mit ganzem Körpereinsatz wie
von einem spannenden Theaterstück. Einmal imitierte er den Tor-
wart und sagte: »Das ist das Schwerste: kaum angespielt zu werden,
dann aber plötzlich doch ganz da sein, mit aller Konzentration.«

Jetzt, dachte ich. Für manches gab es das richtige Zeitfenster.
Ich konnte daran vorbeigehen oder hineingucken. Ich wollte ihn
fragen, was ich ihn schon seit dem Tag fragen wollte, als ich ihn das
Institut betreten sah – an einem Tag, an dem dieses offiziell geschlossen hatte.

»Verrätst du mir, was du im Institut für Demoskopie zu tun
hast?«

Gustav schien überrascht. »Du hast mich gesehen?«

Er war jetzt mit seinem Samowar beschäftigt, was ihn sofort
entspannte. Während er Wasser auffüllte und mit den schön ge-
schwungenen Griffen hantierte, holte er aus. Er begann mit der
Geschichte seines Elternhauses, das während des Nationalsozialismus unrechtmäßig in den Besitz seiner Großeltern gekommen
war, vom Prozess, der sich ewig hinzog, wie so viele dieser Restitu-
tionsfälle.

»Und dann?«, fragte ich.

»Die Kläger kamen aus Amerika. Meine Eltern trafen sie nie.
Das ging alles über Anwälte.« Er ließ sich in einen der Sessel sinken und versuchte sich zu erinnern. »Ich war damals Student.
Selbst viel zu beschäftigt.« Seine Finger spielten mit dem Fußball-
schal, den er immer noch umhängen hatte. Die nächsten Sätze
sagte er so leise, als spräche er zu sich selbst. »Ich habe damals
schon meinen Standpunkt klargemacht. Es gab ein Jahr, da habe
ich wegen dieser Sache mit meinen Eltern überhaupt nicht mehr

gesprochen. Aber ich konnte sie letztlich nicht zum Umdenken bewegen.«

Die komplizierten Hintergründe deutete er mir nur an. Juristische Strategien, die beide Seiten in wenig gutes Licht rückten. Am Ende wurden die Kläger mit Geldbeträgen abgespeist, die sicherlich weit unterhalb des Werts dieses Hauses lagen.

Nach dem Urteil hatte Gustav sich eine Zeit lang in die Prozessakten vertieft und darauf bestanden, dass seine Eltern das Haus zurückgaben. Aber irgendein Paragraf ließ schließlich keinen weiteren Handlungsspielraum. Falls Gustav das Haus einmal zurückgeben wollte – vermutlich an die Kinder der Kläger, weil deren Eltern bis dahin sicher längst gestorben waren –, dann müsste Gustav warten, bis seine Mutter gestorben war.

»Ich hatte dann sehr viel später diese Stelle hier im Dorf. Die größte Studie, an der ich beteiligt war, war die über den Umgang mit Rechtsextremismus vor ein paar Jahren. Eine totale Fehleinschätzung.«

»Warum?«

»Kaum jemand sah die Gefahr. Die meisten fühlten sich gut beschützt. Es gab überhaupt kein Bewusstsein in der Bevölkerung dafür, dass der Rechtsextremismus zunahm.«

Also bezog er Position und handelte. »Und ja – das war sicher eine Art Ersatzhandlung und nicht richtig, nicht demokratisch.«

Er fälschte Umfragen. Er fing an, Gegenartikel zu schreiben, die er unter die verharmlosenden Publikationen setzte. Er war vom passiven Beobachter zum leidenschaftlichen Warner geworden.

Das flog auf, und er wurde vom Dienst suspendiert.

»Der Schlüssel«, sagte Gustav, holte ihn aus einer Schachtel und zeigte ihn mir, »den hab ich noch.« Er machte eine lange Pause, die ich nicht zu unterbrechen wagte. Dann sagte er entschuldigend: »Alte Gewohnheit. Manchmal schleiche ich mich noch rein.«

Das Teewasser war längst heiß. Doch wir schienen den Tee mit Rum beide vergessen zu haben. Unsere Tassen neben dem Schälchen mit dem Würfelzucker blieben leer. Zwischen uns stand Gustavs Geschichte über den fragwürdigen Umgang mit Schuld und Verantwortung, über die Verhinderungsstrategien und die Bürokratie, über die Trittbrettfahrer, die für sich oder ihre Institutionen oder Firmen Schwachstellen im System ausnutzten, über die Tatsache, dass man wenigstens im kleinen Rahmen etwas tun konnte und musste.

Warum war das für die Generation unserer Eltern so schwierig gewesen?

Ich hatte Gustav von dem Inhalt der Akte meines Großvaters und von meinen noch immer offenen Fragen erzählt. »Der Totalitarismus ist so totalitär, dass wir ihn kaum erkunden können«, hatte er kommentiert.

Jetzt stand er auf und sagte wieder so einen seiner schwerwiegenden Sätze, die die Stimmung immerhin zu wenden wussten: »Das Gute umkreist das Böse und umgekehrt. Wenn wir so weiterreden, ist der Abend im Nu vorbei.« Er ließ das Teekonzentrat in die Becher plätschern und goss heißes Wasser nach. »Mit?«, fragte er und hielt die Rumflasche hoch.

Ich schüttelte den Kopf. Etwas kreiste noch in meinem Kopf, das ich zu fassen versuchte. »Ich hab mal einen Brausewürfel gestohlen, als ich noch ganz klein war.«

»Und?« Gustav setzte sich wieder zu mir.

»Meine Mutter hat das zu Hause gemerkt und mich in den Laden zurückgeschleppt. War furchtbar für mich.«

»Hat sie richtig gemacht«, sagte Gustav anerkennend.

»Ich hab mich in Grund und Boden geschämt«, sagte ich. »Beziehungsweise war es so: Ich hab mich schon direkt nach dem Klauen so sehr geschämt, dass ich es meiner Mutter zu Hause selbst gestanden habe.«

»Noch besser!« Er prostete mir mit der Teetasse zu. »Dann warst du ja schon gut eingestielt.«

Meine kleine Brausewürfelschuld, wurde mir plötzlich klar, grub sich im Laufe der Jahre in mir ein, und genauso vergrub ich mich umgekehrt in der Schuld, um dieses oder jenes lieber nicht zu tun, was ich eigentlich gerne getan hätte. Ich war zu einem Bartleby'schen »Lieber nicht« in weiblich mutiert, wie in Melvilles Geschichte vom Schreiber Bartleby, der zu arbeiten aufgehört hatte und alle diesbezüglichen, freundlich an ihn herangetragenen Aufforderungen, doch bitte weiterzuarbeiten, regelmäßig mit den jeweils gleichen Worten beantwortete: »I'd prefer not to.« – »Lieber nicht.«

Wie aber hatte dann so eine »Lieber nicht« wie ich überhaupt den Mut aufbringen können, Mutter zu werden?

»Ich kann nicht mal richtig lügen«, seufzte ich.

»Klar«, sagte Gustav. »Wegen der Angst, was falsch zu machen. Angst ist kein guter Berater.« Er beugte sich zu mir rüber und stocherte mir seine Finger in die Rippen. »Auszeit!«, sagte er und wickelte mir seinen »Begegnungsschal« um den Hals. Ich ließ mich von ihm aufs Sofa drücken. Von der Diele her schimmerte immer noch das wechselnd farbige Licht des Plastikweihnachtsbäumchens herein. Später schlief ich in Gustavs Armen ein.

Gustavs schwerer Arm lag halb auf mir, als ich frühmorgens erwachte. Es war noch dunkel und regnete. Die Tropfen peitschten im unregelmäßigen Rhythmus der Windböen gegen die Balkontür. Gustav atmete in mein Ohr. Vorsichtig legte ich seinen Arm beiseite und stand auf. An dem matt gelblich schimmernden Licht, das aus der Diele kam, versuchte ich mich zu orientieren. Das Plastikbäumchen schien über Nacht seine wilde Blinkfähigkeit eingebüßt zu haben und hatte sich auf eine dauerhafte Farbe festgelegt. Leise tappte ich durch Gustavs Wohnung und suchte nach einer möglichst kleinen Lichtquelle, die ich anknipsen könnte, ohne dass sie Gustavs Schlaf störte. Doch ich brauchte gar nicht so leise zu sein. Der Wind war ohnehin so laut, dass meine eigenen Geräusche kaum auffielen.

Angst?, hörte ich plötzlich die Stimme meiner Mutter, die ich schon viel zu lange nicht mehr angerufen hatte. – Welche

Angst? – Obwohl bald achtzig, hatte sie ausgesehen wie ein kleines Mädchen, das mich verständnislos anguckte, als ich sie einmal danach fragte, ob sie noch Erinnerungen habe an das brennende Frankfurt – oder so etwas verspüre wie Angst. Der Krieg hatte keinen einzigen Eindruck hinterlassen in ihrem Gedächtnis, das sie notdürftig mit den Erzählungen ihrer Eltern ausgestattet hatte, auf die sie zugriff, wenn sie danach gefragt wurde. – Aber Angst?

Jetzt war ich hellwach. Unter dem Geräusch des immer noch an die Scheibe prasselnden Regens erreichte ich endlich Gustavs Lesepult und fand den Schalter des kleinen Lämpchens darauf. Die Traurigkeit darüber, dass meine Mutter sich weder an Bilder noch an Gefühle erinnerte, dass auch vieles andere ihres Lebens vollständig eingekapselt war und nicht zugänglich, griff nach mir wie eine fern wohnende Freundin, die sich lange nicht mehr bei mir gemeldet hatte. Auf dem Stehhocker, den ich erkletterte, hatte ich Gustav einige Male sitzen sehen, in Arbeit vertieft. Jetzt hörte ich ihn, er schnarchte leise und drehte sich manchmal im Schlaf. Um mir Halt zu geben, schlang ich meine Beine um die Beine des hohen Stuhls. Würde meine Mutter gehen, wüsste ich nicht, wohin mit all dieser Traurigkeit, die in mir war, als wäre es meine und ihre zusammen, ein See, der jetzt in meine Glieder flutete.

Viel länger als sonst ließ ich diese Traurigkeit zu. Aufgestützt auf das Pult spürte ich die leichte Übelkeit, die mit der Traurigkeit kam. Es war gut, gleich hinter der Wand meine eigenen Dinge zu wissen. Ich hörte Gustav atmen, sah durch das Dunkel des Zimmers und wartete lange auf das erste Morgenlicht, in dem ich Gustav deutlicher würde sehen können. Er rekelte sich, schlief aber immer noch tief und fest, und die Wolldecke, die nur noch seine Beine bedeckte, fiel auf den Boden.

Etwas passierte in dieser letzten Stunde. Ich hielt etwas aus und verscheuchte es nicht. Immer noch war der Schlaf ein fernes Land, in das ich wie als Kind umständlich reisen musste. Aber das war ganz egal, denn ich wollte auf einmal mit allen Sinnen leben.

Ich dachte an Paul und mein Gekränktsein, das in mir so arg gewütet hatte, dass ich einfach auf und davon gegangen war. Aber Paul war auch derjenige in meinem Leben, dessen Arm ich schon oft von mir heruntergenommen hatte, wenn ich morgens früher wach wurde. Er war derjenige, der nicht ging, wenn ich unruhig war oder stur auf meine Meinung pochte, der bis auf seine Affäre, die ihn – wie meine mich – manches lehrte, keinen Moment lang an uns gezweifelt hatte – aber vielleicht nie zu mir hatte durchdringen können? Weil ich mein Innerstes vor mir selbst verschloss?

Als Gustav noch einmal tief eingeschlafen war, griff ich nach dessen immer noch etwas eingeschränkten Füllhalter auf dem Lesepult und schrieb: einen Brief an Paul. Der Füller lag gut in meiner Hand. »Lieber Paul«, schrieb Gustavs Füller, und jeder Buchstabenstrich war deutlich zu erkennen, so langsam schrieb ich. Dann faltete ich den Brief zusammen und steckte ihn in einen von Gustavs gepolsterten Umschlägen.

DORA 1953

Überall der vom Regen angeklebte Staub auf den Straßen, als Dora vom Einkauf kam. Auch heute saß das Nachbarsmädchen auf dem Mauerrest mitten im Nieselregen. Sie war sicher schon zehn oder elf, spielte aber immer noch mit Puppen, besser gesagt mit Teilen von Puppen, die sie vermutlich von dem Trümmergrundstück um die Ecke hatte, um das sich niemand zu kümmern schien. Die Puppen waren in ihrem Spiel Versehrte, denen Gliedmaßen fehlten. Das Mädchen hatte sie Dora einmal alle mit Namen vorgestellt. Wie es mit seinem Korb voller Puppen dasaß, erinnerte es Dora an Rotkäppchen. Heute fühlte sie sich unter den Blicken des Mädchens besonders unwohl. Es sah ihr nach, als wäre Dora Wild, das es zu erlegen gälte.

Dora hängte ihren schwarzen Mantel auf einen Kleiderbügel und warf einen prüfenden Blick in den Spiegel. Herb, ja, das graue, eng geschnittene Alltagskostüm betonte ihre herben Züge und die hohen, kantiger werdenden Wangenknochen. Sie war immer noch eine attraktive Frau. Mit Grübchen, wenn sie lächelte, die hatte ihr der Krieg nicht nehmen können. Zufrieden besah sie sich den frisch erworbenen Sack: Kona-Kaffee.

Der bittere, leicht rauchige Geschmack lockte sie jeden Morgen in den Tag. Kaum aufgewacht entzündete sie direkt vom Bett aus die Kerze unter dem schon mit Wasser befüllten Glaskolben und sah auf der Seite liegend zu, wie das heiße Wasser nach oben in den Trichter gezogen wurde. Das war der Zeitpunkt, an dem sie sich im Bett aufrichtete, Kaffeepulver in den Aufsatz gab, umrührte und sich am nächsten technischen Wunder erfreute: Wie der Kaffee nämlich durch den Baumwollfilter wieder in den bauchigen Kolben zurückgezogen wurde. Sie goss den fertigen Kaffee in die bereitstehende Tasse und trank. Alles ganz leise. Max wachte erst vom Duft auf. Meist grummelte er etwas wie:»Chemisches Experiment, kein Kaffee!«, und schlief wieder ein, bis sein Wecker ging – wenn er nicht zu Hause bleiben musste wie jetzt. Die Augenoperation war gut verlaufen. Tagelang hatte er danach noch im Krankenhaus bewegungslos liegen müssen. Das andere Auge stand noch aus. Auf dem war er auch fast blind.

Dora nahm die Zigaretten aus der Manteltasche und ging in ihr Zimmer. Die Möbel, die sie damals samt Bronzekopf und Gemälde zum Glück noch rechtzeitig hatten auslagern können, gefielen ihr immer noch gut. Sie sorgten für Gemütlichkeit in ihrem Rückzugsraum, den sie seit Gottfrieds und Rudolfs Auszug eigentlich gar nicht mehr brauchte. Wie oft wünschte sie sich die beiden zurück. Es war einsam ohne sie. Zum Glück kamen sie heute gleich beide auf Besuch. Als Erstes würde sie sie Kaffee mahlen lassen.

Sie schaltete die Lampe an und ließ sich auf dem Sofa nieder.

Erst jetzt merkte sie, wie erschöpft sie war. Inzwischen war Max ja immer öfter im Krankenhaus, nicht nur wegen der Augen. Und letztens fiel das böse Wort, eine nicht gesicherte Diagnose, aber die Untersuchungen dazu standen an, sobald die Augen sich wieder erholt haben würden. Sie war im Zweifel, ob er im kommenden Jahr sein vierzigjähriges Dienstjubiläum bei der Firma würde feiern können. Für die Werkszeitung hatte er kürzlich mit ihrer Hilfe und ihren gesunden Augen noch einen Artikel geschrieben, einen Überblick über die letzten Jahre, über die Zerschlagung der I.G. Farben und die neuen Herausforderungen auf dem internationalen Markt. Von ihr war die Idee gekommen, den Beitrag etwas epischer beginnen zu lassen: »Wenn wir heute vom Großen Tor in den Hof unseres Werkes schauen, fängt sich der Blick an einem Gebäude, das durch seine helle Fassade und die repräsentative Gestaltung seines Eingangs aus dem Rahmen seiner durch Kriegsschäden stark mitgenommenen Umgebung fällt.« – Die »helle Fassade« stammte von ihr. Es war jetzt wichtig, aufmunternde Worte zu benutzen. Sie wollten jetzt alle lieber einen Strich unter die Vergangenheit ziehen. Niemandem wäre damit geholfen, an das Schreckliche, Unaussprechliche zu erinnern und dabei stehen zu bleiben. Es gab ja so viel Neues und Aufbruch überall!

Nervös stand sie auf, um im Nebenzimmer nach Max zu schauen. Aber er lag unbewegt in der gleichen Stellung wie vorhin – die Zündholzschachtel neben sich, obwohl er doch striktes Rauchverbot hatte. Doras Hand fuhr geübt in seine Hemdtasche, ohne dass er es merkte. Keine Zigarren zu fühlen. Er hatte also ein neues Versteck.

Zurück in ihrem eigenen Zimmer legte sie sich Gottfrieds altes Tagebuch auf die Knie und überblätterte die ersten Seiten, sah ihre eigene, dicktintige Handschrift, die das Buch eröffnete; sie erinnerte sich gut: Eine Zusammenfassung der verstrichenen Kriegsjahre hatte sie damals für den frisch Konfirmierten verfasst. Die leeren Seiten danach sollte er selbst füllen. Sie las noch mal durch, was alles geschehen war. Nichts hatte sie ausgelassen, sogar den schweren Tag in Kitzingen vermerkt, als Maritz' Sohn Karl starb. Sie hatte mit diesen Worten an Gottfried geendet, die sie immer noch richtig fand: *Du wirst und musst Dein Leben tapfer in die Hand nehmen, auch wenn es noch so schwer wird. Wir wollen Dir helfen und Dich führen, solange wir es können und dürfen.*

Und jetzt? – Wollte er ihre Hilfe nicht. Rückte energisch von ihr ab. Erstarrte, wenn sie ihn umarmte. Lebte fern von ihr und kam viel seltener als Rudolf nach Hause. Sie wusste gar nicht, ob er überhaupt konzentriert studierte – oder ob er wieder auf dem Weg war zum gedankenlosen Prinzen von damals. Der Krieg und Doktor Vogt hatten Gottfrieds Fantasiebäume ja zum Glück gestutzt. Gottfried hatte nie durchschaut, dass sie, die Eltern, hinter diesen Philosophiestunden standen. Nach seinem Auslandsjahr in England – er durfte bei der jüdischen Familie wohnen, die Max noch von früher her kannte – war er verantwortungsvoller und weltoffener und nun Student der Jurisprudenz geworden.

Dora klopfte auf das Tagebuch. Eine Buchdecke aus Holz! Immer noch originell. »Die Neugier steht immer an erster Stelle eines Problems, das gelöst werden will.« Wer hatte das noch mal gesagt? Galileo Galilei? Sie sah auf die Wanduhr. Es war noch Zeit. Sie war ein wenig aufgeregt, zog eine Zigarette aus dem schmalen Etui und entzündete sie mit einem Streichholz. Ein winziges Stück glimmender Schwefel fiel auf ihren Handrücken und hinterließ ein Brennen. Sie rieb sich die Hand und wog das Buch, das wegen des Holzumschlags einiges Gewicht hatte. Erst kürzlich hatte sie es wiederentdeckt. Die vergangenen Jahre hatte es offenbar unberührt in einem Flechtkorb gelegen. Gottfrieds letzter Eintrag war fünf Jahre her. Wollte sie es wirklich wissen? Ihre eigenen, das Buch einleitenden Einträge zu lesen war ja noch vertretbar. Aber seine?

Die Verführung war einfach zu groß. Es war doch in ihre Hände gefallen. Vielleicht sollte es so sein. Sie ließ den Zufall entscheiden, wo das Buch aufschlug.

6.11.46
Manchmal könnte ich wirklich verzweifeln. Träume und fantasiere den ganzen Tag, die einzige Unterhaltung, die ich auch leidenschaftlich betreibe. Zum größten Teil höre ich alles von Musik ab, von leichter und schwebender Musik, wie zum Beispiel die träumende Geige, fantastische Melodien, die mich so in Bann schlagen, dass meine ganze Träumerei damit zusammenhängt.

Was für ein romantischer Ton! Das Verzärtelte hatte er ja zum Glück inzwischen abgelegt. Ob er überhaupt noch zum Musikhören kam? Früher war das Bubenzimmer täglich mit Orgelmusik oder Streichkonzerten erfüllt gewesen. Welches Stück gehört werden sollte, war das Reizthema Nummer eins gewesen zwischen Rudolf und Gottfried. Dora blies Rauch aus, stand auf, öffnete eines der Fenster, setzte sich wieder und ließ das Buch erneut irgendwo aufblättern.

Träume von meinem späteren Leben, besonders von meiner Freiheit, von der Welt, die ich bereisen werde, von fernen Länder ... Aber wie das alles erringen?

Dora versuchte sich zu erinnern, wovon sie selbst in jenem Alter geträumt hatte. Eine Bewegung stieg in ihr hoch, seltsam vertraut, aber Dora hatte vergessen, wofür sie stand. Nur ihr Brustkorb bewegte sich, als wäre sie eine Marionette und jemand zöge ihre Rippen an Schnüren. Es kicherte *in* ihr. Aber nicht *mit* ihr – so lange hatte sie schon nicht mehr offen in die Welt hinausgelacht wie damals mit Maritz.

Dora drückte die Zigarette aus und begann erneut zu lesen.

Aber immer macht mich die Schule verrückt, nehme mir viel vor und ... (!). Begreife alles im Moment, und später ... (!) Es ist furchtbar. Sehe meine Zukunft im wahrsten Sinne des Wortes schwarz.

Ein Miesepeter war er schon immer gewesen. So schwarz war es ja nun zum Glück nicht gekommen. Und wenn sich bald eine nette Schwiegertochter einstellen sollte, wäre sie ihr hochwillkommen. Endlich noch eine Frau im Haus! – Sie zog erneut eine Zigarette aus dem Etui und rauchte rasch. Die zweite Zigarette des Tages. Hätte sie mehr Ruhe, hätte sie sie stilvoll mit Zigarettenspitze geraucht. Sie lehnte sich zurück, die Beine übereinandergeschlagen, und atmete tief durch. Über dem Tisch die Porträts ihrer Buben, zwei Bleistiftzeichnungen, der Künstler hatte sie gut getroffen. Darüber sie selbst auf dem großen Ölgemälde, das ihr Beerwald später, als sie wieder in Kontakt standen, zukommen ließ. Wie behutsam er damals beim Porträtieren vorgegangen war; als wollte er sie nicht verletzen, als sollte ihr Wesen, ihr Menschsein von ganz allein Einzug halten in das Porträt.

Manchmal vermisste sie die alten Malutensilien. Die Kohlestifte und die rostrote Kreide, mit der sie Akte gezeichnet hatte. Vor allem an eines erinnerte sie sich. Das üppige Modell lag hingegossen auf einer Chaiselongue. Im Hintergrund hatte Dora eine bauchige Phiole gemalt, aus der Wasser floss. »Der Fluss des Lebens«, hatte Beerwald dazu gesagt. Seine ermunternden Worte hatten sie lange Zeit wie ein Mantra getragen. Sofort saß Dora wieder im Essener Stadtgarten, zeichnete Pulsatillen und ereiferte sich über den Zusammenhang zwischen Schönheit und Macht, als hinge davon das Leben ab. Mit Maritz hatte sie unlängst darüber gesprochen. Maritz, die nie aufgehört hatte zu zeichnen. An ihr sollte sie sich mal ein Beispiel nehmen! Ob Maritz noch oft an Frantek dachte? Er war so ungestüm gewesen und immer so voller Ideen, mit denen er die Welt verändern wollte. Nie könnte sie ihn vergessen.

Ein letztes Mal griff sie nach Gottfrieds Tagebuch. Doch auf einmal hatte sie die Lust am Stöbern verloren. Es würde ja sicher im selben Ton weitergehen. Und wer weiß, ob sie selbst nicht auch einmal darin vorkam. Seine damalige Wut zeichnete sie sicherlich nicht in schönen Farben. Das wollte sie lieber nicht lesen. Sie drückte auch diese Zigarette aus, lief durchs Haus, legte das Buch wieder zurück und ging in die Küche, um nach dem Gebäck zu sehen. Falls Max aufstehen konnte, wären sie wieder einmal vollständig bei Tisch.

Schon hörte sie den Türgong. Rasch träufelte sie sich ein paar Tropfen Parfüm auf den Hals und die Handgelenke. Heute würde sie ihren beiden Prinzen mal ordentlich die Leviten lesen, dass sie sie öfter besuchen sollten. Sie atmete noch einmal durch und entschied sich für einen Extratropfen ihres Dufts. Dann öffnete sie die Tür.

ISA 2014

»Der Füllhalter schreibt ja doch noch.«

Ich hörte Gustav, noch bevor ich meine Augen öffnete. Mein Kopf lag verrenkt auf meinem Arm. Mühsam hob ich ihn und rieb meinen Nacken. Ich war am Lesepult eingeschlafen, an dem ich den Brief an Paul geschrieben hatte. Ein Wunder, dass ich nicht vom Stuhl gerutscht war. Den Umschlag mit meinen Zeilen an Paul sah ich in Gustavs Händen. Langsam strich er über das Adressfeld, die dicke Tinte, die sein kaputt geglaubter Füller abgegeben hatte.

»Es geht, wenn man langsam schreibt«, sagte ich. »Die Verkäuferin hatte wohl recht.«

Ich kletterte vom Stuhl und nahm Gustav verlegen den Brief aus der Hand. Auch im Hellen glänzte seine aufgeräumte Wohnung wieder einladend. Ich suchte nach Staub, irgendwo musste welcher sein. In den Stoffen sicher. Oder unter dem Bett.

»Dein Mann?«, fragte Gustav.

Ich nickte überrascht.

»Er war hier.« Gustav strich mir die schweißverklebten Haare hinters Ohr.

»Er war hier?!« Ich horchte auf.

»Ja, ich glaube, das war dein Mann.«

Der Paketbote, dachte ich sofort.

Aber Gustav ergänzte: »An dem Tag warst du in Ludwigshafen, glaube ich.«

Also doch nicht der Paketbote. Gustav reichte mir ein Glas Wasser. Aber ich konnte keinen Schluck trinken und fragte unsicher: »Hast du mit ihm gesprochen?«

»Nein«, sagte Gustav, »die unter dir haben aufgemacht und es mir später erzählt. Er hat sich ihnen als dein Mann vorgestellt und wohl ewig bei dir geklingelt. Dann sind sie noch ins Café gegangen und hatten es danach wohl noch mal bei dir versucht.«

»Wer ›sie‹?«

»Er und ein anderer, der das Auto lenkte, mit dem sie kamen.«

»Ein alter Volvo?«, fragte ich.

»Beige. Ja. So sagten sie. – War er das?«

Er musste es gewesen sein. Mit Stefan, seinem Kollegen aus den Streichern, mit dem er immer zusammen fuhr, weil nicht alle in den kleinen Orchesterbus passten, schon gar nicht die Kontrabässe. Meines Wissens traten sie nur bis in den Stuttgarter Raum auf. Es war also ein ziemlich aufwendiger Abstecher bis hierher.

»Hast du mir gar nicht erzählt.« Ich stellte mir vor, wie es gewesen wäre, wenn Paul mich in meiner damaligen Verwirrung angetroffen hätte. Vermutlich ein Desaster.

Gustav hatte sich hingesetzt. Er schien so ruhig, dass ich nicht abschätzen konnte, wie es ihm wirklich ging.

»Weißt du, Isa, ich hatte eigentlich schon aus dieser Wohnung ausziehen wollen, als du kamst.«

»Wirklich?« Ich zog einen Hocker heran und setzte mich ihm gegenüber. Der Brief an Paul lag zwischen uns auf dem kleinen Tisch, meine Handreichung in mein altes Leben, das ich anders leben wollte als zuvor, denn ich hatte Paul in dieser Nacht deutlich wie lange nicht mehr gespürt, so ganz und gar, mit seinen Absencen, die ich oft schwer aushielt, aber auch mit seinem Witz, seinem Charme, seinen Ideen, die aus seiner kleinen Paketkomposition herausblitzten. Wir hatten eine Geschichte, eine gemeinsame, lange Geschichte. Sie war eingefroren, und es waren gewiss viele unschöne Nebengeschichten dazugekommen. Aber ich wollte nicht weiter davor weglaufen, wie ich es gemacht hatte, wie Dora es machen musste und in einer Beziehung gestrandet war, die auf Bewunderung beruht hatte, vielleicht aber nicht auf Liebe. Was das war? Wie sollte ich das denn wissen? Aber ich wollte die angefangene Geschichte mit Paul weitererzählen können und hatte die Hoffnung, dass wir das alte Gefühl würden freilegen konnten. Es war uns beiden abhandengekommen. Mir, weil ich mich durch das jahrelange Training mit meinem Vater viel zu schnell angegriffen fühlte und sofort in Verteidigung ging, Paul, weil auch sein Verhalten zuletzt nur noch aus Angriff und Verteidigung bestanden hatte.

Leicht hatte ich es mir mit dem langen Brief sicher nicht gemacht. Und leicht würde es auch nicht werden. Aber ich hatte mich endlich entschieden und hätte es Gustav heute ohnehin gesagt.

»Ich wollte die Wohnung hier eigentlich kündigen«, fuhr er fort. »Aber dann warst du auf einmal hier, und ich wollte nicht weg, nicht weg von dir. Weil …«, er suchte nach Worten, »du diese Art hattest, sofort mit der Tür ins Haus zu fallen, an dem Abend, als du mich über den Balkon gerufen hattest, weil du so unbedingt von deinem Vater erzählen wolltest.«

Plötzlich wurde mir die Dimension meines Verhaltens der letzten Wochen bewusst, und mir war, als hätte mir jemand in den Magen geschlagen. Ich erinnerte mich an den Abend, natürlich erinnerte ich mich, war daraus nicht alles Weitere zwangsläufig erfolgt?

»Es ist nur«, stammelte ich, »es wird aufhören. Es wird anders werden. Du wirst weghören, weggehen. Stimmt es nicht?« Ich konnte nicht mehr weitersprechen, denn wie Gustav mich jetzt ansah, war es, als würde er sich jetzt schon von mir verabschieden, und ich merkte auf einmal, wie ich auch Gustav trotz meiner getroffenen Entscheidung festhalten wollte. In jeder Entscheidung steckt die Angst, etwas zu verlieren. Das spürte ich in diesem Augenblick bis tief in mein Inneres. Ich wollte zurück zu Paul, aber es tat verdammt weh, Gustav zu verlassen.

Langsam sprach er weiter: »Ich wollte hier also längst weg aus dem Dorf und bin stattdessen geblieben, mit dir nebenan.« Die nächsten Worte kamen schneller, als müsste er sie hinter sich bringen. »Diesmal wird es anders, dachte ich. Anders als das letzte Mal. Und das Mal davor. An dem Tag, als dein Mann kam, bin ich weggefahren. Das war dir gar nicht aufgefallen, du warst ja weg, und als du wieder zurück warst, warst du so vertieft in diese Akte.«

Ja, das war ich. Weil ich nicht wusste, wie ich damit umgehen sollte. Weil die Akte informierte und log. Es kam mir vor wie ganz lange her. Ich hatte währenddessen an niemanden aus der Gegenwart gedacht.

»Wo ich war«, sagte Gustav, »den Ort kennst du nicht. Aber es ist ein besonderer Ort, ich bin dort oft. Wo ich war, habe ich gemerkt, dass ich gerne in deiner Nähe bin. Dass ich bleiben will, ganz egal, wie es werden wird. Du hast mich angesteckt mit deiner Suche, mit deinen Fragen.«

»Nicht genervt?«, fragte ich.

»Nein, im Gegenteil!« Gustav lachte. Er lachte jetzt wirklich! »Ich war vorher so faul gewesen! Aber ich konnte endlich wieder arbeiten!« Er lachte, als läge der Brief an Paul nicht zwischen uns, so laut und offenherzig, dass ich fast mitgelacht hätte. Dann wurde er wieder ernst, sehr ernst. »So hätte es weitergehen können.«

»Aber wir waren in einem Glashaus hier«, sagte ich und zeigte mit dem Brief auf den See. »Das ist nicht das Leben.«

Gustav nickte. »Und jetzt ist es so weit, stimmt's, Isa?«

Ich nickte traurig. Gustavs Worte machten alles so schwer. Oder machten sie es leichter?

»Du nimmst den Brief und wirfst ihn ein«, sagte er bestimmt. »Und ich kündige die Wohnung, so, wie ich es im Frühling schon vorhatte.«

»Wo willst du hin?«

»Ich weiß es noch nicht. Ich habe ein paar Ideen und Angebote.«

»Aber wir sehen uns noch einmal«, sagte ich.

»Wir sehen uns noch einmal«, sagte Gustav.

»Wir nehmen richtig Abschied«, sagte ich.

»Das machen wir«, sagte Gustav.

Als ich wieder in meiner Wohnung war, schaute ich an mir herunter und entdeckte Flecken auf meiner Strickjacke. Tagelang war ich nicht zum Waschen gekommen. Jetzt war der richtige Moment. Statt Trübsal zu blasen, fing ich sofort an, die Wohnung aufzuräumen. Was ich noch brauchte, blieb auf dem Tisch. Der Rest kam in Ordner, weil ich die Umzugskiste endlich auflösen wollte.

Da rief meine Mutter an.

»Bist du fertig?«, fragte sie.

»Womit?«

»Du wirst nie fertig werden«, sagte sie geheimnisvoll. Dann erzählte sie mir ihren Traum: Sie sei auf dem Main gerudert, immerzu den Main entlang, immer rudernd, immer weiter. »Schau, so!«

»Mama, ich kann dich doch nicht sehen.«

»Ich weiß.« Sie lachte leise vor sich hin.

Ich stellte mir vor, wie sie mit ihren Armen ruderte. Meine Mutter in ihrem Haus, das sie wegen des bevorstehenden Umzugs in die kleine Wohnung im Stift beständig zu leeren versuchte. Ein endloses Unterfangen. Ich müsste endlich helfen kommen.

»Isa«, hörte ich und lochte dabei einige der alten Briefe, den Telefonhörer auf dem Tisch liegend und laut gestellt. »Du hattest von euch allen dreien übrigens die größte Angst vor Dora. Obwohl du noch so klein warst.«

»Wirklich?« Ich hielt inne.

»Seit sie dich einmal so furchtbar streng angesehen hatte und du sofort losgeplärrt hast. Als du laufen konntest, hast du dich versteckt, wenn sie kam. Immer hinter meinen Beinen. Ich habe dich kaum hervorbekommen. Sie sprach mit Engelszungen auf dich ein, aber ohne Erfolg.«

»Das hast du mir nie erzählt!«

»Jetzt weißt du's.«

Ich konnte meine Mutter laut atmen hören. Sie klang erkältet.

»Angst ist kein guter Berater«, zitierte ich Gustav. Aber sie verstand mich zum Glück nicht, weil ich gerade wieder anfing, einige dicke Stapel zu lochen.

»Was machst du denn da eigentlich die ganze Zeit?!«

»Na, sortieren!«

Dafür hatte sie ein Einsehen. »Dann mal gutes Vorankommen«, sagte sie und verabschiedete sich.

Es war bereits dunkel, als ich an diesem Abend den letzten Stapel sichtete: alte, dunkelgrüne Taschenkalender meines Vaters aus den Fünfzigerjahren.

Auch mein Vater war hier am Bodensee gewesen, vor über sechzig Jahren. Er fuhr mit dem Fahrrad um 9.30 Uhr los, im Juli 1948. Er war damals gerade siebzehn geworden. Er war vielleicht nicht allein. Hergard könnte dabei gewesen sein. Ein paar Monate nach der Radtour am Bodensee hatte er Hergard »nach ihrer Freundschaft gefragt« und die Antwort in sein Tagebuch notiert:

Sie hat Ja gesagt und gefroren.

1953 war für den damals einundzwanzigjährigen Jurastudenten – von Dora offenbar unbemerkt – in Liebesdingen ein besonders ereignisreiches Jahr. *Mit Eva verlobt,* stand mit Kuli ins Papier eingedrückt und dick unterstrichen unter dem 13. Januar 1953. Es war Winter wie jetzt, und auch mit Eva hatte er, wie mit Hergard, kurz vorher einen schönen Ausflug in den Sachsenwald gemacht. Am 16. Februar kaufte er Verlobungsringe. Sie kam selten. Vor allem kamen und gingen wechselseitig Briefe. An einem Tag sogar *2 x von Eva.* Am 1. März ein *Pullover von Eva.* Dann lernte er

Annette kennen. Mit Annette auf einem Ball. Mit Annette rudern. Briefe von und an Annette. Immer weniger von und an Eva. Dazwischen kaufte er sich endlich das Motorrad, das er drei Jahre zuvor so begehrt hatte:

Eine Zündapp mit 20 650 km Tachostand übernommen.

Hergard schien aus dem Rennen geworfen. Hergard, die fror, als er sie um Freundschaft bat und sie Ja sagte. Ob er sich später noch an sie erinnerte?

Sie ist zu fein und anmutig und schwer, so eigen, ein reicher Mensch – ein echtes Mädchen!

Dass die Beziehungen meines Vaters zu Frauen mit dem Besitz seines ersten Motorrads beschleunigt wurden, war schriftlich fixiert. Die neue Zündapp musste weit über das Jahr 1954 hinaus Eva und Andrea durch den Wald getragen haben, vielleicht sogar noch einmal bis an den Bodensee wie damals das Fahrrad. Im Taschenkalender von 1955 tauchte sie gleich vorne auf, unter »Persönliches«, eine Zündapp DB 200, mit Fahrgestellnummer 701532. Von der Zündapp wusste er die Maße genau. Von den Frauen nicht – das letzte Kalenderblatt, ein Vordruck mit der Überschrift »Geschenk-Memorial«, das klang, als wäre die Herzensdame schon tot, blieb unausgefüllt. Gefragt war, was man von »ihr« wissen sollte. Die Kalendermacher fanden: die Konfektionsgröße, Maße, Schuh- und Strumpfgröße sowie die Handschuhgröße, falls man »ihr« dergleichen schenken wollte. Aber sowohl »Lieblingsschmuck« als auch »Hochzeitstag« warteten im Jahr 1955 auf einen Eintrag des inzwischen Vierundzwanzigjährigen, der jede Woche gewissenhaft die perforierte, halbrunde Ecke an der rechten Seite des Kalenderblatts abriss; am Anfang oder jeweils am Ende der Woche? War er froh, dass sie begann? Er hätte wahrscheinlich lieber einen Haken dahinter gesetzt, so wie hinter Eva und zunehmend Andrea: erledigt.

Am Ende der Geschichte seiner Fahrzeuge sah ich ein motorisiertes Seniorenmobil. Andere seines Alters, die nicht mehr gut zu Fuß waren, beneideten ihn um die Möglichkeit, mit diesem feuerroten Scooter lange geteerte Wege durch die Felder zu fahren, den Bodensee im Blick, als er hier einmal zur Reha war. Durch eine Flasche, die im Frontkorb mitfuhr und mit zwei kleinen, durchsichtigen Plastikschläuchen mit seinen Nasenlöchern verbunden war, strömte reiner Sauerstoff in seine Lungen.

Einmal – wir machten in der Nähe Urlaub – hatten wir uns an dem fünf Kilometer entfernten Wildpark verabredet. Wir gingen den Weg zu Fuß. Mein Vater nahm einen anderen Weg mit seinem schicken, roten Auto, auf dem er saß, so, wie er früher in seinem großen Garten zu Hause auf dem fahrbaren Rasenmäher gesessen hatte, nur tiefergelegt. Auf dem Rasenmäher war er Gott. Auf dem Elektromobil war er ein notdürftig angetriebener kranker Mann, der versuchte, Haltung zu bewahren. Er fand aber den Eingang in den Wildpark nicht, sondern immer nur den hochgezogenen Draht, der das große Gehege umspannte.

»Ich bin jetzt bei den Bären!«, tönte es aus unserem Handy, das er ständig anklingelte, um neue Ortspositionen durchzugeben.

»Jetzt bin ich bei den Hirschen!«

Schließlich trafen wir ihn im Gasthaus am ganz anderen Ende des Geheges, wo er endlich eine Lücke im scheinbar undurchdringlichen Drahtzaun gefunden hatte. Mein Vater war vergnügt und wütend zugleich; vergnügt, weil er durch seinen kleinen Trick den Eintritt in den Wildpark gespart hatte; wütend, weil er den Weg nicht gefunden hatte. Ersteres überwog, denn er konnte über sich selbst lachen. Was für eine skurrile Szene: ein Mann, der auf einem roten Mobil mit seiner Sauerstoffflasche den großen Wildpark umrundete, um seine Frau und seine drei erwachsenen Töchter Anne, Friederike und Isa samt Anhang zum Essen zu treffen. Darauf erst einmal einen großen Schoppen Wein.

Ich klappte die Notate meines Vaters zu und öffnete ein Fenster, um die Nachtluft hineinzulassen. Alles überlagerte sich. Die donnernde Stimme meines Vaters in jüngeren Jahren. Und die brüchige am Ende, als sein Körper sich gegen das Sterben wehrte. Dazwischen seine Tagebuchstimmen. Nichts war in Einklang zu bringen. Doch eines ahnte ich: Seine Lust an der Sprache hatte mein Vater nie wirklich begraben. Sie floss in alle seine übertriebenen Reden und Meinungen, deren Standpunkte ständig wechselten, weshalb ich ihn nie verstand.

An einem Abend im Herbst 1972, als in unserem Haus die Uhren nach und nach stehen blieben, stieg mein Vater allein und wie in Trance ins Auto, um zur Pathologie des Unfallkrankenhauses zu fahren. Seine Mutter lag in der Gerichtsmedizin, da sie keines natürlichen Todes gestorben war. Man musste klären, ob der nachkommende Autofahrer, der sie überfahren hatte, eine Mordabsicht hegte. Die Aufgabe meines Vaters war es, seine tote Mutter zu identifizieren.

Er verließ das Haus ohne Jackett, obwohl es kühl war in dieser Oktobernacht. Während er sich vom Dorf wegbewegte, lenkte er das Fahrzeug mit unbestimmter Aggression. Er hatte schon mehr als einen Toten gesehen, aber diese Leichen hatten schon kaum mehr Gesichter. Jetzt sollte er genau hinschauen. Und diese Tote, hatte der Polizist gesagt, sehe schlimm aus. »Person hinter Tür«, fiel ihm dazu aus seiner Referendariatszeit ein: Das war der Code für Fälle wie diese, von denen man wusste, dass ihr Anblick den Betrachter schockierte.

Angekommen in der Pathologie wurde mein Vater von einer Dame in Empfang genommen. Er hatte Angst vor berufstätigen Frauen, weil sie schneller und entschiedener waren als er und die meisten seiner männlichen Kollegen. Als er später selbst in der Lage war, seine eigene Sekretärin unter zahlreichen Bewerberinnen auszuwählen, entschied er sich für die, die auf die Frage nach möglichem Kinderwunsch antwortete: »Keiner. – Solange sie nicht in die Schreibtischschublade passen.« Es kam ihm nicht in den Sinn, dass es unverschämt war, eine solche Frage überhaupt zu stellen. Ihm fiel überhaupt wenig auf. Die Pathologin führte ihn in die Kühlkammer. Erst hier muss mein Vater sein Jackett vermisst haben. Vielleicht fühlte er die Kälte aber auch nicht, als er an den Tisch trat und alles wiedererkannte: die Kleidung, den Schmuck, die Handtasche seiner Mutter. »Der Kopf war weg«, war das Einzige, was er sagte, als er wieder zu Hause angekommen war und wir immer noch schliefen.

Auf dem schwach beleuchteten Parkplatz der Gerichtsmedizin stieg er in sein Auto und drückte auf den Zigarettenanzünder. Er wartete auf das klickende Geräusch, das anzeigte, es habe sich genug elektrische Wärme am Anzünderköpfchen gesammelt. Er hielt das glühende Metall an die Spitze seiner Lord Extra und zog die Luft ein. Und noch während der Rückfahrt begann sein Gehirn damit, ihm einen inneren Dienst zu erweisen und die schockierenden Bilder auszulöschen.

Sie gingen stattdessen auf uns über und veränderten sich in der Familienlegende wie bei der »Stillen Post« die weitergeflüsterten Botschaften: Lange Zeit war ich davon ausgegangen, dass der Kopf vom Rumpf abgetrennt oder überhaupt schon als Solitär nach dem Aufprall in hohem Bogen durch die Luft geflogen war.

Zwei Tage später war der Unfall meiner Großmutter in der Ortspresse beschrieben. Die sachlichen Informationen, die der Polizist meinem Vater durchs Telefon vorlas, hatten sich zu einem kleinen Text gerundet, der so endete:

Dora Schubert wurde dabei aus dem Wagen geschleudert. Autofahrer, die die Verletzte von der Fahrbahn ziehen wollten, mussten zur Seite springen, da ein nachfolgender Pkw heranbrauste. Der Fahrer überrollte den Kopf der Frau. Sie war auf der Stelle tot. Die Polizei vermutet, dass dieser Fahrer nicht bemerkte, dass er einen

Menschen überfuhr, sondern annahm, es handele sich um ein Fahrzeugteil des verunglückten Mercedes.

»Hallo.« Die Stimme meines Vaters klang trotzig. Ich besuchte ihn auf der Intensivstation, wieder einmal – wie oft eigentlich schon? – herbeigerufen, um Abschied zu nehmen kurz vor seinem von Ärzten angekündigten Tod. Mein Vater war zäh. Überall waren Schläuche, zwei führten aus den Nasenlöchern heraus, einer aus der Braunüle am Handrücken. Die Haut um die Einstichstelle schimmerte blau und war dünn wie Pergament.

»Die haben mich überall aufgespießt«, sagte er. »Fühl mich wie ein Brathähnchen im Ofen.«

Ich bestaunte ausgiebig die Ein- und Ausgänge an seinem Körper. Er schlug die Decke zurück und zeigte seine Wunden. Ein Held ohne Kreuz und Nägel. Sein Körper schrumpfte von Mal zu Mal. Ich dachte: Jetzt ist er ungefährlich. Das Tier ist durch Krankheit gezähmt. Vorübergehend. Es könnte wieder zu Kräften kommen, bei Genesung in einigen wenigen Wochen. Es atmete schwer.

Später fuhr ich meinen Vater im Rollstuhl zum Röntgen. Wenn er keine Luft bekam, legte ich ihm die Hände auf den Rücken und bewegte sie vorsichtig hin und her. Schweißperlen bildeten sich auf seiner Stirn. Er hielt sich an den Rollstuhllehnen fest, bis die Adern hervortraten. Der Anfall dauerte eine ewige Minute. Er sagte etwas, aber ich konnte ihn nicht verstehen. Ich fragte nach, da konnte er mir nicht folgen. Wir standen so eine Weile auf dem Flur herum. Niemand kam vorbei, die Pfleger und Schwestern waren beschäftigt, und so ließ ich ihn stehen, um Hilfe zu holen, weil der zweite Anfall anhielt und ich Angst hatte, dass er mir hier auf dem Krankenhausflur erstickte.

»Haben Sie denn Ihr Spray nicht dabei?«, fragte die Schwester, die endlich kam. »Das müssen Sie immer mit sich führen.«

Der alte kranke Mann war plötzlich ein kleiner Schuljunge, den sie wegen Ungezogenheit rabiat vor sich herschob. Ich lief hinterher. Der Abstand wurde größer, sie machte gewaltige Schritte hinter dem Rollstuhl, ein Krankhausflurpflug, der ihr den Weg freimachte, vorbei an Betten, in welchen andere Patienten lagen.

Mein Vater gehörte zu den bestaufgeklärten Patienten aller Krankenhäuser, in denen er je notgelandet war. Der Jurist war neben dem Journalisten unter Anästhesisten der gefürchtetste Berufsstand. Auch hier musste er sich jeden Risikopunkt vorlesen lassen. Der Anästhesist machte seine Sache sehr genau.

»Gehen Sie mir doch weg mit den Details«, sagte mein Vater. Aber der Anästhesist ließ nicht locker. Er nuschelte das Risikoregister pflichtschuldigst herunter. Vielleicht lenkte sich mein Vater mit Gedanken an die Pfalz ab, wo es guten Wein gab und ein Gesetz, das Weintrinken als Kulturtechnik schätzte. Die Trauben so prall. Die Blätter über den Höfen der Weingüter wie ein dichtes Herbstblattdach, durch das kein Regentropfen drang, wenn man an gelben Klapptischen darunter saß und mit Freunden gesellig pfälzelte. Auf seinem Nachttisch stand ein Plastikbecher mit einer gelblichen Flüssigkeit, sie hatte fast die Farbe von trockenem Gutedel. »Das müssen Sie aber vor dem Schlafengehen noch trinken«, sagte der Anästhesist.

Wie »ging« man schlafen, wenn man bereits lag und nicht wusste, ob man morgen nach der mehrstündigen Operation wieder aufwachte?

Morgen früh, so Gott will.

Später hatte ich einen Traum. Ich öffne im Haus meiner Kindheit die Tür zum Arbeitszimmer im oberen Geschoss. Da sitzt mein Vater am geschlossenen Klavier, vor ihm ein Glas mit Wein oder Whiskey, in der Hand eine halb gerauchte Zigarette. Ein Aschenbecher. Der Arm, der die Zigarette hält, ruht mit dem Ellbogen lässig auf dem hellbraunen Klavierdeckel. Mein Vater mit seinen Utensilien, die er zum Leben und Sterben so dringend braucht. Als er mich hört, schaut er hoch. Er ist gebeugter als sonst und schweigt. Ich weiß, er ist tot. Schnell schließe ich die Tür wieder, aber da sehe ich ihn schon auf der anderen Seite unseres u-förmigen

Flurs aus der Schlafzimmertür treten, viel größer, als er in Wirklichkeit ist. Ich bekomme große Angst, renne nach unten und setze mich im Nachthemd vor die Haustür auf die Stufen. Ich rufe meine Mutter an und erzähle ihr von den Auftritten des Toten, der hier doch längst nicht mehr wohnt.

Mein Vater starb im Herbst. Als er noch sprechen konnte, verlangte er nach einer Zigarette, die wir ihm an den trockenen Mund hielten. Sein Pflegebett stand in seinem Arbeitszimmer. Einmal schaute er uns alle der Reihe nach an, lange und eindringlich zwischen vielen Absencen. Vielleicht nahm er Abschied. Vielleicht hatte er Angst.

Andauernder Frost hatte seit Tagen alles im Griff. Der See war an den Rändern bereits gefroren. Im Hintergrund die Berge der Schweiz. Die Grashalme der Wiesen steckten in einer durchsichtigen Eishaut. »Klareis«, belehrte mich Gustav, als wir unser Café betraten. Wir waren die einzigen Gäste. Morgen würde ich abreisen und über dieselbe Autobahn fahren, auf der Dora verunglückt war. Wir saßen an unserem Lieblingstisch und löffelten stereo die Schlagsahne vom heißen Kakao. Wir sprachen, als wäre es ein Tag wie jeder andere. Einmal kam ein Junge hinein und ging zur Toilette. Auf dem Rückweg schlugen seine umgehängten Schlittschuhe gegen unseren Tisch. Das helle Pling erschreckte uns. Wir sahen ihn durch die Glastür in die Kälte verschwinden.

»Hast du inzwischen herausgefunden, wann ein Leben gelingt?«, fragte ich Gustav. Sein Gesicht hellte sich schlagartig auf. Das war Gustav, dachte ich. Licht und Schatten. Obwohl er mir seinen Schatten nie zumutete. Er wartete ab, bis ich selbst danach fragte, als hätte er großen Respekt vor dessen Wirkung.

»Ich habe zumindest eine Idee, was beim Gelingen hilft«, sagte er und legte seine Hand auf meine. Dann zog er auf einmal ein kleines Päckchen hervor. »Ich hab was für dich. Vom Trödel.« Er räusperte sich verlegen. »Ich dachte, du könntest es gebrauchen.«

Das Ding in Gustavs langen Fingern war aus Metall und Glas. Ich hatte keinerlei Idee, was es sein könnte.

»Eigentlich eine Spielerei«, sagte er, als ich es entgegennahm. Es entpuppte sich als eine Art aufklappbare Lupe, handlich klein. Alles Kleine erhielt sofort meine vollste Aufmerksamkeit. Allein wegen seiner Winzigkeit. Ich war entzückt.

»Eine Lupe?« Ich drehte das Gerät fasziniert hin und her. »So schön klein.«

»Nicht wahr? Ein Fadenzähler.« Gustav nahm ihn mir aus der Hand, klappte ihn auf und zu und drehte ihn in seinen Fingern wie einen Schatz. »Braucht man im Textilgewerbe zur Beurteilung der Qualität der Stoffe. Einfacher Trick. Man nimmt nur ein ganz kleines Stück, das man mit dem Gerät stark vergrößert. Es fällt einem im Detail mehr auf, weil man sich stärker konzentriert.« Vorsichtig klappte er den Fadenzähler wieder zusammen und legte ihn zurück in meine Hand.

»Und warum heißt das Ding ›Fadenzähler‹?«

»Wenn du Textilien untersuchst, kannst du damit die Kett- und Schussfäden zählen.« Gustav strich sich durchs Haar. »Manchmal braucht man eben einen Fadenzähler. – Und manchmal wieder etwas Abstand.«

Ich war gerührt, dankte und hatte nichts zurückzugeben, aber das schien nebensächlich. Es wurde dunkel. Die freundliche Servierin stellte überall Kerzen auf. Die Tische um uns herum hatten sich bald gefüllt, und wir rückten näher zusammen, um uns besser verstehen zu können. Ich sank langsam in eine große Stille hinein. Auf einmal war ich mir ganz sicher, dass ich die Geschichte nicht nur mir, meinem Vater und meiner Familie zurückerzählt hatte, sondern auch Gustav, der sie hören wollte und von dem ich mich jetzt verabschieden musste. Mein Kopf gab endlich Ruhe. Ordnung würde nie eintreten. Nur ein halb gesichtetes Chaos.

Wir standen auf, umarmten uns lange und machten es so, wie wir es besprochen hatten. Wir gingen die Spazierrunde, auf der wir so oft gemeinsam unterwegs waren – aber getrennt. Ich ging in die eine Richtung, Gustav in die andere Richtung. Einmal noch würden wir uns in der Mitte treffen, uns zunicken und weitergehen.

EPILOG

Die Sonne war gerade untergegangen, und ich freute mich, dass wir genau in dem Moment in die Straße einbogen, als die Straßenlaternen aufflammten. Das Haus sah aus wie immer. Ein typischer Sechzigerjahre-Bau, zu dem ich immer noch einen Schlüssel besaß, den ich jetzt hervorholte.

Ich genoss die Minuten, bis die anderen kamen und meine Mutter in der Küche hantierte. Sie hatte mich nicht bemerkt. Ich ließ meinen Schlüsselbund auf die Kommode fallen. Dann klingelte es Sturm. Wir fielen in die Stille ein; Paul und ich und Clara und Lennard, meine beiden Schwestern Friederike und Anne mit ihren Partnern und Kindern. Unsere bunten Jacken und Mäntel baumelten an der Garderobe. Ein Koffer- und Reisetaschengebirge überall. Wir umarmten unsere kleine silberhaarige Mutter, die uns nervös empfing. Wir stellten fest, dass sie wieder geschrumpft war. »Stimmt«, sagte meine Mutter. Sie erreiche kaum mehr die oberen Schranktüren. Fünf Zentimeter weniger. Wir begannen, die Zimmer und Betten zu belegen.

Im Garten mit der kahlen Lärche, ein filigraner Scherenschnitt gegen den Himmel, atmete ich durch und suchte das Grab der Hunde und unserer Katze. Die Steine waren unter dem Efeu fast nicht mehr zu sehen. Die Autobahn in der Ferne klang nicht mehr wie das Meer, was ich früher immer dachte, sondern einfach wie die Autobahn. Im Haus fand ich Clara in der Bibliotheksecke auf dem Boden sitzen. Zwischen den alten Büchern sah sie erfrischend modern aus.

Dann gab es Essen, Töpfe mit Grünzeug und Pasten, dazu Fleischfondue.

»Kartoffeln essen doch alle?«, fragte meine Mutter vorsichtig in die angeregten Gespräche hinein.

»Lieber ohne Schale«, kam es von Lennard. Er klang wie Paul, der neben mir saß. Unsere Beine berührten einander, so eng saßen wir und fassten uns ständig an. Knapp war es gewesen, damals vor zwei Jahren. So unheimlich knapp mit uns. Wir spielten das rätselhaft schöne Spiel aus Loslassen und Festhalten wie Anfänger und nicht wie Routinierte.

Bald ging es um Doras Schmuck, den meine Mutter ausmistete.

»Wie hast du das Blut abbekommen?«, fragte ich meine Mutter.

»Tauchbad«, antwortete sie ungewohnt souverän. »Hat sich ganz einfach gelöst.«

Nach dem Abendessen hatte meine Mutter alles im hellsten Lichtschein, den ihre müden Lampen hergaben, auf der angeschlagenen Biedermeier-Kommode im Wohnzimmer ausgebreitet. Jeder ging einmal schauen. »Ist alles nur modischer Klunker«, sagte sie, »nichts wert, aber heute wieder modern.« Doras gesamter Schmuck, mehr, als sie in der Unfallnacht getragen hatte, leuchtete in den Farben verschiedener Edelsteine. Oval ausgelegt sahen sie aus, als umrundeten sie einen unsichtbaren Nacken. Und die Edelsteine erinnerten an die Medaillons, die sich einst in Doras Drosselgrube hineinlegten.

Am nächsten Morgen weckte mich Kaffeeduft. Fast alle waren schon auf. Nur Clara fehlte, sie schlief tief und fest. Sie lag in meinem alten Kinderbett auf dem Bauch, ihre Lieblingshaltung, die langen Haare auf dem Kissen verteilt. Ich flüsterte ihren Namen. Sie öffnete kurz die Augen. Leise ging ich wieder hinaus. Lennard posierte gerade vor dem großen Spiegel, in dem ich mich früher immer selbst betrachtet hatte. Ich setzte mich zu den anderen an den großen Frühstückstisch und goss mir Kaffee ein.

»Wann fahrt ihr?«, fragte mich Friederike.

»Nach dem Frühstück. Und ihr?«

»Auch. Aber ich muss dir gleich noch was zeigen.«

»Was denn?«

»Später.«

Ich griff nach der Halskette mit den blauen Steinchen, die ich mir gestern ausgesucht hatte, und ließ sie leise klimpern. Da wusste ich noch nicht, dass Friederike mir nach dem Frühstück *ihr* Fundstück zeigen würde: Doras vom Autounfall verbeulten Ring. Er trug eine kaum lesbare Gravur: *Von Georg für Dora.* Und noch viel später würde meine Mutter mir erzählen, dass jener Georg der Fahrers des Unfallwagens gewesen war. Er hatte mit Dora eine Reise gemacht. Niemand wusste von ihm. Ihre letzte Liebe.

DORA 1972

Meine Großmutter und ihr Begleiter fuhren schnell, die Wälder zogen an ihnen vorbei, schwarze, undeutliche Streifen. Georg hielt das Lenkrad mit durchgestreckten Armen. Doras Hände lagen auf ihren Knien. Sie sah jünger aus als sechsundsechzig an diesem Abend im Herbst 1972. Sie schlief, ihr Kopf war leicht zur Seite gerutscht, der Mund stand ein wenig offen. »Wann sollten die Weingläser geliefert werden?«, fragte Georg in die Dunkelheit des Autos hinein. Das Armaturenbrett leuchtete schwach, und der Geschwindigkeitsmesser hatte Anlauf genommen, einhundertvierzig Stundenkilometer waren schon eine Weile überschritten, doch Georg achtete nicht auf die Geschwindigkeit und nahm eine Hand vom Lenkrad. »Das Glas?«, wiederholte er seine Frage. Aber Dora antwortete nicht, und so drehte er sich ihr zu. In diesem Moment verlor er die Gewalt über das Auto. Es kam ins Schlingern und krachte auf den Wagen, der gerade vor ihm die Spur gewechselt hatte. Durch die Wucht des Aufpralls sprang die Beifahrertür auf und Dora wurde aus dem Wagen hinausgeschleudert.

Dora und Georg wären in einer weiteren Stunde Fahrt auf dem Wendberg angekommen und die vielen niedrigen Sandsteinstufen in Serpentinen zum Haus hochgestiegen. Sie hätten zu Abend gegessen, Heringssalat und Wein, und einige Tage später wären per Post die Gläser eingetroffen, die sie auf der Reise bestellt hatten. Schöne, dünne, feine Gläser, die sich zu tiefen Mulden rundeten, in welchen der saure pfälzische Wein geschwenkt werden konnte. Die Strenge wäre aus den Augen meiner Großmutter gewichen. Und das Gewebe unserer Familie hätte sich möglicherweise schon viel früher so weich angefühlt wie jetzt.

NACHBEMERKUNG

Dieses Buch ist ein Roman.

Als literarisches Werk knüpft es in einzelnen Passagen an reale Geschehen und an Personen der Zeitgeschichte an. Es verbindet Anklänge an tatsächliche Vorkommnisse mit künstlerisch gestalteten, fiktiven Schilderungen und schafft so eine ästhetisch neue, künstlerisch überhöhte Wirklichkeit.

Dies betrifft auch und insbesondere vermeintlich genaue Schilderungen von privaten Begebenheiten oder persönlichen Motiven und Überlegungen. Diese Beschreibungen sollen die möglichen Intentionen der objektivierten Personen erhellen.